淬火军刀

钢刀淬火

兄弟联盟★著

重庆出版集团
重庆出版社

图书在版编目（CIP）数据

淬火军刀．钢刀淬火 / 兄弟联盟著．— 重庆：重庆出版社，2021.11

ISBN 978-7-229-16037-1

Ⅰ．①淬… Ⅱ．①兄… Ⅲ．①长篇小说—中国—当代 Ⅳ．① I247.5

中国版本图书馆 CIP 数据核字 (2021) 第 179112 号

淬火军刀：钢刀淬火

CUIHUO JUNDAO: GANGDAO CUIHUO

兄弟联盟　著

责任编辑：何　晶
策划编辑：冀　晖　俞凌娣
责任校对：刘小燕
封面设计：仙境设计

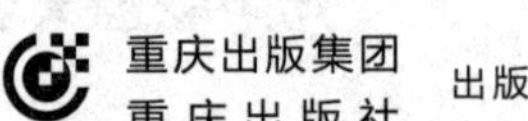

出版

重庆市南岸区南滨路162号1幢　邮政编码：400061　http://www.cqph.com

大厂回族自治县德诚印务有限公司制版、印刷

重庆出版集团图书发行有限公司发行

E-mail：fxchu@cqph.com　　邮购电话：023-61520646

全国新华书店经销

开本：710mm×1 000mm　1/16　印张：22　字数：412 千

2021 年 11 月第 1 版　2021 年 11 月第 1 次印刷

ISBN 978-7-229-16037-1

定价：57. 00 元

如有印装质量问题，请向本集团图书发行有限公司调换：023-61520678

目

ONTENTS

录

目录 CONTENTS

目录

CONTENTS

第七十九章　昆仑女神

第二天一大早，好不容易睡了一觉的侦察连战士们，被一阵叫喊声惊醒。

“兄弟们快出来！神仙姐姐来了！”

“神仙姐姐？我说呢！”李大力疯了一样跳起来，喊道，“弟兄们快起来看仙女！我说这帮家伙怎么在这地狱似的地方待得这么快乐！原来是有这一出啊！”

“神仙姐姐？”大伙都醒了，李大力已经开始找鞋了，钟国龙仔细听外面喊，的确，边防战士们的欢呼声越来越响，看这意思，莫非这里真有什么神仙？

“快点儿快点儿！晚了神仙就走了！在老家的时候我爹跟我说过，雪山上一般都有仙女，那漂亮就别提了！我得出去看看，要真是跟传说一样，我就考虑申请留下来了……我鞋呢？”李大力唠叨着，穿了一只鞋，发现太小不是自己的，着急地四处找了起来。

“走走走！一起看看仙女去！”钟国龙也起来，转头问龙云，“连长，真的有仙女吗？”

龙云神秘地笑道：“有！”

龙云一说有，这帮小子更激动了，从床上跳下来就往外跑。

门外，哨卡的战士们已经像过节一样跑了出去，钟国龙他们紧跟在后面，努力向门外张望着，只见那些战士一溜烟儿地向对面的操场上跑，那速度比早操可快多了！

李大力最先跑到了操场，向前望去，一进门的位置，停放着一辆白色的汽车，车身上最先映入眼帘的是一个大红十字，李大力自言自语道："神仙也改坐车了？"

一群哨卡的战士围在了一起，不时地发出阵阵的欢笑，人群里面，还真的听到一个女性爽朗的笑声。钟国龙他们激动了，跟着就跑到了人群边上，使劲往里面挤，战士们被这几个小子搞得有些莫名其妙，纷纷让开路，几个人终于挤了进去，眼前，一个大约三十岁的女人正笑眯眯地看着他们。女人个子不高，身上穿着一件厚厚的军大衣，典型的高原面貌：皮肤有些粗糙，两腮通红，灰色的眼睛，牙齿倒很洁白。

"这是神仙姐姐？"几个人有些吃惊了。

那女人看见他们，先笑了起来，说道："你们几个是来哨所参观的吧？"声音很爽朗，给人的感觉十分舒服。

"你……怎么知道？"钟国龙有些不好意思。

女人哈哈笑道："这个哨所的战士，没有我不认识的，你们几个我从来没见过，看你们也不像是在高原待久了的，这理由还不够呀？"

女人的话立刻引来战士们的哄笑，看来她在这里的号召力还真不小。

李大力有些尴尬，小声说道："我们……我们刚才听见外面喊神仙姐姐来了……我们还以为……"

李大力说完，不但女人笑弯了腰，战士们也笑了起来，一个士官笑道："这就是大名鼎鼎的昆仑女神！"

"刘小波！你个坏小子，又拿大姐开玩笑！看我一会儿不收拾你！"蒋晓燕被那战士一介绍，有些不好意思起来。

这个时候，车上其他的两名男军医已经抬着医疗器材下来，战士们连忙帮忙把器材放到早就准备好的一条长桌子上，蒋军医又开始喊："大家赶快整队！一个一个来！你们老马连长呢？"

"连长正亲自给你们下面条呢！"一个战士回答。

"这老马，每次都这么客气！"蒋军医笑了笑，忙着整理起器材，忽然又想起什么来，冲旁边的一个年轻的军医说道："小张，你赶快去车里把手套拿下来，检查完一个，就发一副手套！"

那小战士答应一声，转身回到车上，费劲地搬下一个大箱子来，打开箱子，一副副用橡皮筋捆好的毛线手套露了出来。蒋军医笑道："每个人都有份！这可是纯羊毛织的，以后上岗值勤的时候都得给我戴上，再把手冻伤，我可不给你们治！”

战士们站在那里看着手套，激动极了，刚刚搬箱子的那个年轻军医说道：“这是大姐托老家的妹妹给寄的毛线，她天天晚上织到半夜，手套上面还都贴着你们的名字呢！”

“大姐！您每天工作这么忙，还想着我们的手……”一位排长眼睛红红的，不知道说什么好。

“看你们！咱们谁跟谁呀！”蒋军医永远是面带微笑，说道，“我前几次来巡诊，看见你们有的战士手冻得跟红萝卜似的，我琢磨着要是戴上这毛手套，外面再套上配发的棉手套，保暖效果就好多了。还有，站领导刚刚给我买了一台缝纫机，下个月，保证让你们全垫上厚棉布鞋垫儿！”

战士们这个时候眼睛都湿润了，不知道是谁起的头儿，战士们一起鼓起掌来，掌声在小操场上回荡着，蒋晓燕也鼓着掌，眼里含着眼泪，脸上的欣慰溢于言表。“谢谢大姐！”“谢谢大姐！”战士们齐声喊了起来。

老马跑上来，和蒋军医紧紧握手，招呼她们先去吃点热汤面。

一开始说等检查完再去，可战士们不答应，硬是把她们推到了食堂。

“哎——哎——同志！这位女军医是谁呀？她怎么跟你们这么亲呢？”李大力好奇地拽住一个小战士的手，急切地问。

小战士带着笑容，感动地说道：“她就是三十里营房兵站的蒋晓燕军医。她每个月定期到咱们哨所给我们做体检，大姐对我们可好呢！你刚才都看见了吧？今天晚上我站哨就有羊毛手套戴喽！”

操场的边上，龙云和马连长站在那里，龙云也在向马连长问着同样的问题，马连长看着战士们拥簇着蒋军医走进小食堂，动情地说道：“这是我们全连的亲姐姐啊！她叫蒋晓燕，是三十里营房兵站的军医，这位大姐，和我们幸福湾哨卡的官兵相处多年了，对我们战士来说，她比姐姐还要关心我们，她是我们这里战士心中的女神！”

龙云仔细地听着马连长对这位军医的评价，忽然冒出一个想法来，他立刻命令侦察连的 30 名官兵集合到一起，请马连长给大家讲讲这位女神的故事。随着马连长动情的讲述，战士们对这位高原女神的崇敬之情渐渐高涨。

“咱们喀喇昆仑边防平均海拔 5000 米以上，空气含氧量不足平原的一半，每年 10 月至次年 5 月大雪封山，部队与外界隔绝。由于恶劣的环境和自然条件所产生的焦虑、抑郁、烦躁、恐惧等心理障碍，像幽灵一样时时缠绕着官兵，挥之不去。

“那年 6 月，蒋晓燕随军区医疗分队奔赴喀喇昆仑雪山哨卡例行巡诊。她走遍了我们这里所有的哨卡，战士们所经受的各种苦难在她心里留下了深刻的印象。从那时起，大姐就下定决心要尽自己最大的努力来为战士们排忧解难。她用一年的时间，跑遍了喀喇昆仑山上的每一座冰峰哨卡，把美丽的笑容留给了每一位守防官兵。她了解掌握了驻高海拔地区官兵的心理状况，采集了5万多字的第一手资料，建立了'高原官兵心理档案'。

"她在写给丈夫的信中说：'这些常年守卫在海拔5000多米以上的战友离开家这么远、这么长时间，肯定非常想念自己的妈妈和亲人。我从小就失去了母亲，但我现在已经是一个母亲，我能理解战士们的感受。如果能尽自己的力量给战友们带去母爱般的温暖，我就非常满足了。为了这些可爱的战士，我决定留下来，我愿意做他们的大姐、母亲，成为他们最亲的亲人。'

"在喀喇昆仑山这绵延的冰峰上，除了战士们的军装，很难见到其他绿色。为了让哨卡上的战友们看到绿色，大姐和兵站的其他姐妹在还能看到植被的医疗站附近到处寻觅小花小草，采集起来做成标本，并配上小诗，粘贴在笔记本里，制作成标本集《绿色畅想》。

"很快，××× 边防连的战士收到了标本集《绿色畅想》。'江南水乡图''春''小桥流水'……标本虽小，却给战士们带来了整整一冬的春色。

"她说：'守防的战友们常常把自己比作昆仑山上的一棵草。其实在喀喇昆仑山上，每一棵小草都是非常宝贵的。我们所处的环境比山上的战友们好多了，给他们带去绿色、带去希望，是我们每一个医护人员的责任。'

"咱们这地方，正是所谓'天上无飞鸟，地上不长草，氧气吃不饱，六月雪花飘'的喀喇昆仑山生活，除了高原反应和疾病带来的痛苦外，最难耐的是寂寞。一天晚上，正在值班的蒋大姐接到海拔5000多米的幸福湾哨卡打来的电话：'我们哨卡上好多同志都病了。'蒋晓燕忙问：'战士们病情如何？'对方迟疑了一下回答说：'在山上待的时间长了，心里憋闷，想在电话里和你们聊聊。要是能听你们唱支歌，就更好了。'听到这里，她悬着的心放了下来。尽管在山上缺氧，她还是一首接着一首地唱，唱着唱着，她情不自禁地抽泣起来。电话那头，战士们流着泪水一遍又一遍地鼓掌。从此以后，她就开始有意识地学唱歌，学跳舞，利用巡诊的机会为战士们演出。

"她说：'大家都喜欢听我们唱歌，并不是因为我们的歌唱得好，在昆仑山上，有歌声的地方就会有欢乐。我们的歌声虽然不动听，但只要能给战友们带去欢乐，我们就会放开喉咙为他们歌唱。'

"在我们这些边防兵的眼里心里，大姐已不仅仅是一位为战士们排除病痛的军医了，她还是战士们的知心人，每个战士都愿意跟她倾诉内心的苦痛，她的作用，简直胜过了我们的指导员呢。关于她的事迹，我就是说上一天也说不完，就拣了几件给大家介绍介绍，我想我介绍完以后，大家就知道为什么战士们都叫她昆仑女神，都叫她神仙姐姐了吧？都说我们幸福湾的人坚强，但是我要说，假如没有这些人对我们的关心和爱护，我们单凭自己的坚强，是战胜不了这生命的禁区的！”

侦察连的战士们听着马连长对蒋军医的事迹介绍，纷纷陷入了沉思，来幸福湾这几天，他们听了许多感人的故事，而这个故事最让战士们感觉到温馨，也让战士们或多或少地有了一丝想家的念头，小食堂里面，这个时候忽然响起了热烈的掌声。紧接着，蒋大姐那清脆响亮的歌声飘了出来：

蹚过最后那道冰河，翻过了最后那架达坂。
走上了世界屋脊的屋脊，爬上了高原上的高原，
看见了千年翻飞的经幡，就看见了我们的哨所营盘，
好男儿当兵就要走阿里，走阿里上高原。
……

战士们听着这歌声，都入神了，在这样的高原上，这歌声原本就是奇迹呀！马连长笑着介绍：“这是大姐的保留节目《当兵走阿里》，每次过来都必唱，战士们百听不厌！”

中午，军医蒋晓燕完成了自己的任务，准备下山了，龙云带领着侦察连全体战士，和哨卡官兵一起，站在哨卡大门外，向她敬上了庄严的军礼！

短短的两天，侦察连的战士在这里并没有见到什么惊天地泣鬼神的壮举，也没有见到任何一个所谓的战斗英雄，他们见到的，只是四十多个平凡普通的战士，假如一定要下一个定义，那么可以说，他们在这 5000 米的高原顶上、死亡边缘，见证了这一群普通人正在做着伟大的事情。从这些普通的战友身上，他们见证了中国军人真正的军魂！

第八十章　气焰嚣张

凌晨2点，阴，天色漆黑，威猛雄狮团营区大门口，参加戈壁风暴和联合演习的官兵们还有一天的时间赶回，营区留守的战士们也已经进入了梦乡，一片寂静的温馨。门口的3名哨兵（一名干部带哨，两名战士站哨，一名带枪，一名背子弹带，部队不允许人枪结合，除非遇到突发情况）正用警惕的眼神正视着前方，眼前的大路安静得很。只见一条稍微浅灰的长条，大路一直通向前方的转折处，那边的一个大山包挡住了战士的视线。

最近，距离营区附近的几个乡镇相继发生了几起恐怖事件：8月13日凌晨两点，一伙恐怖分子闯进B乡农机公司，将公司办公楼炸毁，造成2人死亡，7人受伤；8月15日，恐怖分子又在S县外贸公司录像厅制造爆炸案，造成15人受伤；8月19日在H市文化宫制造爆炸案，造成6人受伤。短短的几天之中，恐怖分子数次制造爆炸案，在当地造成了巨大的恐慌，这形同挑衅的行为，也让当地的军民十分愤慨，相关的侦破工作已经展开，而作为驻军单位的威猛雄狮团，这次也不敢大意，时刻保持着警惕。

凌晨3点，天色更加黑暗，带哨的团警卫排三班长李克走下哨位，四处打量了一下，忽然，远处传来一种奇怪的声音，起初他以为是刮风的声音，但是很快感觉不是，那声音越来越近，越来越清晰，是摩托车的声音！

“奇怪了，这大半夜的！”李克自言自语说了一句，又回到哨位。

“班长，咱们演习的部队该回来了吧？”旁边入伍一年不到的小战士赵春龙问道。

李克瞪了他一眼，说道：“站哨，别说话！”

赵春龙撇了撇嘴，没敢再说话，旁边的老兵李染看他直笑。这时候，3个人忽然全都停止了表情，不约而同地向前面看过去，就在他们说话的这几十秒，刚刚的摩托声又近了不少，难道是冲这个方向来的？李克不禁警惕起来，这条路直通向营区，要是摩托声向这个方向传过来，那目的地就只有营区了！

“注意警戒！”李克命令两人注意，3个人的目光一齐向大路转弯处望去。

一分钟以后，黑漆的夜色下，大路转角处，果然，一辆摩托车冲着营区疾驶过来！

“什么人！停下！”李克跑下哨位，挥手示意摩托车停车，那摩托车仿佛没听见一样，冲着营区直接开了过来，李克很快发现，摩托车上一人驾驶，另外一人坐在车后座上，此时摩托车距离营区大门已经不到300米了！

“小赵！子弹！”旁边，老兵李染大吼一声，端起了身上的步枪跑下哨位，对方没有停车的意思，显然是来者不善，李染经验丰富，迅速接过赵春龙扔过来的子弹夹，麻利地装弹上膛。

“不许动！停车！”3个人几乎一起高喊。

那摩托车急速开到距离营区大门不到100米的地方，门口灯的照耀下，此刻车上的两个人，面孔是那样狰狞！前面驾驶的车手甚至露出了恐怖的笑容！

“鸣枪！鸣枪！”李克大喊。

“砰！砰！”李染向天上打了两枪，迅速将枪口对准了疾驶过来的摩托车，鸣枪无效，李染随时准备开枪击毙对方。

摩托车在枪声中一顿，刚刚狞笑的驾车手忽然吃了一惊，看来他知道哨兵枪弹分离的规则，此时没想到李染已经上了子弹，惊慌之下，他扭头向后面的一个身材稍微矮小的家伙大喊了几声，摩托车也随之迅速一个猛转，沿着斜角开过去，这时，坐在后座上的那个家伙忽地一扬手，一个黑色的东西在空中画了一道弧线，掉到3个人中间！

“卧倒！”李克大惊，大吼一声，将旁边的赵春龙顺势一推，两个人一起扑到地上，那边李染也一个翻滚，滚出去几米远，手中的步枪立刻瞄准摩托开走的方向，打出一个连发，子弹噗噗地打在地面上，却没能打中摩托车，一切太突然了！

这时候，营区已经全被枪声惊动了起来，警报声顿时响彻天空，留守营区的一百多名战士紧急集合，向着大门口猛冲过来！

赵春龙趴在地上待了一会，并没见什么响动，他抬头看了看，旁边李染也懊丧地抬起头来，两个人一起向中间的地上看过去，是一颗手榴弹！

“都别动！”李克制止了两人，自己掏出手电筒，向手榴弹照过去，仔细一看，手榴弹并没有冒烟，静静地躺在那里，这是怎么回事？李克稍微抬起身体，向手榴弹爬近了几步。

“班长，小心！”李染在旁边大喊。

“你们两个离远些！”李克并没有停止前进，他边爬边小心地观察着手榴弹，这是一颗老式的木柄手榴弹，弹头部分已经被磨得发亮，弹柄黑色，显然已经放了很长时间了，李克小心翼翼地转换自己的角度，他要观察到弹柄的后面，看看里面到底是什么样，李克小心地向左侧移动了两米，额头上的汗由于紧张已经淌了下来，这种手榴弹的制作工艺并不复杂，安全系数远不如现在的制式手雷，但是它的爆炸威力可是不容小视，以他现在距离手榴弹的距离，一旦发生爆炸，他生还的可能性几乎没有！旁边的赵春龙和李染已经撤到了安全区域，此刻两个人紧张万分地看着李克行动。

李克转到手榴弹的弹柄后方，用手电筒照过去，马上疑惑起来：原来引线还在手榴弹的弹柄内，好像没有完全拔出，李克倒吸一口凉气，终于放下心来，一点点运动过去，将手榴弹拿起来。

“班长，咋回事？”赵春龙刚才吓得够呛，看李克拿起了手榴弹才敢发问。

李克长吁一口气，说道：“这帮混蛋！肯定是紧张过度了，导火索忘拉了。”

“真他 × 的悬啊！”李染收起枪，总算放心了。

“李克！怎么回事？刚才为什么打枪？”

大门内，留守的赵副政委带着大队赶到了。李克连忙将手榴弹放到一边，跑过去将刚才的情况向副政委汇报一番，赵副政委怒气冲天，脸色冷得吓人，三步两步走过去拿起手榴弹，厉声喝道：“王八蛋！连军营都敢袭击了！真是猖狂到家了！所有人今晚别睡觉了，在营区四周警戒！”

赵副政委安排好部队警戒，又马上回到团部，将刚刚发生的情况向在路上的团长政委汇报，远在百公里以外的顾长戎气到了极点，立刻命令参演的部队取消休息，连夜开拔。

第二天一早，刚刚回到营区的部队还没来得及吃早饭，急促的电话铃声已经在团长办公室响起。电话是军区首长打来的，昨天晚上，几乎是在恐怖分子袭击营区的同时，A 县监狱以及县城在恐怖极端分子的煽动下，发生暴乱。目前，在当地公安部门和武警的行动下，暴乱已经基本平息。

军首长异常严厉地说道："现在已经很明确了，恐怖分子同时在几个点默契地进行统一的恐怖行为，已经暴露了他们的险恶用心，这一系列的事件，是一个有集中组织的事件。其恶劣程度已经超过了历次恐怖行为，现在当地的公安和部队情报部门已经全面展开了行动，本来这次境内恐怖事件是公安部门和武警的职责，但是本次任务艰巨，困难较大。资料显示，恐怖分子获得了境外提供的大量武器，近期内有百余名恐怖分子秘密集结在当地，肯定是预谋制造一次'大活动'。在这样的情况下，军区党委决定，你们威猛雄狮团当仁不让！直接参战！你们是一支荣誉遍身的部队，现在敌人已经将手榴弹扔到你们的家门口了，一切就看你们团的了！"

"请军区首长放心！我顾长戎也不是好惹的！我代表全团向军区保证，坚决完成上级委派的任务！"顾长戎几乎是在怒吼了。

"向军区保证是一个方面。对得起养你们的几百万边疆人民，才是更重要的事情！"

"是！"

顾长戎放下电话，楼下车已经准备好了，顾长戎将军帽端正地戴到头上，回身命令道："通知张国正，一分钟都不要耽误，马上带队赶回。全团随时待命！"

两天以后，团作战会议室，气氛异常凝重，副团长张国正后面坐着一排营团级干部，会议室靠墙的位置，龙云眼睛瞪着，直挺地坐在那里，整个人仿佛被气到了极点，连呼吸都显得格外粗重。刚才的敌情通报会把龙云彻底激怒了，回来的路上他就听说有紧急任务，没想到这次恐怖分子这么猖狂。

"啪！"

顾长戎将那枚已经拆掉炸药和引信的手榴弹猛地拍到桌子上，怒气仍未消散："老子当兵二十几年，从来没有遇见过这样的挑衅！"

众人精神一振，大家明白，平时话不多的团长这次是真的发火了，顾长戎瞪着眼睛扫视了一遍全场，众人的眼神告诉他，这些部下此时的心情和自己是一样的，他们都在等待着，等待着上级的命令，随时准备向这伙嚣张的匪徒进行最猛烈的反击。最后，顾长戎将目光定格在龙云的脸上，龙云此时面无表情，但是谁都能从他的脸上读出杀气来，团会议只通知了他一个连队领导，这几乎是明白地告诉他，这次任务，侦察连肯定是当仁不让了。

"龙云，这次的任务你刚才已经有所了解了，我给你 40 个人，40 杆枪，我要你立下军令状！"顾长戎的语气中，没有任何商量的余地。

龙云猛地站起身，大声说道："请团长放心！侦察连保证完成任务！"

"好！"顾长戎点点头，继续说道，"详细的事件进展和作战方案，你会后马上和当地公安部门、武警部队会合，一起商讨，团里面只要你胜利的消息。散会！"

"是！"龙云起身，转身就走。

"龙云！"副团长张国正叫住龙云，关切地说了句："注意将人员伤亡降到最低。"

"您放心吧！"龙云走出会议室，他虽然这样说，但是心里也十分地难受，这种难受龙云已经很久没有体会过了，理由很简单：这次他们要对付的恐怖分子，数量有上百人，轻重武器配备齐全，而且资料显示，这绝对不是一群乌合之众那么简单。换句话说，这将是一场真正的我强敌也不弱的战斗。这样的战斗，伤亡是难免的，龙云不愿意看见任何一个战友倒在自己面前，但是他知道，这也许只能算是一种奢望而已。

此时，侦察连里，战士们已经炸了一般，敌情在他们回来的第一时间就听说了，而龙云去团部开会，也顺理成章地告诉大家，这次侦察连肯定有任务，老兵们个个感叹，过瘾的时候到了，而钟国龙他们这些新兵，又开始担心起来，他们担心连长还会像上次联合演习一样不带他们，钟国龙急得乱转，四处联系新兵战友，准备要真是不带他们的时候再来一次集体请愿。

全连紧急集合！

几分钟的时间，侦察连全部集合完毕，龙云站在队列前面，手里拿着一个蓝色的本子，每个人都能从连长的表情中看出几许凝重来，龙云向大家通报了敌情，马上开始"点将"。

"马用，陈江，许占强……赵黑虎，钟国龙，刘强，陈立华，赵喜荣，吴建雄……耿长亚……"

龙云一个个地念着人名，钟国龙兴奋得快要跳起来了。他万万没有想到，这次不用他请什么愿，连长直接叫了自己的名字，还有刘强和陈立华，3 个人之中，除了陈立华有些犹豫之外，钟国龙和刘强是满脸的喜色！

"老四！发什么愣呢！庆祝一下！"钟国龙悄悄将手伸过来。

陈立华有些迟疑，还是把手伸了出来，刘强也伸出手，3 个人握在一起使劲晃了晃。

40 人名单已经公布，龙云命令没有任务的战士解散，训练场上只剩下这 40 名士兵，龙云重新整队，宣布命令："敌情通报，一会儿指导员会给大家详细讲，我马上要出去和当地公安部门的同志会合，在下一个命令到达以前，我命令全体紧急待命，一级戒备。随时准备出发！这次行动，我们没有战前动员，我想我们也不需要什么动员了。外面人民群众的鲜血就是动员，扔在威猛雄狮团门口的手榴弹就是动员了。其他的我就不讲了，我只强调一点，也是团首长亲自跟我强调的一点，那就是只许胜利，没有失败！遗书，可以开始写了，交到指导员那里。还有，我并不希望在战后把遗书寄到你们任何人的家里，都清楚了吗？”

“清楚！”

40 人的怒吼，响彻整个军营。

龙云布置完任务，急匆匆地离开了，剩下的战士们开始抓紧时间检查武器装备，检查完毕，战士们开始写起遗书来，这是战前必要的准备程序，尽管如此，旁边第一次入选的两个新兵还是紧张得有些不知所措，他们的班长连忙过去做战前动员，对于已经参加过一次实战的钟国龙等人来说，这已经不是第一次了，不算紧张，但他还是拿出纸笔，认真地写了起来。

“老四！你怎么不写？想什么呢？”旁边刘强看见陈立华在那里发呆，忍不住说道，“害怕啦？”

“屁！我害怕过吗？”陈立华不屑地说道。

赵黑虎早就把这一切看在了眼里，从外面刚回来，他就听说了陈立华的事情，只是因为突发情况，他还没来得及和陈立华细谈，只是问了问他的伤势，问题不大，已经没什么影响了，现在看见陈立华还是这个状态，他感觉有必要跟这个战士聊一聊了。

“陈立华，你跟我来一下！”赵黑虎冲陈立华招了招手。

陈立华站起身，跟着排长向远处的树下走去，后面钟国龙和刘强也跟了过来，赵黑虎看了看，并没有制止，他感觉，自从王成连的事情以后，陈立华显然是受了某种刺激，钟国龙和刘强也许对他会有帮助，4 个人走到一棵大树下，赵黑虎示意大家坐下来。

“刚从连长那儿缴获的玉溪，凑合抽吧！”赵黑虎掏出一盒烟，分给他们 3 个，自己也拿了一支，4 个人低头抽了一会儿，赵黑虎说道：“立华，说说吧？这里除了我就你两个兄弟！”

“排长，我……没事儿。”陈立华感动地看了赵黑虎一眼，低头继续抽烟。

赵黑虎看着陈立华言语闪烁的样子，想了想，说道：“咱们还是讨论一下吧！陈立华，你说说看，王成连为什么会牺牲？”

“为完成任务。”这个陈立华没有犹豫。

“对！是为了完成任务。但是首先有一点，王成连之所以牺牲，是因为你们两个把这次演习真正当作一场实战了。这没什么错，是实战就有牺牲，战争和死亡，本来就是一起来的。”赵黑虎认真地说道，“连长也经常跟咱们说，军人的每时每刻都是战斗。

你见过没有牺牲的战斗吗？”

“可是，排长，我老是在想，王成连到底牺牲得值不值？”陈立华终于说出了自己的心事，这是埋藏在他内心深处的疑惑，这几天以来，这个疑问一直伴随着他，他的内心也在反复地斗争着，“当时，我趴在王成连前面，我想，当时他是看见我没有动，才选择和我一样没有动，可是事情的结果是，我活着，他却牺牲了。只是一场演习呀！这几天，有人跟我说他是英雄，也有人跟我说他是傻帽儿。”

赵黑虎站起身来，郑重地说道：“王成连是英雄！没有任何值得怀疑的地方。英雄总会被狗熊笑话成傻帽儿。陈立华，你应该再仔细想想当时你为什么选择不动。一场战斗下来，假如不是全军覆没，总会有牺牲者和幸存者，作为幸存者，你不应该去内疚什么。你要做的，只有一条，就是趁着自己还没有死，踏着鲜血继续前进。当兵的到了战场，自己这条命就不是自己的了，王成连牺牲了，你没有牺牲，你继续着自己的任务，最后任务完成了，你们胜利了，这就证明王成连的牺牲是值得的。”

陈立华默默地体会着排长的话，他惊诧于赵黑虎的慷慨激昂，在他的印象中，排长平时还真从来没有像今天这样，说出如此正式的话来，这个看似五大三粗的汉子，更多的是将自己的思想表现在行动上，旁边钟国龙将手搭在他肩上，刘强也凑过来，三兄弟一起站起身，面对着赵黑虎。

赵黑虎继续说道：“咱们现在生在和平年代，好多了，你看看以前的书和电影，看看抗日战争和解放战争的时候，一群战友刚刚还在说说笑笑，一发炮弹炸完，身边的战友转眼就变成了肉泥，活着的怎么办？还不是要端着枪继续冲锋吗？多想想自己的战友是怎么牺牲的，想想自己的行动怎样才能让牺牲的战友不失望，这比什么都有意义。就拿现在来说吧，咱们 4 个人挺好地站在这里，也许一会儿战斗打响，某个人牺牲了，那怎么办？其他人也跟着自杀？或者就蹲在地上想想兄弟死得值不值？有用吗，兄弟？”

赵黑虎的一番话，彻底将陈立华的心结解开了。

“行了，思想问题看来是解决了，说说别的吧！遗书想写给谁呀？”赵黑虎笑着问他们。

“我们仨还能写给谁呀？自己爸妈呗，还有老家的几个兄弟，嘱咐嘱咐他们将来生儿子给老子们报仇！”钟国龙说完自己笑了起来。

“哎，排长，你写给谁呀？”刘强忽然一脸坏笑地问。

赵黑虎笑道：“我？当然是写给我未来的孩子他妈呀！”

3 个人大笑起来，陈立华此时也笑道：“排长，这你可不对呀！遗书写给未来的嫂子，那你不孝顺啊！看你这样子，也不像是娶了老婆忘了娘的人啊！”

赵黑虎笑笑，说道：“这个嘛……我要是真牺牲了，就不用给我爹妈写信了，你们就直接拿着我的骨灰去找他们，跟他们请安就得了。”

“啊，排长，你别说这丧气话呀……”陈立华惊讶地看着赵黑虎。

赵黑虎一副无所谓的样子，说道：“这有什么？当兵的还信这迷信？”

看着几个人惊讶的样子，赵黑虎叹了口气，徐徐说道：“我在我们老家兄弟里面，算是最不孝顺的孩子了，从小我就脾气不好，上学不好好上，打架是我的强项，打同学，打老师，一天也不消停，后来学校都不敢要我了，同学们没有一个人愿意跟我在一个班，因为这个，我爸爸妈妈把心都给操碎了，好不容易熬到中学毕业，我这样的根本不用想什么考大学，整天就混在家里，谁的话我也听不进去，一天到晚到处惹事儿，村里人都叫我活土匪，后来，我爹实在看不过去了，就拎着烟酒去求村长，让他给我报名参军，说部队里面管吃管住管穿，与其将来早晚住监狱，还不如去部队受受罪，哈哈，我就当了兵了！”

3 个人睁大了眼睛看赵黑虎得意的样子，这历史从来没听赵黑虎讲过，这时候听来，像听评书一般。钟国龙忍不住说道：“排长，想不到你还有这段历史呢，跟我很像啊！后来呢？”

“后来？”赵黑虎笑道，“后来老子的生活也跟你们差不多呀！也是一开始不服气，后来在后勤待了好一阵子，再后来跟着连长混，一不小心就混成钢铁战士啦！”

几个人大笑，赵黑虎笑得并不轻松，由衷地感叹道：“我活到这么大，我父母没得过我的什么孝心，我这遗书里都不知道写什么。就等着将来复员回去，能好好孝顺他们二老了。这几年跟着咱连长学了许多，我这活土匪也早变了样了。”

“嘿嘿！要说咱连长，还真是没得说！理论结合实际，多刺儿的脑袋也能被他剃平了！”钟国龙说完，自己也是心有余悸。

“哈哈！连长？连长那不是理论联系实际，连长那是从自身体会出发。”赵黑虎笑道，“这方面，咱们跟连长还有很大差距呢。”

“排长，快给我们讲讲连长的故事吧。”钟国龙急切地说道。

“好啊！”赵黑虎也来了兴致，正要开讲，一阵紧急集合的哨声响起。

“紧急集合！”赵黑虎笑意顿收，一挥手，带队往训练场跑，“等战斗结束，我给你们讲上三天三夜。”

第八十一章　利刃暗藏

就在赵黑虎拉着 3 个新兵神侃的时候，龙云已经紧急赶回了。刚刚他与当地公安的同志一起研究作战方案，有一个利好消息传来。

据我方侦察人员的确切情报，这伙恐怖分子制造完一系列恐怖事件之后，有些得意起来，他们在头目 MHS 的纠集下，准备于后天凌晨两点在当地一座清真寺召开一次秘密会议，参加会议的全部是这个组织的组长以上级别的人物，他们准备在这次会议中制订下一轮的大规模恐怖行动计划。情报显示，清真寺周围届时会有他们派出的大量人员埋伏警戒，现在经过我公安部门的侦察，已经掌握了他们设在四周的各个分基地点的确切位置，因此整个行动的焦点就是清真寺内的敌人头目了。

突如其来的好消息让大家十分振奋，这是将这群恶魔一网打尽的好机会。但是，新的问题随之产生：恐怖分子开会的清真寺在一片树林和杂草丛的围绕中，四面是居民区，四周大大小小十几个村庄的民居将清真寺围住，假如恐怖分子派出警戒哨，这些错综复杂的民居随时可能成为暗哨的隐藏点，敌人在暗处，要想越过这些暗哨而不被清真寺内的敌人发现，几乎是不可能完成的任务。大家讨论的结果是，公安和武警部队的任务为消灭各个暗藏分基地点，而消灭清真寺的敌人的重任，自然落在了战斗力最强的侦察连身上，众人讨论许久，最后将目光集中在龙云的身上。

龙云眉头紧皱，看着地图，想了想，突然抬头问公安局的侦察同志："敌人布置警戒哨大约在什么时间？"

一个四十岁左右的老公安人员说道："根据咱们卧底同志的信息，敌人后天凌晨开会，布哨的时间正常应该是在明天晚上，最早是在今天半夜。"

"肯定吗？"龙云追问。

老侦察员想了想，肯定地说道："没有问题！白天他们毕竟有所顾忌。这些混蛋全副武装，不到半夜他们也不敢大摇大摆地出来。"

"好！"龙云站起身来，指着地图上清真寺周围的树林草丛说道："我的想法是，我们侦察连今天天一黑就行动，预先潜伏在清真寺周围，这样一来，敌人在外围的暗哨就一点作用也没有了！"

"今天？"公安局的一位副局长疑惑地说道，"你们要是今天晚上潜伏，到后天凌晨，起码要30个小时！这样行不行？"

"没有问题！"龙云胸有成竹地说道，"如果情报没错，敌人后天凌晨开会的话，他们一定会对这个区域十分戒备，假如敌人明天晚上开始布哨，时间还好些，但是假如他们今天晚上就行动呢？我们必须要赶在他们的哨兵出动之前预先埋伏到位。要不是白天目标太大，我们部队现在就拉过去也不成问题。"

"可是，这清真寺我以前去过，那片树林虽然很密，但要是藏上几十个人，肯定是不行的呀，要知道，到时候敌人会从四面八方赶过来开会，他们的人进出的时候，肯定也会经过那片树林，这样一来，不就全暴露了？"老侦察员也疑惑。

龙云笑道："放心，他们的会开不成。我自有办法。"

龙云将自己的计划给大家讲了一下，众人将信将疑，龙云也顾不得继续解释，紧急赶回营区。

部队紧急集合完毕之后，龙云开始分配任务，全连参战的40个战士，被他分成6个小组，钟国龙、刘强、赵喜荣3个人因为在联合军演的时候配合默契，完成任务出色，龙云这次毫不犹豫地选择了他们，他们3个和新加入的陈立华一起，分在了赵黑虎的小组。

"两老带三新，虎子，这几个人我交给你了。"龙云拍着赵黑虎的肩膀，嘱咐道，"这几个小子全连除了我就你能镇住他们，这次不是演习，你们的小组这次是咱们整个尖刀部队的刀尖，战前动员你来做，不能有任何差错。"

"放心吧，连长！"赵黑虎向着龙云郑重地敬了一个军礼。

龙云深知赵黑虎这一军礼的分量，多年以来，赵黑虎一直是他最得力的干将，他对于赵黑虎的信任是毋庸置疑的，两个人一起共事好几年，枪林弹雨也闯了几次，彼此之间的情谊已经远远超过了普通的战友关系，在龙云心中，赵黑虎早已经是自己最信赖的好兄弟了。龙云用手抓着赵黑虎的肩膀，使劲摇了摇，还是说了一句："兄弟，保重！"

"保重！"赵黑虎点点头，看着龙云又向其他组走过去，这才召集组里的弟兄，进行他独特的战前动员。

钟国龙此时头皮又开始有了那种麻酥的感觉，这种感觉在他身上不止一次地出现过，以前在老家打架的时候有过，到了部队执行任务的时候也有过，这次来得尤为猛烈，那感觉就像突然一股高压电一样迅速传遍他的全身。

中午饭后，部队休息两个小时，下午 3 点，包括龙云在内的 41 名勇士带足了武器弹药、单兵口粮，一起登上出发的军车，下午 5 点 20 分，龙云尖刀部队到达此次任务的出发目的地，K 村。下车以后，没有过多的停留，紧急解决晚饭，全体勇士整装待发，只等天黑。

龙云已经就这次作战的详细部署跟每个战士详细讲过，他们需要在清真寺周围的树林、草丛中进行深层次隐蔽 30 个小时，这种隐蔽不能局限于表面的伪装，为了达到让敌人近在咫尺却无法发现自己的效果，战士们甚至要隐蔽到挖出来的土洞中，从进入隐蔽掩体那一刻起，就要求绝对静止和沉默，沉默，等待，苦苦等待着最后爆发的那一刻。这对每个侦察兵来说，都是一种真正的考验，也是一项必须完成的任务。

晚上 8 点，天色逐渐暗下来，派出去的尖兵报告，前方一切正常，龙云做出了行动的命令，40 个战士，6 个小组，按照预先设定好的路线分散前进，向目的地——清真寺周边的树林中前进。恐怖分子骨干们千算万算，没有算到公安和部队情报部门早前就截获了他们的行动情报。提前一天把部队潜伏在了他们在这一地区主基地的周围。

赵黑虎带着自己小组的 4 名成员，一路快速前进，直接突破了树林，来到了距离清真寺大门口仅 500 米左右的一堆杂草垛后面，从这里向清真寺看过去，此时的清真寺像已经睡着了一样，静悄悄的，没有一点声音，寺门紧闭着，里面没有任何灯光，在清真寺大门和草垛之间，再也没有任何遮挡物，第一小组只能在这里潜伏了。赵黑虎仔细观察着周围的地形，还是看不到更好的地方。这时，大门口右侧不到 100 米远的一个小广场上一堆东西引起了赵黑虎的注意，仔细看了看，赵黑虎自己笑了起来，那堆黑乎乎的东西，原来是一堆半干的牛粪，粪堆直径大约两米，堆高一米多，清真寺后面不远处有一家养牛场，这里地面平整，看来是牧民晾晒牛粪的地方了。

在赵黑虎的指挥下，他们又在杂草下方挖了一个约 1 米深、2 米宽的土坑。将挖出来的土抛撒到旁边沟渠里。陈立华最先进入洞里，把雨衣平铺在了洞口上方，并用干土覆盖好，就算有人拨开杂草，也不会发现里面有一个“暗室”。

“排长，这地方不错啊！我的 KUB88 在这儿一放，那帮王八蛋一个都别想跑！”陈立华端起自己的狙击枪，瞄了瞄大门。

“嘿嘿，立华，这洞咱们挖得不够大啊！”赵黑虎忽然笑道。

“要不咱再拓宽一下？ 5 个人进去是有点挤。”陈立华发现所有人都笑得有些不怀好意。

“我们 4 个人，不挤！”钟国龙刚才看见赵黑虎对着牛粪堆笑，早猜到了他的想法，从专业角度来说，那粪堆的位置，最适合狙击手潜伏。

“那我呢？”陈立华蒙了，着急地看着赵黑虎。

赵黑虎“认真”地说道：“立华，对一名狙击手来说，良好的观察位置十分重要，你看咱们这掩体，藏人还可以，要是时刻观察敌情，就不太合适了，距离大门太近，敌人随时可能从这里经过，咱们不能老抬起头来不是？你得找个好地方给咱们做观察哨啊！”

好位置？陈立华到底是经过专业训练的，他自己很快发现了那边的牛粪堆，顿时一脸的苦相：“排长，你不会是想让我钻进粪堆里去吧？”

“聪明！马上行动！”赵黑虎严肃起来。

“排长，我得在那里待上 30 个小时呢！”陈立华不情愿地从洞里爬出来，嘴上这么说，命令不能不执行。

“知足吧！那是牛粪不是人粪！”赵喜荣笑着跳进洞里，其他 3 个人也相继跳了进去。

陈立华只好向牛粪的位置前进。

“老四！”钟国龙忽然叫住陈立华，从衣兜里拿出两根饮料吸管递给他，“深情”地说道：“还好，我没扔，算哥哥我个人赞助的！”

“谢谢老大了！”陈立华几乎快哭了，急匆匆向粪堆跑过去。

这边 4 个人已经隐蔽好了，陈立华跑到粪堆旁边，用手将粪堆扒开，整个人进去，再盖上，只露出狙击枪的一小截瞄准镜和枪管，两根塑料管从粪堆里支出来，牛粪堆恢复了平静。

“大家注意，现在开始检查通信设备！编号如下：我 01，陈立华 02，钟国龙、赵喜荣、刘强依次是 03、04、05，是否清楚？”

“清楚！”

“02，你那里情况怎么样？”赵黑虎关切地问。

“01、01，02 报告，情况还他 × 的不错！牛粪快干了，没发酵！”陈立华有些庆幸地回答，“观察视线清楚，报告完毕！”

“所有人注意！现在保持静默！02 随时通报情况！”

“02 明白！”

夜色越来越深，天气逐渐有些凉了，从清真寺大门向前方看过去，黑漆一片，什么也没有。

“大家注意，离行动时间还长，现在大家轮流休息！”赵黑虎低声命令。

“排长，我睡不着啊！”钟国龙小声说道。

赵黑虎小声说道：“那就想办法让自己睡一会儿！你要是想明天晚上精力充沛，就必须得保持体力！”

此时，潜伏在土洞中的 4 人才真正安静下来，过了十几分钟，头顶上的杂草上，一只蛐蛐开始了歌唱，赵黑虎很满意，这说明他们已经完全进入了静默状态，四周的昆虫逐渐都开始了鸣叫，仔细品味，倒显得整个树林更加安静起来。

陈立华埋在牛粪堆里，虽然牛粪已经基本上干燥了，但是那股味道还是不时地冲进鼻子里面，他现在的位置很不错，透过瞄准镜，不但清真寺的大门看得很清楚，只要稍微变换一下角度，赵黑虎他们的位置和身后的树林景象都一览无余。陈立华尽量屏住呼吸，作为一名狙击手，要求的就是耐性和心理素质，在这一点上，陈立华可以说是有天赋的，想到后天凌晨，他即将真正用自己心爱的狙击枪打穿若干恐怖分子的脑袋，陈立华的内心还是有些激动的。最近几天，他一直因为王成连的事情而苦恼，今天和赵黑虎的谈话，才使这个心结得以解脱，陈立华已经找回了正确的心态，此时，他急切想做的，就是爆发，沉寂过后的彻底爆发，也只有这样，他才能将几天的郁闷全部释放出来。

忽然，树林中的虫鸣莫名其妙地停止了，所有人顿时警觉起来！陈立华急忙掉转瞄准镜向树林方向看过去。这时候，听筒传来两声轻微的敲击声，这是赵黑虎的暗号，他们潜伏的地方距离树林太近，不能发声，陈立华也敲击了两下话筒作为回应。

土洞中的人们已经听见了树林中“沙沙”的声音，很明显，这是人走动的声音，难道敌人真的今晚就开始行动了？赵黑虎耳朵贴近洞口，那沙沙声越来越近，听声音十分单调，应该只有一个人，这个时候，听筒里面传来陈立华的声音：“01、01，发现一名可疑分子！”

赵黑虎敲击了一下话筒，表示收到，此时，钟国龙他们3个也坐起了身，钟国龙轻轻碰了一下赵黑虎，将枪管向上提了提，赵黑虎急忙压住他，生怕这小子一冲动冲了出去。

陈立华的视线中，一个黑影三步一回头地从树林中钻出来，躲到一棵树后待了一分钟，确认后面没有人以后，又矮着身形向清真寺的方向移动，黑暗中可以看到，来人身材高大，更让他激动的是，来人手上端着一把自动步枪！

“01、01，对方一人，正向你方向走去，有武器！我不能说话了，你们小心！”陈立华有些紧张，那人已经距离赵黑虎不到10米了，他不能再说话，否则再近一点的话，这样寂静的环境，很难保证耳机的声音不传出来，而更让人担心的是，一旦那人踩到赵黑虎他们的洞口，就不好办了！

赵黑虎仔细分析着陈立华的信息，他判断，这个人应该是敌人的哨兵，或者是探路的，这就很难处理，为了保证任务的成功，必须不能惊动来人，而一旦这个人发现潜伏位置，把他干掉容易，但他们也就完全暴露了，敌人把他派出来，假如他没能回去，等于告诉敌人这里有危险。

那人一点一点倒退着向清真寺门靠近，赵黑虎甚至有些后悔自己选的这潜伏位置好是好，但方位有些太正了，眼看那家伙距离土洞已经不足3米了！他再后退几步，就很有可能一脚踏上来，那就糟糕了。赵黑虎无奈之下，已经做好了最坏的打算！他将眼睛靠近洞口，透过狭小的缝隙观察着敌人，手里已经把军刺抽了出来，万一敌人踏上来，他只好把这小子解决掉了。

脚步在一点一点靠近，赵黑虎甚至已经听到了对方由于紧张发出的呼吸声。终于，那家伙的一只脚踏到了坑沿上！赵黑虎眼睛一瞪，准备出击，谁知那小子是倒退着走的，一脚踏上坑沿，后脚跟一个趔趄，整个身体猛地摇晃了一下，正好蹭了过去，那人并没有感觉到什么异常，只认为自己踩到了一处洼地，再看了看身边的杂草垛，叽里呱啦骂了一声，又转身向前走了。

赵黑虎轻轻退了回来，长出了一口气！好在敌人是倒退着走的，又是晚上，他看不到自己究竟踩到了哪里，否则就坏了。

那名恐怖分子边走边向四周张望，空旷的视线中什么也没有，这时候虫子又开始鸣叫了，他也仿佛松了一口气的样子，大摇大摆地向清真寺走去，又从裤兜里掏出来一串钥匙，低头摸定一把，将清真寺的大门打开，身形一闪，进入了清真寺。

赵黑虎从缝隙里看得清楚，暗自庆幸这里面没有人，不过一丝怀疑还是在他脑海中一闪：既然这里是恐怖分子的秘密基地，又要召开重要的会议，难道平时里面连一个人也没有吗？晚上进入的时候他还格外小心，生怕有人从里面出来，现在看来这种担心是多余了，尽管有些疑问，赵黑虎总算放下心来。

“大家注意，里面有人了，现在开始更不能暴露！”赵黑虎又嘱咐了一句。

几个人一直坚持到后半夜，天色有些发白的时候，疲倦终于来了，他们的这个土洞只有一米深，两米长，4 个人挤在一起，只能蹲在里面，一开始无所谓，一晚上下来，身体就有些吃不消了，浑身开始酸痛起来，4 个人不得已只好坐到地上，直接接触到潮湿的地面，很不舒服。

“老四，现在想想你那里还真不错啊！又保暖，又能舒服地趴着，啧啧！不错！”刘强小声地赞叹。

陈立华被熏了一晚上，此时苦笑道：“别站着说话不腰疼了，这味道你来试试？现在牛粪被露水打湿了，一会儿太阳出来，我就开始蒸桑拿了。”

“我再听见你们说话，回头真把牛粪塞你们嘴里去！”赵黑虎骂道。

两个人同时吓了一跳，再也不敢出声了，此时四周没有人，大家才放松一下，没想到排长这么严格，赵黑虎的脾气他们都了解，再不敢发出声音了。

半个小时以后，树林中又有了声音，这时来的人没有晚上那位那么小心，很快走出树林，一共 3 个人，都是满脸的络腮胡子，3 个人边走边用钟国龙他们听不懂的语言小声交谈着，陈立华发现 3 个人并没有拿着武器，但是后背上全都背个行李卷，很沉地坠着，估计是枪了，3 个人显然是得到了晚上探路的信息，确认并没有什么异常，趁着天没有大亮，先行进寺了。

果然，3 个人走出树林，直奔着清真寺大门，敲门后，里面的门开了，3 个人迅速走进去，大门重新关闭，这时候的能见度已经很高，赵黑虎倒是不担心会暴露，他们潜伏的土洞上放了很多杂草，晚上能见度低，现在已经蒙蒙亮了，即使有人来，也不会刻意不走小路，从杂草垛上踏过去。

赵黑虎听了听树林里没有动静，小声说道：“补充一下能量！个人问题就地解决，除了 02，其他人最好他 × 的不要大便！”

几个人听赵黑虎这么一说，都忍不住想笑，这方面的“训练”他们倒是有经验，晚上来之前基本上都解决干净了，压缩食品不至于产生垃圾堆积，都还好些。几个人开始打开背包，拿出压缩饼干吃了一点，喝几口水，迅速完成了早餐。

边疆地区的早八点多，天空才放亮，其间又陆续地进去了 5 个伪装的恐怖分子，都被几个人看在眼里，赵黑虎明白这些都是些打前站的小喽啰而已，真正的大鱼恐怕还要等晚上才会出现，他数着进去敌人的数量，心中暗想：“进去吧，都进去吧。等行动一开始，多进去一个就多去西天报到一个。”

天色逐渐亮了起来，整个清真寺的面貌呈现在眼前，并不是很大的寺庙，在这个地区大大小小的清真寺里面，最多算是中等偏下，围墙加到一起，面积不过三百平方米左右，整个院落呈长方形，大门方向的宽度约有60米，纵深50米左右，院墙足有两米多高，里面看不清楚，只有正中的主礼拜堂有十几米高，巨大的圆顶能从外面看得很清楚。庆幸的是，在出发点集结的时候，公安部门的同志曾经给大家详细介绍过里面的情况，赵黑虎手里有里面的建筑草图。陈立华斜视了一下主楼，正在这时候，主楼三层的宣礼塔高处一扇窗户打开了，里面探出一个脑袋来，机警地四处察看。

陈立华越来越认识到自己这位置的优越性了，楼上敌人观察哨的视线每次经过他这里，都会直接越过去，没人相信这臭烘烘的牛粪堆里面会埋伏着一个解放军的狙击手，陈立华眼看着那人在高处四处打量了一下，并没有看见任何可疑之处，又将头缩了回去，他立刻将情况报告给了赵黑虎。

“02，继续监视！”赵黑虎有些兴奋地说道，“其他人注意，今天白天马上到了，这一段时间内，任何暴露都等于死亡！”

“明白！”

众人答应一声，继续开始了漫长的等待，天已经越来越亮，再没有任何人进出清真寺。

上午11点，太阳已经升得很高了，初秋的季节说热不热，但真正等阳光照射下来，窝在低矮的土洞里面的人还是感到有些发闷，陈立华的考验来了，阳光照在牛粪上，那股青草腐烂的臭味完全散发出来，陈立华全身“沐浴”其中，粪里残存的潮气已经彻底进入了他的衣服和身体，很难受的感觉，陈立华没有别的办法，一动不能动，只好在脑子里面反复想着营区的澡堂子。

白天反而可以放松一些，除了不能动弹，不用担心会有敌人走过，除了做礼拜的日子，清真寺基本上是闲置的，而且这里的清真寺更是如此，大半天的时间，一个人也没有。

“排长，你说其他的弟兄都在哪儿呢？”钟国龙小声问赵黑虎，经过了一夜的苦熬，确实是无聊了。

“四面八方，估计都跟咱们一样，趴着呢！”赵黑虎这个时候并没有制止钟国龙说话，一是此刻确实没有任何情况，再有钟国龙他们毕竟是新兵，晚上就要打仗，适当说两句也许能缓解一下他们急躁的心情。

“嘿嘿！那晚上可热闹了。”刘强使劲握了握手里的95步枪。

“是啊！热闹。”赵黑虎说道，“咱们这组是最热闹了。堵着门打，要多痛快有多痛快。”

“02、02！你小子还没熏死吧？”赵喜荣小声笑道。

“没有。我舒服着呢。”陈立华言不由衷地回答，“这地方，又保暖，又软乎。味道这东西，习惯了也就没事儿了。我现在能闻出清炖牛肉的香味儿，你信不信？”

“别吹了！还清炖牛肉呢。我估计你半年之内跟牛奶、牛肉都得绝缘了。”赵喜荣笑道。

钟国龙也笑，小声说道：“02，晚上行动的时候你检查一下你那枪，别让牛粪把枪管儿给堵上。”

“嘿嘿，放心吧。真要是堵上，敌人挨了枪更惨。”

“行了，集中注意力！”赵黑虎瞧着这帮小子越聊越没边儿了，急忙制止。

陈立华仍旧仔细观察着敌人的动向，高楼那扇窗户边儿，敌人每隔几分钟都会探出头来观察一番，被他看得清清楚楚。

“一组、一组！听到请回答！”

是龙云的声音！

赵黑虎急忙回答：“一组收到，一组收到！请指示！”

“虎子，你那里情况怎么样？”

“一切正常！现在我的观察区域覆盖了正门方向的所有角度，正门原来是锁着的，敌人凌晨的时候先进去了一个尖兵，后面陆续又进去两批，一次 3 人，一次 5 人，现在没有新情况。”赵黑虎详细介绍着情况。

那边龙云满意地说道：“观察点选得不错啊！小心一点儿。不到最后一刻决不能放松。从现在开始，每隔一个小时向我报告一下情况。”

“一组明白！”

龙云关闭通话，又开始询问其他组的潜伏情况，现在他处的位置正是清真寺后面的树林里面，地势比较高，从这里看清真寺，整个清真寺就在眼前，礼拜堂后面有一排 5 间的宿舍，左侧有讲经堂两间，右边分布着净水堂两间，再往右是厨房、水房等。

根据赵黑虎的汇报清真寺是锁着的，倒是出乎他的预料，这么看来，这里面只有进去的 9 个恐怖分子吗？龙云着重观察起后面那 5 间宿舍房来。

一上午的时间，并没有发现有人从宿舍里面走出，直到下午 5 点多钟，还是没什么动静，看来里面真的没有人了。龙云正在思索，忽然，最边上的那间宿舍传来一阵响动，紧接着，从里面走出来 4 个恐怖分子，在后院，这些人无所顾忌地端着手里的武器，急匆匆地绕到正殿方位，紧接着，又有两个人走出来，肩膀上赫然扛着一挺重机枪。

“他 × 的！原来里面早有人！”龙云皱起了眉头，这里面究竟还有没有人呢？看来，这些人是早就潜伏在里面了，清真寺大门紧锁，无非是一个幌子，防止有教民无意闯入。好在敌人也在潜伏，昨天晚上的行动并没有让敌人发觉，要是部队今晚过来，可就不一样了！

天色渐黑，各方面的信息也逐渐传来，外围的公安同志通报，恐怖分子的各分基地点已经有动静了，他们和武警已经对这些地点进行了秘密的监视，第一时间迅速掌控局面应该不成问题，关键就看龙云这里了。

龙云根据自己各小组的汇报，开始思索这一仗该怎么打。现在里面的敌人，已知的是第一小组报告的9个人，再有就是刚才从房间里出来的6个人（6个人刚出没进，应该不可能在前面进来的9个人之中），就目前来看，敌人已经开始布置警戒火力了，究竟宿舍里面还有没有敌人，不到最后一刻谁也确定不了。再晚些时候，那些开会的头目也该陆续到场了，这样看来，敌人的数量还真不少，而且轻重火力齐全，自己40人的兵力，不是那么容易对付得了的。

“总部、总部！第三小组汇报，刚刚发现，敌人在主殿三楼圆顶下面的位置，布置了一挺重机枪！”龙云的耳机里面传来第三组组长许占强的声音，他的组一共4个人，潜伏在清真寺的右侧树林中，很快，同样能观察到的陈立华也跟赵黑虎汇报了这一情况，赵黑虎再次将情报报告给了龙云。

“各组注意，在战斗打响之前，密切观察寻找敌人的火力点！务求在战斗打响以后迅速解决掉敌人的重火器！”龙云发布命令。

时间一分一秒地过去，敌人的重机枪安排好以后，很快又撤了下去，应该是准备在最后警戒的时候再上，除此之外，并没有新的情况发生，整个清真寺开始有了一些人声，看样子，进去的那些恐怖分子应该是在布置会场了！

晚上9点，清真寺主殿三层的灯光全部亮起来，厨房里面开始有烟火，敌人开始做饭，空气中很快传来烤肉的味道。

晚上10点，一阵喧闹过后，清真寺开始安静起来，透过灯光可以发现，里面的恐怖分子仿佛有些紧张，有种如临大敌的气氛。紧接着，仿佛是得到了某个命令一样，里面又重新喧闹，恐怖分子跑上跑下，不时有人喊叫，应该是开始布置现场警戒了，这些恐怖分子看来是训练有素的，各组传来观察到的敌人的火力点分布，十分符合作战需要，整个清真寺在他们的布置下，几乎没有了盲点。

龙云紧张地观察着寺内的情况，并没有发现有新的人员进出，难道负责会议警戒的恐怖分子一共就这十几个？要真是这样，尽管他们面面俱到地设置了各个警戒点，但是他们绝对想不到四面潜伏了30个小时的解放军正时刻盯着他们，这些暴露的火力点无论如何精妙，都已经完全暴露，等于没设一样。

龙云倒是松了口气，看来自己下午担心的情况并没有发生，这十几个敌人，加上一会儿从各分基地点赶来的开会的小头目们，加到一起恐怕不到30个人，以自己连队的战斗力，这些已经观察到的火力点，他有信心在战斗打响5分钟以内摧毁80%以上。

晚上12点半，情况有了变化，根据一组赵黑虎的汇报，已经陆续有开会的恐怖分子进场了，也许是因为这些家伙在外围的暗哨已经布置停当，他们确信清真寺方圆几公里内不会再有人进来了，进场的人开始大声喧哗起来，这些恶魔仿佛格外地亲热，每进来一个人，都会引来一阵喧闹，平时并不见面的各分基地小组长们此刻见面，倒是很热闹。

1点10分，陆续进场的恐怖分子已经有七八个，敌人的外围暗哨不断传来“平安无事”的好消息，让这些人格外地兴奋，他们确信，这座原本圣洁的清真寺此刻成了他们誓师的会场了，整个清真寺不断传来一阵阵狂笑。

1点30分，最后的3个恐怖分子进入以后，热闹程度达到了高潮。忽然，一声厉喝，使整个会场顿时安静下来。那声音的主人显然是带着无比的权威。

“卡日阿吉，他在喊什么？”龙云对着旁边的一个小战士问，卡日阿吉是侦察连里面唯一的一名少数民族战士，这次行动龙云特意把他带在自己身边。

卡日阿吉仔细听了听，说道：“这个应该是一个大头目！他刚才在骂那几个大声说笑的人呢。”

“大头目？”龙云眼睛闪过一丝寒光，大头目的出现大大地刺激了他，这个大头目应该也是刚刚进来的吧。

“连长，看来该开始了吧？”话筒中，赵黑虎说道，现在已经是凌晨1点50分了，按照情报，2点钟会议即将开始，按照约定，外面布控的武警部队为了防止清真寺的敌人警觉，将出来开会的全都放了出来，应该是到齐了。

“齐了！”龙云低吼一声，开始布置行动任务，“各组注意，现在开始布置行动方案！现在开始布置行动方案！决定将攻击时间定在敌人会议开始后20分钟，即凌晨2：20！现在是凌晨1：53，对表！

“行动开始以后，第一组狙击手，迅速干掉敌人架在三楼正中的重机枪阵地。其他人原地待命，阻击从大门逃出去的敌人。其他小组同时发动攻击，将第一波攻击全部打在敌人的高位置火力点上。成功以后，各组炸开院墙，进入清真寺，迅速扫清敌人院内的各火力点，并马上向主殿集结，将敌人卡死在楼上！是否清楚？”

“一组明白！”

“二组明白！”

……

“六组明白！”

“准备战斗！”

此刻，整个清真寺安静下来，龙云的侦察连也安静下来，整个夜空死一般地寂静，大家都在等待着那一刻的来临。

第八十二章　狡诈狂敌

凌晨2点，清真寺中沉寂了片刻的恐怖分子们，终于开始了他们的会议，从龙云的位置可以很真切地听到，主殿一楼的大厅内，一个男人歇斯底里地吼叫着，随着男人的吼叫声，整个一楼不断传来掌声和欢呼声。

卡日阿吉恨恨地说道："这群王八蛋在庆祝这几天的胜利呢！"

"狗×的，让他们庆祝吧！"身上盖满杂草树枝的龙云握紧了手中的枪，将头压得很低，一双冒火的眼睛瞪着下面的清真寺，杀机涌现。

正门这边，赵黑虎咬着牙低吼道："最后一次检查武器装备！活动一下筋骨，脑子里都不用想别的了，都想着怎么让敌人脑袋开花吧。"

钟国龙就等着这一刻了！30多个小时蹲在这土坑里，早把他憋得像压紧了的弹簧，只等着发泄了。旁边的刘强和赵喜荣也兴奋地活动起筋骨来，此时还不能起身，4个人只好先坐到地上，活动着自己的手腕和脖子，避免关节因为长时间的扭曲而僵硬。

"02，你要打第一枪，务必准确击毙对方，否则重机枪发现你的火力点，一个扇面，你就明白牛粪不是防弹衣了。紧张不紧张？"赵黑虎最担心的还是陈立华，再怎么说，他们几个也是新兵，钟国龙与刘强和自己在一起还好些，而陈立华在距离自己位置200多米的牛粪堆里，就陈立华平时的训练水平来说，以他的枪法，上方那一正一副两个机枪手根本没有任何机会生还，怕就怕他紧张导致攻击失常，要是那样就坏了，他要是打不中，正面方向还有咱们两个小组，敌人重机枪要是一开火，就危险了，因为这重机枪原本就出乎我方的预料，我方并没有配备足够的压制性火力。

那边陈立华早已经将狙击枪瞄准了三楼上主机枪手的脑袋，听见赵黑虎的询问，小声回答道："报告！紧张没有，就是有点儿兴奋。"

"兴奋，你兴奋什么？"赵黑虎稍微放心，还是追问了一句。

"我还是第一次实战中射击敌人呢。上次抓ABL打着了腿，这次可要爆头了！"陈立华回答。

赵黑虎微微笑了笑，他从陈立华的语气中已经感觉到，这小子不会紧张了，既然如此，他也不用担心钟国龙和刘强紧张了，这3个家伙从小一起打架，状态总是差不多。

"全体准备战斗！"

开战前的分分秒秒，总是难熬的，对于已经准备好的侦察连官兵来说，这20分钟时间真像是20年一样漫长，主殿一楼里面，那疯狂的吼叫还在继续，阵阵的欢呼声就像是钉子一样钉在潜伏的侦察连战士心里，每个人都咬紧了牙，等待着攻击的开始。狗×的！你们就笑吧！你们就庆祝吧！很快你们就要为自己的罪恶付出代价了。

陈立华扣扳机的手已经出汗了，瞄准镜里面，三楼上面那个恐怖分子的脑袋时刻也没有离开过中心，陈立华看着那个脑袋，灯光下，满头杂乱的头发，下面一双贼眼正警惕地关注着正面的情况，甚至能看见那家伙下巴上一块铜钱大小的伤疤。还有5分钟，这颗脑袋即将被一颗正义的子弹打爆。陈立华自从当上狙击手以后，在图书室里读了许多关于狙击手的书，他知道，真切地看见敌人惨死的每个细节，这是狙击手必须面对的现实，作为一名狙击手，这一瞬间将只有冷酷，陈立华真切地感觉到自己的心在猛烈地跳动，他也一再反复地告诫自己：陈立华，你准备好了！

除了清真寺内那阵阵的欢呼声，外围的杀气已经升到了极点，没人说话，也没人想说话，唯一要做的，就是把自己手中的枪对准目标，调整角度，再调整，慢慢拉上枪栓，打开保险……

2点18分！

赵黑虎身后的树林中，忽然传来了一阵鬼哭狼嚎！一个恐怖分子像受惊的兔子一样，从树林里面狂跑出来，发狂地大喊着！

突如其来的情况让一组所有人大吃一惊。距离龙云发布的攻击时间还有两分钟，树林里面居然跑出来一个恐怖分子，这家伙惊慌失措地一路连滚带爬，手里的一把冲锋枪被他一下子摔出去两米多远，他居然理都没理，一路向大门的方向跑过去，边跑边狂喊："解、解放军！解放军！"

来不及汇报了！这个人已经和赵黑虎他们的藏身点近在咫尺，更重要的是，三楼的重机枪手已经注意到了这个恐怖分子，一楼疯狂的欢呼声使他们无法听清这家伙在喊什么，但是从那慌张的表情上看，他们知道一定是发生情况了！那机枪手冲着下面大喊了几声，立刻有人打开了大门！

赵黑虎等不了许多了，这一切就在这几秒钟内突然发生，来不得半点犹豫！随着一声大吼，赵黑虎像地底下冒出来的死神，从土坑里面跳了出来，此时，那惊慌的恐怖分子正好就跑到他的面前，而从大门走出来接应的一个恐怖分子端着枪，正好看见跳出来的赵黑虎，腹背受敌的赵黑虎并没有慌张，电光石火的那一刻，95 军刺闪电一样地出击，一声脆响，整个军刺直接从那名恐怖分子的额头扎进去，那恐怖分子最后一句"解放军"还没说完整，就再也没机会出声了，整个人像死猪一样仰面栽倒！

赵黑虎并没有停止行动，刀还没有来得及拔，身形猛地一低，一个翻转倒过身来，手里的枪随之发出一道火蛇，大门跑来的那个恐怖分子刚把手指伸进扳机里，子弹已经从他的胸前钻了进去，恐怖分子一声惨叫，倒在地上。

一切来得太突然了！不但恐怖分子没反应过来，连钟国龙他们几个也没反应过来！赵黑虎解决完第二个恐怖分子，就地一个翻滚，楼上的重机枪响了！子弹沿着赵黑虎滚动的轨迹噗噗噗地钻进地里，扬起高高的尘土，看来敌人的机枪手是受过专业训练的。尽管刚才的一切只有短短的几秒时间，但是高高在上的机枪手已经意识到了敌情，随手一个扇面打过来，幸亏赵黑虎躲得快。

不过，这名机枪手良好的反应能力很快毫无意义了，从牛粪堆的位置传来一声闷响，机枪手身体一顿，整个人栽倒过去，陈立华开枪了。

刚才陈立华一心瞄准敌人的机枪手，突如其来的变故一下子让他没反应过来，再转头看过来，这边赵黑虎已经动手了，正在这时楼上的机枪响了，陈立华这才明白过来，一枪命中！

不过，陈立华有些意外，他曾经无数次想象敌人被他打爆脑袋的场面，而当这一刻真正来临的时候，陈立华还是惊呆了。他想过会很惨，却没想到这么惨，透过瞄准镜，他清楚地看见了子弹打过去的全过程，敌人脑袋开花的一瞬间。陈立华吓坏了！

"陈立华！你他 × 的愣什么呢？"赵黑虎顾不得危险，站起来冲陈立华的方向大吼。

陈立华这才如梦方醒，慌忙看过去，三楼位置，敌人副机枪手可不是没见过世面，机枪已经掌握在了他的手上……

“嗒嗒嗒嗒嗒……砰！”

两边同时开枪！陈立华的第二枪击中了对方的胸部，一枪毙命，而自己的后背如遭重锤！剧烈的疼痛顿时传来，陈立华惨叫一声，晕了过去！

“老四！”钟国龙疯了一样从土坑中跳起来，直奔陈立华的位置跑过去，刚才他看见子弹在牛粪堆上冒起的青烟，加上陈立华大叫，他知道不好，一时间脑子嗡的一声，再也顾不得许多了。

“钟国龙！危险！”赵黑虎一看钟国龙冲了过去，大吃一惊，此时大门已经打开，里面的恐怖分子乱成了一团，已经有几个从门内冲了出来，钟国龙从远处往牛粪堆跑，简直是在找死。赵黑虎猛地冲上去，将钟国龙一下子压在身下。

“你他 × 的不要命了？”赵黑虎将钟国龙按倒，这个时候，赵喜荣和刘强已经和正门出来的敌人交火了。

“王八蛋！”钟国龙看见几个恐怖分子冲了过来，理智这才有所恢复，立马举枪射击，旁边的赵黑虎同时响枪，4 个人一起攻击，跑出大门不远的 3 个恐怖分子一下子全被打死，后面的几个又退了回去。

这边，攻击提前打响，龙云猜到肯定是出事了，当机立断地命令攻击开始，四面八方的战斗小组开始行动了，刹那间，各个方向都响起了枪声，手雷炸响的声音将整个天空都爆开一样，猛烈的攻击下，恐怖分子设在高点的火力点几乎全军覆没。

“冲进去！”龙云端起枪，一个手雷扔过去，正好落在清真寺的后墙根，一声巨响，两米多高并不结实的院墙被炸开一个缺口。随之四面爆炸声不断，侦察连已经向里面猛攻了。

敌人的火力被压制下来，钟国龙继续冲到牛粪堆跟前，发疯似的将陈立华从里面扒出来，火光下，陈立华面色苍白，嘴角还带着淤血，已经昏死过去。

“老四！老四！你他 × 的干什么呢？你醒醒啊！”钟国龙眼泪一下子冒了出来，声嘶力竭地大喊。

“钟国龙！放下他！”赵黑虎也跑了过来，将陈立华放到地上，检查他的伤口，陈立华此刻腰部以下已经被鲜血染红了，黑夜里一时看不清到底是哪里的伤。

“老四！老四！你他 × 的没死吧！”钟国龙紧张极了，着急地摇晃着陈立华。

这时候，刘强和赵喜荣也跑了过来，刘强一见陈立华的样子，吓得脸都白了。

“刘强！刘强！你背上陈立华从那个方向走！赶紧从树林退出去，医疗车应该到了！快呀！他还没死呢！”赵黑虎大声命令着刘强，刘强这时候才反应过来，背上陈立华就跑。

“老六！你跑快点儿！快点儿啊！慢了老四就没命了！”钟国龙嘶吼着站起身来。

他万万没有想到，战斗的一开始居然是这样的结果。看着自己从小生死与共的兄弟血肉模糊的样子，钟国龙快要疯掉了。

赵黑虎已经有些后悔刚才为什么不让钟国龙把陈立华背走了，现在事已至此，赵黑虎猛地拍了拍钟国龙，大吼道：“钟国龙！跟我冲进去！给立华报仇！”

报仇？

钟国龙被赵黑虎的两个字彻底刺激了，对！报仇！给老四报仇！钟国龙端起枪，吼叫着向清真寺冲了进去。

此时部队已经冲进了清真寺，恐怖分子们被这突如其来的攻击给打蒙了，这解放军像是从地底上钻出来的一样啊。一阵惊慌过后，他们已经失去了外围的所有阵地，此刻解放军已经冲进了院子，刚刚组织开会的头目这才清醒过来，开始组织所有参会的人员守住一楼，准备顽抗。

大门口，钟国龙像一头发狂的狮子，95 自动步枪吼叫着，向着一楼的大门猛冲过去。

此时，龙云已经带人从后面冲了过来，敌人的火力开始重新组织，龙云他们被敌人从窗户里疯狂打出的子弹压制在了院墙内侧，只好依托着半截炸倒的围墙又退到边上。

钟国龙还在往前冲，猛烈打出的子弹倒是压制住了正面窗户里的敌人，敌人纷纷低下头隐蔽着，钟国龙不管这套，他现在就是要冲进去，直接冲进一楼，他要用最直接的方式为兄弟报仇，亲手把里面的恐怖分子全部干掉。

对面的龙云一看钟国龙大吼着冲了进来，心说：不好！这祖宗又要发疯了！刚要发话，后面的赵黑虎已经追了上来，钟国龙弹夹已经打完，敌人重新冒出头来，刹那间，赵黑虎从后面猛地将他扑倒在地，强拽着钟国龙隐蔽到旁边赵喜荣隐蔽的矮墙后面，敌人的子弹几乎是擦着他们两个的头顶打过去。钟国龙重新换上子弹，站起身又要冲。

“钟国龙！你他 × 的混蛋！有你这样报仇的吗？”赵黑虎气急了，猛地将钟国龙拽倒，上去给了他一个耳光，“钟国龙！你是报仇呢还是送死呢？你又犯病了是不是？喜荣！把他给老子拖下去！让他回家给他兄弟报仇去吧！”

钟国龙被赵黑虎一个耳光打得冷静了许多，扯着嗓子喊："排长，我不回去！"

"不回去？不回去你就乖乖地听老子的命令！"赵黑虎急了，"报仇是要报，可不能不长脑子！你那样能冲进去吗？"

"排长！我什么都听你的，你说怎么办吧。"钟国龙眼睛瞪着看向赵黑虎。

赵黑虎从矮墙那边探出头去，他顿时发现，这清真寺的正殿大楼是钢筋混凝土结构，手雷根本炸不开，敌人聚集在里面至少有十几个人，武器都是AK47一类的自动火器，威力不容小视，唯一的两个窗户被敌人堵上了沙袋成了防御工事，看来这帮家伙是早有准备的。此时整个大楼被敌人占领着，二楼和三楼的火力点虽然已经被我们打掉，但是不排除敌人会随时上楼，因此，龙云他们从后面上来的战士也不敢贸然向前，正面我们的3个小组也是这种情况，既要对付敌人一楼的火力，又要时刻防止敌人从楼上居高临下地射击，都不敢靠得太近。原本打算炸开院墙后直接冲进去，看来是想得太简单了，从刚才的交火可以看出来，这伙敌人绝对不是乌合之众，而是一群受过专业训练，有很高军事素养的家伙。而我们一共不到40人，要想突破敌人的防线，伤亡肯定不小。

战斗一时之间陷入了僵持，双方谁也不敢贸然前进。龙云焦急地趴在院墙的后面，想了想，叫过战士卡日阿吉："卡日，现在我说一句，你翻译一句，注意隐蔽！"

"是！"卡日阿吉点点头，他知道连长又要用心理战了。

龙云思索片刻，大声喊道："里面的人听着！我是中国人民解放军的连长！现在你们已经被我们包围了！顽抗到底只能白白浪费性命！我要求你们马上放下武器，举手投降！争取宽大处理！"

卡日阿吉将龙云的话翻译过去，里面沉默了一会儿，一个人在里面喊了几句。

卡日说道："敌人说他们不想投降。他们也不相信解放军能宽大处理。"

龙云冷笑一声，决定换一种方式，他喊道："你们不投降是没有出路的。你们以为守着这一座楼就能顽抗到最后吗？不信咱们看看，我们的增援部队马上就到。到时候我倒要看看，这样的大楼能经得起几发炮弹，扛得住几个炸药包。"

卡日阿吉将龙云的话翻译过去，里面又是一阵骚动，忽然，一个声音大喊了起来。

"他说什么？"龙云问。

卡日阿吉惊叫道："他们说他们手里有人质！"

"人质？扯淡！"龙云根本不相信，"那让他们给我看看人质的样子！"

对方一番解释之后，里面传出一阵狂笑。

卡日阿吉翻译道："他说，他们外面的人已经告诉他，他已经知道自己的分基地点被武警消灭了，但是他们还有最后的一步棋，他们的一个秘密小组并没有被我们发现，而且已经开始在四周的村镇安放炸药了，只要他一个电话打过去，他的人就会立刻炸毁所有目标。他们想用这个跟我们谈判。”

“王八蛋！”龙云咒骂着对方，他无法判断对方说的是真是假，但是事情到了这一步，他不可能用老百姓的生命去打赌。

对方又开始了叫嚣。

“他们说什么？”龙云急切地问。

卡日皱着眉头说：“他们说要不要先炸一个点来证明一下。”

“混蛋！你跟他们说，我愿意跟他们谈判。看这帮狗 × 的有什么条件。”龙云着急地说，对方要真是有这一步棋，真炸起来麻烦就大了，龙云也不敢马虎，决定先听听他们的条件。

卡日阿吉把话翻译过去，对方又是许久的沉默，最后说要我方派一个谈判小组进去和他们面谈，他们要检验一下解放军的诚意。

“哪有这样的条件？”龙云着急了，这不明摆着要人进去赌命吗？

里面的恐怖分子又喧哗起来，有人狞笑着故意调开了手机的铃声，他们要证明手机就在自己手里。

“连长，我进去吧！”龙云的听筒里传来赵黑虎的声音。

“虎子，别胡闹！不能去！”龙云断然否决，但是心里又担心万一恐怖分子说的是真的，就不好办了。

赵黑虎和龙云搭档多年，知道此时龙云在想什么，和敌人这样耗下去，最后的胜利固然属于我们，但是万一恐怖分子外面真有秘密小组，这风险就大了，闹不好就是一场惨剧，类似的情况以前不是没发生过，敌人既然有手机，就不能排除这种可能。

“连长，我去吧！没关系，敌人也想活命，不敢把我怎么样！”赵黑虎坚持说道，“事不宜迟啊，万一他们说的是真的，咱们这趟不是白来了？”

“虎子，你……”龙云急得两眼冒火，还是下不了决心。

“连长！不能这么僵持下去！万一外面真的炸起来，咱们白干了不说，那可都是人命啊！”赵黑虎急促地说道，“就这样吧！我进去！要是真的，我就算救了无数的人命！要……要真是出事儿了，一条命试探出敌人的真假，也值了！你给我报仇！”

里面又开始威胁了，龙云也感觉不能等了，想了想，冲里面说道：“我们可以派人进去，但是我们必须带武器！”

卡日将龙云的条件翻译过去，没想到对方很快答应了他的条件，赵黑虎从掩体中站了出来。

“虎子！你小心！”龙云心中忐忑不安，“虎子！千万要小心啊！”

“放心！”

“排长！我跟你一起进去！”钟国龙忽然站起来，紧跟在赵黑虎的后面。

“钟国龙！你回去！”赵黑虎一瞪钟国龙。

钟国龙不管那一套，直接冲龙云那边喊：“连长，我要求跟排长一起进去。不能让排长一个人去不是吗？他们要敢对排长怎么样，老子就跟他们拼命！”

那边，龙云考虑了一下，最终说道：“虎子，就让钟国龙跟你一起进去吧。两个人也好有个照应。”

看连长已经说话了，赵黑虎也没说什么，用手挡了挡钟国龙，示意他站到自己后面去，两个人同时走出掩体，向着一楼大门走去，大门的位置，此时已经被恐怖分子用沙袋堵了半边，看不清里面的情况。

现场所有人都紧张起来，人们既佩服赵黑虎的勇气，又为他们两个担心，要知道，里面毕竟是一些杀人不眨眼的恶魔匪徒。

“注意掩护！”龙云命令，大家纷纷准备起来，一旦有特殊情况，大家必须要给赵黑虎火力支持。

赵黑虎将钟国龙挡在身后，一步步走进正殿大楼，钟国龙几次想走在前面，都被赵黑虎拽了回去，此时一楼里面静悄悄的，什么动静都没有！这样的安静让每个人的心跳加快，空气中火药的气味还没有散去，安静，安静……出奇地安静！

狡猾的敌人关了灯，大门口更显得黑暗，赵黑虎警觉地看着门口，一点一点向前迈进，5 米、4 米、3 米……

忽然，赵黑虎看见黑洞洞的大门口有什么东西闪了一下！沙袋后面，一个黑影跳了起来！不好！敌人早就在这里埋伏了一个亡命徒！赵黑虎脑袋嗡的一声，马上想到了身后的钟国龙，来不及了，他要是开枪，敌人只要也扣动扳机，自己死了不说，钟国龙就在身后呢！

“小心啊！”赵黑虎大吼一声，猛地将钟国龙推倒在地，自己整个身体挡了上去！同时，手中的 95 突击步枪吐出了火舌！

“排长！”钟国龙撕心裂肺地大吼。在敌人跳出来的一刹那，钟国龙就有些不知所措了，他原以为排长会马上开枪，没想到赵黑虎第一个动作是先把他推开！短短的零点几秒，敌人已经开枪了！

“虎子！”龙云疯了一般从掩体后面跳了出来！

所有的战士全都忘了什么叫隐蔽，所有的人全都跳了出来！侦察连现有的三十几杆钢枪全都冲着门口喷出了火舌！密集的子弹将门口的沙袋打得硝烟四起，四处迸溅，刚刚已经被赵黑虎击中的那个黑影顷刻间被打成了筛子！

赵黑虎倒在了血泊中！

“排长！排长！”钟国龙哭着扑上去，赵黑虎胸前已经中了数弹，整个人成了一个血人！

“别管老子！冲进去！杀！”赵黑虎喊出一句话，一口鲜血从嘴里喷了出来！

“排长，你坚持住，你坚持住啊！我背你走，你坚持住啊！”钟国龙哭着要背起赵黑虎。

赵黑虎摇了摇头，挣扎着说道：“钟国龙，排长……不行了！以后不要……再冲动了，我……以后管不了你了，也……帮不了你了，自己……做好……”

赵黑虎终于用尽了最后的气力，闭上了眼睛，手，还紧紧地握住钟国龙。

“排长、排长！你挺住呀，钟国龙背你回家……啊……”

“杀！”

“杀！”

“杀、杀、杀！”

三十几名战士疯了一般冲进了大楼！当前的龙云一脚踹开里面的房门，大吼着射出所有的子弹！眼睛却已经被泪水模糊了，龙云不顾一切地宣泄着怒火，大吼着：“虎子、虎子！”

里面的敌人居然连反抗都忘记了！刚刚诈降成功的喜悦丝毫没能给他们带来任何的快感，他们完全没有想到自己自杀式的攻击一下子让整个解放军的战士全都疯狂地冲了进来，没等有任何的反应，他们就在密集的弹雨中被打得血肉横飞。

战士们全都冲进了一楼的大房间里面，看看地下，居然还有一个胆小的趴在地上，躲过了刚才的子弹，却被一双双杀人的眼神吓得浑身发抖。

龙云一把将他抓起来，大声吼道：“为什么？为什么诈降？说！”

那小子已经吓破了胆，举着手呢喃道：“我……我投降！我投降！我说！我全说！这……这是我们的头领交代的……他、他说解放军趴在后面不出来，再等下去也是个死，还……还不如杀一个是一个！”

“头领是谁？”龙云气到了极点，后悔到了极点。

“他……他带着 3 个人走……走了！”那人已是脸色苍白，龙云的眼神里的杀气让他肝胆俱裂。

“走了？”龙云奇怪地看着那个恐怖分子。

那恐怖分子这时候指了指房间的一角，众人这才发现，那里居然有一个地下的暗门！

“我……我们本来也想跑，可……可头领说，不能便宜了解放军，要我们圣战到底！你们……你们不派人进来，我们也要杀出去拼……拼命……”

“轰隆！轰隆！”

两声巨响传来，那地道里面猛地一震，一股灰尘飞了出来，很明显，敌人逃出去以后，炸毁了地道。

“你们的头目是谁？地道出口在哪里？”

“我、我只知道他的代号是DLK……出口，我……我真的不知道……”

“啊——”一声怒吼，钟国龙哭着站起身来，又跑到了赵黑虎的遗体旁边，挣扎着将赵黑虎抱起来，哭喊着：“排长，我带你回家吧！钟国龙带你回家！排长，咱回连里去，我还给你留着牛肉罐头呢……”

龙云站在门口，看着钟国龙哭了一路走出大门，这个钢铁意志的铁血汉子再也忍不住了，一拳打在混凝土墙上，号啕大哭起来：“虎子！好兄弟呀！我……我不该答应让你去呀！虎子！虎子！你他 × 的不仗义呀！咱们说好的要永远并肩作战，你……你怎么把哥哥抛下了呀……虎子！虎子呀！”

“排长，排长……”

战士们全哭了，战斗的胜利并没有给这些勇士带来任何喜悦，他们现在只知道，又一个好战友、好兄弟离开他们了，千里迢迢来当兵，今生再也回不去了。

第八十三章　英雄不朽（一）

战斗结束了……但并不意味着真正的结束。

清真寺一仗，击毙恐怖分子 26 名，只有恐怖分子头目带着 3 个骨干逃跑，武警部队和后续赶来的解放军一个排追过去，终于找到了恐怖分子逃跑的暗道出口，距离清真寺 2 公里，暗道被敌人炸毁，早已经空空如也。

参加战斗的侦察连轻伤 3 名，陈立华后背中了一弹，右腿一弹，幸运地偏过了要害和骨头，一条命算是保了下来，但让侦察连沉痛的是，他们的一排长赵黑虎胸部中弹，永远地停止了呼吸，钟国龙不管那一套，哭喊着坚持将赵黑虎送进了医院，全连的战士都围在急救室门外，等待着奇迹的发生，但是，不到 5 分钟，医生就从里面走了出来，皱着眉头说道："伤员当场就牺牲了，已经没有抢救的必要了！"

"你放屁！"浑身是血的钟国龙端起枪就指向了医生的胸脯，大声吼道，"你给我滚进去！我要你把排长救活！"

"同志！我也是军人！战友牺牲我也很痛心，但是我没有起死回生的本事啊。"医生无奈地看着钟国龙的举动。

"谁说他死了？谁说他死了？我刚才抱他还是热的呢！你们给老子闪开！"钟国龙粗暴地推开拉住他的战友，瞪着眼睛冲医生喊，"你们医生是干什么吃的？救不活排长，老子炸了你这鸟医院！”

“钟国龙！你住手！”后面，冲过来的龙云一脚将钟国龙踹出去两米多远，上去又一阵拳打脚踢：“混蛋玩意儿！我他 × 让你耍混！我他 × 让你耍混！”

“连长！有本事你他 × 的就枪毙我！”钟国龙疯了一般，此时他的内心全都乱了，赵黑虎的牺牲对于钟国龙来说，简直是灭顶之灾，他现在不想别的，就想跟赵黑虎一起死了得了，龙云一打他，他更加坚定了这个信念，从旁边一把抓过枪，对着自己的脑门就打开了保险。

“王八蛋！”龙云这回是真急了，一把夺过钟国龙的枪，拽住他的衣领就往外走，钟国龙被龙云一路拖着出了医院的大门。

“你们都回去！别过来！”龙云瞪着眼睛喝退了跟过来的战友，转身冲着钟国龙吼道，“钟国龙！你不是混蛋吗？别在医院给老子丢人！你跟我走，我给你找个地方！”

龙云抓着钟国龙，两个人一直走到医院后面的一个小空地上，龙云将95步枪和自己的手枪全扔在地上，一把把钟国龙推倒在地，指着枪冲钟国龙吼道：“钟国龙，这回这里就咱们两个人，这两把枪你都看见了！现在你自己选择！你要感觉自己不是男人，不是战士，不是我龙云带的兵，马上拿起左边的手枪，就用那把手枪冲自己太阳穴打，我龙云决不拦你！你要是感觉自己应该是个男人，应该有个男人的样子，你要是承认自己是我和虎子带的兵，你就把步枪拿起来，为虎子报仇！”

钟国龙趴在地上，哭着看着地上的两把枪，用拳头使劲砸着地，嘴里哭喊着：“排长！排长啊！是我的错啊！当时你要不是先把我推倒，那王八蛋没有开枪的机会呀！排长，是我害了你，是我害了你呀！连长！是我害了排长，上次我害得他受伤，这次我害他丢了命。该死的是我！”

龙云上去又将钟国龙拽起来，一拳打倒在地上，嘴里骂道：“混蛋！钟国龙！你真混蛋啊！我看错你了！你根本不是当兵的料！你也别选了，你自己拿手枪自杀吧！你就当孬种吧！你死了到地下你也别去找虎子了，你不配！赵黑虎也绝对不会见你这样的逃兵！”

钟国龙倒在地上放声痛哭，他感觉他此时只想哭，他从来没有像今天这样难受过，也从来没有像今天这样自责过，两把枪摆在自己面前，他真的不知道要拿起哪一把来，哪一把枪也换不来排长的命，排长已经牺牲了，这才是现实。

龙云站在那里，看着钟国龙伤心的样子，这个铁血的汉子再次掉下了眼泪，他冲上去一把将钟国龙抓起来，和他紧紧抱在一起，痛哭起来：“钟国龙！你个小王八犊子！虎子是我的兵，你也是我的兵啊！我已经失去了一个兄弟，不能再失去一个了。”

“连长！”

两个人哭成了一团，偷偷跑来的战士们看见这样的情景，也全都哭了，旁边原本是想看热闹的护士们，此时全哭了，她们在医院工作，接触的战士不少，还是第一次见一群钢铁汉子哭得这么伤心。

“钟国龙！起来，咱不哭了！”龙云擦干了眼泪，捡起突击步枪，重重推在钟国龙的怀里，郑重地说道：“战友牺牲了，咱们应该伤心，可是伤心解决不了问题呀。军人上了战场，命就不是自己的了！你必须好好活着，你要亲自抓住那个DLK，给虎子报仇！”

钟国龙哭着接过枪，将枪柄攥得紧紧的，还是无法摆脱巨大的悲愤，龙云知道以钟国龙的性格，很难在短时间让他平复心情，战斗刚刚结束，他还有许多事情要做，龙云只好命令几个战士看住钟国龙，自己长叹一声，离开了现场。

离开了医院的那一刻，钟国龙看见一个年轻的女人急匆匆地赶来，撕心裂肺地哭着。他不认识这个女人，但是他知道，这一定是赵黑虎的女朋友，那个平时让大家无限猜想的排长的神秘女友，钟国龙忽然有了一种负罪感，他实在不敢面对那个伤心的女人，这一刻，钟国龙真的退缩了，无限的痛苦使他陷入了不可自拔的境地……

战斗结束已经3天了，威猛雄狮团的营区里面，这几天也陷入了悲痛之中，全团几天内牺牲了两名战士，一个是王成连，一个是赵黑虎，两个人的牺牲同样壮烈，同样让人震撼。两个人的事迹由团党委同时上报，上级授予他俩最高的荣誉称号。一个团在一个月内，有两名战士被授予中国人民解放军的最高荣誉称号，是何等的光荣，是何等的荣耀！但是，对于这些战士来说，更多的是悲痛，因为每一次荣誉的背后，都是以一名战友的生命为代价，如果这样，他们宁愿不要这个荣誉称号。

下午就要召开对两名同志的荣誉称号授予大会，操场上，钟国龙静静地靠着一棵大树，两条腿无力地瘫在地上，双目呆滞。3天了，他没有吃一口饭，脑子里面总是浮现着赵黑虎的身影，他努力地回忆着关于赵黑虎的点点滴滴，他想起刚到新兵连的时候，第一次看见这位粗壮彪悍的副班长，尤其是他一脚将李大力踢飞的时候，钟国龙感觉这家伙肯定是个有勇无谋的傻大个儿。他又想起自己曾经在训练场上跟赵黑虎挑战，被赵黑虎拉得一点脾气没有。从那时候，他再也没敢小看这位班长。想起第一次参加战斗时赵黑虎替自己挡的子弹，想起自己打了九连长被关禁闭时和赵黑虎的彻夜长谈，眼泪就这样一串又一串地往下掉，一直掉在地上，钟国龙不想擦，也无力去擦。赵黑虎拿出女朋友给买的夹克时的羞涩表情，曾经让钟国龙想起来就笑，但是现在想起来，钟国龙的脑海里马上就会浮现医院里那个哭得不成样子的女人的模样。

“老大，吃点东西吧！”

旁边，刘强低着头走了过来，手里拿着两根火腿肠还有一瓶水，钟国龙无力地摇了摇头。刘强无奈，把东西放下，挨着钟国龙坐了下来，他想安慰钟国龙，又不知道说什么，想了想，故意笑道：

“老大，刚才我搭连部的车去看老四去了，这家伙，吃了整整一只烧鸡。真幸运啊他！那两发子弹全从肉里穿了过去，没伤骨头也没伤内脏，尤其后背那一枪，子弹斜着进去，从肚子上就出来了，你说幸运不幸运，就一点不好处理，人肚子打出牛粪来了，哈哈……老大，老四还怪你没去看他呢。说等出了院找你说理呢……”

钟国龙将一只胳膊搭在刘强肩膀上，喃喃地说道：“是我不对……明天，明天我去看他去。”

刘强点了点头，看钟国龙还是面无表情的样子，想了想，小心翼翼地说道：“老大，我说了你别生气……其实，你不用这么自责吧……毕竟是打仗，伤亡是难免的……”

钟国龙摆了摆手，示意他不要说了，忽然，转过身子，通红的眼睛盯着刘强，问道：“老六，你说，我是不是真的不是当兵的料？”

“谁跟你说的？”刘强猛地站起来，大声说道，“你要不是当兵的料，那咱们弟兄就全不是当兵的料了。老大你忽然想这个干什么？”

钟国龙苦笑着，再也不说话，刘强站在那里，不知道该怎么安慰他。

“钟国龙！你在这儿哪。”不远处，胡晓静气喘吁吁地跑了过来，“你可把我找苦了。钟国龙，连长找你呢，要你马上过去。”

“晓静，你回去跟连长说，我……我不去了，我……挺好的。”钟国龙说道。

胡晓静苦笑着摆摆手说道：“还是你自己去跟他说吧！连长那脾气，本来就不小，这几天出奇地大，我要这么跟他说，他还不踹死我？”

“走吧，老大。连长找你肯定有事。”刘强赶紧将钟国龙硬拉起来，推着他就走。

无奈，钟国龙跟着胡晓静往连部走。

“进来！”

龙云坐在椅子上，看着钟国龙走进来，冲胡晓静摆了摆手，胡晓静知趣地退出去，关上了门。

“疯了还是傻了？”龙云看着脸色苍白的钟国龙。

钟国龙嘴唇动了几下，小声说道：“没疯，也没傻……”

“那为什么不吃饭？”龙云从抽屉里面拿出一个塑料袋，从里面掏出来个纸包来，里面是一片一片的牛腱子肉，放到桌子上："吃吧！吃完再说，上午本来是要给陈立华捎过去的，刘强这小子跑得飞快！"

"连长，我……吃不进去。"钟国龙确实没有胃口。

龙云叹了口气，说道："钟国龙啊钟国龙，全连，全团，就你一个人伤心是不是？"

"连长，这不一样……排长，是因为我才牺牲的。"钟国龙的眼泪不争气，又流了下来。

"你爱吃不吃！"龙云气愤地将牛肉又塞回抽屉，使劲关上了抽屉门，站起身指着钟国龙的鼻子说道，"钟国龙！你小子现在长本事了！当兵不到一年，你学会哭了是吧？你这算干什么？绝食？负罪？还是对谁有意见？"

"连长……我……"钟国龙不知道该说什么。

龙云绕过桌子，走到钟国龙的面前，轻轻拍了拍钟国龙的肩膀，说道："我知道，你的心里解不开这个结，你过不了这一关，但是钟国龙我告诉你，这一关你要是过不了，你就完蛋了，你就比死了还惨。我原本以为，虎子的牺牲，能让你知道当兵的意义，能让你更成熟一点，更坚强一点，可是现在看来我是错了，你没有更成熟，也没有更坚强，你现在变成了一个蚕蛹。一个把自己缠得乱七八糟始终钻不出心结的蚕蛹！钟国龙我问你，假如你死了，虎子能活过来吗？"

"不能！"钟国龙茫然地摇摇头。

"那我就告诉你一句，"龙云抬高了嗓门，说道，"我龙云的兵，可以牺牲，但是绝对不能倒下。我不排斥怀着仇恨要为死去的战友报仇的兵，但是我绝对不喜欢像你现在这样懦弱得活不起的兵。"

钟国龙听着龙云的训斥，咬着嘴唇，忽然从衣兜里掏出一张纸来，低声说道："连长，你什么也不要说了，也许真的跟您在医院说的那样，我……不是当兵的材料，我鲁莽暴躁，我在战场上不理智，这是我申请提前复员的申请书……"

龙云严肃起来，接过钟国龙的那张纸，仔细地看了一遍，抬起头，看着钟国龙，一字一句地说道："这么说，你想放弃了？"

钟国龙红着眼睛，咬牙点了点头。

"你他 × 不是永不服输的吗？"龙云红着脸吼出了一句，看了一眼钟国龙，又缓缓说道，"假如我收回那句话……或者说，我承认上次在医院我说的是气话，你能考虑收回你的申请吗？"龙云看着钟国龙。

钟国龙想了想，仿佛用尽了全身的力量却始终提不起精神来，摇了摇头。

"好！好！"龙云气愤地拿起钢笔，在钟国龙的申请书上面签上了自己的名字，将申请书塞进抽屉里，说道："我同意！我批准！申请书我已经签字，我会尽快上报到团里，快的话，今年年底你就可以跟复员的战士一起回家了。现在10月底了，还有个把月。怎么样钟国龙，这回你满意了吗？"

钟国龙不再说什么，站在那里又是一阵发呆，这申请是他昨天晚上在冲动驱使下写的，他原本拿不定主意交还是不交，但是现在他已经交出了申请，而且，更让他没想到的是，龙云这么痛快就签字了，这让他的心情很复杂，甚至有些后悔，但是连他自己也不知道，自己究竟是愿意龙云签字还是不愿意，钟国龙的心思又一次坠入了万丈深渊，他有些不知所措。但不管怎样，整个人仿佛得到一些解脱，轻松了不少。

"好了，一切正常的话，你在部队的时间只有一个多月了，在这一个多月的时间内，你还算是我的兵，现在我命令你把肉吃掉，然后跟我去办一件事。"龙云又将牛肉拿出来，递给钟国龙，"服从命令！"

钟国龙看着龙云那坚定的眼神，知道自己无法违抗命令，低头将牛肉吃了，龙云没说话，递给他一杯水，钟国龙几乎是囫囵吞下了肉，喝完水，也没能感觉出牛肉的香来，看见龙云看着他，小声问道："连长，去办什么事？"

龙云有些沉痛起来，眼中也有些湿润了，他说钟国龙爱哭，自己这3天以来都不知道哭了几场了。

"虎子的父母和大姐从老家赶来了，我带你去火车站接他们……七十多岁了，就这么一个儿子……"

"连长，我……"钟国龙立刻紧张起来，一颗心就像被针扎了一样，一阵剧痛。他不明白龙云为什么要带他去接赵黑虎的家属，他不知道自己该怎么面对赵黑虎的家人。这太意外了！心中那种负罪的感觉重新冲了出来，比之前更猛烈地袭击着他的全身，钟国龙此时有一种窒息的感觉……

"怎么了，很意外吗？"龙云故作轻松，"指导员不在，全连除了我，算你和虎子感情最好，咱们两个去接一下也算人之常情吧！别啰唆，走！"

钟国龙几乎是被龙云押着上了车，汽车开出营区，直奔火车站。一路上钟国龙心乱如麻，龙云开着车，面无表情，此时也是心事重重，当兵11年，他曾无数次去车站接战友的家属，可是这次不一样，这次他要去接的，是烈士的家属，是他曾经的好兄弟赵黑虎的家属，他从来没有接过这样的家属。钟国龙也许并不知道，龙云现在身上的压力，要远比他大上十倍百倍。对于赵黑虎牺牲的那种痛，龙云比钟国龙还要感受得真切，如果说钟国龙的悲痛里面，内疚和自责占了很大比例的话，龙云的悲痛中，对兄弟的惋惜和思念之情更加深切，兄弟两个并肩战斗，出生入死数次，现在赵黑虎走了，这种感觉，只有真正经历过血与火考验的人才能体会得到。

况且，龙云所面对的压力，还不止于此，他是连长，这次侦察连虽然胜利完成了战斗任务，可是，面对战友的牺牲，对全连战士的内心都是一个巨大的打击，这样的打击是一个可怕的心理魔鬼，一旦蔓延开来，后果将不堪设想。现今的时代，和几十年前的战争年代不同，那个年代的军人，每天都面对这样的生死，无论是心理承受能力和调整能力，都高于现在的战士数倍，但是现在，牺牲毕竟是极少数的情况，很多战士当兵好几年，都不会经历这样的事情，更不用说这些新兵了。而最让龙云放心不下的，还是身边的钟国龙，赵黑虎的牺牲，让钟国龙到现在还不能接受，钟国龙几乎到了崩溃的边缘。这种情况几年前龙云在自己的老班长牺牲的时候经历过，他最能体会到个中滋味。说实话，直到现在，龙云也想不出什么好的办法能让钟国龙顺利渡过这一关，这次让他来跟着自己接赵黑虎的家属，也是龙云的一次尝试。换句话说，他想通过这样的方式将钟国龙内心的枷锁打开，可他并不知道这办法到底会不会有效果……

边疆的小火车站，此刻仿佛也增添了一分凄凉，下车的人不多，个个行色匆匆。走在最后的，是互相搀扶的4个人，一个是军人，脸色铁青，右手拎着一个旅行包，左手搀扶着一位白发苍苍的老太太。老太太吃力地向前挪着步子，饱经沧桑的脸上满是泪水，嘴里在喃喃地念叨着什么。老人似乎是遭受了难以承受的悲痛，神情是那样可怜和无助。旁边，一个衣着朴素的中年女人哭得眼睛通红，却不住地劝着老太太，又不时地回过身去，拉一把走在最后面的一个古铜色皮肤、满脸皱纹的老大爷。

老大爷是这3个人中唯一没有哭的，脸色却阴沉得可怕，白纸卷成的旱烟已经抽到了头，直到烫了手指，才将烟卷扔到地上，剧烈地咳嗽起来，老人哀叹一声，又掏出烟荷包，又卷起一根烟，点着，狠命地抽。

这4个人正是指导员苏振华和从山东接过来的赵黑虎的父母及大姐，团首长特批，4个人从山东坐飞机到达边疆，又转坐火车。3天来，3个人平生第一次坐了飞机，却是奔赴儿子牺牲的地方。这样的痛苦对于他们来说，实在是太残酷了。

车站门口，一辆军用越野车前面，站着龙云和钟国龙。

“大叔大妈……到了……”苏振华轻声地说道。

“虎子啊！我的儿啊……”老太太忽然一声凄惨的哀号，扑倒在车站门口，整个人瑟瑟发抖，老泪纵横。

“大妈！大妈！”龙云含着眼泪冲上前，将老人家慢慢地扶起来，却不知道该说什么……

“妈！妈！您……您别哭坏了身子啊！”中年女人哭着扶住老太太，泣不成声地说道，“妈，咱别哭了……再哭弟弟也回不来了，您老人家就省省力气，见到虎子再哭吧！”

老太太颤抖着身子，自言自语地念叨着：“虎子啊虎子啊！你跟娘说过年就回家，你还回不回家呀？你个臭小子啊，你从小就不听话，你总说回家看娘，总说回家看娘，当兵七八年了，你就回去看了娘一回呀。娘还没跟你亲热够呢，你就又回去了，虎子，你这回还回去不回去呀？娘可是天天盼过年啊！娘想你呢……”

“大妈！”一声大喊，钟国龙冲了上来，“扑通”一声跪倒在虎子娘的身前，泪水止不住地流了出来。

“钟国龙，你先起来！”旁边，龙云拉着钟国龙，钟国龙仍旧跪在地上，哭得更伤心了。

“孩子，你……你快起来呀！你这是怎么了？”老太太看到钟国龙伤心的样子，哭着想扶起他来，哪里扶得动。钟国龙哭得已经失声了，整个人像钉在地上一样，始终不肯起来。

后面，一直闷头抽烟的赵大爷走上前，两行老泪也流了出来，冲着龙云问道：“这……这孩子是怎么了？”

“大爷，他……是赵黑虎同志牺牲前掩护的战友，也是赵黑虎同志带的兵，他……”龙云也不知道该怎么跟赵黑虎的父亲介绍钟国龙。

老大爷仿佛明白了一切，扔掉了烟，忽然瞪起了眼睛，大声吼道：“这娃子！你给我起来！你哭什么？当兵的哪有跪着的道理！”

钟国龙跪着没有起来，此时此刻，他真想让赵大爷痛骂一顿，就算打一顿也好，他现在的想法只有一个，他对不起眼前赵黑虎的亲人们。

赵大爷却并没有像钟国龙想象的那样，出乎所有人的意料，这个倔强的山东老汉说出一番足可以影响钟国龙一生的话来：“孩子，俺一辈子种田，没当过兵，也不识什么字，可是俺老汉活了 70 岁了，啥事儿也经历过了，你这样做不对着哩！你要真是我们家虎子救下的兵，你就得明白虎子为什么救你。他救你不是让你给俺们这两个老不死磕头下跪来了。俺知道，俺儿子不是孬种，他救下的兵，也不能是孬种，孩子，你站起来！你还得接着俺儿子的班儿继续打冲锋呢！跪着哭的兵，俺儿子看不上，俺也看不上！”

“大爷，我……”钟国龙不知道说什么了，此时此刻，赵老汉的话就像一记响锤一样砸在他的心上。是啊！钟国龙啊，你这个混蛋！傻瓜！你居然想放弃，你要真的放弃了，你对得起眼前的两位老人吗？

“钟国龙，还不起来！扶着大爷上车！”龙云松了一口气，将钟国龙拽起来，扶着两位老人一起登上车，向营区开去……

第八十四章　英雄不朽（二）

这几天以来，威猛雄狮团的官兵们经历了两场最不愿意经历的集体大会，赵黑虎和王成连的荣誉称号授予大会已经召开过了，英雄们得到了无数的嘉奖与表彰，人民军队赋予了他们最高荣誉称号。但是，在全团几千名官兵看来，也许再多的荣誉也不能替代战友的生命，战士们被英雄的事迹感染着，也经受了一次人生最重要的灵魂洗礼。

上午，全团官兵再一次集合在操场上，他们刚刚送走了英雄王成连，今天又要送走赵黑虎，往日检阅士兵的主席台上，此时气氛异常肃穆，鲜花围绕的骨灰盒前，英雄赵黑虎的大幅头像位列正中，照片上，赵黑虎头戴军帽，身穿尉官军服，笑得很憨厚，也很灿烂，这张照片是从今年新兵刚下连队的时候，全连的合影中取选出来的，战士们翻过了赵黑虎所有的照片，大家一致感觉这张照片中，排长笑得最灿烂，他们想让排长留下一幅在笑的遗像，特意跑了几十公里，用最先进的数码扫描技术将照片截选、放大。

主席台的一侧，坐着团首长，还有赵黑虎的父母、大姐，最边上，坐着一位漂亮的女孩，哭肿的双眼也不能掩盖女孩儿的美丽，白皙的皮肤，秀丽的面庞，此刻却让人不免生出许多怜惜，她就是赵黑虎的女友李小仪，龙云特意将她请来参加赵黑虎的追悼会。几年来，赵黑虎的这段恋情，只有龙云最清楚，也只有他知道两个人的感情已经到了怎样的程度，在医院那天，龙云把她叫了去，今天也不能例外，这个漂亮的姑娘要在今天送赵黑虎最后一程。

龙云忍着巨大的悲痛，站在台上，看着坐在最前排的侦察连战士们，努力使自己平静下来，声音低沉地说道："今天是我们送走英雄的日子，作为英雄所在连队的连长，我来主持这次我最不愿意主持的追悼会，我们侦察连全连的兄弟商量了一晚上，也想不出该怎样让追悼会更隆重一些，最后有几个战友说，还是让虎子平静地走吧，我们不愿意喊什么口号了，我们也不愿去想怎样用最激情的语言表达我们的悼念之情了，在今天，我只想念一封信，这是一封遗书，是赵黑虎同志在上次战斗之前，按照惯例，交给指导员保管的遗书。遗书原本是两封，一封是写给他的父母姐姐的，一封是写给他热恋的女友的。写给女友的那封，我不念了，我想一会儿让李小仪同志念一篇她写给他们之间爱情的最后的日记吧。虎子生前的事迹是我们和他一起经历过的，每个人都刻骨铭心。我想通过这样的方式，能让大家从另外一个方面认识一下我们的好战友、好兄弟！"

偌大的操场，除了家属和战友低低的哭泣声，再没有别的声音，显得十分安静，龙云拿出信，眼泪在眼眶中打转，他忍着眼泪读了起来。

爸、妈、姐：

这是我第几次写遗书了？嘿嘿，参加的战斗太多，真想不起来了。刚才我还跟我们班的那几个新兵小子说，不给你们写了，可想了想，还是写吧，反正你们也收不到。

爸、妈，我当兵这些年，家里基本上跟没我这个儿子一样，但是你们知道吗？我其实挺想你们的，有时候晚上梦见爸又因为我犯错，拿镐把子满院儿地追着打我，醒了以后我就笑，其实爸早打不疼我了，我有时候怕他不解气，故意叫唤呢。妈还心疼得直哭，只有妈哭的时候我才最伤心呢！

怎么说呢？当兵就得打仗，打仗就难免有牺牲，我还算是幸运的，好多人当很多年兵都遇不上一次战斗，我遇上了好几次了。真要是哪天轮到你儿子倒霉，你们也不用太悲伤。倒是我会很遗憾，我活了快30岁了，还没孝敬过你们二老呢，你们一定怪我不孝顺吧？所以，我还是不要倒霉的好，那样等将来复员回家，我就找个好工作，挣很多的钱，把当兵这些年该孝敬你们二老的全都给补上。

姐，我不在家，咱爸妈可多亏你照顾了，从小你就心软，总被我欺负，现在兄弟长大了，不会再欺负你啦。倒是你得跟我姐夫说说，他别一喝酒就发脾气，再敢打你，等我回家的时候非好好收拾他不可。

呵呵，不写了。写着写着遗书不叫遗书，倒成了家信了。家信就家信吧，打完这一仗，我跟指导员把信都要回来，全保存好，回家一封一封给你们念吧。最后，祝爸妈姐身体健康，祝我自己百战百胜！

儿：赵黑虎

龙云的第一封信念完，全场已经泣不成声，赵黑虎的家人更是哭成一团，龙云低头擦了擦眼泪，把李小仪请了上来。李小仪站起身来，身体有些摇晃，手里拿着她那本已经被泪水打湿的日记本。今天，她要把这本关于他们爱情的日记最后的篇章念出来。

昨天龙云说起的时候她还有些犹豫，但是想到自己和赵黑虎的感情，她最终还是决定在赵黑虎的追悼会上将这篇日记念出来，正像龙云讲的那样，今天的追悼会，除了烈士的悲壮，除了那些枪林弹雨铸就的辉煌，还要让所有人看见赵黑虎平凡的一面，温柔的一面，他们要用这种方式祭奠为了祖国而献身的英雄，祭奠他再没有机会享受的生活。千人见证之下，李小仪那凄凉哀切的声音在会场上方萦绕不去。

“你含着眼泪坚决地对我说，这是任务前最后一次与我联系，你说你有秘密任务，安好，别再联络。安好，是你我之间的一个密语，每次这两个字出现的时候，我都没有别的选择，只能等待着你下一次的电话，祈祷这不是最后一次……而我已陷入了沉默……

“每每月色布满城市时，我都会拉开窗帘，孤独自尝，羡慕着月光下的一双双一对对情侣，看那幸福甜蜜的你你我我，我心好痛，痛得流下了眼泪，那一刻我多么希望你能出现在我面前，哪怕只是一分一秒，再听一听你的声音，再抚摸一下你那张‘铁脸’。

“你永远地离开我了，但你那高大威严的样子仍清晰地刻在我脑子里。是的，你是世界上最威武的军人，是最令人爱戴的军人。你无论穿军装还是便装，走起路来都像是在迈正步。每次和你在一起散步，我都得一溜小跑，你是在‘散步’，我却是在‘冲刺’。你从来不会体谅我，我抱怨的时候，你总是憨憨地笑一声，脚步慢下来，走不到几步又不自觉地快起来……现在，你后悔了吗？

“认识你是在那年‘八一’建军节，当时我即将毕业，我的学校和你的连队搞‘军民共建’活动，我自告奋勇充当羽毛球‘外援’。比赛刚开始，我‘以柔克刚’的打法一路过关斩将，那些小兵仔有一身蛮力却派不上用场，被我的长短球吊得满场乱窜，我得意忘形。到了最后一轮，对手便是你了。看到你的第一眼，我感觉你就是一个地地道道的非洲人，可能是长期带兵操练的缘故，你这家伙只有牙齿是浅色的，在我看来，你更适合下井挖煤矿，而不是玩羽毛球这种小巧灵活的运动，我根本没把你放在眼里，事实证明我错了，随着你一路强攻智取，我的傲气灰飞烟灭，体力不支地退了下来，大口大口喘气。眼看我载誉归校的美梦就要泡汤了，我岂能善罢甘休？！看你在树荫下独坐喝水，我走了过去，一脸崇拜地说：这位兵大哥你真行，把我一个弱女子打得毫无还手之力。你的脸一下红了起来，放下杯子，不知说什么好。我心里暗自狂喜，继续说：军人就是军人，有困难就上，有荣誉……啊，我没别的意思。

“你的脸更红，盯着杯子，一言不发。后来，我拿了第一。其中的内情并不重要，重要的是这个‘来之不易’的荣誉让我着实风光了好一阵子。后来我离开了学校，而你还是带你的兵。其实你我相隔只是两个站的距离，在家等待分配的我也常常到你的连队里打球。战士们都说我‘醉翁之意不在酒’，我反而在心里笑他们‘呆子’，追我的人能排上一个连队了，我会看上你这个非洲人吗？只是你豪气的个性和精湛的球技，让我觉得安全愉快而已。

“一个月后，我被分配到另一个城区，做行政秘书员。工作轻松没有压力，空闲时我竟然会常常想你，后来我们便书信往来，不久成了好朋友。又后来，由于我常周末回家，也常去你的连队打球，不知不觉，我对你有了依赖之情，有你在我就有安全感。最后，我不得不承认，我爱上了你。

“当我写信告诉你时，你在信上说，你不能给我一个完整的家，你不能给我作为女人应该拥有的幸福。那时我很伤心，耍起了小孩子脾气，把电话打到了你的办公室，没好气地说‘明天下午你给我下来，不然我就毙了你’。没想到你中午就下来了，我心中大喜，以为你是来陪我过周末的，谁知你一见面就说：我有紧急任务下午就出发，我忙问去哪儿，你不言。我知道军命如山，也不得外言。在那一刻，我还是感觉到了你我之间的差距，军令面前，你永远不是属于我的。

“‘我不能陪你了，我……我也喜欢你，但是，我是个军人我不能……’我捂住了你的嘴，不让你说。我紧握着你的手说：不管你到哪里我的心依然守候着你。我不知道你当时怎么想，在我的心里，这句话已经成了我的承诺，是我爱上一个人后做出的承诺，也许正是这样的承诺，让我的心和你更不能分开。

“有一年的春节到了，大街小巷、家家户户都在贴对联、挂灯笼、穿新衣；唯独我一人躲藏在房间里，任凭孤独浸没。突然一阵清脆的电话声响，我跑去接电话，可电话那头只有沉默，我没好气地说，你不说我可要挂了……你却说，我就在你家门口……

“我丢下话筒狂奔到一楼，透过玻璃终于看到了你。我猛推开门，冲上前，紧紧拥抱着你，我哭了。你却笑着说：只是被3个鸟蛋砸了一下，没事了，只是让你担心了。我不理，仍在你怀里喃喃地说：只要你回来，我什么都不怕。

“一年后的春节前夕，你平安地出现在我面前。那一次你在我身边停留了一天，又走了。你跟我说这是连里特批的假期，全连只有你一个人享受到了，那一次我没有问你什么时候回来，只是紧紧拥抱着你，你却一言不发。我暗自神伤。那次，我接到龙排长打来的电话，说你负伤了，已接送到医院。我哭着联系到你，质问你为什么要瞒着我，你却说：不用担心，非致命枪伤。请别联系，我一切安好！我知道‘安好’两字，就是你我不能联系不得见面的意思。而你正在抢救中生死未卜，叫我如何安好。可我又能怎样呢。几个月以后，依然没有你的消息，我却仍然坚信你还在想着我，你其实也爱着我，为此我等待着你的回来。可每每夜深人静时，我在梦里总见到你满身是血，趴在地上一动不动。我拼命呼唤着你的名字，也常常自梦中惊醒不眠到天亮。

“那天，天还没有亮，我又接到了你的战友打来的电话，说你为了掩护战友不幸中枪，壮烈牺牲！我还没听完电话就晕了过去，醒来时我哭着赶到了医院，你已经躺在了部队医院，永远地离开了我！我不相信这是真的！我想过你会有危险，却从来不敢想你永远地离开我！我哭啊，我喊啊，喊你的名字，你躺在那儿，就那样躺着，理都不理我……

“你的首长、战友们都来了，他们向我致上军人最崇高的敬礼。其中有一个被你救的战士双手捧来你的遗物，里面有一个包装精致的小盒，我打开一看是一枚弹壳戒指，上面雕刻着我的名字。我双手捧着它，轻吻了一下，小心地戴上它，然后放声大哭了起来，一直呼唤着你的名字，那声音孤零零地回荡在整个军区。我问你所有的战友，我问他们，你还能回来吗？他们都不说话。我真想再问你一次：赵黑虎，你还想让我等多久？

“其实我不用问了，等待你的时间已经变成了永远，永远……我会一直等下去的。我想有一天你会跟我说，‘我安好……’”

追悼会开了整整半天，战友们记得最清楚的，就是那封赵黑虎写给父母的遗书，还有那篇让人肝肠寸断的日记，没有豪言壮语，没有慷慨激昂，却让一个顶天立地的英雄，鲜活地活在了每个战友的心中！

钟国龙在日记中写道：

排长，我不哭了，我已经不哭了。可是，排长，我的兄弟，你又在哪里呢？

“钟国龙你要注意你的性格，做事不要冲动，平时有什么想不明白的，跟我说。”熟悉的山东口音自入伍起一直响到3天前，不，是一直到现在还萦绕耳边，一辈子都是。

逝者如斯，生活仍需继续。排长走后，沉默成为全连战友最多的表达。表达内容包括：吃饭、休息、训练。

仿佛你从未离开，所以，我们每天习惯性地为你整理床铺，看，昨天是刘强、谭凯帮你铺的床，除了背包不在，一切还是原样；今天中午，我和赵喜荣给你打的饭，赵喜荣跟你说：排长啊，今天中午咱们吃绿豆芽菜和米饭，有你最喜欢吃的猪头肉，你听到没；还有，龙连长怕刘强和谭凯老躺在你空着的床铺边睡不着觉，把赵喜荣和侯因鹏调过去了，结果，他俩去后，也睡不好了。

现在，全军给你的荣誉铺天盖地。可是，我们，你带的兵们却想说，“我们只要我们的班长、排长”。

排长，从你走以后，连长始终是冷着脸，训练的时候更是骂人骂得厉害，大家都没说什么，我们都知道他想你。胡晓静好几次都听见连长把自己关在办公室里喊着你的名字哭。大家都说，原来连长不是铁打的，连长也会哭，我知道，能让连长哭的人，咱们连不多，你是头一个。

排长，我想好了，我不会放弃了，我还有许多事情要做，我要成为像你一样的人，我还要亲手抓住那个王八蛋，为你报仇；我还要好好替你孝敬你的父母，我很后悔把提前复员的申请交给连长，那几天，刘强和陈立华知道以后，他们俩也写了申请，全都给了连长。我们现在都后悔了，刘强去跟连长要回，连长冷着脸说已经交上去了。一想到这里，我的心里就很难受，我怎么那么傻呢？要真是那样，我在部队的时间真的不多了，排长，我一定抓紧时间，为你报仇！

……

追悼会已经过去3天了，这3天里面，赵黑虎的父母和姐姐被战士们一次又一次地挽留，终于还是决定要离开了。他们只向部队领导提了一个请求：他们不同意将赵黑虎安葬在烈士陵园，他们要带着赵黑虎的骨灰回山东老家，将来他们百年以后，要跟儿子葬在一起。部队领导同意了。龙云和钟国龙几人也申请要一起去，他们要亲自将战友送回家。龙云要忙连里的事情，钟国龙这小子情绪实在不稳定，团长想了又想，还是没有同意。龙云和钟国龙一见团里不同意，跑到团部一次又一次地申请起来，最终，团里面同意了他们的请求，安排龙云和钟国龙一起陪同赵黑虎家属将英雄的骨灰送回山东老家。

上午，龙云带领侦察连全体官兵送走赵黑虎的家属。营区大门口，尽管下起雨来，全连仍旧整装集合，站得笔直，赵大爷在钟国龙等人的搀扶下，拿着用五星红旗包裹着的儿子的骨灰盒，老爷子腰板挺得笔直，大步向前走着，赵大妈有些精神恍惚，在女儿的搀扶下挪着脚步跟在后面。

龙云走上前，将一个牛皮纸包郑重地拿到赵大爷面前，说道："赵大叔，这里面是我们侦察连全连攒下来的津贴，还有团首长和战友们自己的捐款，钱不多，是我们侦察连的心意，请您务必收下！以后我们会定期给您寄钱，大伙儿一起给您老人家养老！"

赵大爷将儿子的骨灰盒交给钟国龙，双手把钱拿过去，又塞回到龙云的手里，严肃地说道："这钱俺刚才收了，现在俺再把它送给侦察连，都跟虎子是战友，这心意俺领了，你们没有多少钱，训练又苦着呢，留着买些好吃的吧！"

"大叔，这不行。这是我们的心意！"龙云连忙拒绝道。

旁边的张国正也说道："老人家，这里面是大家的心意，您就收下吧。"

老爷子眼睛一瞪，大声喊道："啥不行？俺是你们的长辈，俺的话你们还不听了不成？"

龙云感动地看着这位倔强的老爷子，不知道该说什么，来部队这些天，这位老年丧子的老汉始终表现得那么坚强，与悲伤得几度昏迷的赵大妈不同，老爷子这几天一直在强忍着自己的悲伤，他似乎在向大家证明着自己的坚强。但是，谁都能看出来，儿子的牺牲，对这位年逾古稀的老人来说，打击实在是太大了。老人一根接一根地抽着老旱烟，经常发呆得连烟已经灭掉还不自知，抽几口，又机械地点着，又放到嘴边出神。只要一流出眼泪来，老人总是背过身去，用粗糙的大手赶紧把眼泪擦干，还劝起自己的老伴来。

老人坚持不收，龙云坚持了几次也没有用，只好将钱先放了起来，想到山东以后再想办法让老人收下吧。

老人此时紧走两步，来到了战士们的前面，布满血丝的眼睛有些模糊了，沙哑着嗓子说道："孩子们啊！谢谢你们下着雨来送俺们老两口。你们不用担心，俺和他娘能挺住。这几天，俺也想过了，儿子没了，照说是伤俺这把老骨头的心，可是想了又想，你们这些孩子谁都是爹妈照看大的，谁有个三长两短爹妈都跟着碎心啊！赶上这种事儿，俺认命了！

“俺当初把虎子送到部队来，原本没想着他能成个什么材，这小子从小混账，能老实地把兵当下来我就知足了！可我没想到哇，几年的工夫，虎子越来越像个样子了。现在，虎子成了英雄了，俺……知足了！俺们虎子死得值啊！都回去吧，都回去吧。俺也带着虎子回老家去了，将来你们谁要是去俺们山东，就路过俺家门口，俺老汉只要不死，都把你们当俺的孩子待……都回去吧，回去吧……”

老人说完，转身接过儿子的骨灰盒，上了汽车。

“敬礼！”

龙云大吼一声，一百多个侦察连的战士，向着两位可敬的老人，向着赵黑虎的骨灰盒，举手敬礼。钟国龙泪流满面，看着老人已经上车，终于难以控制自己的情绪，大声吼道：“爹……娘……”

“爹，娘！爹，娘！爹，娘！”全连官兵向着开走的汽车齐声高喊，那声音震撼了整个营区。雨中，那冲破阴云的声波回响着，坐在车里的赵大爷终于忍不住了，抱着儿子的骨灰盒痛哭起来。已经上车的钟国龙此时也抚摩着骨灰盒痛哭起来。

营区的不远处，在一个谁也看不见的角落，李小仪跪在地上，哭得伤心欲绝，带来的雨伞扔在一边，她将自己浸透在泥水里。这些天，她在赵黑虎的遗体边哭过，也在赵黑虎的追悼会上倾诉过，真到了赵黑虎走的这天，她却没有了勇气过来送赵黑虎，她再无法承受这样的伤痛了！

与赵黑虎相恋的5年，她无数次地哭过，也无数次地鼓励着自己一直等下去，她自己也不知道这段坎坷的恋情到底有没有最终的幸福，现在，一切答案似乎已经揭晓。李小仪即使想过分手，想过放弃，却也绝对没有想过永别。

“赵黑虎！你这个混蛋！你没良心！我还等着你呢！还等着你呢！你到底什么时候回来呀……”

这幽怨的声音在细雨朦胧的边疆戈壁上回荡，这时候听起来，是那么凄惨，是那么地让人心碎！

一年以后，李小仪辞去了公职，不顾家人的阻拦，只身一人来到了赵黑虎的家乡——山东省某县一个偏僻的山村里，当上了一名乡办小学的语文老师，她已经和赵黑虎的父母成了一家人，会经常为老人做饭做家务，也会经常给老人唱自己会的所有的歌曲。每到星期天，她就会自己来到赵黑虎的墓前哭泣，一天又一天，一年又一年……她还在等待着什么，等待着有朝一日赵黑虎回来？还是等待着那声只回响在梦中的“安好”？没人知道，也许她自己也不知道，无论如何，那份永别了的幸福，她始终坚守在心里。

赵黑虎，与其他所有为了国家牺牲了个人幸福的战友一样，留给了我们太多的思考，让我们这些活着的人用一生的时间去品读，去追思，去祭奠那段流逝的岁月……

兄弟你在哪里
天空又飘起了雨
兄弟你在哪里
听不见你的呼吸
只感觉我在哭泣
泪像血一样在滴
我一个人独自在继续
走在伤痛里闭着眼回忆
岁月锋利
那是最致命的武器
谁也无法把曾经都抹去
还有什么比死亡更容易
还有什么比倒下更有力
没有火炬
我只有
用勇敢点燃我自己
用牺牲证明我们的勇气
还有什么比死亡更恐惧
还有什么比子弹更无敌
没有躲避
是因为我们永远在一起
用牺牲证明我们没放弃
从未分离
每个夜晚都是同样的梦呓
自言自语来世还要做兄弟

第八十五章 归途漫漫

汽车载着赵黑虎的骨灰，一路上默默地行进着，钟国龙一路上将赵黑虎的骨灰盒紧紧地抱在自己的怀里，仿佛只有这样，他才可以感觉到排长还活着，还在自己的身边。

“孩子，俺抱一会儿吧，你那样抱着太累了，你睡一会儿。”虎子妈疲惫地冲钟国龙说道。

“我来吧，您老好好休息，路还远呢。”钟国龙看着这位慈祥的母亲，几天的过度悲伤和劳累，已经使她十分的疲惫了，苍白的脸上没有一点血色。

老太太又坚持了一会儿，钟国龙始终不同意，龙云从前座回头说道：“大妈，您就让他抱着吧，让他抱着虎子回去，也是应该的。”

旁边，赵黑虎的大姐刚刚睡了一小会儿，又从梦中惊醒，醒来又流起了眼泪，赵大爷拍着闺女的肩膀说道：“玲儿啊，别哭了，你一哭你娘也跟着伤心……别哭了。”

车内，没人说话了，钟国龙将目光投向车窗外面，道路两边的杨树还很翠绿，一棵一棵看不到尽头，车前的油漆路也仿佛看不到尽头，刚刚下了高速，要在国道上行驶几个小时，再上高速。国道上车来车往，汽车时速明显慢了下来。钟国龙的心里面，除了无尽的路，再看不见任何风景了，排长的骨灰盒就在自己的怀里，安静地放着，耳边脑海回荡着的，却始终是赵黑虎的音容笑貌。

“老刘，到哪儿了？我开一会儿吧。”龙云问司机。

司机老刘摇摇头，说道：“没关系，我昨晚睡得挺好，你几天没好好睡觉了，还是我开吧……前面到甘肃了。一路再往东走，除去晚上休息，没两天也就到了。”

龙云看着车外，忽然问老刘：“从这里到北京，要多长时间？”

“到北京？那不是绕远了吗？咱们从郑州下去就行。”老刘说道。

龙云回过头来，问赵大爷：“大叔，您到过北京吗？”

“北京？”赵大爷脸上露出久违的一点轻松，缓缓说道：“年轻的时候，跟村里的老辈到东北逃荒，在北京待过几天，不过那时候北京可还不是首都呢，日本鬼子刚撤走，国民党又在那边驻守。俺那时候年纪还小，被老辈叔叔拉着在桥墩子底下窝了3天，愣是哪儿也没看成。”

“大叔，我想，咱们到北京一趟吧。”龙云转过身来，郑重地说道，“虎子生前经常说，等有机会一定去北京看看，他想看看天安门，想登上长城，我想……咱们帮他了个心愿吧！”

赵大爷的眼睛模糊起来，许久，说道：“那……就去看看吧。”

“老刘，咱们奔北京！”龙云坚定地跟司机说。

老刘点点头，说道：“好嘞！那咱们就直接北上，奔高速！”

汽车迅速调整了方向，直奔着北行的高速公路而去，龙云想好了，自己的好兄弟经常说要去北京，他一定要满足兄弟的愿望，他要带上兄弟和他的家人，去天安门广场，去看看那飘扬的五星红旗，看看那高耸的人民英雄纪念碑！他觉得，虎子应该去，虎子也有去的资格，自己也应该去。北京，又何尝不是自己向往的地方呢？

汽车一路疾驶，向着北京开过去，路上考虑到两位老人的身体，中间休息了两个晚上，每次休息，钟国龙都会小心翼翼地将赵黑虎的骨灰盒抱下来，进到宾馆，端端正正地放到自己床头的位置，吃饭的时候，龙云带着赵大爷和大妈、姐姐出去，钟国龙从来不去，他就想守着排长，一刻也不离开，龙云带回来的饭，钟国龙也会先放到赵黑虎的骨灰盒旁边，含着眼泪地说声：“排长，吃饭了！你饭量大，多吃一点儿，明天咱还得赶路呢……”

每到这个时候，赵黑虎的亲人们都感动地看着钟国龙，他们也从钟国龙的身上，感觉到了那种真挚的兄弟之情，自己的儿子救下了这个小战士，他们此刻很理解儿子的举动。赵大爷更是如此，他经常陷入沉思，看着钟国龙的背影发呆，这个小战士的背影没有儿子的魁梧，但是又有着相似的地方，这种相似绝不是表象的相似，而是自己儿子的那种精神，也深扎在这小战士的身上，一路上钟国龙吃得很少，简单扒几口，就坐到床前对着儿子的骨灰盒发呆，那神情是那样不舍，那样惋惜……

吃过晚饭，龙云和老刘一起去检修汽车，老太太和女儿因为晕车，早早地在另外的房间休息了，房间里只剩下钟国龙和赵大爷。钟国龙还是以往的样子，目光一刻也不离开赵黑虎的骨灰盒。

"孩子，你看了几天，也抱了几天了，休息一下吧，过来跟大爷聊聊天？"赵大爷实在看得感动，也不愿意自己跟着伤心了，想要跟钟国龙聊聊天，借此也驱散一些对儿子的思念之情。

钟国龙听见赵大爷的呼唤，知道老人家的用意，将身子转过来，努力微笑着说道："大爷，您想跟我聊什么呢？"

"呵呵……聊什么呢？俺老汉也不会聊什么。"赵大爷自言自语了几句，努力调整着自己烦乱的思绪，"就聊聊你吧，孩子，你是哪里人啊？"

"我是湖南人。"

"湖南，嗯，毛主席也是湖南的呢！"赵大爷对湖南的了解也仅限于此，再次陷入了沉默。

倒是钟国龙这个时候感觉，应该跟大爷多说说话，也正好可以缓解一下老人的情绪。想了想，努力寻找话题，说道："大爷，我从来没去过山东，山东有什么特色的东西呢？我就知道排长爱吃大饼卷大葱，他还说大饼不如山东的煎饼好吃。"

赵大爷眼前一亮，眉头舒展开来，说道："山东可是好地方啊！那个叫什么来着……人杰地灵呢！孔子是山东的，梁山好汉也是山东的！还有好汉秦叔宝，这些都是山东的。"

看着赵大爷一脸的自豪，钟国龙笑道："大爷，您知道的可真不少！"

"呵呵，俺一个种地的知道啥？这都是听评书听来的呢！"赵大爷说话的语气是几天来少有的轻松，"俺还听虎子跟俺说过，打仗的时候，俺们山东给毛主席送的兵最多！打日本的时候俺岁数还小，可是跟老蒋干的时候，俺老汉还带着全村的乡亲推着独轮车给解放军送粮食呢！独轮车一推，两麻袋粮食一直推到淮海前线去。"

赵大爷终于暂时忘记了丧子的悲痛，侃侃而谈，倔强的脸上，流露出了自豪之情。但是，这心情始终是暂时的，说完这些，赵大爷复又严肃起来，缓缓说道："俺这辈子没有当兵的命啊！粮食送到前线，俺也想留下来参军，可就是那时候一路连跑带踮，一到前线就得了病……俺也没白活……俺送虎子当了兵，现在我儿子是英雄不是吗？"

赵大爷又提到了儿子，屋里重新安静下来。钟国龙紧咬着嘴唇，许久，还是将这几天埋在心底的话说了出来："大爷，我一直想问您件事儿，我想问您，排长因为掩护我牺牲了，您老人家怪不怪我？"

赵大爷盯着钟国龙打量起来，目光锐利。这让钟国龙有些忐忑不安起来，这个问题他早就想问，这问题一直压在他的身上，几乎成了一座大山，压得他喘不过气来，压得他心灰意冷。赵大爷看了又看，忽然笑了，老人家笑着点起了自己手上的卷烟，颇有些激动地说道：

"孩子！龙连长前天偷偷地跟俺说过这个事儿呢。原本你不问，俺也想到家的时候跟你聊聊，今天你问了，俺老汉就跟你说句实在话吧。俺不在乎俺儿子是救了谁，俺在乎俺儿子救的这个人值不值得去救啊！俺听龙连长说你这孩子这几天一直转不过这个弯儿来。听大爷一句话，你这样不对哩！虎子为啥要救你？在火车站门口俺就说过，他是指望着你接过他的枪，替他去完成任务呢！大爷没文化，但是道理俺懂！事情的经过龙连长跟俺讲过，要真是虎子趴下了，你却牺牲了，俺还不认这个儿子呢！这件事，俺们全家谁也不怪你！"

"大爷……"钟国龙站起身，眼泪一下子就流了下来，赵大爷的一席话此时就像甘甜的泉水流进干涸的沙漠中一样，钟国龙活了这么大，第一次感受到什么叫如释重负。

赵大爷默默地抽了几口烟，目光停留在赵黑虎的骨灰盒上，声音有些干涩，语重心长地说道："虎子走了，当爹的谁不心疼啊！只盼着你们多杀敌人，我替虎子收你们的喜报！"

"大爷，您放心吧！我一定会接过排长的枪一直走下去的。我一定会给排长报仇的！"钟国龙咬着牙一字一顿地说道。

门被推开了，龙云走了进来，微笑着说道："赵大叔，你们两个聊什么呢？"

"嘿嘿，没啥，这孩子给我出了个谜语。"赵大爷笑道。

钟国龙看了一眼赵大爷，对这位老人的尊敬之情又增添了几分，心中的那个心愿，此时又炽热了几分。

汽车一路辗转，在一个清晨赶到了北京，司机老刘看了看时间，说道："直接去广场吧！马上要升国旗了！"

"走！"龙云高兴起来，转身说道，"虎子！咱们赶上升国旗了。"

清晨的北京，并没有因为几位不速之客的到来有什么改变。但是此刻车里人的心情，却是无比迫切，钟国龙也一脸兴奋地抱着骨灰盒。升国旗，也许在今天的人们看来，并不值得如此激动，国旗每天都升降，人们早习以为常，但是，在这些从边疆赶来的军人看来，这是一件多么值得自豪的事情啊！多少年来，他们用鲜血和生命捍卫着的国旗，将在他们的注目下升起，他们将无比地自豪与欣慰。

钟国龙在后面坐着，小声地说道："我记得上次演习回来，大家开玩笑地问排长将来想怎么办自己的婚礼，排长还笑着说，他要带着妻子到天安门广场，看国旗升起来，他们在一起对着国旗鞠躬，山盟海誓，然后到长城上看风光呢……"

车内陷入一阵沉默，龙云动情地说道："今天就让咱们尽最大的努力帮虎子圆这个梦吧。"

到达天安门的时候，仪仗队已经迈着整齐的步伐通过了金水桥，向着广场的国旗杆正步走来，钟国龙抱着赵黑虎的骨灰盒，急匆匆地走在最前面，广场上已经聚集了许多的群众，都在等待着这一平凡而又激动人心的时刻到来，钟国龙打头，向前挤了又挤，努力地要挤到最前排去，周围的人一开始有些皱眉头，当看见这个军人的表情和他后面的两位老人颤悠的身体时，想着一定是有什么特殊的事情，便都没有计较，纷纷让出路来。

鲜红的国旗已经被仪仗队的旗手托了起来，国歌奏响的那一刻，所有人的心都猛地震颤了一下，庄严的旋律中，国旗冉冉上升，龙云向着国旗，敬起了庄严的军礼，此时最激动的是钟国龙，他将包着赵黑虎骨灰的皮箱子盖儿打开，骨灰盒上包着国旗，此时这鲜红的颜色仿佛已经冲上云霄，和升起的国旗融为了一体！钟国龙的眼睛湿润了，他努力克制着自己不哭出声来，国旗升到最顶端时，钟国龙还是哭了，眼泪落到骨灰盒上的国旗上，是那样的悲壮！

排长！国旗升起来了，你看见了吗？钟国龙带你来到北京了，现在咱们就站在国旗的下面，排长，你刚才听见国歌奏响了吗？你在想什么呢？我哭了，连长也哭了，还有你的父亲母亲和姐姐，我们都哭了。排长，你是不是也哭了？不！我感觉，你现在是在笑呢！你看见升旗了，愿望实现了，不是吗？因为，有多少烈士静静地躺在自己牺牲的土地上，至今也没有到过北京，至今也没有听见国歌奏响，没有看到国旗升起呀！

升旗结束了，他们周围的人群并没有散去，人们此时已经将他们围在中间，看着这两名当兵的还在敬着军礼，看着钟国龙手中那裹着国旗的四方体。

"小同志，这是怎么了？"一位大妈看着钟国龙，关切地问道。

钟国龙这才缓过神来，看了看周围的众人，又看了看身边的连长。

龙云放下手，他想了想，低沉地说道："这是我们的战友，他在一次战斗中牺牲了，我们送他回家，路过北京，一起来看升国旗。"

"啊？是这样啊！"群众立刻满怀敬意，原来这年轻的小战士手里托着的，是烈士的骨灰，众人肃静起来，刚才问话的大妈忽然喊道：“同志们！咱们一起给烈士鞠个躬吧！”

人们立刻响应起来，在大妈的组织下，几十个人重新聚集到赵黑虎的骨灰盒前面，向着烈士，恭敬地鞠躬三次。后面，赵黑虎的父母姐姐哭着看着人们对他们亲人的敬意，一时间分外激动。

“敬礼！”一声高喊，群众们站立的一边，一群原本是分散的来看升国旗的战士，此时也主动列成了一排，向着钟国龙手中的骨灰盒敬起了军礼，他们并不属于同一个连队，互不相识，有的是在北京当兵，正好来看升旗，有的是外地的战士，或回家探亲，或出差路过，此时，在庄严的国旗下，知道有一位烈士也在这里，自动组织起来，向烈士致敬。

来往的人群注意到这里发生的事情，全都投来尊敬的目光。在我们的国家里，从来不缺少对英雄的敬仰！

就在人群的对面，人民英雄纪念碑高耸着，“人民英雄永垂不朽”几个大字此刻分外地引人注意。赵老汉擦了擦淌下来的老泪，颇为辛酸地说道：“虎子妈，你看看吧！大伙儿都高看咱们虎子一眼啊！你看那纪念碑，那上边，也有咱们虎子的魂儿哩！”

这感人的一幕持续了许久，不断有人过来表达自己的敬意，龙云觉得应该离开了，拉着钟国龙等人匆匆地想离开。

“几位同志等一下！”忽然，一个女孩儿跑了过来，她的身后还跟着一个扛着摄像机的男人，他们原本是要拍摄广场外景，看见这一幕，立刻改变了计划，女孩子跑到龙云面前，气喘吁吁地说道：“同志，我是 ×× 电视台晚间报道的记者，我可以采访一下你们吗？”

龙云微笑着拒绝道：“不用了，我们马上就要离开这里了。”

“就几分钟可以吗？能不能给我们讲讲烈士牺牲的经过？”女记者并不罢休，已拿出了采访的话筒。

龙云笑着摆摆手，示意摄像师不要拍了，正色说道：“这个我实在没有办法透露什么，我们有我们的任务，我们的任务就是护送我们牺牲的兄弟回家，其他的，实在不是我们该做的。”

“我想我可以帮您宣传一下您的战友……”女记者急切地说道。

龙云笑道：“呵呵，你认为我的战友需要你们的宣传吗？烈士是不需要任何宣传的，他们的英雄事迹永远是伟大的壮举，还需要哪个媒体的宣传吗？我的兄弟只是许许多多为祖国牺牲的战士中的一员，他的牺牲，已经是最辉煌的事迹了，我们还是让他安静地回家吧！”

龙云挥了挥手，几个人离开了广场。

女记者不好意思地站在原地，龙云的话让她若有所思……

一行人又上了车，直向八达岭长城的方向开过去，时间不长，雄伟的长城已经在眼前了，此时太阳刚刚升起不久，古老的长城还没有迎来太多的游客，寥寥的行人却更加衬托出长城的古朴、雄浑、傲然而立，绵延不绝。

钟国龙从小生在湖南，这是第一次看见长城，立刻被长城的雄壮气势震慑住了，他呆呆地看着眼前的这条巨龙。阳光照耀下，巨龙蓄势待发一般，没有起点，也看不到终点，一道深灰色的长龙将整个天地连成一体，将青山白云揽在脚下，有若魂在，胜似龙腾！

龙云把已经十分疲惫的赵黑虎家人安排在长城脚下休息，命令老刘好好照看几人，他和钟国龙带着赵黑虎的骨灰，向着长城最高的烽火台出发！

没有疲倦，两个人一溜小跑地将所有的人甩在后面，不多的几个游客看见两个当兵的抱着一个大包，用这样的速度登上长城，都忍不住啧啧称赞起来，两人一口气爬到长城的最高点，俯身下望，一览众山小，举目远眺，顿时心生壮志！

“钟国龙！让虎子看看吧！”龙云高喊。

钟国龙迅速打开皮包，将赵黑虎的骨灰盒举过头顶，大声喊道：“排长！看哪！这里就是长城了！你不是一直想到长城上来吗？你看看吧！现在你就站在八达岭最高的地方！”

钟国龙又放下骨灰盒，从裤兜里掏出早准备好的烟酒来，将烟点着，放在赵黑虎的骨灰盒前，又将一瓶刚刚在路上买的二锅头打开，在骨灰盒的面前倒了半瓶，说道：“排长，你尝尝这烟，这烟叫中南海，上回咱连里的贾永海从北京给你带过来，你不是还说好抽来着？还有这酒，正宗的二锅头！兄弟陪你一起喝！”

钟国龙红着眼睛拿起酒瓶猛灌了一口，眼泪淌下来，不知是因为哀伤还是烈酒的火辣，龙云接过酒瓶，也喝了一大口，两个人你一口我一口，将剩下的半瓶酒喝了个精光。龙云终于抑制不住了，跪倒在骨灰盒的前面，大声哭了起来：“虎子啊！虎子！你这王八蛋啊！你哥我跟你喝这一回，以后回了军营，再想喝酒我找谁去呀！”

“连长！”钟国龙也哭出了声，拽着已经瘫倒在地上的龙云，喊道：“连长！你别这样了，你别这样，回去还有我们兄弟们陪你喝酒呢！连长！”

“我不需要！我不需要！我就想跟虎子喝！我和他喝了快 8 年了！我们一起躲着排长喝，一起躲着连长喝，又一起带着战士喝，我们因为喝酒挨过处罚，一起摇摇晃晃地跑过10公里！这样的日子永远没有了，永远没有了！”龙云歇斯底里地哭喊着，此时的他，不再把自己当成连长，也不再把自己当成一个兵了，他只把自己当成失去最好兄弟的一个可怜人，他要把积蓄已久的伤感完全发泄出来。

这是钟国龙第二次见龙云伤心成这样，第一次是在赵黑虎刚牺牲的时候，这次龙云已经压抑了太久，越哭越伤心。这些天，龙云承受了太多。在战士们面前，他不能哭，他要率先挺起全连的脊梁来，在赵黑虎的父母面前，他也不能哭，两位老人承受了几乎灭顶的打击，不能再让他们伤心了，也许只有这个时候，茫茫群山，长城之上，才是这铁汉子尽情发泄的时候！

此时，烽火台下面已经聚集了不少的游人，他们看着两个战士伤心地哭着，都自觉地没有打扰，安静地看着，有不少游客已经跟着掉下泪来，他们不完全了解情况，但是此时每个人都可以肯定，两个人抱着的骨灰盒里，一定长眠着他们最亲的战友，最好的兄弟！天若有情，亦当为之动容！

第二天，龙云他们继续出发，汽车一路南下，由北京，经天津、沧州，进入山东，又连续行驶了几个小时，到达了赵黑虎的老家——山东枣强的一个小山村。就在汽车即将到达的前几个小时，龙云接到了当地县政府的电话，他们从部队那里拿到了龙云的联系方式，并表示已经准备好迎接英雄回家了。

汽车一路疾驶，穿过平原地带，又在丘陵地区沿着山道向深处开进，七转八转，终于到了目的地，这个名叫赵家庄的小山村，全村百分之八十以上的人都姓赵，村子的规模并不大，有三百多户人家，龙云他们的汽车开到的时候，还是大吃一惊：山村几乎全村出动，男女老幼早早地等在村口，村口两棵大槐树之间，十几米长的一道大横幅，上面贴着红纸黑字的“欢迎英雄赵黑虎回家”几个大字，让龙云等人感慨万分，旁边几辆汽车停着，县委、乡党委的主要领导也都到齐了，汽车一转过山脚，立刻传来一阵敲锣打鼓的声音，在众乡亲的簇拥下，汽车缓缓地停在了村口。

一位70岁左右的壮实老汉泪眼蒙眬地走上前来，一把抓住赵大爷的手，说道：“万顺啊，你别见怪呀！乡亲们都来了，俺们商量了好几天，大伙儿都说，虎子这回是大英雄了，他是为国捐躯呀，光荣着哩！这回虎子回来，咱们不办白事儿，咱们敲锣打鼓欢迎虎子回家呀！万顺，乡亲们谁也没想到，虎子这嘎小子能成个大英雄啊！这是咱们全村的荣耀啊！”

赵大爷泪流满面地站在众人面前，颤抖着身躯，激动地说道：“谢谢乡亲们！谢谢乡亲们啊！老村长说得对，虎子去了，是为咱国家牺牲的，不冤！俺没了个儿子，可俺这回又认了个儿子，我还想让乡亲们给做个见证呢！”

身后，泪流满面的钟国龙走上前来，当着众人的面，跪倒在赵大叔赵大娘的身前，由衷地喊了声："爹！娘！钟国龙给您二老磕头！"

钟国龙哭着磕起头来，在场所有人无不为之动容，赵大爷颤抖着扶起钟国龙，皱巴巴的脸上露出了笑容："孩子，起来！俺老赵没了个儿子，又捡了个儿子。从今天起，俺就拿你跟自己亲生的待！"

龙云站在身后，看着钟国龙，心中那块石头总算落了地：这小子该长大了！

第八十六章　复员危机

从赵黑虎的家乡回来以后，龙云明显感觉到钟国龙变了，不再像个火药捻子，一碰就着，除了平时的训练更加玩命，训练之余的钟国龙，比以往要安静许多。每天整理内务的时候，钟国龙还是会将赵黑虎的床铺弄得平平整整的，这是龙云的特殊决定，赵黑虎在一班的床铺依旧保留着，而整理这张英雄床的专属权利，就属于钟国龙了，天天如此，绝不允许任何人插手。

这段时间侦察连还是没有从赵黑虎的牺牲中缓过劲来，曾经的赵魔鬼就这么走了，侦察连少了一员大将，龙云经常在点名和安排任务的时候点到赵黑虎的名字，得到的回答不是赵黑虎的，而是全侦察连所有人员的齐声答到。尤其是钟国龙，答到声比谁都大。此后，这就成为了侦察连的规矩，每天晚上龙云最后一个点到赵黑虎，全连齐声回答，兵魂不死，代代相传！

距离那次战斗已经过去两个半月了，日子似乎又恢复如常，侦察连这段时间的训练任务很重，所有的战士都默认了用训练来排除压力的办法。训练场上的景象与3个月前已不太一样，杀气更浓，吼声此起彼伏，而这一段时间内，一排的整体成绩已经超越了一贯领跑的三排，一排长依然空缺，由龙云兼任，一排一班班长原本就没有，一直是赵黑虎兼任，现在由戴诗文代理。侦察连的干部原本就缺编，现在看起来更是捉襟见肘了，龙云的报告早就打上去了，正等着团里干部股的批示。

好不容易的一天休息日，钟国龙和刘强什么都没干，请了假就直奔军人医院看望陈立华去了。

钟国龙和刘强两个人一路冲刺跑上二楼陈立华的病房，刘强猛推开门，没等陈立华反应过来，已经扑到了陈立华的身上，上去“啃”了两口，笑道：“四哥！可想死我了！”

刘强作势就要亲上去，陈立华大呼救命，用旁边的武侠小说生生将刘强的嘴堵了回去。

“你们两个能不能别这么恶心呢。”钟国龙笑着走进来，把大包小包往床头柜子上一放，问道：“老四，没事儿了吧？”

“没事儿了！我这几天正准备申请出院呢。”陈立华撩起衣服，肚子上一块铜钱大小的疤痕已经淡得快看不见了，陈立华笑道：“要不咱兄弟争气呢！医生说了，这种伤口能这么快愈合的，还就我这一例。”

刘强笑道：“别吹了！你得问问医生，里面还有没有牛粪残余。”

“滚蛋吧你！”陈立华笑骂。

钟国龙随便翻了翻武侠小说，忽然抬头问道：“老四，你不是说你准备长期留守在医院了吗？那个小护士叫什么来着？”

“燕子！”旁边刘强笑嘻嘻地接话道，“是叫燕子吧？南方军医大学特级护士专业毕业生？”

“别提了！”陈立华忽然沮丧起来，恨恨地说道，“原本我就不想走了，这几天他 × 的换人了！燕子调到了三楼，新来了一个生猛海鲜，打针跟他 × 的练刺杀似的，恨不得把针管子都捅进去。这不，一床的兄弟已经去找护士长理论去了。”

钟国龙看了一眼旁边的空床，笑道：“一床什么病？”

“眼淤血外带脑震荡，住了快半个月了。”陈立华笑着回答。

“够厉害的。怎么伤的？”

陈立华忽然捂着肚子笑了起来，上气不接下气地说道：“这兄弟神了！187 团侦察连的，跟咱们是同行，前些日子跟另外一个连搞演习，遇见一个放羊出身的牛 × 兵，投石问路，半个砖头子正好砸在他眼眶上……”

3 个人顿时笑作一团，正笑着，一个穿着病号服的大个子兵，头上缠着绷带，一只眼睛用纱布糊着就进来了，听见陈立华正说他呢，笑道：“老陈又他 × 的讲我的战斗历史呢？”

“哈哈！不好意思，不好意思。”陈立华忍住笑，连忙介绍道，“这就是我经常跟你说的我两个兄弟，我们老大钟国龙，老六刘强。”

“七剑下天山，血战大草坪，久仰！久仰！我187团侦察连三班副马会洋。”大个子夸张地双手抱拳，看着钟国龙他们两个惊讶的样子，笑道，“这半个月老陈就没闲着，把你们的故事都给我讲了，我这脑震荡都快笑好了。”

几个人说笑了几句，陈立华忙问跟护士长谈得怎么样了，马会洋大手一摆，说道：“没戏没戏！那老太太，听我这么一说，眼睛都直了，还没等我说理由，先审问起我是不是对小护士有意思起来，我说我没有啊！根本没这个意思。你猜护士长怎么说？”

陈立华忙说：“你就没跟她说说刚来的那位太残忍？”

“说了，没用。老太太说了，你们都是当兵的，子弹都不怕，还怕打针？我再说她就该笑话我了，我一赌气就回来了。”马会洋说完，从抽屉里拿出一张电话卡来，冲钟国龙他们一笑，说道：“你们兄弟聊，我得出去打电话去。”

马会洋大步走了出去，陈立华笑道：“给女朋友打，每天一个小时，电话卡一天一张，穷得就差抢银行了！”

刘强羡慕地说道：“穷并快乐着！”

“是啊，是啊！兄弟们还须努力呀！”陈立华感叹。

“努力？怎么努力？咱们这里连母驴都少见，努力就能整出女朋友来？”钟国龙瞪着眼睛说道。

说完三个人全笑到了一起。三个多月以来，钟国龙是第一次这么笑，和兄弟们在一起，算是唯一开心的事情了。三个人笑完，缓了好一阵子，刘强又拿出给陈立华买的牛肉干和火腿肠来，陈立华找了张报纸，把东西往上面一放，兄弟三个边吃边聊。

“我今天看见赵喜荣和吴建雄两个第五年的老兵被指导员叫走了，一起去的还有三班的一个，听说是要谈复员了。”刘强嚼着牛肉干，说道，“老吴冷着个脸，都快哭出来了，真是……”

“铁打的营盘流水的兵，走一批来一批……哎老大，他们这批老兵年底一走，咱们就算老兵了吧？”陈立华看着钟国龙问，忽然发现钟国龙神色不对，关切地又问道，“老大，你怎么不高兴了？”

钟国龙把拿在手上的牛肉干又扔了回去，皱着眉头，过了好一会儿，才对旁边发愣的两个人说道：“年底……估计我也走了。”

“什么？”刘强跳了起来，奇怪地看着钟国龙，“老大，你走？去哪儿？不在侦察连了？去哪个连？”

“什么哪个连，是回家。”钟国龙闷在心里好些天了，感觉跟兄弟说出来还好些，“排长牺牲那几天，我心里乱得很，跟连长打了提前复员的申请。前几天我问他，他说已经批了。”

“批了？连长糊涂了吧。”陈立华也吓坏了，大声说道，“连长又不是不了解你，他就这样批了？老大，你真想走了？”

钟国龙站起来，委屈地说道：“我当时是冲动……后来后悔了，又不好意思跟连长说，上次我问起也是想看看能不能收回来，连长一说团里批了，我就没说什么。”

“老大，我不管别的。反正只要你走，我就走！”刘强倔强地说道。

旁边陈立华也坚定地说：“对！你走了我们兄弟还在这儿干什么？我这两天就出院，一回到连里我和老六一起打申请。咱们兄弟是一起来的，也要一起回去。”

钟国龙看了他们一眼，想说什么，嘴巴张开，终于还是忍住了，三个人心情一下子变得低落，坐在病床上一言不发……

龙云办公室里面，一场关于连内干部人选的党支部会议正在召开，指导员苏振华也在，两个人手里拿着一份名单，正在那里激烈地讨论着。旁边坐着的都是连里的党员干部。

苏振华很不理解地看着龙云，质疑地说道：“老龙，关于钟国龙担任一班班长的事情，你是不是应该再考虑一下？我这里有不同的意见。第一，钟国龙是今年的新兵，第一年兵提班长，未免不好服众。第二，现在一班是戴诗文代理班长，戴诗文也是几年的老士官了，当了两年班副，也该转正了。还有最让我担心的一点，钟国龙这名战士，勇猛有余冷静不足啊，班长这个位置不比别的，说白了就是个大保姆，你觉得钟国龙能胜任吗？”

龙云笑眯眯地听指导员把话讲完，又转头冲其他人说道：“你们看看有什么意见？”

三排长想了想说道：“要说钟国龙么……单就训练成绩来看，连我都不得不服气。说实话，这几个月以来，谁都能看到他的变化。自从一排长牺牲以后，钟国龙就跟变了个人似的，各方面都中规中矩的，不过要是说他能不能胜任班长，我觉得还不好说，毕竟时间短。”

许占强也说道：“我担心的就是，钟国龙要是当上班长，班里的老兵会不会服气？再有就是指导员说的，这样一来，戴诗文恐怕接受不了吧……”

众人又议论了一会儿，还是没有统一的意见，龙云站起身来，说道：“刚才指导员说了3点，大家也补充了一下，我想说说我的想法。我之所以推荐钟国龙当班长，其实也是一个冒险，换句话说，我没有过多地考虑他够不够资格当班长，而是他当班长以后，能不能把这个班带好。这几个方面，我都仔细考虑过，大家提的问题，我是这样想的：侦察连的传统，一贯是能者上，弱者下，在这方面，钟国龙有他自己的优势，不到一年的新兵，现在的训练成绩名列大多数老兵之上，这是事实。戴诗文的问题，我考虑过，这个人是个老好人，一个班长，的确需要有老好人的一面，但是从我的观点上来说，老好人并不是一个班长的所有优点，当班长的除了能协调战友之间的关系之外，还需要有一股锐气和霸气！在咱们侦察连，每个班长带的都不是一群绵羊，而是一群随时能吃人的狼，就狼性这个角度来看，戴诗文是不合格的。

“钟国龙永远不缺乏锐气，但是一年以来，他也没少犯错，直到虎子牺牲以后，他才彻底冷静了下来，在这个时候，是应该给他压担子了。我想用班长这个职务，将他的优势全部激发出来，那就是钟国龙特有的血性，这种血性是我们整个侦察连都迫切需要的东西，我想作为班长的钟国龙一旦走上正轨，他的性格影响力，将是一股可怕的推动力。钟国龙的组织能力，几乎是天生的，这一点我从来不担心！我举荐他来当这个班长，其实是满怀期待的！”

龙云的话说完，大家又议论了许久，最后，目光集中到指导员的身上，苏振华低头沉思了很长时间，手里的钢笔不断在钟国龙的名字上画来画去，最终还是点头了，说道：“连长刚才的意见我考虑了一下，我觉得，我们还是有必要冒这个险！究竟结果如何，试一下看看吧。戴诗文那里，我去做工作。”

从医院回来，钟国龙始终还是忧心忡忡的，刘强跟着他，他知道老大现在的心情，不时地安慰他：“老大，你别担心了，回头再跟连长争取一下，要实在不行，还有兄弟们陪着你呢。”

“算了，不说这个了。”钟国龙低着头，“我要是真走了，你们也不用跟着我，在部队好好干！”

刘强嘴动了动，没说话，两个人并排往营区里面走。

“同志，等一下！”

忽然，一个人大声地喊住了他们，钟国龙和刘强转身看过去，一个身材高大的中尉快步走了上来，那中尉二十三四岁的样子，后背上背着背包，黑壮黑壮的，一双大眼睛异常明亮，两腮上原本的络腮胡子被刮得铁青，整个人让钟国龙眼前一亮：这个人长得太像赵黑虎了！不但脸形、身材像，走路的姿势也像。一种莫名其妙的亲切感从钟国龙的心底冒了出来，两个人连忙敬礼。

大个子中尉回敬军礼，操着大嗓门问道：“同志，我问一下，团属侦察连的营房在哪儿？”

“您找侦察连？”钟国龙更感兴趣了，“我们俩就是侦察连的。”

大个子一下子高兴起来，伸手拍了钟国龙一下，笑道：“太巧了！自我介绍一下，我叫赵飞虎，刚从西安陆军学院毕业，团部通知我今天到侦察连报到！你们怎么了？我……说错话了？”

钟国龙和刘强此时的表情可以用怪异来形容！这家伙不但外表貌似赵黑虎，连名字都只有一字之差，这也太巧了吧！但是很多事情偏偏就是有这么巧。愣了足足有十几秒钟，钟国龙神经兮兮地问人家：“您……您是山东人？”

“小同志！你看着蛮机灵的，这语言分辨能力可不强！”赵飞虎笑道，“我这口音，虽然参军后改了不少，但东北味儿还是挺足的呀，你从哪儿听出我山东口音来了？”

旁边刘强急忙解释：“您别误会，我们俩觉得您跟我们原来的排长特别像，身材举止都像，大嗓门也像，他前段时间牺牲了，我俩一时间没反应过来。”

“是吗？”赵飞虎忽然若有所思，“我说上次我刚到团里，侦察连的龙连长一看见我也是跟你们一样的表情，事后团里王干事告诉我，说龙连长就点名要我去侦察连，是不是也跟这个有关系？”

“也许吧！咱们一起走吧。”钟国龙终于回过神来，赵飞虎给了他一种特殊的亲切感，第一次见面，钟国龙就像早和他相识了一样，大声地自我介绍道：“侦察连一排一班战士钟国龙！”

“侦察连一排一班战士刘强！”刘强也自我介绍。

“好！一起走。”赵飞虎愉快地跟着钟国龙和刘强向侦察连营房走去。一路上赵飞虎话不少，问东问西的，钟国龙他们两个一点也不觉得厌烦，耐心地回答着他的提问。

很快，3个人来到侦察连营房的大门口，钟国龙指着大楼三层说道：“赵干部，连长办公室在三楼，我俩不跟您上去了。”

赵飞虎一脸的兴奋，大声说道：“好！谢谢你俩。侦察连，终于到了！”

说完，赵飞虎大步向楼上走去，钟国龙站在一楼大厅，看着赵飞虎的背影不禁发呆，自言自语地说道：“真像啊！他要真是排长多好。”

“走吧，老大！”刘强生怕他又想起伤心事，拉着钟国龙回了宿舍。

宿舍里，赵喜荣和吴建雄正闷闷不乐地坐在自己的桌子旁边，复员的事情，指导员已经和他们谈过了，尽管这事情早有准备，真到了这个时候，还是很让人伤感，谭凯和王伟正忙着洗自己的衣服，进出的时候都刻意地放轻了脚步，以免打扰了两个老兵的思绪，其他人都没在，钟国龙和刘强走进去，刘强忙将路上带的好吃的放到两个老兵桌子上，笑道："来，吃点东西吧！老吴，你托我带的洗发液我给你放哪儿？"

"给我吧！"吴建雄接过来，胡乱扔进抽屉里，一眼看见钟国龙，忽然酸溜溜地说道，"班长也回来了？"

"老吴，你抽疯啦？班长和我长得也不像啊。"钟国龙不经意地笑道，他以为吴建雄在说戴诗文。

"没错！就是你，小道消息已经满天飞了，新任侦察连一排一班班长钟国龙。看来平时跟连长走得近点儿是有好处哈。"吴建雄站起身来，语气中还是带着明显的讽刺。

"怎么回事？"没等钟国龙说话，刘强有些着急了，冲着吴建雄说道，"老吴，兄弟们处得都不错，你他 × 的别冲我们老大阴一句阳一句的！"

"呵！你们老大高升，你都横起来了！"吴建雄撇着嘴出去了。

钟国龙一头雾水地站在那里，吴建雄没来由的话让他很吃惊，看他出去了，忙喊道："老吴，有话说明白再走！"

吴建雄并没有回头，旁边赵喜荣说道："他说的是真的！上午连里开党支部会议定的，三排长泄露天机，我们都听见了。"

"这不可能！"钟国龙还是不相信，当班长这个事情太突然了，钟国龙从来没想过，在他的印象里，班里别说班长，班副也轮不到他呀。看赵喜荣的表情，分明也没有说谎。这边刘强倒是高兴了，一把抓住钟国龙的手，笑道："老大，可以啊！咱兄弟里面出了个带班的啦！喜讯，喜讯！"

"别胡说！"钟国龙甩开刘强，一脸的迷茫。

正在这个时候，戴诗文走了进来，戴诗文的表情没有什么变化，甚至还有些喜滋滋的，看见钟国龙，忙说道："钟国龙，连长让你去呢。"

钟国龙也正想找连长问问怎么回事，急匆匆地上楼去了。

屋里，赵喜荣一看见戴诗文回来，忙站起来，问道："老戴，指导员都跟你谈了？"

"谈了！"戴诗文表情没什么变化，从旁边拿起自己的洗脸盆，又去找衣服。

赵喜荣有些不甘心的样子，拉住他，又问："你，没什么想法？"

"什么想法？没有。"戴诗文准备走。

赵喜荣很意外地追问着："你就真没什么想法？那小子才一年不到，咱们班士官就4个，你还真甘心当个千年老二呀？"

戴诗文皱着眉头说道："我说老赵，你怎么比我还着急呀？这事情是连里的决定，再说，能者上，跟几年兵有关系吗？钟国龙这事情，我没有任何意见，咱们班兄弟处到这个程度，谁当班长不都一样？我没话说，全力配合班长工作。”

“你呀你！活该你……”赵喜荣摇摇头，回自己床上去了。

刘强笑着走上前，跟戴诗文问道：“班副，这是真的？”

戴诗文笑笑说道：“这不还没宣布吗。”

“嘿嘿！”刘强兴奋得跑了出去。

第八十七章　新兵班长（一）

钟国龙一口气跑到三楼连长办公室门口，大喊：“报告！”

“进来！”

钟国龙推门进去，发现办公室里除了龙云，那个赵飞虎也在。赵飞虎冲他笑了笑，给人一种莫名的亲切感。钟国龙也笑了，但很快停止了微笑，眼睛看着龙云，欲言又止。

龙云笑着指了指赵飞虎，说道：“钟国龙！给你介绍介绍！赵飞虎，你们一排新任的排长。也是侦察兵出身，西安陆军学院深造，分到咱们连了。”

钟国龙说道：“我们认识。刚才一起进来的。”

“认识？”龙云有些意外。

赵飞虎笑道：“刚才我问路，正遇见钟国龙，先互相认识了。”

龙云拍着桌子笑道：“他 × 的！我说这小子怎么这么镇定呢！钟国龙，咱们连走了一头猛虎，又来了一个，以后你要好好配合一排长工作。”

“是！”钟国龙很痛快地答应，很快又想起自己的疑问，刚要说话，龙云先开口了：“钟国龙，咱们连这信息一贯灵通啊，你听说了吧？”

“连长，真是我？”钟国龙眼睛睁大了，看来吴建雄说的没错了。

这时候，赵飞虎站起身，跟龙云说找指导员了解一下连队情况，龙云同意了，赵飞虎拍了拍钟国龙的肩膀，开门出去了。

“坐下说！”龙云示意钟国龙坐到自己对面，眼睛盯着他，说道：“真是你！是我极力推荐的！”

“连长，我……能行？”钟国龙在这件事情上出奇地不自信。

龙云瞪了他一眼，说道：“钟国龙，你还真是不一样了，怎么这回这么不自信？这可不是你小子的风格。”

“连长，我不是这个意思，我是说，论资历，我肯定不够，再说……我的表现也不是很好……”钟国龙低下头，声音越来越小。

“狗屁资历！侦察连什么时候看过资历？”龙云站起身，大声说道，“钟国龙，让你当班长，平心而论是有些冒险的，冒险你知道吗？这个词的含义，只能有两种。一种你干不好，让我丢脸，也让全连战士失望；另外一种，就是你钟国龙干得很出色，给整个侦察连增光！就这两种可能，没有中间路线。我龙云手下的兵，没有平庸的，你明白吗？”

钟国龙也站起身来，嘴里想再说点什么，最终咽了回去，却感觉自己的压力越来越重。

“有压力？”龙云太了解钟国龙了，走上前，拍了拍钟国龙的肩膀，说道：“这里关上门就咱们两个人，我知道肯定会有人说怪话，说我龙云对你开小灶，特殊待遇。也肯定有不少人不服气你，最主要的，你钟国龙自己在这件事情上都有些自卑，对不对？”

龙云太了解自己了！钟国龙暗自叹服。没什么说的，点了点头。

“没错！我就是把担子给你压到身上了。”龙云锐利的目光盯着钟国龙，大声说道，“我在上午的会上也说过，我不看你钟国龙够不够资格当这个班长，而是想看你当上班长以后做得怎么样。班长这个职务，兵头将尾，权力不大，事情不少，有人说是个大保姆。但是我不这么认为，我心目中的班长，绝对不是只会守着战士嘘寒问暖的人，我需要的，是一匹头狼！这匹头狼，它既能照顾好小组成员的生活，协调团队里的矛盾，也能在捕猎的时候威风凛凛、势不可挡！你当这个班长，不用别的，就一条——从此以后，你的心里不再只有自己一个人，也不会像以前只有某个人，你的心里要装得下一个班。拿训练来说，不是你钟国龙 5 公里跑了全团第一，你就是个好班长了，你要做的，是带领整个班跑到第一。有一个战士掉队，你就是不合格！钟国龙，你要是实在感觉难以胜任，你就想想赵黑虎，想想他是怎么当班长、当排长的！”

钟国龙一听龙云提到赵黑虎，心中像被谁猛捶了一下，整个人豁然开朗，龙云刚才对班长的描述，不就是在说赵黑虎吗？排长是因为照顾自己才牺牲的，此时，除了接过赵黑虎的枪，自己还有别的选择吗？

龙云这个时候又说道：“钟国龙，你在新兵的时候就跟着我和虎子，多余的话我想不用再说了。错误，你犯了不少，教训也是惨痛的，我想我和虎子，都想看到你的成长。你要是能成长起来，我放心了，虎子也就放心了！”

“连长！你放心吧！我拼了命也要干好这个班长。”钟国龙抬起头。

龙云看了他一眼，忽然说道：“不过，丑话我可说到前头儿，全团年终军事考核，到时候全连都会看你的一班，成绩上去，没得说，要是下来，过了年我照样把你刷下来。”

“连长，不用过年吧？”钟国龙忽然小声说道，“我那申请……不是已经批了？”

“批了，我自己批了。”龙云忽然笑道。

钟国龙更紧张了，小心翼翼地问：“不是说……团里也批了？”

龙云忽然问：“钟国龙，你现在还想走吗？”

终于有机会了！钟国龙二话没说，当场表态：“连长，我不想走了！我当时就想明白了，我不能就这么走！我得好好干，我得替排长报仇！”

“光想报仇吗？”龙云问。

钟国龙又想了想，说道：“不光报仇，我还要改掉所有的毛病，我要当个好兵！我不能让排长和你失望啊！”

“嗯……这还差不多。”龙云点点头。

钟国龙的心情依旧郁闷，小声说：“连长，要是团里已经批了，还……还能收回吗？”

龙云忽然大笑起来，从抽屉里拿出一张纸，钟国龙立刻发现那正是自己的申请，龙云把纸团成一团，笑道：“忘了跟你说了，我原本拿着它去了团部了，走到半路，忽然闹肚子，想拿它擦，没想到你这破纸太硬了，我根本没办法用，只好又拿回来了。”

钟国龙惊喜地喊了起来：“连长，你没交上去呀！”

龙云收住笑，说道：“还没有，你趁我还没改变主意，把它拿回去，文章措辞不错，文笔也有提高，也别浪费我签名，你把日期改改，哪天再想走的时候再给我！”

“连长，我……我谢谢你啦！我再不改了，直接拿它擦屁股去。连长，我……我爱你！”钟国龙太激动了，连日来他最担心的就是这事情，没想到被龙云这样给解决了。

拿过纸团，钟国龙有些不好意思，实在无法完全表达自己激动的心情。

"滚蛋，滚蛋！"龙云笑骂，"我用得着你爱吗？"

钟国龙一路小跑下了楼，把那张申请拿出来，想撕掉它，想了想，又折叠起来放进衣兜。他想，自己应该把这张纸留下来做个纪念，不但要纪念自己那段烦乱的心情，也要用这张纸时刻地提醒自己，自己因为冲动已经受到了无数的教训，今后不能再冲动了。

当晚的全连军人大会，连部宣布了赵飞虎的任命通告，在宣布钟国龙担任一班班长的时候，全连哗然。尤其是老兵们，明显流露出不太相信的神情，龙云并没有在意老兵们的感觉，按照他的提议，两名新上任的干部要发表一篇"就职演讲"。

首先是赵飞虎，大步地走上台，先笑着来了个开场白："终于来到自己梦寐以求的侦察连了！谢谢大家的掌声！"

下面一阵笑声，赵飞虎忽然又严肃起来，认真地说道："我知道，我能得到这么热烈的掌声，是沾了一个人的光。这个人，我是今天才跟指导员了解到的，我也在来到咱们侦察连的第一天就被他感动了。大家都知道我说的是赵黑虎赵排长。遇见几个战士，都说我和英雄长得很像，名字也差不多，但是我想说的是，我感觉我和英雄之间的差距，是很大的！

"但是我很荣幸！我来侦察连的第一天，就为自己找到了一个完美的榜样！我想，这个榜样将会是我今后所有工作的动力，我有幸接过了英雄的一排，就没有任何理由不拼了命地把一排带好，我也在这里向全连的兄弟保证：英雄的班，我接定了！要是干不好，我赵飞虎一秒钟也没脸在侦察连混，我自己滚出去！英魂不死，代代相传！我想，最后用我今天刚刚从侦察连战士的口中听到的那句话结束我的发言：侦察连的兵，永远没有失败，永远是在冲锋的路上，就是死，鲜血也要向着冲锋的前方喷！"

赵飞虎也是性情中人，一席话说完，自己已经激动得眼睛湿润了，全连热烈鼓掌，在这个新任的一排长身上，他们还真看见了赵黑虎的影子！不错，赵黑虎也是这样的激情四射，赵黑虎也是这样的，永远把自己放在没有任何退路的位置，眼中只有前进，钟国龙的掌声最响，将手拍得通红，只有他自己知道，自己这掌声不但是为了赵飞虎的激情演讲，也是为了已经牺牲的排长，同样，这也是为自己在加油。

钟国龙走上台的时候，掌声稀疏了许多，除了李大力、刘强、余忠桥等新兵们，老兵只是意思意思而已，他们此时将目光全投在钟国龙的身上，都想看看这个当兵不到一年的班长说什么。

钟国龙还是有些紧张，他自己也奇怪，自己一贯是天不怕地不怕，怎么今天紧张起来？红着脸看了看龙云，龙云正盯着他，目光相对，钟国龙踏实了许多，重新整理了思绪，钟国龙开始了当班长以后的第一次“演讲”：

“战友们，得知连里的决定时，我和你们一样的意外。我甚至在不断地问自己是不是够格，能不能做到。来部队不到一年的时间，我犯了许多的错误，付出过惨痛的代价，同时，我也从来没有放弃过努力。

“我想，担任班长这个职务，对于我来说，不应该是一次职务的提升，也并不代表着连领导对我的绝对信任，与其说是信任，不如说是连领导对我的一次考验。我现在的心情，不是当了班长的喜悦，而是认为自己接到了连队的一个任务。这个任务，需要我在以后的日子里面带着一班所有的兄弟们去完成。排长牺牲了，是为了掩护我，更是为了完成自己的任务，我从排长那里，看到了当兵人的责任。我明白，我还活着，既然活着，就要好好活，既然活着，就应当让已经死去的兄长放心！这种责任，不是光挂在嘴边的，多余的我不说了，请大家看我今后的行动吧！敬礼！”

钟国龙简短地结束了自己的发言，台下有些安静，谁也没有想到，他们印象中张扬、鲁莽的钟国龙，会说出这样的话来。此时，从钟国龙的眼神中，所有人都感受到了那份坚毅和决心，龙云最先鼓掌，紧接着，掌声响了起来，钟国龙看着台下，站得笔直，他刚才说的，是自己今天一天想好的。他认识到，自己确实应该将这件事情当作一个任务来完成，一个也许永远都不会结束的任务。

钟国龙的班长生涯就此开始，训练还是一如既往地进行，也许是钟国龙这个班长更能和新兵有共同的语言，班内的几个新兵没事总是围着钟国龙，唧唧喳喳说个不停。但是，另外一方面，班里的3个老兵——吴建雄、侯因鹏、赵喜荣，平时休息的时候，3个人总是自动地聚在一起说话，在钟国龙的印象中，自己“上任”已经半个多月了，3个老兵从来没有管钟国龙叫过班长。或者说，3个人除了训练的时候难免有交流之外，很少和钟国龙说话，就是平时不得不说两句，3个人的态度也很冷淡。钟国龙有些想不通，好在老兵们日常并没有出格的地方，他一时也不好把话挑明，这种微妙的隔阂让钟国龙有些难受。

还有一个难处理的事情，就是戴诗文，说难处理，是钟国龙自己感觉难处理。戴诗文这个人，和3个老兵不一样，钟国龙的“高升”，似乎并没有给他带来什么影响，戴诗文这个人，从他的脸上始终看不出任何的情绪来，依旧是那么笑呵呵的，干自己应该干的事情，班里的大事小事，戴诗文总是一本正经地和钟国龙商量，反倒是钟国龙有些尴尬起来，每次戴诗文找钟国龙说班里的事情，钟国龙总是说“老戴你看着弄就行”。好几次戴诗文看着钟国龙想说什么，最后都没说出来。

陈立华出院了，这是这几天以来最让人高兴的事情，这几天连里训练任务很多，龙云没同意钟国龙提出的带刘强他们去接陈立华的要求，但还是安排了连队的车去医院把陈立华接回来。陈立华一下车，就直奔团里的训练基地而去，侦察连在这里集训，已经一个多星期了。

"老四！"刘强刚刚越过一组障碍，看见陈立华出现在训练场门口，大叫着跑了过去，后面的钟国龙也是兴奋异常，跟着也跑了过去。

"全好了？"钟国龙拍着陈立华的肩膀，笑着问。

陈立华笑道："上次你们去就已经没什么事儿了，医院又观察了一段时间，没问题了。"

"全连集合！欢迎一下咱们伤愈归队的兄弟！"不远处，龙云大喊。

大伙儿都停止了训练，围过来对陈立华嘘寒问暖，让陈立华着实感动了一把。

"来！一起给个劲儿！"龙云大喊着，全连战士立刻一起喊了一句："钢刀回炉，故障排除，千锤百炼，再踏征途！杀！杀！杀！"

这是侦察连的传统之一，每次有战友伤愈归队，全连都会喊上这么一句，这句话的历史可以追溯到龙云刚入伍之前，谁也说不出是什么时候形成的惯例，不过一百多人喊上这么一句，立刻就会让归队的战友激动不已，感觉自己受到了战友莫大的鼓励。

龙云走上前，笑着说道："怎么样？你小子还白净了不少呢！"

陈立华笑着喊了声连长，笑道："整天在医院跟大爷似的，我估计训练成绩都下降了不少呢。连长，我就直接投入训练吧！"

"你能行吗？"龙云欣赏地看着他，"要不要再休息两天？"

"不用！不用！我着急着呢！"陈立华赶紧回答，"我这几个月快憋死了。"

"好吧。"龙云拍了拍陈立华，对钟国龙说道，"钟国龙，安排陈立华归队。训练强度减半，逐日增加！"

"是！"

钟国龙拉着陈立华就走，战士们这时候也散开，各自继续训练去了，陈立华阔别连队将近3个月，此时的他感觉精力充沛得很，走了几步，忽然冲钟国龙问道："老大，刚才连长怎么让你安排我训练？"

旁边刘强早忍不住了，抢着说道："陈立华！还不见过班长？"

"班长？开什么玩笑？老大提班副了？"陈立华发愣地问。

刘强笑道："什么叫班副啊？班长！团属侦察连一排一班班长钟国龙同志现在就站在你的面前。江山代有才人出，沧海桑田弹指间，你落后了，陈立华同志！"

“真的呀！哈哈！”陈立华高兴得快跳起来了，“老大，现在是班长了！看不出来呀！我说现在走路怎么挺着身子呢，刚才我还以为你痔疮犯了呢。”

“陈立华同志！请注意你的措辞！老大平时最宠爱的我现在都不敢造次了，你怎么还是这个样子？！回去写个十万字的检查，从你刚出生的事儿写起。”刘强装模作样地“训斥”着陈立华。

两个人一说一笑，顿时让钟国龙不好意思起来，连忙制止道：“有话回去说。”

“是！”陈立华和刘强严肃地敬了个军礼。

“我说，注意影响！你们俩能不能别这样？给人的感觉好像故意损老子似的。”钟国龙皱着眉头看着这两个活宝，“老子又没当军长，至于吗？”

“一年兵就当班长，老大，按这个速度，你离军长也没几年了。”陈立华笑着说。

“二班！怎么了？顶不上去了？再做一组！”不远处，一个大嗓门喊着那边趴在地上喘粗气的二班战士。

陈立华看过去，吓了一大跳，忙问：“谁呀那是？怎么那么像……”

“新任一排长，赵飞虎！”刘强故意把飞字拖长。

“乖乖！”陈立华吐了吐舌头，“名字也这么像，这要是拍个排长的电影，这家伙都能演特型了。”

3个人正议论着，赵飞虎已经大步走了过来，刚才他上厕所，没赶上龙云组织大家欢迎陈立华，这时候看见钟国龙和刘强拉着个陌生的面孔，知道是早上大家提起的归队的陈立华，没等陈立华开口，赵飞虎先伸出手来，“认识一下，赵飞虎！你就是陈立华吧？”

“是，排长好！”赵飞虎给陈立华的第一印象也是出奇地好，这家伙从骨子里透着豪爽劲儿，很难让人反感。

“嘿嘿！早听说我这一排里面有个神枪手，有时间跟你讨教几招。”赵飞虎笑着说道。

“排长，您别听他们瞎说，我这水平差得远呢。”陈立华谦虚地说。

钟国龙说道：“老四，你还真是差得远。排长在陆军学院拿过全校射击比赛第一名呢，这几天我算是见识了。”

“马马虎虎！一班长你别给我瞎宣传。”赵飞虎说着，又嘱咐了几句，自己跑到旁边看别的班训练去了。

“这人不错！”钟国龙看着赵飞虎的背影说道。这十几天以来，赵飞虎已经和全排的战士打成了一片，和钟国龙的关系也急速升温，两个人性格相近，钟国龙越来越喜欢这个酷似赵黑虎的赵飞虎了。

“哎呀！”一声大吼，几个人连忙回头看过去。

吴建雄刚才跨越障碍落地的时候，一下子踩空，重重摔倒在地上。钟国龙他们连忙跑过去，吴建雄双手抱着右腿，疼得冷汗都冒了出来，脚踝的位置已经肿了起来，看来是崴得不轻。

钟国龙连忙上去想帮他固定住腿，也不知道是不小心弄疼了吴建雄，还是其他什么原因，吴建雄一把将钟国龙给推开，嘴里喊着：“喜荣，扶我起来。”

钟国龙一片好意，被他推得一愣，火气随之上来，这要是换作以前，钟国龙上去踢他一脚都做得出来，但是现在不一样，钟国龙压了压火，没等赵喜荣过来，又上去扶住了吴建雄，吴建雄此刻疼痛难忍，火气也大了起来，他刚才原本是随意地推开钟国龙，不想让自己在这个并不服气的小班长面前太丢人而已，现在钟国龙倔强地又上来扶他，反而让吴建雄有些恼羞成怒了。

吴建雄再次将钟国龙推开，自己想站起来，脚一碰地，又痛苦地摔倒了。旁边赵喜荣走了过来，后面跟着戴诗文，赵喜荣俯身就想把他拽起来。

“赵喜荣，后退！”钟国龙忽然大吼一声，把赵喜荣吓了一跳。

“我说你呢，赵喜荣！后退！执行命令！”钟国龙眼睛瞪了起来，他现在极力压制着自己的怒火，同时感觉到，不冲动不代表懦弱，吴建雄两次推开自己，这是对他的挑衅，钟国龙这十几天一直忍受着，现在他想解决一下这个问题了。

“钟国龙，你干什么？他心情不好……”赵喜荣站起身，冲钟国龙说道。

“老子让你退后！我干什么用得着跟你汇报吗？我现在是班长，执行命令！”钟国龙大步上前，将赵喜荣挡开，盯着吴建雄的眼睛喝道：“吴建雄！我问你，假如这里是战场，就你和我两个人，你负伤了，你也会拒绝我把你背下去吗？”

吴建雄没想到钟国龙发这么大火，有些反应不过来，旁边赵飞虎想上前说话，却被赶到的龙云给拦住了，龙云有意不说话，他想看看钟国龙怎么处理这件事。

吴建雄有些理亏，还是咬牙说道：“我……不用谁扶，我自己起来。这总行了吧？我他 × 的不用你这好心！”

“你自己起来？是对我的不信任吗？”钟国龙寸步不让。

吴建雄有些尴尬了，没说话，自己捂着脚踝低头咬牙。钟国龙忽然上前一步，将吴建雄整个拽了起来，一个背跨就背到了身上，抬腿就走，他虽然没有吴建雄强壮，但是长期的训练，背上一个人不在话下。

“你……你放我下来。我能走！”吴建雄很是尴尬，在钟国龙背上挣扎。

“你他 × 的老实点儿！再动我可动手了！”钟国龙不由分说，一路背着吴建雄往卫生队走去。吴建雄挣扎了几下，脚踝实在疼得要命，只好就范了。

赵飞虎笑着跟龙云说道：“连长，这个钟国龙还真是个犟脾气。”

龙云笑笑，说道：“这小犊子，还真有长进！你不知道，这要是半年前，就吴建雄这态度，钟国龙绝对上去拼命了。嘿嘿！可惜的是，刚猛有余，力道还不足，还得继续练啊！”

“连长，我看他有希望！”赵飞虎说道。

第八十八章　新兵班长（二）

钟国龙背着吴建雄一路向卫生队走去，戴诗文生怕有什么意外，也跟在后面。一路上，吴建雄没说什么话，钟国龙也保持沉默。汗水从钟国龙的额头上流下来，钟国龙喘着气，任凭汗滴掉到身前的水泥地上，吴建雄在他后背上看得清清楚楚，嘴角动了动，最终还是没说话。

到了卫生队，钟国龙冷着脸，嘱咐戴诗文照顾一下，自己闷头又回了训练场。

这天剩下的训练，整个一班出奇地安静，所有人都默默地拼命跨障碍、练格斗、匍匐、跃进。每个人都像是有心事，只是练。钟国龙始终冷着个脸，一组一组地做动作，冲在全班的最前头。

这件事情钟国龙始终还是想不通。他知道，自己刚分到侦察连的时候，曾经也跟这几个老兵有过不愉快，也动过手，但是后来龙云和赵黑虎一阵的“魔鬼惩罚”，又专门开了全连大会，几个人也都互相道了歉，从那以后，全班相处得十分融洽，新兵和老兵之间再没发生过任何的不愉快，没想到，自从自己当了班长，这几个老兵的心态又发生了变化，虽然嘴上不说，但是和自己的隔阂越来越深。钟国龙想不出他们是因为不服气，还是因为别的什么，这显然不是他想要的结果，今天赌气地将吴建雄背到卫生队，钟国龙不知道以后的事情又该怎么处理，他现在真正感觉到当一个班长的难处了。

在部队里面，班长这个职务，正是所谓的兵头将尾，要权力没多大，杂事却是不少，钟国龙一当上班长，就格外关注起班长的职责来。对于班长的职责，内务条令上已经写得很清楚，钟国龙算是倒背如流了，其中第五条“掌握全班人员的思想情况，及时做好思想政治工作，搞好全班团结，保证各项任务的完成”，钟国龙格外地关注，但是实际操作起来，他感觉自己遇到了很大的麻烦。全班的思想情况，钟国龙只能算是掌握了一半，和自己一样的新兵的思想情况，钟国龙很清楚，但是几个老兵的想法，钟国龙就完全不知道了，而这些天以来，几个老兵似乎都在有意无意地回避着跟钟国龙沟通。

要说组织能力，其实钟国龙并不欠缺，他在老家能“领导”着6个兄弟团结一心就是证明，但是那毕竟是和自己同龄的人，现在和老兵之间的工作究竟该怎么做，钟国龙根本不知道，他越来越感到这个班长不好当了。

吃过晚饭，全班都回到宿舍，吴建雄已经回来，把自己蒙在被子里面躺着，病号饭是戴诗文打来的，问了他几句，他说不想吃，戴诗文没办法，先放到了旁边。侯因鹏和赵喜荣也没说话，躺在各自的床上想心事。

陈立华看着钟国龙闷闷不乐的样子，心里很难受，他俩是一起长大的，此时最能体会钟国龙的心情，他想为钟国龙做点什么，想了想，自己走到吴建雄的床边，说道：“老吴，真不知道你是怎么想的。大家都是一个班的弟兄，有些事情不至于这样吧？你对我们老大有什么意见，干脆提出来，总不能一直这样吧？”

陈立华一说话，立刻打破了宿舍内的沉默，钟国龙想说话，最终没说什么，他想的和陈立华一样，赵喜荣和侯因鹏有些意外，一起抬起头来看着陈立华。陈立华不怕什么，继续说道：“老侯、老赵，你们也是，整天这么闷着总不是事儿吧？”

吴建雄忽然从被窝里露出了头，看着陈立华，大声说道：“我没意见！这总可以了吧？”

“你这像是没意见的吗？”陈立华有些气愤了。

吴建雄刚想再说话，一旁的侯因鹏忽然说道：“陈立华！你这伤也没伤到脑子吧？跟你有什么关系？”

赵喜荣忽然冷笑道：“猴子，这你就不懂了！这叫一人得道，鸡犬升天，人家老大当了大班长，当兄弟的能不想混个班副当？管得宽点儿，理解理解！”

“赵喜荣，你他 × 的说谁呢？”陈立华脾气也上来了，瞪着眼睛问。

“说你呢，怎么了？”赵喜荣一下子从床上跳了下来。

宿舍内的气氛立刻剑拔弩张。刘强也站起来了，走到陈立华旁边，盯着赵喜荣。

“都少说两句！干什么呢？”戴诗文喊了一声，赶紧走到两边的中间，冲着赵喜荣喝道，“老赵，你也冷静点儿！立华说的没什么不对的，大家心里有想法，就应该痛快地说出来！”

“我们没想法！”赵喜荣恨恨地坐回到床上。

“砰！”

钟国龙站起身，摔门走了出去。陈立华和刘强想跟上，被戴诗文拦住，戴诗文说道：“你们俩都坐下！谁也别说了！”说完，戴诗文跟了出去。

钟国龙大步走到宿舍楼院子里，一拳砸在院子里一棵树干上，感觉烦恼极了。后面，戴诗文走了过来，轻轻拍了拍他的肩膀，说道：“咱俩去操场吧，我跟你谈谈。”

钟国龙没说话，他不知道戴诗文要跟自己谈什么，但还是跟着他来到操场上。操场上此时除了几个加练体能的战士在一旁做单杠引体，没什么人，两个人一起来到操场的最里面，靠着一棵大树坐了下来。

“班长，很烦恼是吧？”戴诗文微笑地看着一脸苦相的钟国龙。

钟国龙对戴诗文的印象很好，全班几个老兵，只有戴诗文在帮着钟国龙，这一点上，钟国龙甚至很感谢这个老兵，想了想，点点头。

戴诗文忽然笑道：“按道理说，你当了班长，最不服气的就应该是我了对吧？”

“老戴，你……”钟国龙很意外戴诗文会开门见山地说起这个“敏感话题”。

戴诗文说道：“我跟你说实话吧：指导员找我谈话的时候，他一说连里决定要选你当班长，我肚子里的火气一下子就起来了！谁都有个自尊心，我的想法你应该也清楚。我入伍快4年了，按资历，我足够，我当了一年半的班副，前一段儿时间排长兼着班长，我就有点意见。那时候连长跟我没谈过一次，我没说什么，跟在排长后面，我是真服气，可这次提到你当班长，我能不有意见吗？

“从指导员那儿出来，我想了好久，后来，连长又把我叫了过去，跟我谈了他的想法。我跟你说吧，从连长办公室一出来，我就什么脾气也没有了。钟国龙，我有的东西你没有，你有的东西我也没有。但是，我有的东西你能学会，而你身上的东西是天生的，我恐怕永远也学不会。连长是聪明人，他看出来了，这个决定，我不再有意见。”

戴诗文说出这样的话来，钟国龙没办法不感动。看着老兵的一脸真诚，钟国龙问道：“老戴，你说我有的东西你没有，你有的东西我也没有。这是什么意思？”

戴诗文站起身，笑道："我有的东西你没有，我说的是自己的资历，还有我这个人很细心，也很有耐心，我能很好地处理和战友的关系，也能不温不火地面对任何不和谐的因素。说句老实话，我的性格里面，更倾向于明哲保身，或者说，我在一班充当的是一个老好人的角色。这方面，你钟国龙是欠缺的，这是你可以学到做到的，就像连长和已经牺牲的排长，他们平时都是铁打的硬汉，但是一旦展现出温柔、体贴的一面，却能让每个被他们关心的人无不感动，我想对于这点你的感受比我还要多吧？

"所谓你拥有的东西，用连长的话说，那是一种天生的野性，狼性，血性！拥有这种性格的人，注定不会选择中庸的生活方式，时刻充满着激情与斗志，敢于面对任何挑战，从来不知道什么叫畏惧，敌人是铁，他就是钢，敌人是有限的水，他就是无限的火，在这个方面，你钟国龙是与生俱来的，可以说你本性如此。这种性格升华到一定的程度，就会自然而然地形成一股强大的威慑力和影响力，它所能发动起来的，不仅仅是你本人，还会影响到整个群体，用连长的话说，一个战无不胜的狼群，首先需要的就是一匹能凌驾于众狼之上的头狼！"

钟国龙听完戴诗文的一番话，有些不好意思起来，低声说道："老戴，我没你说的这么优秀吧。"

戴诗文笑道："现在还没有，但是我相信迟早会有的。"

钟国龙若有所思，忽然问道："那你说，我能不能当好这个班长？怎样才能当好这个班长？"

"哈哈！理论要联系实际啦！"戴诗文笑了起来，笑完，又很认真地说道，"咱们班现在的情况你也看见了，可以这么说，现在的一班，开始有了一种隐患，那就是部队的大忌：拉帮结派！很显然，几个新兵对你是敬仰有加，也都能团结在你周围，而3个老兵，现在已经脱离了你们的团体，自己成了一个小群体，要不是我一直保持中立，恐怕我早成了他们的精神领袖啦！"

钟国龙点点头，说道："是，这点我要谢谢你了！"

"没什么，我能这样做，是因为我已经找到了自己的定位。"戴诗文说道："3个老兵，有两个即将退伍，剩下的一个，也是二级士官，就跟我刚见到指导员听到连部决定一样，你让他们安分地听从一个刚入伍不到一年的新兵、一个不满20岁的班长的领导，他们是很难接受的。"

"那，我该怎么办呢？"钟国龙有些无所适从。

戴诗文忽然笑道："需要时间，也需要耐心，更要有信心！你今天上午在训练场上已经做对了一半。不过有些太刚硬了，还要缓一点。另外一半，你记住我一句话，他们谁也不是坏人，他们也都是军人，只不过是思想上一时适应不了而已，能不能让他们配合你这个班长的工作，关键得看你能不能让他们温暖起来。不用我多说了吧？”

钟国龙回味着戴诗文的话，忽然感觉豁然开朗起来，兴奋地说道：“我明白了。谢谢你！”

“谢倒不用谢！”戴诗文很真诚地将手伸出来，“我帮你！”

钟国龙伸出手来，紧紧握住戴诗文的手……

回到宿舍里面，火药味儿还是很浓，陈立华和刘强看见老大回来了，下意识地站起了身，钟国龙拍了拍他们两个的肩膀，两个人从老大的眼神中并没有得到什么信息，有些疑惑，还是挨着钟国龙坐下了。

钟国龙坐在那里呆了好几分钟，宿舍里安静得出奇，忽然，他站起了身，朝自己的柜子走去，陈立华和刘强紧张起来，他们的印象中，老大不可能像这样冷静，按照“惯例”，老大应该发作了，两个人都盯着钟国龙的一举一动。

钟国龙打开自己的柜子，从里面掏出来一个盒子，又从里面拿出一个瓶子来，是半瓶“正红花油”。这是年前他自己受伤的时候，赵黑虎给他的，钟国龙拿着药瓶，直接走到吴建雄的床前，吴建雄此时正看着上铺的床板生闷气，见钟国龙向他走过来，也吃惊不小。

“老吴，去年过年的时候，我跟排长学过两天中医按摩，感觉技术还可以，你要不要试一下？”钟国龙拿着红花油，一脸的真诚。

吴建雄此时说不出什么感觉，张嘴说了一句：“不……不用了……”语气还是有些冷淡，但是谁都能听出来，里面抵触的情绪已经少了很多。

“还是揉一下吧，训练这么紧张，咱们班的人尽量少耽误时间。”钟国龙说完，拉过来马扎，坐到靠近吴建雄的脚的位置，小心翼翼地将他的脚从被子下面挪出来，倒出红花油，一下一下地揉搓起来：“要是疼了你说话啊，这东西得有一点力度，这样吸收得快！”

吴建雄脸一下子红了起来，看着钟国龙低头使劲地揉搓着自己红肿的脚踝，他真正感觉到不好意思了，甚至觉得自己之前是多么狭隘，当然，这种想法现在只存在于他的内心，他还不好意思说出来。

他的旁边，侯因鹏和赵喜荣也惊诧地看着钟国龙的举动，尴尬的表情同时出现在他们的脸上。宿舍里，刘强、陈立华、谭凯、王伟、戴诗文全都看着钟国龙，除了戴诗文在微笑，其他人就跟看见外星人一样，大家谁都没忘记钟国龙以前的表现，特别是刘强和陈立华，他们最了解钟国龙了，老大在家是什么样子，和余忠桥打架是何等的不要命，刚来侦察连的时候和老兵打架的场面，都还历历在目，钟国龙现在的表现太让人意外了。两个人甚至在想：这还是自己无比熟悉的老大吗？

钟国龙低着头使劲地揉搓着，忽然看了一眼吴建雄，说道："老吴，你不用这样看着我，你他 × 的还以为我怕了你了，在跟你表示歉意吧？我钟国龙怕过谁呀？我没别的想法，我就是想，咱们班是一个集体，大家都是兄弟，兄弟有年长的也有年幼的，但是这并不影响兄弟之间的感情。论工作，我是班长，班里的战士训练受伤，我照顾照顾是应该的；论生活呢，你是老兵，是老大哥，我这当兄弟的帮你揉揉脚，也没什么不应该的。不就是这个事儿吗？"

"班……班长！"吴建雄忽然挣扎着坐起了身子，将手搭在钟国龙的肩膀上，眼泪就是在这一刻流了下来，吴建雄看着微笑的钟国龙，忽然大声说道："班长！是我不对！我他 × 的混蛋！我……"

"躺下躺下！你这么坐着我怎么揉啊？"钟国龙微笑着示意他躺下，吴建雄的眼泪他看见了，自己心里的那块石头也终于落了地，钟国龙抬起头来，冲所有人说道：

"一班的全体都在这儿，大家该干什么还干什么。我想说几句，咱们一班的前任班长是排长赵黑虎兼任，现在连里面让我做班长。班长不是什么大首长，我钟国龙也没这个官瘾。我就是想，我是从排长的手中把这个任务接下来的，一班在排长在的时候，是把战斗的尖刀，各方面从来没有落在后面过，现在到了我这里，我不能把一班给毁掉。任务我接下来了，但是我一个人完成不了，这屋里的兄弟，少了谁也不行！

"我知道，我当这个班长，还不够格，班里几位老兵有想法，我也理解。但是我管不了那么多了！自从连里宣布任命开始，每天晚上我闭上眼睛，都感觉排长在看着我，也看着咱们整个一班呢！一班要是再整天在我够不够资格当班长这个问题上争来争去，可能就真的毁了！大家想想，要真是这样的结果，我们对得起谁呢？"

"钟国龙，你别说了！我们都知道自己错了！从今天开始，你就是一班的班长，名副其实！我们都听你的！"赵喜荣从床上跳下来，动情地说道，"你说得对，一班不能让咱们自己给毁了。我和老吴在部队的时间也许没几个月了，不能因为我们这混蛋情绪给一班抹黑！"

"赵喜荣，你们复员那是以后的事情，现在什么都不用想，在一班一天，咱们就不能让一班的大旗倒下！"戴诗文大声说道。在大家的印象中，戴诗文始终是温柔的，此时也坚定起来。

面临分裂的一班，就这样重新团结起来了。团结的力量是十分可怕的！在此后的半个月时间里，全连都能看出来一班的转变，一班 5 个新兵，4 个老兵，彻底放下了所有的包袱，所有的怨言，训练成绩的提升速度简直令人叹为观止。而钟国龙也在已经过去的一个多月的班长生涯中，迈出了军旅生涯的一大步！对于钟国龙来说，尽管他这个班长还不是很成熟，但是，他已经从苦恼中寻到了一份快乐。他相信，这对自己的人生，都将是一个改变！

对于一班发生的变化，最欣慰的人就是龙云了。一班的事情，龙云岂能不知道？！这一段时间，龙云刻意地在保持着沉默，不仅如此，他还要求赵飞虎不要管这事情，龙云是要静观其变，他要给钟国龙一次考验，也是想给钟国龙一次机会，一次步入新的人生阶段的机会。龙云自己也是从那个阶段走出来的，他能体会到钟国龙面临的所有困难和压力，可谁也帮不了他，只能靠他自己解决，成败的天平就搭在钟国龙自己的肩膀上。还是一句老话，行就上，不行就给老子滚蛋！

要说最感到意外的，倒是指导员苏振华了。对于钟国龙任命的事情，他一开始是抱怀疑态度的，尽管龙云已经把他说服，但是，他的心里还是十分担心，毕竟让一个入伍不到一年的新兵带着一个班的老兵新兵，起码在他的军事生涯中是从来没有过的尝试，令他意外的不是别的，而是钟国龙居然能在这么短的时间里将整个班带成现在的样子——全连的标杆。

“老龙啊，这个钟国龙还真是让我大吃一惊！你得给我解释解释，这小子是天才不成？你是怎么看出来他有这么一手儿的？”苏振华指着不远处带着全班加练体能的钟国龙问龙云。那边，钟国龙和赵喜荣正在比赛做俯卧撑，两个人一上一下，不知道已经做了多少，旁边全班围着他俩喊加油，那声音能把整个侦察连震翻。

龙云站在自己办公室的窗户口旁，笑道：“天才他还算不上。我仔细想过，钟国龙这家伙的性格里面，有个很深层次的东西，那就是，他从来没有放弃过对成功的渴望。这一点我在新兵连的时候就感觉到了。他犯过很多错，打架、骂人，冲动，但是每次犯错误，都能激发他内心的潜能。当一个人的眼里只有成功的时候，即使中间遭受再大的挫折，他也不会动摇，这样的人，不成功才没道理呢！遇见弯路不怕，但是得一直走下去，人这辈子哪能全是笔直的下坡路。我现在证实了一件事情：这小子，还真是一块当兵的上好材料。”

“哈哈！这个恐怕你早就发现了吧？”苏振华笑着说道，“听你这么一说，钟国龙这个战士还真值得咱们这些带兵的人思考呢。嗯！值得更深层次的思考！”

龙云转过身来，很认真地说道：“是的！咱俩早就探讨过，这些20世纪80年代后出生的新兵，有许多跟咱们那个时期不一样的特色，但是这种特色绝对不是他们自己生成的，而是一种沉淀，沉淀了许多前辈身上的成功因素。所不同的是，他们表现出来的形式各不相同，有的兵生来单纯，有的兵生性急躁，也有的兵性格内向，或者干脆像钟国龙这样错误不断，而最终呢？各种性格特点的兵，都有成功的代表，殊途同归，这就很奇妙了。”

两个连队的首脑此时都陷入了沉思。那边，赵喜荣终于趴在地上起不来了，钟国龙瞪着牛眼，最后还是比赵喜荣少做一个，其实，他拼上老命，也许还能做上几个……

第八十九章　年终考核

11月10日，全团年终军事考核终于开始了。对于侦察连来讲，所有的官兵几乎都期盼着这次考核，辛辛苦苦练了一年，中间也经历了演习和实战的考验，侦察连在这一年里得到了太多的荣誉，荣誉带给军人最宝贵的财富就是信心，以及对下一个胜利的无限渴望。

历时3天的常规科目考核，让所有的领导再一次感受到了什么是震惊，或者说，什么是惊喜，团直属侦察连一排一班的成绩，名列全团第一。而且，这个第一里面，含金量是数年罕见的：全班9名战士，一共拿了7个单项第一，11个第二、三名。一班长钟国龙更是让所有的质疑声戛然而止：7个单项第一中，有3个属于钟国龙一个人，而且这3项全部打破团纪录！这样的成绩，只能用奇迹来形容了。钟国龙，是这个奇迹的创造者！打铁须得自身硬，在这方面，钟国龙做到了。现在的一班里面，早已经没有了一开始的隔阂，不管是新兵还是老兵，无不对自己的班长佩服得五体投地。

11月14日晚上10点，钟国龙带着他的一班，和全连一起，站在了团考核场上，今年的年终考核，团里给肩负着特殊使命的侦察连增加了一个新的项目：实战模拟演练。增加这个考核项目的目的，再明确不过：部队正在尝试改革，其中重要的组成部分，就是增强部队的实战技能。相比那些科目固定、僵硬的单项考核项目来说，实战模拟演练考核的是各个参战小组的综合能力，考核的场景设置是团长顾长戎亲自拟订的。时间：夜间；地形：方圆100公里范围内，戈壁、沙丘、旷野。无后方支援，无现代化GPS定位设备，无固定战场预案。正北方向70公里处，设置敌军指挥部一个，防御工事若干。要求参战部队以班为战斗小组，各自为战，搜索前进，12小时之内要到达敌指挥部位置，迅速画出敌军防御工事图纸。更为重要的是，在出发点与敌人指挥部之间，有一个营的“敌军”设置了大量的阻击阵地，需要侦察连突破各种各样的防线，准时完成任务。

这样的场面对于身经百战的侦察连官兵来说，算不上绝对的难度，关键在于，这次是考核各班的战斗能力。换句话说，这次的考核，是侦察连9个班之间的一场竞赛。这一点是让所有的班热血沸腾的原因所在，前几天的考核，侦察连拿了太多的荣誉，只有这次才是真正显示自己实力的机会。

10点30分，红色信号弹升空，演练正式开始，9个班从同一个方向出发，按照上级指定的方位，从不同的路线点进入演习区域。

钟国龙的一班是从左侧第二号位的方向进入的，一阵快速奔袭之后，全班挺进了5公里，开始进入“敌军”的防区。全班战士隐藏在一个伪装好的小高坡背面，陈立华将身体向前略微倾起，只露出半个脑袋，透过狙击枪的瞄准镜，努力利用月光和远处穿梭的汽车发射出的光亮，搜索着敌人的防线。

“正前方12点处，单兵掩体2个，敌军2名，2点位置，发现敌军巡逻车1辆，车载成员4名，其他未发现异常。”陈立华小声汇报着观测结果。

“有没有狙击手？”钟国龙小声地问。

“没发现！太暗了！”陈立华又向周围看了看，并没有什么异常。

作为一个狙击手，不光是要具备精准的枪法和快速反应能力，还要在进入战斗环境第一时间找到利于自己观测和攻击的位置，这不是简单的事情。再进一步说，除了将自己隐蔽好之外，还需要有很好的洞察能力，具备能在最短的时间内估计出敌人狙击手可能隐藏位置的能力。陈立华在这方面还是特意下了苦功的，瞄准镜范围之内，陈立华搜索了所有可能的隐藏狙击手的位置，没有发现可疑目标。

此时的钟国龙内心狂跳，这是他担任班长几个月以来的第一次“战斗”，也是他第一次以一个指挥者的身份率小组执行任务，一班前面表现很完美，就差这最后的一关了，钟国龙有些紧张，他努力使自己镇定下来，小声问处在观察位置的陈立华：“看一下周围，有没有可能绕过去？咱们没空跟他们浪费时间。”

“够呛！”陈立华皱着眉头说道，“敌人在正前方，还有巡逻车机动，前面方圆2公里都是开阔地，两边的沙丘上有没有敌人谁也说不准，绕着走太冒险了！”

钟国龙的目光投在戴诗文和几个老兵身上，自己虽然是班长，但是并不等于自己的作战经验能强过这些老兵。此时需要的是整个群体的智慧，钟国龙深深懂得这一点。

“对方一共6个人，又没有远距攻击武器，我看可以打。”吴建雄说道。

钟国龙点点头，说道：“现在我就担心一点，前面的敌人有一个营，咱们要是一打，恐怕会把敌人的流动部队往这边吸引，那样就不好办了！”

“以咱们出发的方向上来看，这里是咱们向正北的必经之路，这里两边都有沙丘，我看敌人既然能在正面设防御，两边他不可能不考虑。咱们能做的就只有拼速度了。”戴诗文低声说道。

钟国龙悄悄爬上去，仔细看了看周围的地形，努力思考着：假设敌人在两侧的沙丘上安排兵力，自己要是从正面消灭那6个敌人，两边各1公里的距离，敌人要是来增援，最快也要5分钟赶到，也就是说，一旦战斗打响，他们必须得在5分钟以内迅速突破，再重新找有利地形突进。好在自己有个陈立华，这个时候狙击手的作用简直太重要了！

“打！没有别的选择！要是从沙丘边缘走，敌人可就是居高临下了！”钟国龙已经做了决定，“老四，你和谭凯、老侯一组，就在这里对付敌人那两个单兵掩体，他们应该都在你的射程内了。其他人跟我从左边绕过去，陈立华的攻击一开始，咱们就全力突进，敌人的巡逻车增援过来以后，咱们两组从两个方向夹击他。战斗结束后，老四你们要全力跟上！”

钟国龙的方案显然不错，几个老兵也不得不叹服，敌人的巡逻车从距离上说，在单兵掩体后面500米左右，陈立华的攻击成功以后，他们这一组已经开始突进了，这样一来，敌人的巡逻车一赶到，就已经进入两组的攻击范围了。

大家准备完毕，开始分头行动，钟国龙带着自己这组，悄悄地绕着自己隐藏的这个小沙丘，从中间到了左边，大家卧倒，等待陈立华的攻击开始。

陈立华距离敌人的单兵掩体500米左右，尽管是夜间，也不能给他带来什么困难，瞄准一个掩体里面黑乎乎的人影，他慢慢打开狙击枪的保险。

“啪！”

一声枪响，陈立华首发命中，激光对应装置立刻使对方那黑影冒起了白烟，干掉了一个，另外一个发现被袭击，刚刚掉转枪口，陈立华的第二枪响了，同样的结果。

“老四干得不错！冲！”钟国龙一声低吼，率先弯腰冲了上去，良好的身体素质这时候发挥了作用，他带着的5个人一起，像6道黑色的飞箭，直直地向敌人已经失去价值的掩体位置跑过去。

敌人的巡逻车立刻被惊动了，不出所料，敞篷巡逻车猛地一个打转，向着这边方向冲过来，车上的敌军士兵随之开枪，钟国龙他们已经向前猛冲了300多米，距离单兵掩体不足200米，全部卧倒还击。巡逻车依仗速度，形成了一道快速前进的火力网，急速向这边开过来。

这边陈立华的枪声再次响起，一阵猛烈的交火，巡逻车上的4名敌军士兵的火力分也不是，合也不是，在很短的时间内被一班全部消灭了。

“快！全速冲过去！”钟国龙大声命令着，陈立华他们也跟了上来，沙丘两侧，居然没有动静。

敌人没有部署兵力？钟国龙不禁疑惑，忽然听见远处有枪声，这下大家全笑了，看来是两侧别的小组与敌人交上了火！沙丘上的敌人估计去增援那边了。

真是好机会呀！钟国龙跑过巡逻车，发现巡逻车上已经“牺牲”的4个战士连同驾驶的那位，5个人急得直拍大腿，肯定也在遗憾，阴错阳差地，让这帮小子捡了便宜。

钟国龙的注意力忽然停在了车上。看看前方，深邃的夜空里面，敌军汽车灯光不断地闪现，这里是戈壁地形，汽车几乎可以横冲直撞，并不需要什么道路。

“你们说，咱们把这几个‘尸体’的衣服扒下来可不可以？”钟国龙一脸的坏笑。

“嗯？行吗，这样？”几个人被钟国龙的想法吓了一跳。

钟国龙仔细想了想，说道：“没什么不行的。上级的场景设定里面并没有规定咱们不可以夺车吧？原本没时间，现在这么好的机会，干吗不用？”

“有道理！”侯因鹏笑了。

商量的结果是：钟国龙、刘强、侯因鹏、吴建雄4个人开车冒充敌军直奔目的地，剩下的几位由戴诗文率领，依旧按照原路线搜索前进，互相约定：要是开车的被发现，那就全靠剩下的这几位了！

钟国龙笑嘻嘻地跑上去脱人家衣服，一位“敌军”着急地喊道：“不带这样的吧？”

“嘘——您都牺牲了！想诈尸啊？我们是侦察连，乔装侦察打入敌后，很正常。”刘强笑道。

几位“尸体”无奈，钟国龙几个人迅速换上了用于区分的“敌军”的服装，汽车开动，迅速掉转车头。

“几位兄弟，小心别着凉！”钟国龙笑道。

这时候，车上的步话机响了起来：“07、07！你那边情况怎么样？”

“情况一切正常！”钟国龙捂着嘴回答，猛踩汽车油门，飞速驶去。

结果很显然了，钟国龙的一班不到3个小时就完成了任务，回到营区，其他的班不服气，说这不是真本事，龙云眼睛一瞪，说道：“什么叫真本事？完成任务就是真本事！再说，戴诗文那组也比你们先到达，一班是前两名，画了两张图回来，还想怎么算本事？”

消息传开，钟国龙再次声名鹊起。

11月15日，一排长赵飞虎带着钟国龙和连队其他3个老班长到师教导大队参加新兵班长集训，主训带兵方法、技能训练以及心理教育方法，为期两周。钟国龙也是全师唯一一个第一年度兵的新兵班长。陈立华参加师专业技能集训，他的专业是狙击步枪。刘强、大力、谭凯等人也很幸运地被挑选推荐为新兵副班长人选，在团里集训。

师教导大队，难得的半天清闲。上午刚刚进行的考核，钟国龙自己感觉答得不错，心情很好。来教导大队这些天里，钟国龙感觉自己就像一块原本干燥的海绵一下子被投入清水中一样，竭尽全力吸收着培训内容。在这里，他第一次知道原来一个合格的班长远比自己想象的还要复杂得多，有那么多自己不熟悉不了解的东西要学。所有参加培训的骨干干部中，只有他一个一年兵，也只有他一个刚上任不久的班长。他一度感觉自己和那些老班长、老干部的差距实在太大，越是这样，钟国龙越想尽快地赶上来，一本厚厚的培训教材拿在手里，钟国龙可谓废寝忘食，他自己都觉得：怎么当兵前那么不愿意看书的自己，如今俨然成了一个苦读的秀才。

这段时间，钟国龙和赵飞虎的关系也在逐渐“升温”，钟国龙很难想象，这个和已经牺牲的排长赵黑虎十分相像的家伙，除了同样让人不得不叹服的军事技能之外，还有着另外一个本事：他的理论知识水平。连日以来，赵飞虎几乎解答了钟国龙在培训中遇见的所有疑问，无不是理论联系实际，论据充分，观点明确。10天不到，钟国龙对这个新来的排长已经是佩服得五体投地。这很不容易，因为钟国龙的性格使他很少有自己佩服的人，但是一旦有了，那就是这个人所表现出来的一切确实能镇得住钟国龙，龙云是这样，赵黑虎也是这样，现在赵飞虎成为了钟国龙来部队以后第三个佩服的人了，因此，两个人很快形影不离起来。

考核完毕，休息半天，赵飞虎没有和其他的干部上附近的县城去逛荡，钟国龙自然也就不去，两个人一起爬上了师部平时训练体能的689高地，绕过大路和训练场，找了个避风的山坡，10罐啤酒，半斤牛肉干，一只熏鸡，外加一大张烤馕，这是两个人早“预谋”好了的，好好喝顿酒，再畅谈一个下午，此时登高畅饮，分外舒服。

赵飞虎咬了一口鸡肉，笑道：“这里什么都好，就是这熏鸡味道差多啦！”

“这鸡？不错呀！你说哪里的鸡好？”钟国龙看着赵飞虎。

赵飞虎笑了笑，说道：“地方特产里面，做鸡的很多，什么道口烧鸡，什么德州扒鸡，等等，做法多了。这熏鸡，要我说，还是沟帮子熏鸡好吃！”

钟国龙十分佩服赵飞虎，其中重要的一点，就是这家伙很有情趣，不管什么事情什么东西，他都能口若悬河说出很多典故来，他又看了看手里的鸡腿，很感兴趣地问：“排长，那你怎么就知道沟帮子的熏鸡好吃？你肯定吃过吧？”

“哈哈，我老家就是辽宁盘锦沟帮子的。我家乡许多人做熏鸡，别的不敢吹，这沟帮子熏鸡我从小到大不说吃了几千，起码也有几百只了。这东西，我最有发言权！”

“是吗？排长，那你说说，说说！”钟国龙饶有兴趣地变换了一下身位，和赵飞虎相对而坐，眼睛紧盯着赵飞虎，按照惯例，排长又该开始讲故事了。

果然，赵飞虎把剩下的半罐儿啤酒干掉，笑眯眯地开始了讲故事：“这沟帮子熏鸡，创始是在光绪二十五年……我记得应该是 1899 年，创始人是一个安徽到东北谋生的熟食师傅叫刘世忠，刚来的时候，他没有别的路子，只好重操旧业，做起了熏鸡。可是，这安徽的口味是偏淡发甜，这和东北人的喜好偏咸、色深、味儿重正好相反，生意肯定不好啊。后来，他遇见一个老中医，这老中医就指点他往煮鸡的老汤里面放了好多味中药。刘世忠自己又不断地改进配方，反复实验，最后做出这熏鸡来，色泽枣红明亮，味道芳香，肉质细嫩，烂而连丝……嘿嘿，那味道就别提多好吃了！”

钟国龙听得入神了，又问：“排长，那你说说看，这沟帮子熏鸡到底怎么做呢？”

“你小子！我又不是做熏鸡的！”赵飞虎笑道，“不过，我还真是打听过，据说，做这种熏鸡，选料很讲究，得选一年生的公鸡，为的就是肉嫩、脂肪少。这汤料我就不记得了，反正有什么肉桂、白芷、桂皮、丁香等，怎么也得有个十几二十几味吧。这鸡收拾干净以后，先在汤里面泡上一段时间入味儿，然后再大火炖上两个小时，等鸡肉烂了又连着丝的时候，架上那么一口大铁锅，在鸡肉表面抹上一层香油，下面用松木烧上，等锅底快烧红了的时候，抓一把白糖往里一扔，盖上盖子，嗞啦———一阵浓烟，香味儿可就出来了！那味道，周围几百米都能闻到。”

钟国龙听得口水都快出来了，强咽了一口口水，笑道：“排长，你这么一介绍，我感觉手里这烧鸡都他 × 的不是人吃的了。”

“哈哈！不至于，不至于！”赵飞虎笑道，“在没有沟帮子熏鸡的日子里，这也不能浪费呀！吃吧。等有时间探家，我给你捎上 10 只，让你吃个够。”

“排长，你们东北是不是特别有意思？”钟国龙忍不住地问。

赵飞虎眉毛一扬，问道：“你没去过？”

“没有！”钟国龙遗憾地说道，“我参军以前，基本上就没离开过我们那小县城，别说东北了，我是湖南人，长这么大就去过一次长沙，再远就是咱们部队了。”

赵飞虎笑道：“行啊你小子！不出则已，一出来就直接干到天边儿来了！说说你们，你们那里有什么特色？”

一说到自己的家乡，钟国龙也来了兴致，说道：“我们那里是县城，玩儿的东西不多。不过，我们几个从小就经常去郊外，要不就去陈立华他奶奶家，乡下玩儿的东西就多啦！什么打陀螺，滚铁环，游泳，爬树，自己点火烤偷来的地瓜。秋天稻子收割了，到田地里抓老鼠，在老鼠身上浇上汽油，点火，哈哈！不过最好玩儿的还是抓鱼，钓青蛙，抓泥鳅，我们那里的乡下水塘到处都是，一到夏天，我们基本上就离不开水了，一玩儿就是一天……”

“那你们几个水上的功夫应该很不错了？”赵飞虎喝了口酒，看着钟国龙神采飞扬地问道。

钟国龙神气地站起身，指着山下的师部驻地说道：“从这儿到师部，怎么也有5公里吧，要是这脚下全是水，我能游个来回。”

“嘿嘿！厉害，厉害！”赵飞虎笑道，“我不行，要是没人捞我，我估计5分钟就能壮烈牺牲，哈哈！我们那边儿水不多，天气又冷，水性这方面没办法跟你们比。”

钟国龙问道：“排长，那你们小时候玩儿什么？”

“你前边说的那些我都玩过，要是到了冬天，最好玩的就是套野兔儿了！”

“套野兔？怎么套？”钟国龙第一次听说，瞪大了眼睛。

赵飞虎拿手比画了一下，说道：“用细铁丝儿，一米足够了！”

钟国龙看着排长的手势，还是不明白，赵飞虎干脆站起来给他比画起来，“我们那儿一到冬天雪特别大，大雪一下，就把山里的东西全盖住了，这个时候，我们就拿着铁丝去山上，找兔子走过时留下的脚印，这兔子胆子小啊，它有个习惯，出去找东西吃的时候自己留下的路，它就感觉是安全的，回来的时候，就会沿着自己走过的路再回来。我们就是找这种去的时候的兔子脚印，找到了，拿铁丝弄个活扣儿，一头固定好，另外一头儿绕成一个圆环，竖放在兔子经过的路上。这兔子不会走，光会跳，跳的时候两只前腿总是和脑袋成一条直线，它来到铁丝扣儿这地方，后腿一蹬，前腿和脑袋就钻进了铁丝扣儿里，往前一闯，铁丝就挣紧啦，这后腿可就出不去了！我们晚上把套子安上，回家等着，第二天一大早，喝上一口高粱米烈酒就往山上走，十有六七能套着兔子！土豆炖兔子肉，一大家子人围着锅吃，那感觉，跟咱们现在野营差不多。”

“太有意思了！”钟国龙听上瘾了，大声说道，“排长，有时间我可真得跟你去趟东北。我也去套套兔子！”

赵飞虎看钟国龙兴奋的样子，忽然有些伤感，说道：“够呛啊！一是现在兔子越来越少了，再说了，就现在咱们这样儿，哪有时间回去！等复员再说吧！”

赵飞虎的话挑动了钟国龙的神经，钟国龙急切地问：“排长，咱们什么时候回部队呀？老兵们马上就要复员了，咱们可别赶不上。”

“应该能赶上吧……”赵飞虎自己也不确定，重新坐下，叹气道，“赶上又怎么样？该走的还是要走，走的和没走的都一起伤心，那滋味儿……我上军校前，在原部队赶上两次老兵复员，哭了两回，那种场面……”

钟国龙还没经历过老兵复员，此时还不能理解赵飞虎的感受，坐下来，又打开一罐啤酒，不知道该说什么，来之前他就注意到赵喜荣和吴建雄两个人整天闷闷不乐的，也不知道他俩现在怎么样了……

赵飞虎拿起啤酒，和钟国龙碰了一下，颇有些感触地说道：“你看见前面那些树了吧？那一地的黄树叶下去，明年春天就又长出新的来，新的高高兴兴地来，老的谁情愿走啊？当兵的怕遇见两件事儿：一是战友牺牲，想回回不去了；再就是老兵复员，不想回又必须回去。伤人心啊！”……

老兵退伍，一般安排在11月底至12月初的大约一周时间里。这几天的军营，装扮得比任何节日里都要热烈而隆重：每个营连都扎起大红门，挂灯笼、贴对联，营区锣鼓家伙声此起彼伏；连队作息制度也不怎么严格了，即将退伍的老兵晚上可以尽情地看电视、打扑克，但是熄灯哨一响，该睡觉还是得睡觉。伙食也是全年最好的时候，司务长、炊事班都使出浑身解数改善生活；电影《驼铃》中的插曲《送战友》等也成了团广播室这些天播放最多的曲子。整个营房弥漫着别离的凝重与难言的沉痛。即使对军营毫无了解的陌生人，置身其中，也会受到感染而落下晶莹的泪花。

老兵复员后，连队似乎变得格外冷清。看着一张张的空铺，留队战士老是感觉身边缺少了点什么，身边的声音少了，一些活跃的身影也没有了。部队有一句老话说“老兵退伍，新兵过年”，可侦察连留队这些新兵一点儿没有过年的感觉，反而觉得内心空寂了起来。唯一的好处就是现在他们可以光明正大地在厕所水房等地方抽烟了。因为他们明白，他们现在就是一名真正的“老兵了”。

陈立华接到上级命令参加军区组织的狙击手专业训练，这真是一个大好的喜讯！

因为这次专业培训，全团被推荐的仅有陈立华和三营的一个班长，这明显是团里对陈立华最大的肯定，兄弟几个少不了要庆祝一番，找机会出去好好喝了一顿，回到连里、班里又是一番庆贺，除了陈立华本人，最高兴的就要数钟国龙和刘强了，自己的兄弟有了出息，就跟他们自己的喜事一样。

出乎意料的事情一件接着一件，刚刚送走兴冲冲的陈立华，钟国龙等人就接到了团里的命令：团部安排本次新兵训练，龙云、赵飞虎还有连里的几个老班长都在教官名单里面，更让人难以想象的是，名单里面居然还有钟国龙、刘强！刘强听到这个消息的时候，差点从上铺掉下来！

“老大，这不是在做梦吧？我？训练新兵？”刘强眼睛瞪得老大。

钟国龙自己的眼睛都兴奋地发光了，还要故作深沉地对刘强说：“没错，刘强同志！一年前的今天咱们被训，现在该咱们训别人了，对了，侦察连党支部决定，这次新兵副班长全部由第一年度兵担任，目的是锻炼培养。我听见胡晓静和余忠桥这次也都在名单上，这两个家伙一定快美死了！”

刘强拽着钟国龙兴冲冲地往外走，“走！找他们去！”

两个人一起往外走，正撞上要进来的赵飞虎，赵飞虎拦住他们，着急地说道：“干什么去？你们两个赶紧到连部，连长从团里一回来就开会，时间紧迫！”

两个人只好往连部走，路上就遇见了同样高兴的余忠桥和胡晓静，四个人碰到一起，少不得一阵兴奋。

此时，站在副团长张国正办公室的龙云却不是那么兴奋，张国正正抽着他的漠河烟，笑眯眯地看着龙云，说道：“龙云，这次新兵营负责人还是我，我当然就想到了你！十个新兵连，其他的连长全都是副连职，正连级的就你一个，还是当你的新兵十连连长！”

龙云此时苦着脸，虽然不敢当场闹情绪，还是嘟囔了一句：“还是十个混混兵？”

“嘿嘿！”张国正站起身来，笑道，“不能！去年虽然团里尝到了甜头，可那毕竟是试点。不过，现在你带的这十个兵可了不得了，个顶个儿都成了骨干，所以，这次新兵连的工作，团长亲自拍板，不能光给你十个了，这次是十二个班，标准的新兵连配置。你这个连长，也算是名副其实的了！”

龙云笑道：“我这新兵连长终于有名分了！”

“什么名分？”张国正瞪了龙云一眼，大声说道，“这次你这十二个班，全部都是难带的兵！不光有混混兵，还有性格孤僻的，单亲家庭的，总之，今年是给你加了难度了，你要有个思想准备！”

龙云听副团长这么一说，也严肃起来，一个立正，大声回答道：“是！请团首长放心！我保证完成任务！”

张国正看了看自己的爱将，说道：“好！你回去准备吧！你这个连的指导员由九连的火兆兵担任，你们两个是同年兵，又待过一个班，工作上好配合一些。连里的班排干部，除了你侦察连调出来的人全给你安排之外，其他的你自己选。”

龙云告别副团长，急急忙忙地回自己的连部。

第九十章　年轻班长（一）

原九连的宿舍楼，现在已经腾出来做了新兵十连的房子，三楼的会议室里面，新兵十连的第一次连务会正在召开。参加会议的除了龙云和新任的指导员火兆兵，赵飞虎、钟国龙、刘强、余忠桥、胡晓静等人也在，其他的班排干部，除了侦察连的许占强、谭钊、贾四柱等人之外，都是别的连队抽调下来的骨干。

龙云喝了口水，说道："刚才我们把各班排的干部进行了分配，十连要面临的新兵情况，大家也都作了了解，我最后只想说一点：在我们这些人的心中，不应该有好兵孬兵的分别。我一贯的主张，兵没有好坏之分，关键要看怎么带！这次新兵连的工作，正好也是检验大家自身的好机会，我希望大家能理解我的话，尽快地开展工作！"

指导员火兆兵不到三十岁，身材瘦长，戴着一副近视眼镜，白皙的面容给人一种文质彬彬的感觉，他和龙云是同年兵，以政治思想工作过硬著称，也是全团数得上的优秀政工干部之一。此时听完龙云的话，他说道："我谈谈工作配合问题。我们这个领导团队是临时组建的，说到配合的经验，无从谈起，但是我还是要强调，各班各排的工作，一定要在最短的时间内和连部形成统一。明天上午，第一批新兵就到了，我们的工作随之展开，有任何困难，大家一定要在第一时间解决，解决不了的，要马上向我和龙连长汇报。连队工作最忌讳的就是办事拖沓，我相信大家都深有体会。”

这个时候，龙云站起身来，大声说道：“指导员说的没错！带好兵才能打好仗，打仗不能拖拉，平时带新兵更是如此，我们决不能一开始就给新兵留下任何拖沓的印象！话我说在头里：新兵十连一组建，就是冲着第一来的！不是最后总考核，而是处处第一，事事第一！谁要是不把这个往心里去，就别怪我龙云翻脸不认人！”

下面骨干们看着龙云瞪大的眼睛，都暗自吃惊，除了钟国龙他们几个侦察连的早就习惯了以外，其他的干部都吓了一跳，龙云的大名他们是如雷贯耳的，今天看来，还真是名不虚传！

龙云吼完了，会议也算是结束了，刚刚还被龙云给镇住的骨干们，很快就感受到了这个“阎王”连长柔情的一面：笔记本拿下去，桌子上摆好了啤酒和各种食品。全连的领导层就在这里开始了一次秘密会餐。会餐的过程很随意，大家畅所欲言，互相认识了一番，十连的领导层里面，除了龙云，钟国龙也算是个名人了：全团最年轻的也是兵龄最短的一个班长，拿过数次全团的第一，平时的传奇事件也没少发生，早就名声在外了。骨干们纷纷向钟国龙敬起酒来，钟国龙虽然很不好意思，终归还是盛情难却。

龙云笑着骂钟国龙：“小犊子！风光了哈？我可告诉你，侦察连你是一排一班，现在新兵十连你也是一排一班，分兵的时候我一定会多照顾你的！我带了多少年兵了，你算最难带的一个，现在你自己带上新兵了，小心别给我干砸了，否则咱们新账老账一起算！”

钟国龙已经喝得有些脸红了，听龙云这么一说，笑道：“放心吧连长！强将手下无弱兵！我算是你这个强将带出来的强兵，有您的虎威在，我还能错得了？”

龙云笑道：“哟呵，没看出来呀！跟谁学会拍马屁了这是？”

旁边刘强笑道：“不是刚学的，我们老大从小就会！”

众人一阵大笑，钟国龙使劲给了刘强一拳头，自己也笑了。玩笑归玩笑，这次钟国龙是有一定决心的，在这之前，他从来没想过有一天自己会带上新兵，现在机会来了，他憋了一肚子的劲头儿，一定要把自己的新兵带好。自己是从新兵连的时候就被龙云一直带着的，可以说已经尽得龙云的“真传”了，这一次，他决心要好好施展一下！一想到马上就会有十个“可爱”的新兵伢子站在自己面前，钟国龙心里乐开了花。

聚餐结束，大家开始忙碌起来，送老兵的对联全部换下来，重新贴上迎接新兵的标语和彩旗，宿舍室内室外被打扫一新，钟国龙和刘强把自己班的宿舍扫了一遍又一遍，边边角角检查了好几次，又忙着布置了宿舍的墙，贴好了宣传挂图后，钟国龙拿着干抹布把靠近门口的一面墙擦了又擦。

“老大，你擦那儿干什么？”刘强满头大汗看着钟国龙擦墙。

钟国龙回身笑道：“准备挂红旗呀！十连要争第一，咱们一班要争十连的第一！”

“嘿嘿！有道理，有道理！”刘强也笑着放下扫把，过来和钟国龙一起擦起那面墙来。

“老大，你说这新兵都什么样儿？不会太难带吧？”刘强问。

钟国龙瞪着眼睛说道：“难带？连长都说了，没有比我还难带的兵了！我都学好了，还怕带不好他们？这叫什么来着？叫……”

“叫久病成医！”刘强猜测。

钟国龙脸一红，骂道：“胡说八道！这叫以毒攻毒……他 × 的，听着也不那么舒服……”

“一班长！准备得怎么样了？”

一声大喊，钟国龙就知道是赵飞虎来了，果然，话到人到，赵飞虎拿着一个本子就进了宿舍：“呵呵，不错呀！”

钟国龙笑道：“那是！再怎么说咱也得给新兵留个好印象吧，让人家觉得咱这个班长副班长不窝囊。”

赵飞虎皱着眉头说道：“刚才连长跟我说，十二个班长，就你是一年兵，可是让我多帮助你，怎么样？有什么困难没有？”

“没困难！就等着拿红旗了！”钟国龙信誓旦旦地说道。

赵飞虎笑道：“行！有气势！”

“排长，明天第一批新兵什么时候到？”刘强在旁边问。

赵飞虎想了想，说道：“听指导员说早八点多就到！嘿嘿，第一批是我们老家辽宁的！300 多个！”

“哈哈！那你不愁见老乡了！”钟国龙笑着说道。

“是啊！嘿嘿！又能听见老家口音了！”赵飞虎也笑着说，他又帮着钟国龙看了看房间布置，又急匆匆地往别的班宿舍去了。

钟国龙两个人收拾完毕，终于满意了，和刘强坐到椅子上畅谈起来。

“老大，这不出两天，新兵可就到齐了。你没准备准备发言稿什么的？第一次班会，怎么也得露一手儿啊！”刘强看着钟国龙。

钟国龙一下子严肃起来，点点头，说道：“对呀！是得整精彩一点儿……我还真没准备！”

“你看，疏忽了不是？”刘强遗憾地说。

“疏忽了疏忽了。说点儿什么呢？”钟国龙想了半天，看着刘强问，“咱们刚到新兵连的时候，连长说什么来着？”

刘强摇摇头，说道：“忘了，不过我记得连长好像没写什么稿子……连长口才好啊！老大，你也不能用稿子，你口才也不错！”

钟国龙脸红道：“老六，你学坏了！你也学会拍马屁了！你哥哥我那也叫口才？我总不能第一次开班会就跟新兵们侃大山吧？给他们讲讲咱‘七剑下天山’？人家是当兵来了，又不是落草为寇……”

刘强为难地说道：“那个……别讲了吧，哎呀！要是老四在就好了，他主意多！”

“我再想想吧……”钟国龙为难地站了起来，第一次开班会说些什么，他还真没考虑，虽然当上班长以后经常开班会，可是那基本上都是民主讨论，跟现在这情景不一样。想象着十个懵懂的新兵蛋子端坐在自己面前，齐刷刷地看着自己，钟国龙还真有些紧张了。

“走！出去抽根儿烟！”钟国龙站起身来，走了出去。

第二天早上八点多，大雪就纷纷扬扬地飘洒，无声无息，很猛但没有去年下得大。去年钟国龙来时营房前有一条长长的、三尺多高的梯形雪墙。而今年没有，至今积雪也不过尺把厚，营房前原有的那么一点儿早被战士们扫走了。天气冷得有点儿邪乎。整个营区被路灯照得刷亮。

第一批新兵就在这个时候到了，在鞭炮锣鼓声和老兵鼓掌的欢迎声中，新兵们下车集合。一个个像喝醉了酒的人一样，东倒西歪，脸上表情各异，有兴奋新奇的，有默不作声神情紧张的，各种表情各种模样的都有，一个大个子新兵喊了一句：“哎呀妈呀！这啥地方啊？八点半了还黑着天呢，日全食吧？”

钟国龙就站在欢迎队伍中，听到大个子说话忍不住笑了起来，用胳膊肘捅了捅刘强，说道：“老六！看那个家伙像不像李大力？”

刘强笑道：“像！一方水土一方人，李大力不也是东北的？”

锣鼓声始终没停，新兵们在带队干部的组织下，排着松散的队形进了营区，一个个冻得直哆嗦，钟国龙看着这俘虏兵一样的队伍，一股熟悉的感觉油然而生，一年前，自己不也是这样走进的这座军营？现在想想，一切似乎就发生在昨天一样，但是想想现在的自己，钟国龙这时候才深深感觉到自己的巨大变化，不由得叹服起部队的神奇来……

一连忙了三天，属于一班的10名新兵终于齐刷刷地站在了钟国龙和刘强面前。东北两名，河南两名，四川三名，湖北两名，新疆一名。

钟国龙手里拿着新兵的资料，很是满意地看着眼前这十个属于自己的“兵伢子”，毕竟是刚来部队，十个年轻人看起来还是比较乖的，站在那里，眼睛滴溜乱转，不过，目光更多的是投向他们的班长钟国龙，每个人的目光中都有一些让人捉摸不透的惊讶，但是钟国龙和刘强并没有注意到这些，尤其是钟国龙，此时拿着名册，点完名，开始宣布班内纪律：

“从今天开始，新兵不准随便外出，做任何事情都必须向我或者副班长请假；新兵不允许抽烟，不允许喝酒……点名时要回答：到。回答问题和接受命令，都应该用：是……”

钟国龙在前排念着新兵纪律规定，队伍里面有了一些小的骚动，尤其是念到不允许抽烟的时候，排在队伍最前面的一个瘦高的兵叫王华的，明显撇了撇嘴。

钟国龙并没有发现，念完纪律规定，问大家：“大家有什么不清楚的地方，现在可以提问。”

“班长，什么问题都可以提吗？”王华顿时来了精神。

钟国龙微笑道：“是的！”

王华笑了笑，问道：“班长，你今年多大了？”

他的问题立刻引来大家的笑声，钟国龙皱皱眉头，回答到：“过了年我十九，有什么问题吗？”

“十九啊？”王华撇了撇嘴，笑道，“我到过年都二十啦！班长，以后你就是我老弟了，哈哈！”

没等钟国龙说话，旁边刘强瞪着眼睛骂道：“你他 × 的跑这里认亲来了？班长就是班长，什么老兄老弟的？”

王华被刘强训斥一顿，瞪了瞪眼睛，没说话，可以看出来很是不服气，钟国龙冲刘强摆了摆手，大声说道：“刘强说的没错！到了部队，兄弟固然是兄弟，但是班长就是班长，排长就是排长，以后大家记住，我说的话，就是班里的最高命令，必须严格执行！还有什么问题？”

王华嘴唇动了动，没说话，旁边一个叫董鹏的新疆兵问道：“班长，我想问问，咱们训练强度大不大？”

“大！很大！”钟国龙瞪着眼睛说道，“我可以提前告诉大家，新兵十连，将是所有十个新兵连里面训练强度最大的一个连，而咱们一班，将是十连中训练强度最大的一个班！就是一个字：练！不行就练，加班加点地练！再不行就马上给老子滚蛋！”

钟国龙这么一说，下面都不说话了。其实这是他和刘强前几天商量好的，他们两个自己都是新兵，没有任何带兵经验，讨论来讨论去，最后达成一致方案：一开始就给这些新兵一个下马威，先镇住他们，然后就是玩儿命地训练，兵是练出来的，这是他们两个共同的理念。

又等了一会儿，钟国龙见大家都不说话了，宣布解散，新兵们一下子全都坐回到自己的床上，钟国龙和刘强没说话，目光一对，两个人走了出去。

一到外面，刘强连忙从裤兜里面掏出烟来，递给钟国龙一根，自从送走老兵以后，不知道为什么，感觉自己的烟瘾也大了许多，两个人点着烟，边抽边聊了起来。

“老大，我看这几个新兵里面还真有几个刺儿头！”刘强说道。

钟国龙冷笑道：“刺头？哼！咱们是刺头兵的祖宗了！还怕那个？不服气就整！不把他们先整老实了，以后就更没法管了！”

刘强笑笑，说道：“不过，连长开会可是反复强调部队现在严令禁止打骂体罚，包括变相体罚，各级领导一直强调：打骂体罚就是高压线，谁碰谁倒霉！咱们还是得注意一下！”

“注意个屁！”钟国龙瞪着眼睛说道，“连长说归说得了！想想咱们在新兵连的时候连长少罚咱们了吗？咱们当时十连为什么那么牛 × ？还不是连长训出来的？新兵资料你看了吧？这十个家伙，哪个都不比咱们那批老实，不先治住他们，咱们就别想好！放心整就是了！能出什么事儿？”

两个人正说着，后面有脚步声，新兵王华笑嘻嘻地走了出来，一出来就从裤兜里面掏出一包软中华来，弯腰把烟拿出来递给钟国龙他们：“班长，班副，来换一根这个好的！”

“呵，烟不错啊！”钟国龙抬头看了看王华，没有接烟，让他坐到旁边，王华以为班长接受了自己的“盛情”，很是高兴地挨着钟国龙坐了下来。

钟国龙看着他，问道：“王华，当兵以前干什么的？”

“我？”王华一下子来了精神，炫耀一般地大声说道：“没啥正经工作！街上混的！”

“那看样子你混得不错啊。”钟国龙面无表情地说道。

王华更得意了，说道：“那是，那是！我跟你这么说吧：在我老家那地方——我老家是汉口的您知道吧？在整个汉口，一提我王华，没人不认识的！咱在那里混得开！吃喝抽都有人主动地给送，老子一发话，没有谁敢不听的！嘿嘿，我来当兵也就是给我爹个面子，在部队练上几年，回去我也不打算干别的，继续混！班长、班副，我认定你们两个是好兄弟了，以后在部队，有什么事情你们就跟我说，兄弟用不了多长时间就混开了！”

王华越说越得意，自己先拿出烟来点着了一根，看了看钟国龙，感觉钟国龙的表情有些不对头。

钟国龙已经站了起来：“王华，起立！我叫你名字的时候你要喊到，要立正，知道吗？”

王华惊愕地站起了身，手里拿着烟，不知道该怎么办。

钟国龙瞪着眼睛骂道：“有什么事跟你说？我跟你说得着吗？刚才我宣布命令你是聋了还是傻了？谁让你抽烟的？随便出宿舍，谁给你的命令？”

王华不理解地看着钟国龙，说道：“兄弟，至于吗……”

钟国龙大声训斥道：“叫班长！不知道吗？这是部队！回去！”

王华一万个不理解地看着钟国龙，火气一下子冒上来，看了看钟国龙那冒火的眼神和旁边冷着脸的刘强，最终没敢发作，低着脑袋走回宿舍里面。

钟国龙火气未消，跟着闯进宿舍，大声吼道：“都给老子集合！”

新兵们见王华一脸怒气地回到宿舍，又看见钟国龙黑着个脸，谁也不知道发生了什么，都乖乖跳下床来，站到宿舍空地上。

钟国龙吼道：“我再重复一遍！这里是部队！班长说出去的话不是放屁！刚才我宣布的是纪律，是纪律就绝对不允许违反！王华！把你的烟掏出来！”

王华站在那里，犹豫了一下，还是把烟掏了出来，狠狠地摔在桌子上，钟国龙走上前去，一把将烟拿过来，又从旁边的暖壶里面倒了一杯开水，将烟全部撕碎倒进水里面，端起杯子来，吼道：“王华！把这个喝掉！”

“你这不是欺负人吗？”王华看着钟国龙，脸涨得通红。

“我让你喝下去！”钟国龙眼里冒了杀气，他今天铁了心要拿这个王华开刀。

王华一脸的不服气，咬牙说道：“钟国龙！我告诉你吧！叫你班长算是给你面子了！我打听过了，你不也是一年的新兵蛋子吗？你有什么了不起的？老子就是不喝！你能怎么样？”

“不喝是吧？”钟国龙将杯子放到桌子上，上去一脚就将王华踹倒在地，闪电一般上前一步，一个擒拿，将王华胳膊反拧了起来，王华万万没有想到眼前这个瘦小的钟国龙出手这么厉害，冷不防被钟国龙制住，整个身体顿时反转了过来，疼得哇哇大叫。

“刘强！把水给他灌下去！”钟国龙大声命令。

刘强也不含糊，拿起烟水来，一口气灌进了王华的嘴里，王华猛地喝了一杯热烟水，连呛带辣，倒在地上吐了起来，边吐边哭喊："钟国龙！我……我告你去！没你这么整人的！"

"有种你就去告！连部办公室在一楼！"钟国龙冷笑道。

王华起身就往外走，刚要开门，门自己开了，龙云已经站到了门口，他刚开会回来，听见一班宿舍鬼哭狼嚎，推门就进来看情况。

"连长！"王华分兵的时候见过龙云，认得这是连长，受了极大委屈似的连哭带喊，"连长啊！钟国龙……他 × 的他把人往死里整啊！他把烟泡在水里面让我喝……连长，他虐待新兵，您管不管了？"

龙云皱了皱眉头，这时候钟国龙和刘强也感觉做得有点过了，惶恐不安地站了起来，看着龙云的表情暗自担心。

"他为什么让你喝烟水？"龙云语气平静地问。

王华有些脸红，说道："我……我刚才抽烟了……可是连长，我……我犯了错误，批评教育我不就行了？他们这是变相体罚，这是虐待新兵！"

"你知道的还不少！"龙云笑了笑，忽然严肃起来，大声说道，"钟国龙！新兵纪律宣布过了没有？"

"报告！刚刚宣布完！"钟国龙大声回答。

龙云点点头，问道："你叫什么名字？"

"王华！"王华看龙云，有些没底了。

"王华！"龙云说道，"既然班内已经宣布了纪律，为什么违反？你这水喝得不冤！要是换了我，喝完水我再让你跑上五公里！"

"连长，你……"王华眼珠子差点瞪出来，万万没有想到，龙云居然说出这样的话来！

"我什么我？"龙云瞪着眼睛喝道，"部队是有纪律的！是纪律就绝对不允许违反！这没什么好商量的！至于你的班长对你的处罚是不是合理，跟你无关！回去写个检查交给你的班长！"

王华不敢再说话了，心里逐渐意识到，这个连长和班长一样的不是东西！

龙云训斥完王华，看着钟国龙，说道："钟国龙，跟我到连部一趟！"

钟国龙没办法，只好跟龙云来到连部，一到连部，龙云把门一关就骂开了："钟国龙！你他 × 的还挺高兴是吧？你以为老子长了你的威风了？有你这么处罚的吗？新兵喝出毛病来怎么办？刚才我是维护你的威信，要不我早踹死你了！就你这一套，幸亏是我带的连，放到其他连队肯定挨处分你知不知道？"

钟国龙还老大不服气，说道：“连长，那小子当兵以前是个混混，一来就吊儿郎当的，不给他个下马威，以后怕是不好管！烟水我以前喝过，出不了事！”

龙云瞪着眼睛骂道：“扯淡！混混？还有比你更混混的吗？你新兵连的时候没抽过烟？我让你喝了吗？管理兵不是你这个管法，你要懂得严爱结合！要知道张弛有度，严格一点没关系，但是你还要知道有个度！”

“连长，那你说该怎么个管法？”钟国龙大眼睛忽闪着问。

“你自己琢磨去！”龙云说道，“这东西不是教出来的！你注意，以后再让我发现你用简单粗暴的办法对待新兵，小心我收拾你！”

“是！”

钟国龙出了连部的门，一路上又想了想，还是不明就里，到底怎么个严爱结合呢？回想了一下自己新兵那几个月，感觉连长确实跟自己的想法不一样，可具体的区别，钟国龙没想好。回到宿舍，王华已经老实了，但脸上神情还是有些不服气的，其他的新兵算是见识了这个小班长的手段，表面上虽然没说什么，但是腹诽的很多。

第九十一章　年轻班长（二）

接下来的两天，钟国龙还是奉行着他自己琢磨的“高压”政策，让这些新兵实实在在地感受到了他的严厉，也为他自己获得了一个绰号：“冷血动物”。当然，新兵们只敢背后叫叫而已，自从钟国龙收拾了王华，新兵们也见识了他的厉害，虽然对他的意见逐渐增加，可敢当面反抗的，还真是没有。

趁着钟国龙和刘强到连部开会，这些新兵暂时停止了叠那该死的豆腐块，搬着小凳子坐到一起，商量起对策来。

“我受不了了！”新兵易小丑恨恨地说道，“他 × 的！本来这鬼地方又冷又荒凉的，就够倒霉的了，又摊上这么两个鬼东西！老子没受过这冤枉气！”

“你还能比我冤枉？看前天他把我整的！老子的面子算是丢尽了！”王华咬牙说道。

这几天的时间，尽管钟国龙的高压政策继续施行中，但并没有耽误这些新兵自己建立感情，目前一班的十个新兵已经形成了两个派别，一个是王华、易小丑和董鹏。三个人中，王华和易小丑都是湖北兵，两个人当兵以前都是“叱咤风云”的人物，自然就关系密切，董鹏是新疆当地的兵，汉族，父母都是建设兵团的干部，从小在自己所住的大院儿也是个领头的人物，三个人经历相同，都不是安分的青年，来这里更是一拍即合，关系逐渐升温。

剩下的新兵里面，张自强、王利、齐前鹏、郑小春、赵庆、毛振江六个人，属于性格活泼但是稍微收敛一点的，六个人虽然不像那三个那样嚣张，但是也都不那么驯服，对钟国龙和刘强的意见也不小。

剩下一个是河南的孟祥云，这个兵性格内向到了一定程度，平时总是心事重重不跟任何人交流，也从来不发表自己的意见，他一个人成了两派以外的独立人物，大家对他没什么了解，也懒得理会。

易小丑和王华愤怒地骂着钟国龙，旁边董鹏也是抱怨不断："我他 × 的也受够了！从小到大兵我见多了！没见过这样的，比他 × 的我爹还厉害！我就是受不了我爹，才出来当兵的，没想到遇见这么个东西！哼，等着吧！早晚我要收拾他！"

"董鹏！格老子的，你别光说不干啊！"四川兵张自强是另外一个小团体的头目，说话也底气十足得多。

"我？我是在找机会！"董鹏脸通红地站起来，大声说道，"我忍了好几天了！我怕过谁呀！从小在部队大院儿长大，擒拿格斗老子也练过！看见没有？我身上这伤疤，全他 × 的是跟人拼命留下的！要不是怕给我爹妈惹事，我早干那个钟国龙了！"

"我说！你还真别说，那小子功夫不错！我听说他是这团直属侦察连的！牛 × 得很。"王华心有余悸地说道。

"关键是咱们心不齐……"董鹏听王华这么一说，有些心虚，低声说道，"我一个人肯定不行，大家一起上，还怕他吗？你们没看前天连长那个样儿？王华都被他收拾成什么样儿了？连长反而没怪钟国龙！咱们连长也是侦察连的连长，这叫什么来着？这叫官官相护！要我说，咱们要是一起上，打他一顿，连长知道也不能把咱们怎么样！毕竟咱们人多啊，十个人，能怎么样？"

"我看行！"王华说道，"大家都说说，干不干？"

"干！总不能老这么被他压着！也让他知道知道咱们的厉害！"易小丑站起来说道，"他们就两个人，个子都不高，咱们一起上的话，肯定没问题！"

三个人达成了一致意见，目光集中到其他人身上，张自强想了想，说道："干就干吧！我们也上！"

"好兄弟！等扳倒了钟国龙，我请客！"王华兴奋地说，又把目光集中到一直不说话的孟祥云身上，问道："孟祥云，就差你了！昨天叠被子还挨冷血动物臭骂了一顿，差点把被子给你扔厕所去，你干不干？"

孟祥云木讷地看了看众人，慢声慢气地说道："我……别了吧，他是班长呢……"

“切！你他 × 的爱干不干！我他 × 的最讨厌没义气的软蛋！”易小丑骂道，“也不缺你一个！不过兄弟，以后你的日子就难过了，嘿嘿……”

孟祥云嘴角动了动，最终也没说话，眼角有些湿润地站起来回自己床上去了，众人又讽刺了他几句，接着重新商量起战术来，谁抱腿，谁抓胳膊，全都安排好了。

钟国龙和刘强黑着脸从连部楼上下来，钟国龙咬着牙说道：“回去就挨个儿审！人家别的班都笑话说服务社成了一班的食堂了！咱俩都没有发现，丢死人了！”

刘强也骂：“真是的！当初咱们几个犯过的错误，全被这群家伙给复制了，有过之而无不及呀！”

两个人气呼呼地下了楼，却并不知道班里的新兵们已经商量好了“伟大”的计划，钟国龙一脚踹开门，大声吼道：“全班集合！”

新兵们没有准备，只好集合到一起，钟国龙黑着脸说道：“刚才连部开会，咱们班算是露了脸了！有的班长笑话说，现在服务社成了咱们班的小食堂了。不断有战士晚饭时间溜到那里买吃的，我平时怎么宣布的纪律？新兵到商店，必须有副班长陪同！吃饭时间，必须在食堂吃，绝对不允许买零食！你们都没记住？现在开始，谁都去过服务社，给我站出来！”

钟国龙说完，目光从每个人身上扫过，新兵们都铁了心，谁也不说话，等了足足一分钟，钟国龙有些怒了，吼道：“我再给你们一次机会！都谁去了？不说是不是？听口令——蹲下！”

钟国龙的命令出来，刚才还制定了联盟计划的新兵们此时都吓了一跳，乖乖蹲了下来。

“王华！出列！”钟国龙瞪着眼睛吼。

王华站起身，眼睛朝上看着。

“王华，你去没去过？”钟国龙问。

王华此时还有些底气，毕竟刚刚商量过了，虽然都没敢不蹲下，可是一旦自己先出头，那些讲义气的兄弟不会坐视不理的，想到这里，王华大大咧咧地说道：“去过！”

“去过几次？”钟国龙问。

王华豁出去了，大声回答道：“好多次了！记不清了！食堂的饭跟猪食差不多……”

“砰！”“啪！”

没等他的话说完，钟国龙已经一记正蹬腿踹了过去，王华身子向后飞了好几米，撞在内务柜上面。疼得哇哇直叫，边叫目光边扫向易小丑和董鹏，易小丑已经吓得快尿裤子了，蹲在地上直发抖，董鹏倒是很想站出来，可最终还是没能下定决心。

“王华！你勇于承认错误，还是不错的，写一份5000字的检查，今天晚上交给我，认识错误必须要深刻，不然重写！”钟国龙冷笑着说道，“其他人也有去了的，我不是不知道。但是你们自己选择做了缩头乌龟。”钟国龙大吼了一句，易小丑和董鹏心中猛地一惊！“男子汉大丈夫要敢作敢当！没出息的兵，老子看不上！董鹏、易小丑，出列！”

听到班长的命令，董鹏和易小丑吓得立马起立答到，浑身瑟瑟发抖！

“你们两个不错呀，敢吃屎为什么不敢承认？亏你们还是大腿中间带把子的男人。一人200个俯卧撑，200个下蹲，自己边做边数，声音大点，如果让我发现你们少做一个，就加罚10个，做完后写检查。”

“是！”董鹏和易小丑心中暗舒一口气，好在这冷血动物今天头脑还没发热，不然真要挨打了。两人趴在地上呼哧呼哧地做起俯卧撑来。

“今天就给你们个教训！以后再让我发现谁不请假，违反条例，偷偷去服务社买东西的，我就来给你们玩点绝的！”钟国龙命令新兵们起来，又冲刘强说道：“刘强，你带着大家整理内务卫生！回来我检查！”

刘强答应了一声，钟国龙走出宿舍办自己的事情去了。

王华“哎哟哎哟”地站起来，怨恨的目光盯在了所有人的身上，趁着刘强去厕所的工夫，王华骂道：“王八蛋！一群没义气的东西！刚才商量好的，一起上手。结果全当孙子了！就他 × 的我傻！”

其他人也很不好意思，易小丑红着脸解释道：“我们……班长……冷血动物出手太快了不是？我们看你胸有成竹的样子，以为你自己能顶一阵子呢……”

王华恼怒地骂道：“我顶个屁呀！要不是想着已经计划好了一起上，我他 × 敢那么牛 × 吗？一群没义气的东西！董鹏！你不是说自己练过吗？刚才跑哪儿去了？”

董鹏还是好面子的，走过来说道：“兄弟，不好意思了，刚才我想上来着，没准备好……”

“你准备什么？”王华咧着嘴揉着脑袋上的包，气愤地说道，“我也就看你是个兄弟，没想到你也这么软蛋！你准备什么？啊？”

董鹏的脸已经涨成了猪肝色，看看外面，低声说道：“兄弟，对不起了！我……我将功补过！趁冷血动物出去，我把班副收拾了，你看怎么样？”

“行啊！”王华眼睛一亮，又冲其他人小声说道，“这回看你们大家的了！”

张自强和王利立刻响应起来。

刘强上完厕所，发现新兵们都没动，大声喊道：“都站着干什么？刚才班长不是交代了吗？马上整理内务！”

“我们累了！想睡觉！”董鹏果然站出来了，第一个说道，钟国龙不在，刘强在他们眼里一直是个狐假虎威的角色，他们心里并不怎么害怕。

“董鹏！让你来当兵不是来睡觉的！执行命令！”刘强严肃地说道。

董鹏冷笑道：“班副，你吼什么呀？班长在的时候，你他 × 的狐假虎威地跟着瞎吼，现在班长出去了，你还这么吼，你以为兄弟们怕你呀？”

刘强已经明白了，看来这小子是不服气了，当下黑着脸说道：“董鹏，看来你是不服气呀，你想怎么样？”

董鹏说道：“班副，我董鹏还就是不服气了！你不就比我多当一年兵吗？牛什么牛？我想怎么样？哼！我想跟你单挑！”

董鹏这样说是有他自己的道理的：刚才他被王华给羞辱了一顿，自己很没面子，但是直接接触钟国龙，他心里还是没底，现在看刘强一个人在这里，在他看来，刘强要比钟国龙好对付得多，凭自己当兵前的“实战”经验，假如他能把刘强干倒，那面子可就大了去了，就算钟国龙回来知道这事情，到时候其他人好意思不一起上吗？

刘强笑道：“好啊！那咱们就单挑！你跟我出来！”

“出去？去哪里？”董鹏没想到刘强要他出去，有些惊慌。

刘强笑道：“宿舍里面影响多不好？咱俩单独出去，到房子后面去，场地宽阔，你也好施展身手，我好好跟你讨教几招，怎么样？”

“去就去！”事情到了这个地步，董鹏也不好示弱。

“好！”刘强冷笑道，“就咱们俩！胜负都是咱们俩的事情，我保证不告诉班长，也不让其他人看见！走！”

刘强转身走了出去，董鹏壮了壮胆，也跟着出去，旁边王华等人心里没底，小声问：“董鹏，你一个人不行吧？”

董鹏冷笑道：“放心吧，哥儿几个！这是我扬名立万的好机会！”

“预祝成功！”众兄弟看班副出去了对着董鹏齐声祝福，董鹏揉着指关节大步走了出去。

刘强带着准备誓死一搏的董鹏到了团 400 米障碍训练场的深坑旁，长宽深各两米的深坑内已经积上了五十来公分的雪。

“班副，我们就在这里比试？”董鹏好像对这单挑场地有些不满意。

“当然，不在这比在哪里比，你还想让我搭个擂台？”刘强的口气很强硬。

“好，就在这里，干！”站在深坑旁的董鹏豪气迸发，大有一股“风萧萧兮易水寒，壮士一进坑兮不复还！”的英雄气概。

董鹏话刚说完，刘强一把将他推进了坑里，自己也跟着跳下，四平方米的深坑中一场龙争虎斗正式开始了。刘强倒也有前辈风范，让董鹏先动手，董鹏也不客气，二话不说对着刘强的头部打出一拳。刘强看着董鹏的拳速和攻击位置，心中一笑，头部向左一闪，同时用左手下拨董鹏这记没有什么力量与速度的右直拳。紧接着右手握拳，对着董鹏的下颌旋转出拳，砰的一下，董鹏仰身倒在了深坑壁旁，眼睛里开始漫天星舞。刘强这记回击当然没有使出很大的力量，看到董鹏倒下，心想要好好让这小子吃点亏，上去对着他的脸上、身上就是几脚，董鹏根本没有还手之力，躺在深坑里不断“嗷嗷”直叫。

“班副，我认输了，你不要再打了。”在董鹏发出一阵鬼哭狼嚎后，刘强停下了攻击，冷冷地看了董鹏一眼，爬出了深坑，顺带把伤痕累累的董鹏拉了上来。

看着董鹏暴露在脸上的“战痕”，刘强突然一脸紧张，用关切的语气问道：“董鹏，你的脸怎么肿起来了，眼眶黑了，怎么鼻子也流血了。”

董鹏不愧在家里混过一段时间，深知“胜者为王，败者为寇”的道理，谁叫自己技不如人呢，听了班副的话，董鹏用手擦了一下鼻血，强笑着回答：“副班长，刚才我不小心撞了一下电线杆，你看这就……”

“哈哈……”刘强大笑了起来，“啊，怎么就这么不小心呢？唉，没事了，回去吧。”

众人期盼着董鹏胜利归来，等了有二十分钟，宿舍门终于被推开了。

进来的只有董鹏一个人，看样子连走路都没了精神，低垂着脑袋，众人大惊，急忙把他扶了进来，安顿他坐到椅子上，这才看清董鹏的尊容：左眼窝明显黑了，半边脸肿得像馒头一样，鼻子也淌了血，由于刚擦过，弄得满脸都是，神情也有些呆滞。

“董鹏！你这是怎么了？”王华着急地问。

董鹏长叹一声，期期艾艾地说道：“兄弟们，还是忍了吧！”

“到底怎么回事？你倒是说啊！”张自强也着急地问。

董鹏捂着半边脸说道：“副班长的身手，不在班长之下……我和他在大坑里激战一场，出来的时候就这模样了！”

“那副班长呢？他伤得也不轻吧？哪儿去了？卫生队了吧？”王华问得有些自欺欺人。

“拉倒吧！”董鹏叹息着说，“我根本就没有反击的机会！他什么事儿没有，说自己好长时间没活动腿脚了，有些不过瘾，让我先回来，他自己跑个五公里再回来。”

长时间的沉默，终于，易小丑大叫：“你的梅花桩拳呢？还有，你的实战经验呢？”

董鹏不好意思地说道：“我那梅花桩拳是一个练京剧的教我的，样子特别好看，就是……不怎么实用，至于实战经验，班副说他六岁开始就和班长一起打架了，从幼儿园一直打到当兵，论实战……我小时候贫血，六岁的时候连走路都摇晃……”

众人彻底失望了，王华有些不死心，继续说道：“董鹏，咱们现在去连长那里告他们吧！上次我是因为违反纪律，这次不一样，他是殴打你！班长殴打新兵，连长总不能还向着他们吧？”

“算了吧！”董鹏叹气道，“告又能怎么样？再说，我这也是自愿和人家比试的。”

众人不再说话，纷纷开始整理内务，此时在他们的心里，钟国龙和刘强比暴君还可恨！

正常的训练在第二天正式开始，钟国龙训练新兵没有别的方法，就是一个字“整”，不行就练，加班多练。钟国龙不懂循序渐进的方法，只在老兵连当过不到一个月的班长，把新兵当侦察连的老兵一样训练，连续几天高强度训练下来，全班新兵都患上了骨膜炎，也就是部队常说的“新兵腿”，一班每次带出去训练，新兵在队列里都是一瘸一拐的，被十连其他班长笑称为“残疾班”。

看着训练场上一瘸一拐的新兵，指导员问龙云：“老龙，我听说一班现在是怨声载道啊！钟国龙这小子玩儿什么呢？”

龙云笑道：“我早知道了。现在还不到管的时候呢！一方面，这些新兵确实都是刺儿头，让他们先吃点苦头也不是坏事。另一方面，也得让钟国龙有点教训不是？这小犊子跟我别的没学会，狠劲儿算是学了个彻底。老火你不知道，钟国龙这小子我了解，苦头得让他自己吃，光骂一顿不顶用！”

火指导员笑道：“你自己的兵，还是你自己最了解！不过我发现钟国龙这个兵蛮有意思的。你发现没有？这些新兵尽管都一脸的怨气，可是训练的时候，又不得不服他。不说别的，钟国龙这训练成绩，还真是没的说！”

龙云笑笑，和指导员坐下来，给他详细讲了钟国龙的故事。

“怪不得！”火兆兵笑道，“这钟国龙和你小子还真是像啊！”

龙云笑道：“得了你！又想翻我的老底不是？没错！我不妨直说，这个钟国龙，我还真是喜欢他！有好几次他犯错误，我都想放弃这小子，可仔细想想，他和我当年还真有很多相像的地方，一想到这里，我又不想放弃他了！我就想，我龙云能让自己转变成一个合格的战士，我也要尝试着把和我一个类型的兵带成一个好兵。”

“你的意思是说，钟国龙是你的试验田喽？”火兆兵感兴趣地说道。

龙云摆摆手，笑道：“也不能这么说。我一直在思考这样一个问题。兵的类型是各种各样的，从他们一开始到部队，就各有各的特点，不同的兵特点不同，不同地方的兵、不同时期的兵特点也不同，要是详细地把这些兵分类，恐怕一个人就得是一类。但是我又想到，尽管兵和兵不同，但终归还是有一些典型的，咱们这些带兵的，要想一个兵一种带法，那是不可能的，但是假如我们能将这些兵分成几类典型来看，那就好办多了！”

火兆兵问道：“这么说，你是把钟国龙作为一个典型了？”

“是这样的！”龙云点头说道，“像钟国龙这个人，一方面，他有着强烈的自尊心，同时，他也是有血性的，这样的兵往往两极分化，要么成为部队里的愣头青、刺儿头，管没办法管，他们自己也管不了自己，要么，他就能成为一个铁血战士！他的自尊，会转变成集体的自尊，他的血性，也会成为带动整个群体的一种无畏的精神。打个比方，一团火放在那里，能酿成火灾，烧了自家的房子，也能变成灶火去烧火做饭，或者作为武器，攻无不克！火灾固然不好，做饭的火又太平庸，成不了大器。作为部队里面的一团火，它的终极目的是要成为一团战火，一团烈火，一往无前，敢于摧毁一切阻碍之敌！”

火兆兵听得连连点头，感慨道：“都说你龙云的侦察连是一只猛虎带着一群猛虎，现在看来，你这个领头虎可不是有勇无谋之辈啊！你说的这些，还真是给了我很大的启发！我一直认为，部队应该是一台统一标准的大熔炉，不管是什么铁，只要这熔炉按照常规运转，出来的就都是一样的钢，现在看来，你说的这按典型带兵，相当有道理，看来，咱们部队这大熔炉，也应该分个火候点了！不同的料，火候得分开呀！”

“是这样的！”龙云又指了指钟国龙，笑道，“这小子！看我怎么收拾他！”

此时，体能训练场上的钟国龙并没有注意到连长和指导员正在关注自己，现在的他双眼冒火，正着急地盯着地上趴着做俯卧撑的十个新兵。

“快！快！速度要快！动作要彻底！”钟国龙在一旁吼着，“董鹏，你屁股撅那么高干什么？动作再下不去我把你踹下去！”

“班长，你就行行好吧！天天这么练，晚上还要加练，我这身子骨也是肉长的呀！”董鹏哭丧着脸哀求道。

钟国龙不由分说地吼道：“不练？不练怎么强兵？当兵就得吃苦，不是让你睡热炕头来了！明天就是第一周考核，拿不了第一我让你们连觉都睡不成！”

“班长，你这不是变相体罚吗？”新兵齐前鹏满头大汗，几乎是挣扎着在喊。

“齐前鹏再加五十个！”钟国龙咆哮道，“变相体罚？到了战场上你再体会变相体罚的好处去吧！”

新兵们不敢再说话了，一个又一个拼命地做着俯卧撑。

第二天的周评比竞赛上，成绩说明了一切：会操队列，钟国龙的一班被抽上，得了个最后一名，新兵十连除了军事训练一面流动红旗没得上，其他的三面都拿上了。评比后十连全连集合，所有的新兵第一次见识到了“龙阎王”。

“部队就是以军事训练为中心！卫生红旗、思想政治、纪律，这三面红旗加到一起，能顶得上军事训练这一面吗？”龙云瞪着杀人的眼睛，吼道，“我龙云带的兵，从来就没有丢过军事训练的红旗！今天让我赶上了！钟国龙！出列！”

钟国龙站在队列里本来就非常惭愧，心里做好了挨收拾的准备。现在更是无地自容，只好站出来，满脸通红地低下了头。

“给我抬起头来！”龙云毫不讲情面，钟国龙只好将头抬起来，龙云走上前去，冲着他吼道，“钟国龙，你自己说，自从你来当兵就跟着我，新兵的时候加上到侦察连，我们连拿过倒数没有？”

“没有！”钟国龙又低下了头。

一班的新兵大气不敢出地看着他们，没想到还有钟国龙怕的人！

“怎么这次拿了倒数了？”龙云吼道，“就你那个班，那是队列吗？首长看的是队列表演，不是看你们弯腰瘸腿呢！你这个班长要是干不好，就趁早打报告！滚回去继续当你的兵！拿个倒数第一你也好意思在十连待着？丢人现眼！”

“连长，我……”钟国龙眼泪都快下来了，此时他恨不得龙云一枪毙了自己！

龙云火气未消地扫了一眼众人，说道：“钟国龙留下，其他人解散！”

队伍很快散开，偌大的一个操场上，只剩下钟国龙、龙云两个人，龙云手叉着腰，瞪着钟国龙说道：“钟国龙！现在知道不好意思了？感觉伤自尊了是吗？”

“没有！”钟国龙倔强地抬起头来，说道，“连长，我就感觉挺冤的……我们班努力比别人多几倍，可是……”

“钟国龙，你们两个的努力我能看得见，可是你想过没有……就拿你使的95来说吧，枪是好枪吧？你除了经常练习射击，你还得擦枪吧？你这是什么？光打枪不擦枪！训练强度大，这没什么毛病，可是我告诉你，你们班这次不是输在训练强度不够上，甚至不是输在伤病上！你们输在集体的不协调上！你自己当个班长，难道看不出来你的兵跟你貌合神离吗？表面上都很怕你，可是心里都对你有意见，意见大得很！我不妨再告诉你一件事，昨天，赵飞虎收到一张纸条，上面的内容是要求集体换班，你们十班全部十个新兵都签了字！你还需要什么理由吗？”

“啊？”

钟国龙惊呆了！脸色已经铁青，感觉自己受到了莫大的侮辱。这太丢人了！这比自己表现不好还要丢人！钟国龙一下傻了，几乎是带着哭腔说道：“连长……我……要不我回去吧！我可能不适合带兵了……”

“回去干什么？跟老兵们怎么说？跟你的侦察连一排一班怎么说？说你带不好新兵，自己跑回来了？新兵班长你都干不好，我看你这个老兵班长也别干了！”龙云瞪着眼睛训斥道，“遇到困难就想放弃，这不是你的性格吧？我也看不起这样的软蛋！”

“连长，那你说我该怎么办？”钟国龙着急地看向龙云。

龙云看着一脸茫然的钟国龙，叹了口气，说道：“行了！今天也让你丢够面子了！我也不说你了，你跟我找个地方坐下来，我给你讲讲该怎么办！”

两个人走到操场主席台侧面，坐到台阶上，龙云这才说道：“钟国龙，其实你今天的失败，我早预料到了。还记得上次我跟你说过，要严爱结合，张弛有度吧？我让你自己琢磨，看来你还是没琢磨透！不让你失败一次，你还是不肯好好想想！就说说你自己经历过的事情吧，当初在新兵连的时候，我的训练强度恐怕不比你现在带的这个班弱吧？我对你们几个，好像也是很严格吧？那你想想看，你们是怎么评价我和虎子的？”

钟国龙想了想，说道：“感觉你和排长虽然严格，但是对我们特别好！”

“你小子不傻呀！”龙云笑道，“那你再看看你现在这个班！有哪个说你对他们好了！要是感觉你好，能集体要求换班吗？你再想想，你们几个当时为什么感觉我们俩好？”

钟国龙脑子一下子开窍了，大声回答道：“我知道了！因为你和排长平时对我们好，关心我们，拿我们当兄弟看！”

“行了，起来滚蛋！”龙云站起身来，冲钟国龙笑骂道，“以情带兵！枪平时擦好了，用的时候才不卡壳！你回去和刘强琢磨琢磨该怎么对待这些新兵！下次拿不了第一，直接走人！”

“是！”钟国龙的情绪一下扭转过来，兴冲冲地跑出操场，操场门口，刘强根本就没走，偷偷等着他呢，两个人凑到一起，商量起对策来。

第九十二章　团结问题（一）

钟国龙和刘强商量了半天，也不知道该怎么下手，在龙云找钟国龙之前，钟国龙心里想的，原本和新兵们预料的一样，他已经想好：等解散以后，把全班集合到一起，练上一晚上队列，非把这帮不争气的家伙练趴下不可！可是龙云找他谈完以后，他有些开窍了，明白这样做肯定不行，可究竟该怎么办，还是没个具体的主意，两个人商量到最后，正碰上赵飞虎，于是拉着赵飞虎讨起主意来。

赵飞虎笑道："一班长，我正想找你来着，你们以为新兵班长那么好当啊？新兵班长是新战士入伍的引路人、启蒙老师。新兵一来部队，最先接触的榜样就是你们班长了。如何当好新兵班长，成为新战士的'良师益友'，关键就是要以情带兵！"

"排长，刚才连长也说要以情带兵，什么严爱结合的，可是，究竟该怎么办呢？"钟国龙茫然地问。

赵飞虎笑道："你问我？想想你们当新兵的时候班长是怎么对待你们的？"

刘强说道："排长，这些我们俩也想过，可是，毕竟不是同一批人，总不能生搬硬套吧？"

赵飞虎点点头，正色说道："那我就先给你们讲讲这个理论。既然是以情带兵。这个'情'字就是要端正对新战士的根本态度。有的同志认为严格训练，严格要求，说起来容易，做起来难，到底怎么严，很不好把握。解决这个问题，首先要建立在‘爱’的基础上。

“班长一定要像老大哥一样关心新战士；要讲究工作方法，防止简单粗暴。作为班长，应尽快熟悉他们、了解他们，掌握他们的基本情况。但新战士刚刚到部队，人生地不熟，一般不愿意暴露思想，尤其不愿意暴露以往不光彩的历史和思想深处的某些消极因素。因此，班长要善于‘见面熟’，尽快成为他们的知心朋友，不但要叫出他们的姓名、籍贯，而且还要知道他们入伍前的状况、入伍动机、脾气秉性、兴趣爱好、家庭成员、经济状况等等。要‘见面熟’，关键是要有对新战士的满腔热忱，从新战士的第一次集合、第一次开饭、第一次洗澡、第一次早操、第一次点名、第一次谈心、第一次睡觉等方面去做工作，包括怎样扫地都要一一讲到、教到，从基础做起，使新战士尽快实现从地方青年向合格战士的转化。其次要动之以情。知兵如父母、爱兵如兄长。班长对战士在生活上要关心照顾，在思想上主动沟通，在克服困难上全力相助，做到心想到、话说到、力尽到。关键是感情要真，只有真诚才能打动人心。当然，爱兵并不是不要严格要求。爱兵与严兵要有机结合起来。宽得无边不是爱，严得过头也不是爱。只有严中有爱、爱中有严才是真正的爱兵。三是处之以公。公道办事，主持正义，才能赢得战士的理解和信任，才是真正意义上的爱兵。如果一个班长对战士有远有近，有疏有亲，厚此薄彼，就会失去战士的信任，就谈不上爱兵。四是待之以礼。古语云：‘朋友之交，以礼待之。’说的是人际交往，应讲究礼貌，相互尊重。同一道理，班长与战士之间，尽管所处地位有所区别，肩负任务有所不同，但在人格上是平等的。爱兵要特别注意尊重士兵的人格尊严，这是爱兵的基本前提。”

“排长，还有这么多学问呢？”钟国龙惊讶道，“我可从来没想这么多啊！”

“嘿嘿！就你那一套！像法西斯！”赵飞虎说道，“刚才我说了这么多，不过是从以前部队的培训上学到的。上次新兵班长培训你也去了，怎么样？光注重里面讲的军事训练了吧？结果呢？基础没搞好，军事训练恰恰就没过关！这就是教训！”

“排长，那您说我俩该怎么办？”钟国龙问道，“现在全班拿了倒数，情绪士气肯定都受影响了！”

“情绪和士气不是短时间就能解决的。你们啊，还得从基础做起。想想这次为什么队列失败？”赵飞虎问。

刘强说道：“伤病。全班都得了骨膜炎，走路都困难，怎么走队列呀！”

“那就先从关心战士的伤病开始吧。”赵飞虎说着拍了一下钟国龙的腿，“腿不疼了，心也就不疼了不是？”

看着赵飞虎离开，刘强惊异地说道：“没想到咱们排长这说起理论来还一套一套的呢！”

“呵呵！你才发现啊！”钟国龙笑道，“走！服务社买红花油去！”

一班的新兵回到宿舍里面，一个个都有些灰头土脸的，钟国龙和刘强都没在，十个人围到一起商量起来。

新兵们仔细分析了眼前的情况，最后得出来三个结论：第一，班长这次的面子丢大了，全连面前出列，被龙云骂得狗血淋头，从形象到信心都遭受了巨大的打击，这是比较过瘾的事情。这件事情证明，还有钟国龙怕的人。第二，这次事件，使整个一班在全新兵营丢了人，连里的军事训练红旗没拿到手，和一班的表现有直接关系，连长很生气，对班长的意见很大，甚至有可能要换掉这个班长。这两件事情，对于他们来说，是十分利好的。但是，第三个结论又让大家很担心：班长丢了面子，一定很恼火，一会儿回来，一定会发火，一定会收拾他们。大家讨论了很久，认为这应该是属于黎明前的黑暗，胜利也许就在眼前。结合这三点，一班新兵们决定，不管一会儿钟国龙和刘强回来怎么整他们，都要咬牙坚持住，必要的时候冲出去一两个人把连长或者指导员拉过来，要是这样，其他人就必须要做好掩护，因为班长和副班长的战斗力实在是太强。

最终的方案明细如下：战斗打响的时候，张自强、王利、齐前鹏三个人，负责对付刘强，董鹏、赵庆、郑小春、毛振江四个，负责对付钟国龙，王华和易小丑身体素质不错，到时候杀出一条血路出去找连长。至于孟祥云，已经是班里公认的脓包一个，上手是绝对不敢的，就当个证人吧，这件事总得有个证人。孟祥云原本连证人也不想当，王华挥着拳头骂了他一句，他立刻躲到墙角哆嗦起来，最终只好答应。

“都记住自己对谁了吧？”王华这时候俨然是一个指挥官，大大咧咧地说道，“到时候，要记住前几次的教训，谁他 × 的也不许后退！双拳难敌四手！家伙都准备好放到床底下，到时候就往死里干他们两个！”

所谓家伙，就是他们这几天暗自准备好的砖头、铁条、板凳腿，钟国龙的高压政策让这些人实在是难以忍受，反抗的情绪也在逐渐地升温，假如说新兵刚来的时候对部队环境并不了解，还有些胆怯，而这几天他们也大致熟悉，最关键的是，钟国龙一味地强制训练，关于军营文化等方面的教育却并没有加强，直接导致这些新兵还没有完全从他们以往熟悉的混混、无业青年的生活中走出来。这些武器是这些新兵最后的底牌，原本没打算这次使用，但是这次麻烦太大，所有人都没了底，只好做最坏的打算了。

“来了！来了！”负责放哨的易小丑慌张地将脑袋缩回来，跳到宿舍空地上。

“慌什么？准备！”王华硬着头皮喝道，所有人都回到自己的床位，等待着即将到来的“腥风血雨”。

十几秒钟后，宿舍门开了，新兵们全都站了起来，紧张地看着钟国龙和刘强。

钟国龙推门进来，看着满脸严肃的新兵们，先是愣了一下，也没在意，向前走了几步，后面紧跟着的刘强随手关上了宿舍门，钟国龙发现，几乎所有的新兵都没有说话，全都下意识地后退了一步。

“都怎么了？受打击了？不就失败了一次吗？有什么了不起的？”钟国龙微笑着走到桌子前面。

新兵们全都愣了！班长这是怎么了？没见他冷着脸，居然还有微笑？说话也和平时不一样。这倒让新兵们始料不及，易小丑偷偷看了王华一眼，王华也奇怪，不过他很快冷静下来，冲易小丑使了个眼色，意思是：别受误导！有可能是“悄悄地进村”！

钟国龙也没理会他们，冲刘强一摆手，刘强变魔术一样从裤兜里面掏出四瓶红花油放到桌子上。

“王华，你过来！”钟国龙冲王华说道。

王华脸都白了，战战兢兢地直往后缩。

“我让你过来！你跑什么？”钟国龙又冲王华招了招手。

王华紧张到了极点，小心翼翼地说道：“班……班长，我……我们，班长，不带这样儿的！我们拿了倒数，也不全怪我们不努力，你打就打了骂就骂了，你……你整这化学玩意儿想干吗？”

“化学玩意儿？”钟国龙诧异地指着桌子上的红花油，“你说这个？这个是药！红花油都没见过吗？”

“不……不可能！”王华吓坏了，说道，“红花油……红花油是……”

“是什么是？过来！”钟国龙上前一步，把王华拉到桌子前面，又把他按到椅子上，一把将他的裤腿撸了上去，打开红花油，滴了一些到他的小腿上，上下揉搓起来。

“大家都看好，你们这种腿疼，俗名叫新兵腿，就是这小腿前侧的骨膜因为高强度训练发炎了。用红花油揉的时候，要上下一起揉，力度要够，速度要快，把搽油的部分揉得发热最好。我先做个示范，你们一会儿就按我的方法多揉一揉，包好！”钟国龙边揉边说着。

王华现在彻底放下心来，其他新兵却有些迷糊了：班长今天是抽风了还是咋的？自认识他以来，从来没见过班长这么“柔情”啊！这时候刘强也拿出来一瓶走到董鹏身边，让他坐到床上，滴上红花油揉了起来，边揉边笑道："一会儿把你脸上也揉揉，撞电线杆子上，还没消肿呢！"

就这样，刚才还剑拔弩张的新兵们全都坐了下来，开始搽起红花油来，钟国龙和刘强没闲着，揉完这个，又走到那个身边，帮着一起揉搽。

"班长，副班长，你们今天是咋的了？有啥事儿你就说吧，整得我们挺那啥的！"张自强有点感动，同时又猜不透钟国龙他们的心思，担心地问。

钟国龙抬起头来，学着他的口音说道："什么那啥那啥的？没那啥！好好搽你的药，尽快把病治好，后面还有更艰苦的训练呢！"

新兵们面面相觑，一脸的迷茫。

连务会要开始了，钟国龙和刘强又嘱咐了新兵们几点，急忙上楼了，他们一离开，新兵们就像炸了窝一样，议论起来：

王华："收买人心！绝对的收买人心！看过水浒吗？就跟要招安似的！"

易小丑："不会是他们知道咱们要反抗，害怕了吧？"

董鹏："屁！看班长和副班长那架势，像害怕的人吗？我看也像是收买人心！"

毛振江："管他呢！反正我感觉挺温馨的！"

张自强："到底是咋回事儿呢？"

新兵们议论来议论去，还是猜不透班长和副班长俩葫芦里到底卖的什么药。最后决定多观察观察再说。

晚上，钟国龙有些睡不着，他在思考着睡前他那举动究竟能带来什么反应，不管怎么说，他能感觉到的是，新兵看他的眼神里，除了依然有恐惧之外，还多了一层其他意味，究竟是什么他还说不好，但钟国龙能感觉到，那眼神肯定不是亲切，换句话说，倒是有一点迷茫，这帮新兵迷茫个什么呢？

"扑通！"

一声响动伴随着一个人大叫了一声，钟国龙连忙起来打开手电筒，刘强也爬了起来，地上，赵庆满脸是血，正龇牙咧嘴地呻吟着，不用说，又从上铺掉了下来，这几个新兵掉床不是第一次了，钟国龙连忙从床上跳下来，手电照过去，赵庆左眼角开了个口子。

"赵庆，没事儿吧？"钟国龙连忙把他扶起来，"老六，快拿纱布！"

赵庆哎哟叫着，苦着脸说道："这什么玩意的上下铺啊！我梦里正练着左右转呢，梦见班长喊了句'向后再向前转'，我就下来了！"

"有那个口令吗？那不成转圈儿了？"钟国龙哭笑不得，其他人也起来看情况，钟国龙命令他们躺下，和刘强一起帮赵庆处理伤口。

“不行啊，口子不小！”刘强又换了一块纱布，很快也被血染红了。

钟国龙急忙又拿了一大团脱脂棉堵到赵庆的伤口上，让他自己用手先捂着，和刘强一起帮他披上衣服，自己也穿好，背起赵庆往卫生队去了，刘强急忙跟在后面，使劲托着赵庆的屁股。

钟国龙他们走出去，新兵们都醒了。

“这倒霉的床！前天是张自强，今天是赵庆，我也得小心点儿！”上铺的齐前鹏拉起被子又挡了挡，“当初光想着上铺比下铺干净，省得挨臭袜子熏，怎么就没想到它高呢？”

“得了吧你！臭气都是往上走！”易小丑轻笑道。

众人一阵哄笑，全拿被子捂住了嘴。旁边董鹏探出脑袋说道：“你们能不能正经点儿？”

董鹏坐起身子往窗外看了看，小声说道：“我说，你们发现没有，刚才冷血动物对赵庆不错啊！眼睛上的毛病，又不是不能走路，背着就走了。”

“是不一样！”易小丑明显话最多，证人一般站了起来，说道，“前几天训练，我胳膊擦伤那次，冷血动物上来就给我一脚，说：胳膊伤能影响跑步吗？继续！跟赵庆这次比，区别何其大呀！”

王华冷笑道：“没什么大不大的！你那是训练，跟赵庆两码事！冷血动物的冷血，集中表现在训练上，一上训练场这家伙就跟疯了似的，简直六亲不认啊！别的班跑三公里，咱们班五公里外加三分钟快速俯卧撑，就好像训多了部队多给他开津贴似的，至于吗？”

“睡觉吧，明天还得拼命呢。”张自强躺下来，几乎是在哀叹。

“睡觉！再这么训下去，我非跟他同归于尽不可！”王华也躺到床上，瞪着眼睛，想象着怎么把钟国龙撕碎了加上孜然和盐烤成肉串，咬牙切齿地进入了梦乡。

钟国龙和刘强扶着包扎好的赵庆往回走。

“赵庆，除了眼睛，腿脚没摔坏吧？还感觉哪儿疼不？”刘强问。

赵庆苦着脸说道：“没事儿……班长，我明天能休息一天吗？”

钟国龙笑眯眯地问：“赵庆，在老家的时候，看没看过拳王争霸赛？”

赵庆不明所以，老实回答：“看……看过。”

钟国龙很严肃地说道：“你见过哪个拳王眼角出血以后弃权的？休息什么？”

赵庆一脸的冤枉，感觉钟国龙也太不近情理了。嘴里嘀咕一声，没敢再说话，低着头往前走。

“老大，得想个办法！天天这么掉人可不行啊！”刘强着急地说道，“这幸亏是连被子一起下来的，要赶上光着身子掉下来，摔出个好歹来，那可是水泥地！万一摔坏了，咱们又得挨批！昨天六连四班掉下来一个，左肩脱臼，轻微脑震荡，班长直接挨了顿臭骂，检查当天就递上去了！”

“嗯，是得想个办法！”钟国龙点点头，“咱们新兵连的时候也没这么多事儿啊！就李大力经常掉下来，可他是下铺啊。”

“班长，要不你把我换到下铺吧？”赵庆问。

钟国龙摆手道：“那谁上去？你就好好适应适应吧！习惯了就好了！”

“习惯？我真是不习惯啊！除非把我绑上！”赵庆心有余悸。

“嘿嘿！这办法不错！”钟国龙眼前一亮。

三个人回到宿舍，赵庆小心地上了床，钟国龙找到背包带儿，直接把赵庆绑在了床上，赵庆挣扎了几下，被钟国龙训了一句，只好就范，钟国龙也不停手，和刘强一起把齐前鹏和孟祥云两个睡上铺的也绑了起来。

“班长，我上厕所怎么办？”赵庆担心地问。

“尽量睡觉前打扫干净，实在憋不住上厕所你就喊我或者班副！这样总比掉下来强吧。”钟国龙很满意自己的办法，想着明天跟其他班长也推广一下。

当夜无话。第二天训练的时候，赵飞虎发现赵庆包着纱布，忙问怎么回事，赵庆不敢说实话，怕钟国龙挨批评回来收拾他，托口说自己早上跑步摔的，赵飞虎没有在意，转身走了。

钟国龙逐渐有了一些“柔情”的举动，但是这一切相比于他的高强度魔鬼训练，并没有带给新兵太多的好印象，新兵们依然那么恨他，跑步、做体能几乎是在和他赌气一样，钟国龙不管那一套，就是一个字：整！白天练队列，早晚跑步，晚上回宿舍还要加练体能。这在钟国龙看来，完全正常，自己当初不就是这样过来的吗？这些新兵中的大多数比他当时的身体素质要强得多，没有任何理由说自己不行的！

几个新兵里面，王利、郑小春、毛振江、齐前鹏四个人，身体素质一般，对于钟国龙的训练要求，虽然有差距，但是相对来说不敢怠慢，勉强过得去。郑小春一开始有些问题，走正步就跟地有仇似的，那阵势仿佛要把地面踹出一个坑来，钟国龙问他使那么大劲干什么，郑小春回答说他是四川北川县的，出门就上山，平时山路走多了。钟国龙矫正了几次，总算是过关了。易小丑、王华、张自强、赵庆四个人，身体素质都不错，只要努力，训练绝对跟得上，就是一个字：懒。一眼没到就想着偷懒。钟国龙不管那一套，只要是发现，严惩不贷，懒不要紧，别人做 30 个俯卧撑，他们就被钟国龙用脚按着做 50 个，为此跟钟国龙的仇恨越来越大，董鹏自小在部队大院长大，他父亲对他的要求很严格的，原本是想到这边来享享福，没想到遇见一个钟国龙，原本是不服气的，自从被刘强他们收拾一顿之后，也不得不老实起来。

最让钟国龙头疼的还是孟祥云，这个兵整天心事重重，训练完全跟不上，钟国龙骂他，他也不说话，有时候钟国龙忍不住踹上一脚，眼泪马上就下来。钟国龙几次想跟他沟通，可是完全没有用，孟祥云只是听，机械一般地点头，自己不说一句话。这样的性格简直能把钟国龙给气死。但是孟祥云像没反应一样，向左右转，动作没问题，也不是不能分左右，但是口令一出来，经常转错，钟国龙检验过他的听力，没毛病，最终只能说是他自己心不在焉，注意力不集中。单个教练一个小时回来，依旧如此。

“简直他 × 的一个木瓜！”钟国龙经常跳着脚地骂。

在刘强的认真督促下，几瓶红花油用完，新兵腿是过去了，但是新的问题又出现了：新兵们这几天受伤不断，不是扭了脚，就是闪了腰，要么就是腿抽筋。钟国龙跑去问卫生队的医生，医生给出的解释是训练强度过大，导致身体极度疲劳，这样就很容易受伤，这就不能理解了！钟国龙平时的训练，除了像队列、内务这些新兵必练的科目外，其他的体能训练都是侦察连平日里的常规训练科目，这些科目要是放在侦察连，即使是成绩最差的兵也不在话下，又不是高难度战术演练，基础的东西而已，有什么受不了的?

想来想去，钟国龙得出一个结论：还是练得少！连长说过，自己也亲身感受到了：人是逼出来的。一个人的适应能力是无限的，一旦适应就好了，自己当初不也是这样过来的吗？于是更加强了训练的强度。

至于人和人的不同，这些只是入伍不到一个月的新兵，不是侦察连的精英，等等原因，钟国龙却未曾认真思考过，他只知道，精英也是练出来的，练总没有错！

第九十三章　团结问题（二）

第二周的新兵营评比竞赛，队列没有抽到一班，钟国龙松了口气同时又觉得很不舒服，没抽到，就等于自己还没有翻身的机会，现在自己的一班虽然问题还是不少，但是队列这一项绝对是没有问题的。

周日休息一天，上午钟国龙就和刘强神秘地出了连门，新兵们见班长、副班长全不在，可算是解放了，除了王华自作主张偷偷出去会老乡之外，其他人全都选择睡觉，每个人都明白，这样的机会不是天天有，或者说从来都没有过。

人算不如天算。满以为钟国龙和刘强最少也要个把小时后才回来的新兵们，还没过半个小时就见到了他们，两个人一前一后进了宿舍，刘强提着一个大黑塑料袋子，直接塞进了自己的柜子里。钟国龙空着手，看着床上慌忙爬起来的新兵。

“起来干什么？休息，继续休息！”钟国龙今天的态度出奇地不错，扫视了一番，很快又冷下脸来，“王华呢？”

旁边易小丑战战兢兢地替王华敷衍着：“可能……洗衣服吧？”

钟国龙没说话，转身就去水房，片刻回来，眼睛已经瞪了起来：“易小丑！王华到底干什么去了？”

易小丑知道不能瞒了，再瞒自己也得完蛋，只好老实回答：

“他说……他去看看老乡……”

钟国龙怒道：“新兵不允许私自外出，不知道有纪律吗？他去哪个连了？”

“班长，我真不知道，估计……估计也该回来了吧。”易小丑回答。

正说着，宿舍门开了，王华推门进来，猛地看见钟国龙，脸都吓白了，站在门口不知道该说什么。

“王华！过来！”钟国龙吼道，“你干什么去了？”

王华只好走进来，低声说道：“我……我去看老乡了……他……他不远，就在五连……”

钟国龙火上来了，抬腿就要踹过去，猛地发现，王华的大腿前侧上，印了一个大脚印，浑身也都是土，遂停了脚，指着鞋印儿问道：“王华，这是怎么回事？谁打的？”

王华眼泪都下来了，咬着嘴唇不说话。

钟国龙怒了，上去骂道：“王华，你什么时候也成了肉茄子了？学会沉默了是吧？到底是怎么回事？”

王华擦了擦眼泪，心一横，哭道：“班长，这是刚才我去五连三班的时候，被他们班长踹的……”

“他们班长踹的？”钟国龙一下子火上来了，“他为什么踹你？”

王华摇了摇头，再也不敢说话了。钟国龙气急了，大吼道：“一班全体集合！”

新兵们不知道班长要干什么，急忙集合起来，刘强也跑过来，钟国龙手一挥，吼道：“全体注意，目标，五连三班，跑步走！”

五连的宿舍就在十连前面不到200米处，十二个人排成一溜纵队，一口气跑了过去，钟国龙直接推开三班的宿舍门，里面有一个二级士官，应该就是那个三班长，还有七八个新兵在里面，一看钟国龙怒气冲冲地闯了进来，都吃了一惊。

“王华！打你的是他吗？”钟国龙指着那个士官问。

“是！就是他！”王华刚才见了钟国龙的一系列举动，没想到自己不但没被班长收拾，班长还带着全班来给他“报仇”，顿时意气风发起来。

那个士官一见他们过来，吃惊是吃惊，并没有害怕，大大咧咧地站起身来，冲钟国龙说道：“哟呵！报仇来了是吗？我是三班班长杨胜，刚才就是我打的他，你说你带的这个什么兵呀？你是哪个？”

“十连一班班长钟国龙！”钟国龙大声回答。

杨胜心里吃了一惊，钟国龙现在也算是“名人”了，他当然听说过，看钟国龙气势汹汹的，自己也不能在自己的兵面前丢脸，只能扮作一副满不在乎的样子，冷笑道："钟国龙啊！我说呢！真是什么样的班长带什么样的兵。"

"杨班长，你什么意思？"钟国龙冷静地回问了一句。这绝对是钟国龙的巨大进步，要是以前，恐怕这时候已经是一场"血战"了！

杨胜说道："没什么意思。你那个兵私自到我们班里来会老乡，又躲在宿舍后面偷偷抽烟，我替你管教了一下！我说钟国龙，你平时没宣布新兵纪律吗？不管教好你的兵，跑这里来想干什么？"

"你管教了一下？"钟国龙猛地向前迈了一步，眼睛盯着杨胜。

杨胜以为他要动手，向后退了一步，稳住了身形，说道："怎么？钟国龙，我是怕你自己都是新兵，管教不好啊！听说你平时毛病就不少……"

"杨班长！"钟国龙强压住怒火，大声说道，"当着这么多新兵，很多话不好说，咱俩不如找个地方，解决一下班长和班长之间的问题！"

"我还怕你不成？"杨胜来新兵连之前是一营一连的班长，一营一连是团主力连队，号称"攻坚第一连"，他在那里也是骨干精英，当初原本要调到侦察连，一连没有放人，但是这小子对侦察连一直很不服气，见钟国龙找上门来，也豁出去了。

两个人各自解散自己的兵，一起跑到训练场上。

钟国龙站在一边，怒声说道："杨班长，现在就咱们俩，该说的我可要说了！论军龄你比我长得多，当班长你也应该比我时间长，规矩你应该明白吧？我的兵犯了天大的错误，回去我可以管教，轮不上让别的班长插手！你凭什么打我的兵？！打我的兵和直接打我钟国龙没什么区别，我想要个说法！"

杨胜经钟国龙这么一说，先就理亏了起来！部队里面，这几乎是常识：当班长的要知道护自己的兵，自己的兵只能自己管，就算自己的兵犯错误了，也没有别的班长插手的道理。当时他打王华的时候，也不是没意识到这个道理，只是当时王华嘴硬了几句，加上自己倚仗着老资格，想着不能在新兵面前丢面子，原本想着踹了一脚，对方的班长就是知道又能怎样？却没想到碰上了钟国龙。理亏面子还是得要，杨胜说道：

"钟国龙，多的话就别说了！你不是想找个地方吗？这不是来了吗？今天咱俩不如就拳脚上见真章吧？你赢了，我服你，向你道歉，并且回去当众向你的兵道歉。你要是输了，别的话不说，就当老子把你也管教了一回！"

"好啊！"钟国龙正等着他这句话呢！冷笑道，"杨班长，你出规则吧？"

"没什么规则！趴下算输！"杨胜说完，一拳打了过来！

论格斗技能，钟国龙怕过谁。他当初来当兵的最初目的，就是奔着"学功夫"来的，后面被龙云教育过，各方面都有了提升，尤其格斗这一项，依旧是钟国龙最感兴趣也是练得最用心的一项，基本的格斗套路还有龙云特殊教授的一击致命，再加上多年的“实战经验”，使钟国龙在这一项上面的“造诣”颇深，进步也神速。

杨胜的拳头过来，钟国龙急忙躲过去，一把抓住对方的手腕，顺势一拧，整个右腿重心压到杨胜的胯部，肩膀一横，大吼一声，钟国龙整个膀子撞在杨胜的前胸上，杨胜一下子被撞出去两米多远，钟国龙乘胜追击，又上前一大步，抬起腿来就是一脚。

杨胜一个轻敌被钟国龙猛撞了一下，一阵胸闷，差点喘不上气来，这时候钟国龙的脚又到了，这才全神贯注地闪身一躲，还了钟国龙一个反踹，正踢到钟国龙的右手腕上，一阵疼痛，钟国龙全身一震，头皮猛地麻了一下，眼睛立刻血红，吼着就又扑了上去。

钟国龙和人动手，绝对有自己的特点，别人明白什么是点到为止，明白什么叫切磋，什么叫留情面，可这些在钟国龙那里完全讲不通，一开始还在意一些，杨胜一脚踢疼了他，脑袋一麻，立刻什么都忘了！钟国龙的格斗套路和招式，在侦察连里面，最多算个中等水平，但是他的狠劲儿无人能敌，尤其是拼命的打法，杀气一上来，哪还管那么多。

杨胜原本也不是弱手儿，可是碰上钟国龙这样不要命的格斗方法，他根本就适应不了，手忙脚乱地应付了几招之后，就只剩下躲闪的份儿了！偏偏钟国龙身体灵活，他躲到哪里，钟国龙就跟到哪里，转眼被钟国龙擂了好几拳，浑身钻心地疼，想住手，钟国龙不停，想“议和”，又实在丢不下面子，只好苦苦支撑了几下，终于被钟国龙踹在喉结下方，一个后仰飞了出去，重重地摔倒在地上，差点背过气去。

可喜可贺！在对方完全失去战斗能力那一刻，钟国龙终于恢复了“理智”，收起拳脚，上前把杨胜拉了起来。不管怎么说，对方是自己的战友，不能冲动！绝对不能冲动！钟国龙这个时候才后怕，好在杨胜身材高大，否则自己刚才那一脚要是再高上一寸，踹到喉结上，按照龙云曾经一次战斗中的经验之谈，杨胜非报销了不可！钟国龙暗自庆幸。

“杨班长，对不起！我出手重了！”钟国龙致歉道。

杨胜被钟国龙拉起来，满脸通红，剧烈咳嗽了几声，心有余悸地问：“你们侦察连平时也这么训练？”

“对不起，杨班长！我手重了！但是，你输了！”钟国龙终于体会到了以理服人的快感。

杨胜红着脸，愿赌服输一般地说道：“我输了！我向你道歉！我马上再去跟你那个兵道歉！”

杨胜这种态度，立刻让钟国龙对他有了不少的好感，钟国龙不怕横的，不怕不要命的，但是就佩服真正的男子汉，男子汉这个词的含义，不一定是要表现在强者身上，杨胜愿赌服输，也不愧是男子汉。

“杨班长，王华那里你就不用道歉了，我回去跟他说吧。毕竟是他违反纪律在先！”钟国龙微笑道。

杨胜十分感激地看着钟国龙，刚才打赌的时候自己一时冲动立的誓，但是真要他当着众人的面给一个新兵道歉，尤其是当着自己的兵的面，那他这个班长也没脸当了。

“杨班长，我先回去了！今天的事情只有咱俩知道，算是不打不相识吧！”钟国龙伸出手来。

“兄弟！”杨胜有些感动地握住钟国龙的手，“你这个朋友我交定了！”

“我也一样！嘿嘿！”钟国龙笑了笑，转身先下了训练场。

训练场门口，一班的新兵们没敢上去观战，却都在等着钟国龙下来。刘强不放心，偷偷看了全过程，见钟国龙下来，忙回身走远，新兵们连忙问刘强结果如何，刘强笑了笑，新兵们立刻明白。

“班长，你赢了吧？”王华这个时候对钟国龙的好感增加了不少，一脸崇拜地看着钟国龙。除了孟祥云，全班其他新兵看班长的眼神也不一样了。

钟国龙自从当上新兵班长以后，还是第一次面对新兵们如此崇敬的眼神，不过他并没有受“诱惑”，指着王华的鼻子吼道：“王华！现在上操场，十公里徒手跑，跑不动，爬也要给我跑完十公里，完成以后回宿舍写检查，晚上班会上念！副班长监督！”

说完，钟国龙一挥手，带着自己的新兵回了宿舍，王华万般委屈地看着钟国龙的背影，旁边刘强拍了他一把，只好跟着到操场上跑圈儿，腹诽道这也算变相体罚吧？可一是自己违反了纪律，二是又惹了祸，三是遇见钟国龙这个班长，万千的冤屈，却不敢申诉了。

钟国龙回到宿舍，再次强调了纪律问题，经过王华事件，加上钟国龙的厉声训斥，新兵们明白了几个道理：第一，违反纪律是可耻的。第二，班长其实还是爱护自己的兵的。自己在一班，还是有地位的。第一点不用说，这第二点很重要，至少对于目前“军心涣散”十连一班来说，简直是太重要了！新兵们对钟国龙的看法，开始有了些许的改变，尽管这改变不大，但是对于钟国龙和他的一班来说，事情算是向好的方面在发展。

钟国龙骂完人，又从抽屉里拿出一张纸来，上半部分折着，下面是空白，要求每个人都在下面的空白处签上自己的名字，新兵们感觉这张纸不是平时的信纸，有些厚，很平滑，似乎还带着点香味儿，应该是属于精品信纸之类的，这样的信纸平时在老家的时候见过，大多数是要好的男女写情书的首选用纸。新兵们不好意思问为什么，只好按要求签字，钟国龙没解释，等大家签完字又把信纸放进了抽屉，自己急匆匆走了出去。

王华跑十公里差点跑断了气儿，晚饭也吃得不多，回到宿舍坐在自己的床上生闷气。过了一会儿，刘强忽然通知大家准备开会，新兵们更疑惑了，星期天开哪门子的会呢？而且这会似乎又很重要，刘强命令大家把两张桌子拼到了一起。又把所有的椅子也搬了过来，一班的新兵围坐在一起，大眼瞪小眼，不知道干什么。

这时候，钟国龙回到了宿舍。手里拿着一个纸包，脸上还出乎意料地带着微笑，这让新兵们心里很没底。钟国龙没说话，看了一眼一脸苦相的王华，冲刘强使了个眼色。

刘强站起身来，从自己的内务柜里面拿出一个黑塑料袋子来，这个袋子大家都见过，是上午的时候钟国龙他俩回来的时候带着的，现在刘强把袋子打开，从里面一样一样拿出东西来：瓜子、葡萄干、巧克力豆、爆米花、火腿肠……一堆东西，全是小食品。新兵们看着这东西，感觉应该不是坏事，然而还是拿不准，全都看着钟国龙。

钟国龙这才把纸包打开，里面的东西一出现，把新兵们全震住了：呈现在大家眼前的是一个硕大的馒头，说它硕大，是因为这个馒头比平时吃的足足要大上好几倍，放在那里跟个加厚的铁饼差不多。钟国龙把馒头放在桌子中央，又从口袋里掏出一根平时用的大蜡烛插在了馒头中央。

“班长，这是干啥？”易小丑睁大眼睛看着钟国龙。

钟国龙没理他，转身冲着王华笑道：“王华，新兵资料里你的生日是 12 月 14 日，对不对？”

“啊？对呀！”王华站了起来，一脸的迷茫。

“那就没错了！祝你生日快乐！”钟国龙笑着说道。

“我？生日？”王华蒙了，想了想，惊喜地喊道：“对呀！今天是我的生日呀！我自己都忘啦！”

钟国龙笑道：“嘿嘿！看你这兵当的！我前天才发现的，和刘强商量了一下，部队条件简陋，就随便买了些小食品，就是这生日蛋糕不知道到哪里买去，就跟炊事班长商量了一下，给你整了个面的，凑合着用吧！”

“班长……你们……”王华的眼眶一下子就湿润了，万万没有想到，钟国龙会带领大家给他过生日，心里真是像打翻了五味瓶，什么滋味都有了。

真相大白，大家都开心起来，关灯的关灯，点蜡烛的点蜡烛，最后一起唱着生日歌，等着王华吹蜡烛。

王华居然哭了起来，一屁股坐到椅子上，眼泪也流了出来。

“王华！哭什么？等着你吹蜡烛呢！我晚饭可是留着肚子呢，就等这蛋糕了！”钟国龙笑道。

“班长你不知道……”王华哭道，“在家的时候，我就总记不住自己的生日，每次都是我妈想着，一到那天，就做一大桌子的好吃的——全是我爱吃的，然后和我爸一起给我过生日。我没想到，到了部队里面，我爸我妈没在身边，班长你想着我的生日呢！我……我谢谢班长！”

王华忽然站起身来，冲钟国龙鞠了一躬，钟国龙连忙把他扶住，笑道：“这有什么？咱们这些人不都是离开家的？不是有这么一句话吗：出门靠朋友。现在你们到部队了，靠谁，就靠干部老兵，靠班长，我们就是你的亲人，过生日就只能是战友们给过了，跟在家里过一样，还比在家里热闹呢！快吹蜡烛吧！”

王华哭着把蜡烛吹灭，灯亮起来，大家一起把大馒头分成了小块儿，钟国龙又从抽屉里拿出那张纸来，递给王华，笑道：“这个是全班对你的祝福，刚才我为了保密，没跟他们说，现在你收好吧！”

王华惊喜地拿过信纸，大家都让他念念，王华站起身，大声念了起来：

王华同志：

今天是你的生日，也是你在部队度过的第一个生日。首先祝你生日快乐！以后的日子里，你还会在部队度过好几个生日，但是，希望你永远记住你的这一次，因为，这个生日是有很特殊意义的！今天，也一定是你一辈子难忘的一天，它代表着你在部队里面展开的全新的生活！

每个人都有父母，他们不在身边的时候，希望你能感受到，这里有你的兄弟、战友，我们和你的父母一样，都是你的亲人，我们会一样地祝福你，爱护你，一样地让你感受到家庭的温暖！

新兵十连一班　全体兄弟

王华念到最后，又哭了起来，其他的新兵听到这里，也都掉了眼泪，他们来部队快一个月了，这是第一次和王华一起感受到了家一样的温暖。此时此刻，这些天南海北的新兵，也都想起了自己在家中的父母，想家这个词，对于新兵们来说，很容易在这种时候浮现出来。

钟国龙和刘强好不容易劝住了大家，又动员了许久，新兵们这才停止悲伤，一起吃着大馒头和桌子上的小吃，慢慢高兴起来。

王华依然有些心事重重，钟国龙以为他还在想家，也没有在意，一直到点名熄灯后，大家忙把宿舍收拾干净，躺到床上睡觉。

钟国龙今天的心情出奇地好，在自己的努力下，这些新兵终于和自己亲近了些，这很不容易啊！钟国龙一直在考虑着赵飞虎前几天讲的话，这次过生日，也是他受到启发后和刘强商量好的，看来效果真是不错。

黑暗中有人起床，走到钟国龙的床边，轻轻敲了几下，钟国龙抬头看看，是王华，王华没说话，指了指门外，自己先走了出去。钟国龙奇怪地跟着出去，两个人一前一后来到水房。

“王华，有什么事儿？”钟国龙问。

王华低着头，好像下了很大决心似的，小声说道：“班长，我是想跟你说一件事情。”

“到底什么事？”钟国龙也奇怪起来。

王华脸通红，又犹豫了一小会儿，这才说道：“班长，原本这是个大秘密——说是阴谋也行……”

十分钟以后，钟国龙像是一头发疯的狮子冲回了宿舍，低吼道：“都给我起床！集合！”

新兵们其实都没有睡着，大伙儿看着钟国龙和王华出去，像是预料到了什么一样，钟国龙一喊，全都下了床，集合到宿舍的空地上。

钟国龙眼睛冒火，也没跟一脸奇怪的刘强解释，打开手电筒，先是来到王华的床边，弯腰从里面掏出一根生铁炉条来，又从上面齐前鹏那里拿出一根板凳腿儿，从易小丑床底下拿出一根铁条，董鹏那里的是一把破斧子……除了孟祥云床底下没有，一共九件“兵器”，全被钟国龙放到了桌子上。

“都说说吧，这些东西是哪儿来的？”钟国龙用手电照着一个个低着脑袋的新兵，“董鹏，你那东西杀伤力最大，哪儿来的？”

董鹏叹了口气，抬头说道：“班长，我全告诉你吧，这些东西，全是前几次我们去帮锅炉房运煤的时候偷偷拿的。”

“干什么用？”钟国龙已经听王华讲了，明知故问，眼神像要杀人。

董鹏说道："班长，刚才王华都跟你说了吧？他告诉你这事情，我们都同意的……我们实在受不了你的高压政策，又打不过你，我们就计划着哪天实在受不了了，就等你睡着的时候……砍死你！"

"你说什么？"刘强一下子急了，冲上来就要动手。

钟国龙一把将刘强拉住，脸色很可怕，粗粗地喘着气，努力地使自己平静下来，等了一会儿，问道："那你们为什么还不动手？为什么又让王华告诉我？"

"班长！"王华忽然上前一步，说道，"班长，其实，不是因为今天你给我过生日，我们才决定告诉你的。我们最近几天一直在商量这个事情，之所以告诉你，是因为我们几个发现，你其实也在一点一点地改变，你……你其实是个好人，但是你有很多时候听不进去我们的意见，你听不进去我们意见的原因是，我们根本不敢跟你说我们的意见……没错，我们是新兵，你的训练要求太高太严格了，我们根本达不到——没有哪个新兵能达到。我们不是不想好，我们也都想尽快地提高，可是，我们不是机器，不是上紧了发条就能转得更快，我们得一步一步地来不是吗？班长，我们其实挺佩服你的，上次班副给我们讲了你的经历，大伙儿都挺感动，也都想成为和你一样的兵……"

钟国龙立在当场，关了手电筒，黑暗中没人发现他眼睛红了，他努力控制着自己，这眼泪不是因为悲伤，更不是因为他害怕，确切地说，是为自己工作的失误而流的。长时间的沉默之后，钟国龙恢复了平静，淡淡地说道："东西收拾好，明天扔掉，这件事情谁也不许再提……睡觉吧！"

钟国龙说完，不再理其他人，自己躺到床上，蒙上了脑袋。新兵们不知道钟国龙此时的感受究竟如何，只好回去睡觉，刘强心有余悸地把一件件"武器"收起来，看了一眼钟国龙，没说话，躺到自己的床上。

第九十四章　逃兵事件（一）

已经是后半夜了，钟国龙把头从被子里面探出来，悄悄下了床，黑暗中，新兵们像是全睡着了，宿舍里面没有声音，钟国龙看了一圈，找到刘强的床铺下，刚要说话，刘强就坐了起来，跳下床，小声说道："老大，睡不着吧？"

钟国龙叹了口气，指了指外面，两个人悄悄走了出去。

到了宿舍外，两个人立刻感觉到了寒冷，现在是初冬，虽然还没有大面积下雪，可是寒风早已经刮了起来，两人都没有穿大衣，刚刚在被窝里捂出来的热气很快消失殆尽，两个人找了个背风的地方，蹲下来抽烟。

钟国龙搓着手，问："老六，你说这天气像不像去年咱们刚来的时候？"

刘强说道："像，就是还没有下大雪，去年咱们来的时候刚下了一场大雪。这几天天又阴，估计是要下了。"

钟国龙沉默了，抬头看了看天，除了黑再没有别的颜色，把衣领子竖起来，蹲着回忆一年前的今天：日子过得真快，去年的今天自己和强子都是新兵，而现在已经是新兵班长、副班长了，自己的新兵连时期，似乎还是昨天的事，回想连长带自己的时候，光看到班长表面牛 × 了，想不到带新兵这么难带、这么多事情……

刘强稍微欠了欠身子，小声说道："老大，你也别往心里去，他们不是都坦白了吗？坦白了就意味着他们的想法变了，这是好事情。"

钟国龙使劲抽了一大口手中的烟，呛了一下，苦恼地说道："能不往心里去吗？老六你不知道，这事情给我的打击太大了，我有一种没完成任务的感觉。"

刘强也不知道该劝他什么，两个人闷头抽了一会儿烟，钟国龙忽然说道："老六，刚才我蒙着被子考虑了很久，你说，现在咱们班这帮新兵，算是听话吗？"

"怎么说呢？"刘强犹豫道，"要是看平时和表面上，你的命令他们没人敢不听，可是这回又出了这样的事情，这个……这个就不好说了。"

"我就是说这个问题。"钟国龙说道，"这就说明，这些兵现在只是怕我而已，但不是真正的服气。他们服气我的训练成绩，却不服气我这个人。这样的服气，其实是最大的不服气。"

"老大，没那么严重吧？"刘强犹豫着说。

钟国龙叹了口气，继续说道："这么说吧，照这样下去，这些兵也许还是会怕我，也许会一直怕下去，一直服从我。可是，要真是到了战场上，咱们敢带着这样的兵上去吗？我在师部培训的时候，排长就跟我讲过这样的问题，当初的日本鬼子，受的是法西斯训练，打仗确实勇猛，可是，在日本兵里面，不管冲起锋来多么不要命，能站出来替自己的战友挡子弹的却少之又少，这样训出来的士兵，是没有感情的冷血人。"

刘强想了想，摇了摇头，又点了点头，终于说道："老大，你是说，咱们还要改变一下方法？"

"必须得改变啊！"钟国龙肯定地说，又有些发愁，继续说道，"可是我还是不知道到底怎么改变！这几次咱们俩加强了对新兵生活上的关心，效果是有的，可是在训练上，该怎么改变呢？目前似乎只有一个办法，就是降低训练强度，可是这样一来，新兵是说咱们好了，但从长远上看，并不是个好办法！"

"也许刚才王华说得对。咱们没有遵循循序渐进的路子？"刘强说道。

钟国龙点点头，又拿出一根烟，点着，皱着眉头说道："要说现在强度大，可是你想想，去年咱们在新兵连的时候还不是一样？强度不也是不小？可是为什么区别这么大呢？"

刘强努力想了想，回忆着去年的情景，终于有所悟地说道："不一样！老大！我想到了一点！去年咱们训练，说到底咱们都是自愿那么练的。就像你每天加练，没有人逼你吧？"

"对呀！"钟国龙猛地站起来，欣喜地说道，"就是这个道理呀！咱们那时候是主动练，为什么主动练？是因为连长把咱们的积极性全调动起来了，而现在咱们几乎是在逼着新兵们练，这主动和被迫，肯定效果不一样啊！老六！咱们光顾着抓训练了，没想着怎么调动积极性，这就好比砍柴，光砍没有磨刀！”

答案似乎找到了，两个人兴奋起来，又讨论着该怎样调动新兵的积极性，该怎样做新兵的思想工作，一直谈了足足有一个多小时，直到两个人冻得快受不了了，这才高兴地往宿舍里面走。

宿舍里面，新兵们全都安静地躺着，看来是都睡着了，刘强上了自己的床，钟国龙心情不错，似乎忘了几个小时以前这帮家伙的那一堆武器，走到每个新兵床前，将被他们踢下来的被子又往上盖了盖。

来到孟祥云那里的时候，钟国龙发现他并没有睡觉，低声问他：“你怎么没睡？”

“班长，我……我想上厕所。我……我憋不住了。”孟祥云有些惊慌，胆怯地小声说道。

“那就赶紧去呀！”钟国龙心里暗笑，这小子显然是被之前的事情吓得够呛。

“班长，我……你睡觉吧，我自己去。”孟祥云还是没动。

“走吧，我陪你去！”钟国龙回自己床上找到手电，转身见孟祥云已经下了床，孟祥云显然是憋急了，急急地往外走，直奔厕所而去，钟国龙不放心，怕他冻着，拿了件大衣，跟在后面。

到了厕所门口，孟祥云慌慌张张地跑了进去，钟国龙给他的大衣他都没来得及披，过了几分钟，孟祥云忽然从里面探出头来，小声说道：“班长，你……先回去吧，我……大便。”

“把大衣披上！”钟国龙把大衣递过去，孟祥云快速接了，又赶紧跑回去了厕所。

钟国龙现在没有睡意，干脆拿着手电，站在厕所门口等着孟祥云，足足等了十几分钟，才见孟祥云走出来，一看见钟国龙，他吃了一惊，慌张地说道：“班……班长，您怎么没回去？”

“楼道里黑。”钟国龙打开手电，带着孟祥云往回走，孟祥云低着头，刻意似的远远跟着进了宿舍，急忙上了自己的床，钟国龙也没有在意，躺回床上，又想了一会儿事，终于睡着了。

第二天早上出操，新兵们急急忙忙地跳下床穿衣服往外跑，钟国龙早收拾完毕，站在门口催促着他们，忽然发现孟祥云有些奇怪，平时都下床穿衣服，怎么今天磨蹭着在上铺穿起了衣服，神色也不对，老是偷偷瞟着钟国龙，穿着裤子还把被子半披在身上。

“孟祥云，快点儿！”钟国龙站在门口喊。

“啊！来……来了！”孟祥云终于穿上了裤子，跳下来穿鞋，把上衣披在身上，一溜烟跑了出去，边跑边系扣子，还不时回头看一眼。

“这小子玩什么花样呢？”孟祥云反常的举动并没有瞒过钟国龙，转身冲刘强说道，“老六你去带操，我有点事儿！”

“是！”刘强没多想，跟着跑了出去。

钟国龙这才关上宿舍门，径直向孟祥云的床走了过去，孟祥云是上铺，钟国龙刚走到跟前，就闻到一股臭味儿，惊讶地踩着扶手上去，一掀被子，一股猛烈的臭气差点没把他熏下去！孟祥云的床单上，居然蹭了一大片屎！

“天下之大，无奇不有啊！”钟国龙哭笑不得，从床上下来，忍不住地哀叹：“钟国龙，你究竟是什么命啊？怎么什么事儿都让你给遇见了？”

想想，一定是昨天晚上孟祥云内急，一下没憋住，把那东西给拉到裤子里了，早上换衣服的时候又给整到了床单上。这一晚上真不知道他是怎么过来的！钟国龙明白，尿炕就够丢人了，别的新兵连就有一个新战士因为尿炕怕难为情，早上出操回来就开溜了，一旦这事情让别人知道，孟祥云就别想在部队待了。

钟国龙皱着眉头，又站起来，把孟祥云的铺盖和脏床单整个拿下来，连那条脏裤子一起扔进水盆里，又拿了一条新床单给他换上，重新把床给他铺好，想了想，连忙打开窗户，冷就冷吧，冷总比臭强啊。钟国龙苦笑着拿起盆子，到水房把床单、裤子冲了又冲，再打上洗衣粉使劲搓了几遍，这才把衣物挂上。回到宿舍，臭味已经散得差不多了，钟国龙还不放心，又开了两扇窗户，直到完全感觉不出味道为止。

出操回来了，新兵们往宿舍里走，钟国龙一眼发现没有孟祥云，急忙问道：“孟祥云呢？”

王华回头看了看，也奇怪地说：“刚才一起下来的，怎么这会儿不见了？”

钟国龙头皮一阵发麻，这小子不会跑了吧？急忙冲出宿舍，刚到楼道里，一转身，发现孟祥云一脸慌张地在水房里使劲洗着手。

钟国龙走进水房，里面还有两个战士，孟祥云见钟国龙没去带操，本就惊慌不已，看见他走了进来，脸一下子通红，恨不能找个地缝钻进去。

“孟祥云，擦擦手跟我出来一下。”钟国龙微笑着冲他招了招手。

孟祥云更惊慌了，忙把手在衣服上蹭了蹭，跟着钟国龙走出了宿舍楼。两个人来到宿舍楼前的空地上，钟国龙看四下没人，这才对低着脑袋的孟祥云说道：“事情我已经处理完了。”

孟祥云当然知道班长说的是什么事情，红着脸，眼泪一下流了下来，说道："班长，我……我昨天闹肚子……我怕下床惊动下面的董鹏……"

钟国龙笑道："行了，别说了！这事情除了我和你没人知道。我一会儿就全忘啦！衣服和床单给你晾上了，晚上记得收……上厕所很正常，有什么惊动不惊动的？动作轻点不就行了？这样，回去我跟董鹏说一下，你俩换换铺。"

孟祥云感动地看着钟国龙，所有的担心这时才烟消云散，不好意思地问："班长，你是怎么知道的？"

"这点小事看不出来，还当班长吗？"钟国龙笑道，同时一股说不出的成就感从心中生起，"行了！人人都有尴尬的时候，这没什么不好意思的，回去吧！"

两个人回到宿舍，正赶上刘强回来，手里拿着两封信。边进门边喊："热烈祝贺一班的第一批家书寄到！"

新兵们一下子围了上来，忙问是谁的，刘强说一封是易小丑的，另外一封是孟祥云的，易小丑兴奋极了，从信封上看就知道是女朋友寄来的，孟祥云没有任何激动之情，相反似乎还有些不安。

"班副，赶紧给我，赶紧给我！我都盼了一个月了！"易小丑急着上来抢信。

刘强没给他，把信全给了钟国龙，笑道："部队有规定，新兵的第一封家书必须由班长审查。"

这规定班里早就讲过，这样规定的目的其实也是方便班长更好地了解新兵的状况，易小丑仍旧喊："班长，这不是家书，这是女朋友寄的，充其量算个情书啊！"

"情书？情书更得检查了！可得看看这情书是不是会扰乱军心！"钟国龙坏笑着说道。

易小丑没办法了，只好等着钟国龙拆信，其他新兵全围了上来，嚷嚷着要一起检查，钟国龙忙问易小丑是否愿意公开，易小丑倒是大度，忙说无所谓，钟国龙笑着把信打开，信封里掉出来一个东西，亮闪闪的是一条细细的项链，大伙儿又是一阵起哄，易小丑抢过项链，脸色却是一变。

钟国龙没发现他有什么不对，打开只有一张纸的信，大声念了起来：

"易小丑同学……怎么整这么个称呼？同学？高中还是初中？……易小丑同学，你的信我收到了，下面我就想谈谈我的想法，我感觉，你和我之间走的是不同的人生道路，我们之间一定会有不小的鸿沟，对于你的表白，我其实很感动，但是，请允许我不能接受你的爱情……"

下面的内容，钟国龙越念越没劲，新兵们也兴趣索然，易小丑已经瘫到床上大哭起来："有缘无分啊！作孽啊！让我怎么活呀！我暗恋你四年了呀……"

众人连忙劝他，易小丑不听，仍旧泪眼婆娑，哭着讲起了自己的苦爱历程："……人家上了高中，成绩特别好，重点没问题，我想这样一来，我俩将来差距太大不是？我就来当兵了，当兵多光荣？临走的时候，我终于向她表白了……我的妈呀！我写了三晚上，整了五千多字儿啊……我没想到会是这样的结果呀——班长，我可怎么活呀！"

易小丑在那里撕心裂肺，众新兵纷纷表示同情，钟国龙没搞过对象，不知道爱情这东西居然这么厉害，象征性地安慰了几句，同时愤愤道："现在这女的不同意就不同意吧，还寄根项链儿！这东西还讲究给个纪念品的？"

"不是啊！"易小丑依旧哭道，"这项链儿……是我随信寄给她的，人家没要啊——我的天啊！我为了买这个项链儿从我爹那里要了好几回钱啊！"

"行了，行了！小丑！不就求爱失败吗？别太伤心，等哪天班长我给你介绍个女兵！"钟国龙盲目地安慰着，心想自己来部队一年了，除了卫生队几个大嫂，还没见过女兵什么样儿呢！

没想到钟国龙的话起到了出乎意料的效果，易小丑立刻停止了哭闹，猛地站了起来，无比坚定地对钟国龙说道："班长，就这么定了！你安排见面吧！"

钟国龙哭笑不得，又不好说实话，就骗他说这不能着急，他得有时间去考察一下，因为女兵并不在这个营区，要去五公里外的一个营区。新兵们全都信以为真，对钟国龙的好感又增加了几分，只有刘强清楚，五公里外那营区是他曾经战斗过的团农场，女兵没有，母猪倒是不少。

几个新兵围在一起继续安慰易小丑，钟国龙这才又打开孟祥云的家书，刚才易小丑哭的时候孟祥云一直忐忑不安地站在不远处，眼睛始终盯着钟国龙手里的信。钟国龙招呼他过来，打开信看了起来，看着看着，钟国龙的脸色都变了，眉头皱起了一个疙瘩。

"班……班长，信里说什么？"孟祥云更紧张了。

钟国龙这个时候真不知道该跟孟祥云说什么，关于孟祥云的情况，一开始钟国龙就了解的，父亲在他六岁的时候就因病去世，孟祥云是跟着他妈长大的，家庭条件十分艰苦，他妈在老家靠着几亩山地过活，由于收入难以维持家用，农闲的时候还跟着村里的建筑队干重体力活儿。信是他们村的村长写来的，上面的内容是：他妈因为长期劳累过度，病倒了，一连躺了七天，最终没有抢救过来，死在了乡医院里，症状是肾衰竭。

“孟祥云，你跟我出来一下。”钟国龙沉重地拍了拍孟祥云的肩膀。

旁边的新兵们也感觉到了事情不对头，易小丑也不哭了，看着班长带着孟祥云出去，刘强不放心，跟着走了出来。

到了外面，钟国龙看着一脸焦急的孟祥云，不知道该怎么开口，把信递给他，说道：“孟祥云……你，你自己看吧，你……”

孟祥云几乎是把信抢到了手里，刚看了几行，只觉得一阵眩晕几欲瘫倒，钟国龙急忙把他扶住，刘强也过来帮忙，两个人一起扶着孟祥云，刘强拿过信看了看，也皱起了眉头。

“孟祥云，坚强一点儿！”钟国龙着急地喊着，忙对刘强说，“老六！快，把他背到卫生队去！”

刘强刚要动手，孟祥云缓了过来，叫了一声“妈”，又坐到地上大哭起来。

“还是先把他弄到宿舍躺下吧！”钟国龙着急地把孟祥云拉起来，自己也哭了，忙说道，“孟祥云，你先别哭，先回宿舍休息一下！”

“班长，我妈没了！我妈没了！”孟祥云已经哭得浑身颤抖起来，“班长，我妈是……我妈是累死的呀！我就说不来当兵，我妈非得让我来，她说当兵以后有出息……班长，我……我再也没有亲人了！”

“孟祥云！你别这么想，我们不都是你的亲人吗？快先回宿舍，有我们在呢！”钟国龙也掉了眼泪，和刘强一起搀扶着孟祥云往宿舍走。

孟祥云一路上语无伦次，在噩耗的冲击下，他已经快撑不住了，只是在嘴里哭喊着：“妈！妈呀！我见不到你了！妈！”

刚走到宿舍门口，孟祥云忽然停住了，一下子跪到地上，冲着钟国龙哭喊：“班长，我跟你请假，你让我回去吧！我去送送我妈！我妈……我妈肯定想我呢！”

“孟祥云！你这是干什么？快起来，快起来！”钟国龙连忙把他扶起来，这时候新兵们也全都跑了出来，看到这样的场面，全都不知所措。

“老大，怎么办？”刘强着急地看着钟国龙。

钟国龙心里也有些乱，想了想，连忙说：“你们快把他扶回宿舍去！我去找排长！看住他，谁也不许让他离开！”

刘强点点头，连忙招呼着新兵们一起把孟祥云往宿舍里面抬，孟祥云像傻了一样，边走边哭喊：“我要回家！我要回家！我妈都没了，我要回家呀！”

钟国龙着急地转身要上楼，赵飞虎已经来了，他刚从连长办公室下来，听见一楼乱糟糟的，知道一定出事了，急忙跑了下来。

“钟国龙，怎么回事？”赵飞虎着急地问。

钟国龙把情况跟赵飞虎说了一遍，赵飞虎也犯愁了。

“排长，要不去跟连里说说，给他放几天假？”钟国龙忐忑地问。

“那怎么行？部队有规定，新兵是绝对不允许回家的！”赵飞虎急得直搓手。

钟国龙知道这个规定，仍旧不死心，说道：“要不，我跟他一起回去，保证不出意外！咱俩一起找连长说去？”

赵飞虎瞪了他一眼，说道：“你想得轻松！上面根本不可能同意！部队有部队的纪律，你也不是头一天当兵……走吧，上去跟连长汇报一下！”

两个人再没有别的办法，一起跑上三楼，直接找到连长办公室，龙云刚从操场下来，正和火兆兵一起商量事情，见两个人神色匆匆地跑上来，忙问怎么回事。

“连长，就是上次你跟我说的那个孟祥云，今天收到村里的来信，他妈去世了！”钟国龙连忙汇报。

“就那个单亲孩子？”火兆兵也着急了。

钟国龙点头说道：“就是他！这下成孤儿了！连长、指导员，孟祥云现在情绪很不稳定，哭着要回家，你们看怎么办？”

“扯淡！”龙云发愁地拍了拍大腿，站起来，说道，“新兵不许探亲，这是多少年的规定了，不能有任何特殊，回去是不可能的。我看这样吧……赵飞虎、钟国龙，你们两个今天什么事情也别做了，就负责做好孟祥云的思想工作。我和老火一会儿也下去。还有，这几天要多关注这个新兵，别出什么意外！”

钟国龙和赵飞虎答应一声，连忙下楼了，赶到宿舍里面，孟祥云还在哭，大家围在他周围，尽量地安慰着，但是这事情不像是易小丑的事那么简单，谁又能安慰得了呢？孟祥云看见排长班长走进来，哭着起来，还是那句话：“我要回家！”

第九十五章　逃兵事件（二）

孟祥云哭了一天，什么也吃不下，钟国龙和赵飞虎守着他，一步也不敢离开，反复地跟他解释着部队的纪律，孟祥云根本听不进去，只是不停地哭。钟国龙从来没有遇见过这样的情况，急得直跺脚。

“祥云，道理我和你的班长已经给你讲了一天了，你还是别这么悲伤了，吃点东西吧。”赵飞虎看着孟祥云。

孟祥云嗓子已经哭哑了，还是摇着头哭喊：“排长，我不当这个兵了还不行吗？你就跟连长说说，放我回去吧。”

“不行啊，就算申请要部队退兵，也不是一天两天的事情，再说，我们不希望你就此回去。你妈妈已经去世了，你回去也解决不了问题。你就听我的，在部队安心工作吧，我想，你妈妈也是希望你将来有出息呀。”赵飞虎尽量地安慰着。

孟祥云哭着说道：“排长，班长，这些我都知道，当初我妈要我来当兵，我就不愿意来，我在家里还可以多帮她干干活儿，可她说什么也不同意，非要我来当兵，现在……现在她走了，我就想回家去看看她，给她老人家送送终，这也不行吗？”

旁边的钟国龙实在烦恼极了，部队的这项纪律此时显得如此地不近人情，可这也没有办法，纪律不是给一个人定的，也不可能因为一个人的特殊情况而改变规定。钟国龙和排长一起劝了孟祥云一天，效果不大。

门被推开，龙云和火兆兵走了进来，钟国龙和赵飞虎急忙站起来，孟祥云想起来，被龙云的大手按了下去："祥云，你躺下休息……钟国龙，他吃饭了没有。"

"没有。"钟国龙一脸的无奈。

火兆兵走过来，拍了拍孟祥云的肩膀，说道："祥云，刚刚我和你老家的村支部书记联系上了，我跟他讲了你的情况，他也向咱们部队表了态，你妈妈的后事，村委会全权负责处理，他让你安心在部队里工作，好好表现，家里不要你操心。还有，他说你妈妈临终前有些话，一定要我转达给你。"

孟祥云这才止住了哭，急切地问："指导员，我妈说啥了？"

火兆兵说道："你妈妈说了，她要是有个三长两短，不能让你回来。她说，她这一辈子的希望都在你的身上，你要好好干，要争气！"

火兆兵的话说完，孟祥云又哭了起来，几个人又是一阵劝，龙云也说了许多安慰的话，好不容易等孟祥云稳定下来，两个人这才起身离开，临走的时候，龙云把钟国龙叫了出来。

"钟国龙，现在这新兵的情绪很不稳定，训练先停一停，这几天你和刘强轮换一下，宿舍里面要留人，要时刻在他身边，多做做思想工作，多多关心一下，最起码要让他先吃饭。"龙云低头嘱咐着，"还有，晚上站哨的时候尽好职责，提高警惕，尤其要关注孟祥云的举动，注意不要出现什么意外。"

"连长放心！"钟国龙答应着，龙云点点头，火兆兵又嘱咐了几句，两个人这才离开。

钟国龙回到宿舍，赵飞虎站起来，他要去处理一下别的事情，只好先离开，钟国龙重新坐到孟祥云的床边，又安慰了好半天。

孟祥云哭着哭着，忽然不哭了，两只眼睛直愣愣的，钟国龙吓了一跳，连忙问他怎么了。

"班长，我……我想事情呢。"孟祥云一下子冷静起来，过了几秒钟，忽然说道："班长，我给你讲讲我们家的事情吧。"

"好啊！好啊！"钟国龙高兴了，看来孟祥云是稳定了，心里一阵惊喜，他明白，新兵有了什么困难，最需要的是跟班长倾吐，这是最好不过的心理沟通了。

孟祥云眼睛看着上铺的木板，咬了咬嘴唇，说道："我家在河南安阳的一个小村子里，村里就我们一家姓孟的，我爸爸原来还有个兄弟，早就去世了，后来他也得了病，为了给我爸爸治病，家里的钱花得差不多了，他走的时候，我什么也没想，就知道哭，感觉天都塌了。我妈也哭，哭得晕倒好几次。等晚上村里人都走光了，我妈拉着我的手，跟我说了三件事儿：第一件事儿是，爸走了，但是还有她在，天塌不下来。第二件事情是这辈子也不给我找后爸。第三件事情就是要我长大了一定要争气，要给我们老孟家壮门户。

“我妈从那天开始，就不知道什么叫累了，除了家里的两亩多地，她又起早贪黑地在山上开出来好多荒地，天天去干活，那时候我不想上学了，要帮她种地，她不同意，每天看着我进了学校她才去地里干活，我等她走了以后，就从学校跑出去，到另外的一块地里锄草，后来老师找到家里，她就打我，拿着鞋底子往死里打我，打完以后，晚上又摸着我的脑袋哭。为了供我上学，她趁农闲的时候又跟着村里的建筑队到各处去干活，她不会什么技术，只能干重体力活，给瓦匠备石头、水泥，农村的房子都是大石头垒墙，几十斤上百斤的石头，我妈一天不知道要搬上多少块儿。

“可是我始终不是上学的料儿，学习成绩总上不去，也没考上高中，她哭了好几天，又去求村支书，要送我来当兵，我不想来，可是拧不过她，就来了。我体检通过以后，等着部队接兵，那阵子她那个高兴啊！见到谁都说：俺家祥云当解放军了，祥云将来比他爹有出息多了！后来，我到县武装部集合，她第一次没去干活，把我送到县里，又送上火车。火车都开了她还哭着跟我说：祥云，你不用惦记妈，妈好着呢，妈等着你回来……今天我才知道，我妈早就知道自己有病了，她一定瞒了我好长时间。”

孟祥云说着说着，又掉了眼泪，钟国龙眼睛也红了，他不知道孟祥云为什么要跟他说这些，但是无论如何，钟国龙感觉自己此时是幸福的，不单是因为孟祥云跟他说了这么多心里话，更是因为，自己的父母都在，都很健康，这简直是人生最大的幸福了！

“祥云，别想太多了。我去给你弄点儿吃的吧！”钟国龙看着孟祥云，“一天没吃饭了，身体肯定受不了。要不咱不等晚饭了，我去给你买点好吃的？”

孟祥云摇摇头，说他什么也吃不下，钟国龙也没办法，又拉着他的手说了许多话，跟他讲了部队的事情，也讲了他自己，讲他自己是怎么当上兵的，当兵前什么样，当兵后又经历了什么，钟国龙说了很多，孟祥云仔细地听着，也不插话，钟国龙不知道自己讲这些有没有用处，只是想通过这些，能把这个可怜的兄弟的思绪引开一下，让他不至于继续悲痛。

当天的晚饭，出乎所有人的意料，孟祥云没有拒绝，炊事班给孟祥云提供了病号待遇，满满一大碗的鸡蛋面，司务长亲自过问，打了两个荷包蛋，孟祥云吃了个精光，刘强又跑去服务社买了几根火腿肠，孟祥云也全吃了。钟国龙大大的放心起来，特意取消了一贯的晚间加练体能，命令所有人员都围在孟祥云周围，陪他聊一切可以聊的话题。新兵们很开心，都围在孟祥云周围。孟祥云不哭了，可是还是有心事的样子，大家也没太在意，毕竟，他不哭就是很大的胜利了。

当天晚上，钟国龙命令董鹏搬到上铺，孟祥云白天就躺在下面，干脆不用动了。一直到熄灯，钟国龙又嘱咐了刘强几句，两个人头都冲着孟祥云床的位置躺下。

过了一会儿，新兵们都进入了梦乡，钟国龙悄悄起来，来到孟祥云的床前，孟祥云侧身躺着，呼吸很均匀，应该是睡安稳了，钟国龙微微一笑，帮他把被子又往上提了提，这才又回到自己的床上，看着孟祥云一动不动地熟睡着，那边刘强也放心了，不一会打起了呼噜。钟国龙睁着眼睛又撑了一会儿，毕竟忙活了一天，早就坚持不住了，看孟祥云没什么问题，他也睡着了。

后半夜，外面终于下起了雪，钟国龙这一觉一直睡到凌晨四点钟，睁眼看了一下，天还黑得很，风有些大，把雪吹在窗户上，发出飕飕的声音。钟国龙将被子又盖了盖，忽然想起来，忙抬头向孟祥云那边看了看，这一看，钟国龙差点掉下来！孟祥云的床上，被子平铺着，却比平时瘪了一大块，显然是没有人在里面。

钟国龙慌了，一个激灵，连忙跳下床，三步并作两步跑到孟祥云的床边，用手一摸，果然没人！被子都凉了！钟国龙吓坏了，整个人都紧张起来，急忙打开宿舍门，跑到厕所、水房里面看，一个人都没有！

“都起来！都起来！”钟国龙急了，打开灯，冲着大伙喊了起来，刘强最先醒，一抬头看见钟国龙面色苍白地站在地上，马上下意识地看了一眼孟祥云的床，意识到出大麻烦了，衣服都没披就从床上跳下来，其他的新兵都醒了，也发现出事了！

“董鹏！孟祥云下床你不知道？”钟国龙声音都变调了。

董鹏嘟囔着：“不知道啊！我睡觉跟晕倒差不多……”

“坏了！坏了！”钟国龙急得火上头，今天原本有他的哨，值班排长赵飞虎特意安排他和二班长换了一下，没想到还是出事了，钟国龙真恨自己大意了，怎么就睡着了呢？急忙走到孟祥云床前，一把将被子掀开，里面飘出来一张纸，枕头下还露出半截铅笔，钟国龙急忙打开纸，上面字迹凌乱，应该是摸着黑写的：

班长，我想了一天，还是决定回去送送我妈。我知道部队有纪律，不好意思跟你说，就自己出去了。班长，我不想当逃兵，我跟你保证，我送完我妈，立刻就回来，到时候你随便怎么处分我都行。

孟祥云

“胡闹！不想当逃兵？那他 × 的跑什么？”钟国龙把纸扔到床上，气得冒火。

“没事儿吧？要是他出去，门哨应该看得见！”刘强算反应快的。

钟国龙一想也对，急忙跑出去，二班长是许占强，此时正和另外一名班副在连队门口哨台上。

“许班长，我们班一个新兵不见了，你看没看见他出去？”钟国龙着急地问。

许占强吓了一跳，忙说道：“没有！要是有人出去，我不可能看不见。”

“那怎么没人呢？”钟国龙急得乱转，想想也对，哨台正对着大门口，一个多小时一轮哨，不可能出现这么大疏忽，再说营区门口还有岗呢！钟国龙又跑了回去，这个时候，赵飞虎接到刘强报告，也跑了出来，紧接着就是龙云和火兆兵。

“怎么回事？不是让你们把他看住吗？”龙云黑着脸问钟国龙。

钟国龙连忙把情况说了一下，龙云吼道：“那还等什么？全给我找去！先找营区，翻个天也要找出来！”

众人连忙说是，四散着找了起来，龙云虎着脸又跑回办公室，给侦察连那边打电话，苏振华一听龙云这里出事了，二话不说，全连集合一起找人，一群人找了有半个多小时，快把整个营区都闹起来了，还是一无所获，营区各岗哨都说没看见有人出去。

张国正也赶来了，逃兵不是小事，没等龙云说完，张国正就吼开了：“龙云！别的我不管，这个兵要是找不到，你这个连长就别当了！”

龙云着急不说，钟国龙这个时候死的心都有，火上大了！这时候董鹏跑了出来，喊道：“班长，宿舍窗户没关，有……有鞋印！”

“什么？”钟国龙最先冲回宿舍，果然，一扇窗户是虚掩着的，下过雪的窗台上，还能隐约看见大脚印，钟国龙扒着窗户口，一纵身就跳了出去，楼后面，一溜脚印被后来下的雪盖住了部分，但是隐约还可以看见，那脚印一直向前延伸，直到营区的围墙边。

其他人也跟了过来，看见脚印，全傻了。

“看见了吧？就是从这里跳出去的，这小子身手不错呀！”火兆兵也气坏了。

“看来是出去了！”张国正想了想，紧急命令道，“龙云具体负责，侦察连全体行动，不惜一切代价把人找回来，这新兵人生地不熟，又是晚上下雪，他还能跑上天去？要密切注意车站，先派人开车过去，万一他搭上车，就有可能到火车站！”

此时，外面雪花飞舞，孟祥云冻得发抖，他也不知道何去何从，胡乱地在大街上跑着……

已经整整一天一夜了，这一天里，侦察连全连出动，找遍了附近所有的地方，还是没有发现孟祥云的踪迹，地方上已经联系了派出所民警一起协助寻找，钟国龙和刘强带着几个战士从火车站找到汽车站，还是没有什么发现。

钟国龙站在火车站进站口的台阶上，真想大哭一场，他有一种被欺骗的感觉，孟祥云突然决定吃饭，又出奇地平静，他怎么就没想到反常呢？从前天晚上孟祥云离开到现在，已经快三十个小时了，这小子现在到底在哪里呢？

刘强从候车大厅里面走出来，见到钟国龙的样子，连忙安慰他："老大，我来盯一会儿，你赶快去吃点东西吧！一天一夜不吃饭不睡觉，再这样下去兵没找到，你再倒下可就麻烦了！"

钟国龙仿佛没听见一样，满脑子都是孟祥云，瞪着眼睛说道："老六，你说这小子不会已经坐上车了吧？"

"应该不会吧！"刘强摇头道，"咱们发现他走以后，紧接着就来车站了，中间间隔时间不会超过两个小时，这里离咱们营区远着呢，他大半夜的出来，这天又下着雪，路上基本上没有过路车，他光走能走多快？"

"那他会不会迷路以后跑进山里呢？要是那样可坏了！一晚上时间非冻死不可！"钟国龙说到这里，冷汗直冒。

"排长已经带着一排进山找去了，就算他进山也应该能找得到啊！"刘强说道，"老大你别太着急了，兴许他不认识路，到哪个老乡家借宿呢，公安局也全体出动了，你就放心吧！"

"那样最好！"钟国龙咬牙说道，"这混蛋！找到他我非扒了他的皮不可！"

一辆军车急急地开过来，在车站台阶前刹住，龙云一脸焦急地跳下车，直冲着钟国龙跑过来，钟国龙连忙和刘强一起迎过去。

"连长，有消息了吗？"钟国龙此时最想听到的就是人已经找到了。

龙云摆摆手，烦躁地说道："没有！真是气死人了！他要是穿着军装还好找点，这人来人往穿便衣的多了，上哪儿找去？"

"连长，我……"钟国龙脸又红了，低着脑袋不知道该说什么好。

龙云说道："行了行了，你也别老自责了！事情已经出了，找到人再说吧！刘强，大厅里有人没有？"

"二班长带着两个人在里面呢。"刘强指了指候车大厅。

"连长，你说他不会看见我们在这里，故意躲起来了吧？"钟国龙猜测着。

"你问我？我哪儿知道？"龙云使劲跺了跺脚下的雪，又冲钟国龙说道，"钟国龙，我在门口盯一会儿，你和老刘开车一起在火车站周围大街上找找。"

钟国龙应了一声，急忙跑下台阶上到吉普车上，司机老刘连忙启动引擎，汽车开出车站，沿着站前的大街漫无目的地找了起来。钟国龙真恨不得自己多长出几双眼睛来，摇下车玻璃，也不管冷风直往车里进，四处张望着，此时他真希望某个墙角路口就能一眼看见孟祥云。

汽车在站前街开了一个来回，又向左转，一直开到一条小街道上，这里道路两旁全都是小餐馆和大排档，相对来说人很是不少，汽车鸣着喇叭，缓慢地通过。

“钟国龙，吃饭了没有？”老刘看钟国龙一脸的憔悴，有些担心他，“要不先吃点东西吧？看你这冻得直哆嗦，再不吃东西人受不住的！”

钟国龙其实早已经饥肠辘辘了，从孟祥云走到现在，三十个小时，钟国龙连着急带上火，除了喝几口水之外，什么也没吃，这时候路边的饭香飘过来，钟国龙这才感觉到肚子难受，想了想，决定还是先吃点东西。

老刘把车停到路边，两个人走下车，来到一个食摊前，各自要了一大碗羊肉汤，又买了一张烤馕，从中间撕开，两人一人一半，泡到汤里吃了起来，钟国龙实在是饿了，大口吃了几块，又喝了一大口热汤，顿时感觉胃里舒服了许多，这时候又想起了孟祥云，这小子这时候不知道在那儿挨饿呢！想到这里，钟国龙又没了食欲，将就着吃了几口，也吃不下去了，等老刘把汤喝完，两个人又上了车。

“要我说，那个新兵不一定能到这里。”老刘说道，“这里离营区好几个小时车程呢，说不定还真是在哪个老乡家藏了起来呢。”

“不会吧，孟祥云挺内向的，就算他实在受不了找地方借宿，天一亮他肯定还要往车站走，他不是单纯要走，他是想回老家送他妈呢！”钟国龙这时候脑子清醒了一些。

车开出小街，又进入一条宽马路，马路上行人不少，钟国龙漫无目的地四处看着。

“钟国龙，我跟你透个话儿……”老刘忽然扭头看着钟国龙，有些神秘地说道，“这回事儿过去以后，你可得留个心眼儿。现在部队里有人说那个新兵是被你打跑的……”

“胡说八道！”钟国龙浑身一激灵，气愤地说道，“谁他 × 的这么说？”

老刘冷笑道：“你没这么干，可有人这么说，钟国龙，你可得注意，这次这事儿可是不小啊！万一团里听了那些人胡说，你这处分就严重了！”

“随便吧！只要人能找回来，枪毙我也无所谓！”钟国龙说了句气话。

老刘笑道：“我就这么一说，你小心点儿就是了，估计也没什么，事情的前因后果连长他们都清楚，到时候团里调查，他也会实话实说的。”

钟国龙被老刘的话气得不轻，感觉自己冤枉透了，心想爱怎么说就怎么说吧，自己问心无愧就行了。

两个人正说着，钟国龙的电话响了，一看号码，是龙云打来的，这次任务特殊，团里为了方便联系，特意让龙云他们临时配了手机，钟国龙连忙接听，一打开就听见龙云那沙哑的嗓子喊道："钟国龙！你们现在在哪里？"

"我们在……红星大街呢，连长有什么事吗？"钟国龙问。

"人找到了！你们赶紧去建设路中段，那里有个邮局，就在门口，地方的警察同志等着你们呢！"

"找到了？"钟国龙一下子精神了，要不是吉普车有顶，他整个人非跳起来不可！

"连长，我们先接上你吧？"

"接什么接？先把人给我接到！我自己打出租过去！"龙云着急地挂了电话。

"老刘，快！快去建设路邮局！"钟国龙声音都哆嗦了，恨不得能马上飞过去，"这小子！终于找着他了！看见了面我怎么收拾他！说我打兵，老子还就打了！"

汽车一个转弯，按着喇叭冲了过去，建设路离他们的位置并不远，穿过两个路口向右一转，远远地就看见邮局门口停着一辆警车，两名警察中间站着的，正是孟祥云。

汽车飞快地开过去，还没等停稳，钟国龙就跳了下来，按他现下的心情，还真想抓住孟祥云好好踹上几脚！可看见孟祥云的样子，钟国龙又不知道该怎么好了：孟祥云脸色惨白，眼睛红肿着，一看就是没怎么休息，整个人只穿着一件从家里带来的绿毛衣，外面套着一件米色的单夹克，站在那里直哆嗦，夹克上面的霜雪还在。

孟祥云一看见钟国龙，哇的一声就哭了，一下子坐到地上，再也起不来。钟国龙真不知道该骂他还是安慰他，忙走过去把他拎起来。

"同志，是他没错吧？"警察手里拿着前天部队送过去的照片问钟国龙。

"没错，没错！同志，真是太谢谢了！"钟国龙连声道谢。

警察笑笑说道："行了！人交给你，我们的任务完成！"

钟国龙又连声道谢，两个警察上了车走了。

"孟祥云！别哭了！你……你跑哪儿去了？"钟国龙看着可怜的孟祥云，问他。

孟祥云一边哭一边说道："班长，我……我前天跑了半宿，白天搭上一辆车才到的这儿，我昨天就看见你在车站门口了……我……我没敢过去，想着等你走了我再进站……"

"浑蛋！"钟国龙扬起手了，又使劲放下，怒声说道，"你可是有主意！你知道为了找你侦察连全连出动了吗？你……你跑什么？"

"班长！我……我就想去送送我妈……班长，我不是故意的，我冻了一天一夜了，也饿了，也累了，我不跑了，我不回去了！对不起，班长，我连累你了！"孟祥云边哭边哆嗦着，钟国龙又气又可怜他，急忙把自己的大衣给他披上。

这时候龙云和刘强也赶到了，龙云皱着眉头，也是一肚子的火，问了几句，这才跟钟国龙说道：“钟国龙，你和刘强先带他吃点东西，吃饱以后马上回连队！看住这小子，不能再出差错！”

钟国龙忙答是，拉着孟祥云就走，龙云又叫住他们，从自己口袋里掏出一百块钱来给钟国龙，钟国龙没要，说自己有钱。这一顿饭，孟祥云吃了一斤饺子，钟国龙怕他不够，又要了半斤，孟祥云又吃了一多半，等他的情绪稳定下来，钟国龙又问了几句，孟祥云光知道跑了，身上根本没钱，要不是警察碰巧发现了他，他都快晕倒在马路上了。一切回去再说，钟国龙和刘强带着孟祥云上了龙云的车，汽车火速向营区开去。

第九十六章　拯救行动

张国正办公室里，龙云笔直地站在办公桌前，大气不敢出一口，在他的记忆里，张国正好长时间没发过这么大的火了，连摁烟头的动作都比往常重了许多，用力过猛，将烟灰缸滑了出去，张国正索性将烟灰缸直接摔到地上，啪的一声，仿佛是点燃了张国正心中怒火的导线，张国正大声吼了起来："威猛雄狮团里出了逃兵！龙云，你可真会给我脸上贴金啊！一个上午，兄弟团负责新兵工作的领导用电话问候我了个遍。师新兵团的王副师长刚刚打过电话，把我一阵臭损，现在新兵团党委要我做检查，龙云，我不会写检查，我从来没写过！这回要出我的检查处女作了！我就不明白了，事先这个新兵有异常情况，你这个当连长的不知道？"

龙云站在当场，真恨不得拿把枪毙了自己！张国正是个从来不认输，从来视自己部队荣誉如生命的首长，真要是让他做检查，张国正心里的恼火程度可想而知。

龙云只好老实回答："知道。当天一班长审查他的家书，就知道他母亲去世的消息，我和指导员分别给他家乡村委会打了电话，又安排班长、排长做了一天的心理工作，晚饭时这个新兵表现得很稳定，我……我也就没在意……"

"稳定？稳定还能跑？"张国正似乎根本不想听什么解释，

在他眼里，既然出了事故，就要有人担责任，他不可能去直接批评赵飞虎和钟国龙，所有的怒火就都发泄到了龙云身上：“你都在意什么？我让你去十连睡觉去了还是带兵去了？论带兵经验，你不缺乏吧？去年带十个表现挺好，今年带100多个看不过来了？我倒是听说了另外一个版本，有人跟我说那个兵是让他的班长打跑的，有没有这回事？”

龙云吓出了一身冷汗，他知道，现在全军都在抓这种事，要是团里认定新兵是被钟国龙打跑的，钟国龙就算是撞枪口上了，他连忙解释不是那么回事，为了让张国正相信，龙云又把孟祥云写给钟国龙的留言条拿了出来。

张国正拿过纸条看了看，稍稍平复了一下情绪，说道：“龙云，不管是什么原因，有一条我可以肯定，那就是你们的工作没做扎实，这新兵跑得太离奇了，团长闹了一上午了，说这么大个活人居然能翻墙跑掉，那要是有恐怖分子翻墙进来，全团还不翻了天？加强营区警戒是一回事，但是你现在最主要的工作应该是彻底去挖一挖事情的根源，方法不用我教你了吧？”

“是！请副团长放心！这件事情我负责到底！”龙云咬牙说道。

张国正叹了口气，又嘱咐了几句，这才摆了摆手，龙云悻悻地退出了副团长的办公室，眼睛像要杀人一般，下到楼门口，远远地就看见钟国龙垂着脑袋站在那儿，龙云大步走过去，钟国龙抬头想说话，龙云只冷冷地看了他一眼，没有理他，径直回了连部。

钟国龙傻在了当场，他知道这次龙云到团部去，团长、副团长肯定不会给他好脸子看，自己站在这里等龙云，颇有些负荆请罪的意思，依照龙云的性格，或者说龙云的一贯作风，一见到钟国龙就应该狠狠收拾他一顿才是，钟国龙也做好了思想准备，龙云就是打他几下，踹他几脚，自己也觉得不冤枉，出了这等事情，的确该打！可是出乎他预料，龙云就冷冷地看了他一眼，什么话也没说，钟国龙能感觉到，龙云的眼神中写着的是失望！这让钟国龙措手不及，一下子，一种从来没有过的失落感笼罩了钟国龙，连长对我已经失望了吗？

钟国龙呆立了好久，一股惭愧感涌上了心头，对着自己脸上狠狠扇了两巴掌，低着头向宿舍走去。

宿舍里面，新兵们全都在，一个个也都是垂头丧气，显然这件事情给全班的士气造成了致命的打击。刘强搬个凳子就坐在孟祥云的旁边，孟祥云冻了一天两夜，患上了重感冒，躺在床上只是流眼泪，钟国龙一进来，孟祥云顿时像一个受了惊吓的孩子似的，眼神中满是恐惧和内疚，他虽然初来当兵，不知道自己的行为究竟严重到了什么程度，只听说轰动了全团，连长、指导员全被喊去挨批。可是通过新兵们的议论，也知道自己的逃跑给班长惹了大祸，心想自己这回惨了。

钟国龙尽管心中恼火，但是赵飞虎早就给他上了课，要他无论如何不能对孟祥云有任何的情绪，新兵刚回来，这个时候一味地批评只能造成更严重的后果。钟国龙径直走到孟祥云的床边，问他："孟祥云，头还疼不疼？"

"不……不疼了！"孟祥云胆怯地说道。

钟国龙点点头，又伸手摸了摸孟祥云的额头，已经不烧了，又问刘强："他吃饭了吗？"

"吃了，炊事班刚做的病号饭，一开始不吃，我劝了半天，后来全吃了。"刘强小声回答，他想问问钟国龙事情怎么样了，想到孟祥云和新兵们都在场，没有继续说。

孟祥云忽然哭了起来，边哭边说道："班长，我给你惹祸了！我……你干脆让部队上枪毙了我吧，我……我不愿意班长跟着我挨处分。"

钟国龙连忙把他按到了床上，劝他道："好了好了，祥云，别哭了！你还能想着班长，班长就挺感动的！真的！你就安心养病吧，该吃饭吃饭，该睡觉睡觉，天塌下来有班长顶着呢！"

钟国龙的话感动了孟祥云，孟祥云哭得更厉害了，旁边刘强赶紧劝他。钟国龙站起身来，走到宿舍门口，看着天空发呆，刚才自己的话，把他自己也感动了，不是因为别的，现在钟国龙最能感受到的就是当班长的责任感。兵荣己荣，兵耻己耻。这样的责任感钟国龙以前没有，通过这件事，反而使他悟出了"责任"这两个字的含义。

"钟国龙！"一个熟悉的声音，赵飞虎下了楼。

"排长！"钟国龙有些激动地迎了上去，自从孟祥云找回来以后，赵飞虎几乎成了钟国龙的精神支柱，这个排长跟他说了许多道理，也安慰了他许多，这让钟国龙很感动，对赵飞虎的印象也越来越好了。

"怎么样？"赵飞虎指了指宿舍。

"刚吃了饭，烧已经退了。"钟国龙回答。

"嗯……那就好。"赵飞虎点点头，冲钟国龙说道，"走，出去散散心！"

散心的心情钟国龙并没有，可是他现在真是想找个人倾诉一下，紧跟在赵飞虎后面，两个人来到连部对面的小训练场上，两人靠着双杠底下压柱脚的石头坐了下来。

"排长，我现在心情糟透了！"钟国龙迫不及待地说出心中的感受。

"理解。"赵飞虎苦笑道，"刚才连长一上楼，鼻子不是鼻子脸子不是脸子地熊了我一顿，估计副团长那儿他也没得什么好话。对了，连长找你谈话了没有？说什么了？"

“没有！”钟国龙最痛苦的就是这件事了，“连长失望地看了我一眼就过去了，我……排长，我感觉连长对我已经不抱什么希望了，这件事情太大了，我让他丢人丢大发了！”

“不能，怎么可能呢？连长心情不好而已！”赵飞虎安慰他。

钟国龙这次异常坚定，着急地说道：“真的。我能感觉出来，我跟了连长一年了，以前错误没少犯，犯了错误被他骂一顿，心里反而好受些，我知道，连长一不骂谁了，那才是麻烦了——排长，你说我该怎么办？我真不知道该怎么办，脑子全乱了！”

赵飞虎看钟国龙眼圈都红了，知道他难受到了极点，想了想，说道：“没什么乱的！兵来将挡，水来土掩。接受批评，改正错误。现在你最要做的，就是先把这个新兵稳住，上午我去看了看他，人是回来了，情绪很差，你可得注意，再出了乱子那可是真没办法收场了！”

钟国龙点了点头，忽然问道：“排长，你以前经历过逃兵事件吗？最终怎么处理的？像孟祥云这种情况，团里要怎么处分？”

赵飞虎叹了口气，说道：“这事情我也是第一次遇见，刚才偷偷跟指导员打听了一下，听团里的意思，估计这兵是保不住了，只能接受除名，开除军籍。”

“什么？”钟国龙吓了一跳，一下子蹦了起来，瞪大眼睛看着赵飞虎，他没想到团里要这么处理孟祥云，开除军籍，被部队押送回家，那可是要了孟祥云的命了，“那可坏了！团里要真开除了孟祥云，孟祥云可就惨了！他现在成了孤儿，性格又内向，真被部队撵回去，估计连死的心都有了！”

“部队有部队的纪律，那能有什么办法？”赵飞虎皱着眉头说道。

“不行！我找副团长去！”

钟国龙转身就跑，赵飞虎连忙把他拽住，“钟国龙！又犯浑了不是？你找副团长合适吗？这是越级！”

“那怎么办啊？”钟国龙急坏了。

赵飞虎说道：“这样吧，咱俩一起去找连长，要是连里打报告留人，兴许还有希望！”

钟国龙想了想，也顾不得连长怎么看自己，咬着牙答应了，两个人一起向连部走去。上楼的时候，钟国龙的心一直跳个不停，他实在无法想象龙云会怎样对待他，那个冷冷的眼神又出现在钟国龙的眼前，他豁出去了！

龙云正叉腰站在连部空地上，眼睛盯着墙上的字出神。赵飞虎和钟国龙喊了报告进到屋里。龙云没说话，站在那里背对着两个人，等他们先开口。

钟国龙的脸更红了，看了一眼赵飞虎，赵飞虎只好先开口："连长，我和钟国龙找你有事情。我们听说团里要开除孟祥云的军籍，我们想说说我们的看法。"

"什么看法？团里这样处理一个逃兵，我看挺合适！他不是正想着回去吗？这不是正好？！"龙云气呼呼地转过身来。

两人都知道龙云在说气话，孟祥云的家庭情况龙云不是不了解，钟国龙终于憋不住了，硬着头皮解释道："连长，能不能跟团里说说，就让孟祥云留下吧。孟祥云的情况您是了解的……"

"我不了解！"龙云没等钟国龙说完，大声说道，"我还能有你这个班长了解你们班的兵吗？留下来？留下来有什么理由？回头再给我跑一回，我也跟着回家了！"

龙云说话时眼睛还是没看钟国龙，钟国龙的心里跟刀绞一样，龙云这话的意思很明白，这是在挖苦他钟国龙，在这方面，钟国龙心里是有愧的，当班长的不了解自己的兵，这跟司机不了解自己的车一样，这几天钟国龙深感自责的关键也在这里。

场面一下尴尬起来，赵飞虎见龙云真的发火了，也不好再说话，钟国龙更是羞愧难当。沉默了足足有一分钟，龙云终于说话了："钟国龙，你想好了再跟我说！团部不是过家家的地方，你说留下就留下？理由呢？家庭有困难，这只是这个兵的理由，这个理由可以从两方面理解，可以作为留下的理由，也可以作为退兵的理由！你想他留下来，你就得给我他留下来以后的理由！他留下来以后干什么？还和现在一样？"

钟国龙低着头，想了好久，终于说道："连长，这两天我也想了这个问题。我的兵跑了，不单单是怨我的兵，这跟我也有直接的关系，是我自己工作没做好，是我的失误造成的这个事件……连长，我想要一个改正的机会，我保证能把这个兵带好，要是……要是再出事，我就和这个兵一起回家！"

钟国龙说这话没有看龙云，当然也没有看见龙云眼中那一闪即逝的欣喜——只是一瞬间而已，龙云再次严肃起来，起身说道："你是班长，不是一帮一的对子兵，带好一个兵就行了吗？你的班有十个兵呢！"

"连长，我错了！"钟国龙诚心承认。

龙云的情绪这才缓和了许多，说了句："你们两个跟我一起去一班！"

赵飞虎偷偷捅了一下钟国龙，钟国龙也明白事情有门儿，两个人连忙跟着龙云下了楼，直奔一班的宿舍而去。宿舍门口，指导员火兆兵刚到，见龙云他们下来，急忙迎了上去，低声说道："老龙，我刚才又联系了一下孟祥云的老家，他们村委会的人告诉我说，他妈的后事已经料理完毕了，听村里说，孟祥云老家所在的乡政府也听说了这个事，也派了人过去帮助处理。他们把这个事情作为当地拥军的典型来办了，你看咱俩上午商量的那事情……”

龙云摆了摆手，说道：“我明白，一会儿咱俩再商量一下！”

几个人一起走进了一班宿舍，新兵们连忙起立，龙云和蔼地说了句：“大家坐下，该忙什么忙什么！我们来看看孟祥云。”

孟祥云正躺在床上愣神，一看连长、指导员、排长一起走了进来，钟国龙也跟在后面，吓了一跳，连忙起身想下床，龙云紧走两步扶住他，笑道：“小孟，你躺着吧！我和指导员来看看你，怎么样？好点儿没有？”

“好……好多了。”孟祥云又要哭，自己回来这两天，净遇见怪事了，他原本想着，部队对待逃兵，一定不会客气的，万万没有想到，自己回来这两天，无论是班长班副，还是连长、指导员、排长，谁都没有一句责备他的话，炊事班天天给他做病号饭，甚至连司务长都跑来问他饭菜合不合口味。这令他大为感动，心里的想法也在慢慢地改变着。

火兆兵这时候说道：“小孟，我告诉你一件事，刚刚我和你的老家通了电话，你妈妈的后事，乡里和村里都很重视。他们托我给你带好呢！”

“真的？”孟祥云没想到事情这么顺利，想了想，孟祥云小声问道：“连长，指导员，我这次……犯了大错误，部队里要怎么处分我呢？对了，连长，我想这回部队光处罚我一个人就行了，我是自己跑出去的，跟班长没关系，跟连长排长也没关系……”

“那不可能！”龙云故意抬高嗓门，说道：“小孟，你来到部队这么些日子了，对于咱们部队的集体荣誉感应该有个了解吧？在部队里，每个士兵的一举一动，都关系到整个集体的荣誉，你的班长、排长、连长，再大到新兵营，甚至整个威猛雄狮团，跟你都是处在一个集体的。集体的荣辱永远是通过一个个个体的表现来体现的。所以，我们理应对自己手下的每个战士负责任。”

龙云的这段话，显然不是只针对孟祥云说的，钟国龙完全能体会到连长说这话的意思，又是一阵脸红。

孟祥云一愣，刚想说话，龙云又说道：“小孟，你现在就只管安心把身体养好，对于你这次的错误，上级肯定会有一个合理的处理结果，不过，我不希望你过多地考虑这些，谁一辈子还不犯错误了？多接受教训就是了！好好休息吧！”

几个人又说了几句，这才往外走，龙云看了一眼钟国龙，说了一句：“钟国龙，跟我上去一趟！”

“是！”

钟国龙几乎有些兴奋，不管怎么说，连长终于要和自己说话了，钟国龙想好了，哪怕上去被龙云批得再惨，也总比被他冷落强啊！

龙云把钟国龙带回连部，关上门以后，开门见山就问了起来："钟国龙，你当这个新兵班长多长时间了？"

钟国龙不明白他什么意思，老实回答："快一个月了。"

"噢，那时间不短了。"龙云转身坐到自己的椅子上，抬头盯着钟国龙，说道："那我问问你，你们班一共十个人，谁的歌儿唱得好？谁的篮球打得好？谁的文章写得好？谁的父母都是干什么工作的？他们最近情绪怎么样？哪个十分愿意参加训练，哪个想将来考军校？还有啊，你平均每个星期和几个新兵谈几次心？每次多长时间？新兵们对部队有什么看法？对你这个班长有什么看法？对训练有什么看法？有没有什么好的建议？他们哪个跟你说过自己的心里话？"

龙云这一堆的问题，把钟国龙的冷汗都问出来了！他呆立在当场，浑身像被几百条鞭子一起抽打一样。

"钟国龙，还需要我继续问下去吗？这些新兵资料里可没有！"龙云抬高了嗓门。

"不用了连长，我……我全都不了解！"钟国龙只好承认。

"那你怎么当的这个班长？你自己没当过新兵吗？"龙云严肃起来，拍着桌子问，"师里组织的骨干班长培训你不是也去了？不是还拿了个综合成绩第二名吗？我问你，你都培训什么了？"

"连长，我错了！"

龙云站起身来，一脸的苦笑，拍着钟国龙的肩膀说道："钟国龙啊钟国龙！我算是认清你小子了！我还真总结出你小子的特点来了，每进步一次，你都得给我惹点祸，不惹祸你就认识不到自己错了，你就进步不了。你说你当兵也一年了，眼看肩膀上又多了道杠杠，你就不能进步一点儿，从一开始就把事情做好吗？"

龙云这么一"挖苦"，钟国龙自己都不好意思地笑了。想想也是，一年兵当下来，错误不断，总是事后总结，才能进步。

龙云重新坐下来，认真地跟钟国龙说道："钟国龙，你是个聪明人，现在你的一班所出现的问题，不仅仅是孟祥云的逃兵事件。其实要我说，更大的问题是出在你这个班长身上，你这个班长假如平时工作到位，也出不了孟祥云这样的事。你想想看，假如你平时就多跟新兵们交心，对孟祥云这样的单亲战士多一些了解和沟通，再给新兵们多讲讲部队的纪律，多讲讲逃兵的严重性，还会出现这样的事儿吗？你看看孟祥云写的那条子，什么去送送他妈就回来，这不等于跟法盲一样吗？抢完银行再把钱送回来就不算犯法了吗？这不怪孟祥云，他是新兵，你是班长，是你没教育到位！

“你不要小看班长这个职位，当个班长不简单，当个新兵班长比带老兵班还要难得多！老兵像是已经切割好的木料，怎么摆都是方方正正的，新兵就跟一根刚采来的原木一样，需要你这个当班长的去了解原木的尺寸，去考虑该用什么工具把原木搞成合适的木料。当新兵班长不能光顾着抓训练，训练要抓，平时新兵的思想更要抓。你要想当好新兵班长，你就得随时了解每个新兵的想法，先要当他们的朋友，然后是兄长，最后才是班长。你要爱你的兵，怎么去爱？了解了他们你才能找到爱的切入点不是吗？还有，怎么才能让新兵爱上部队，爱上部队的生活？你得先让新兵在部队找到自己的位置，打个比方吧，一群人坐在房子里吃饭，每个人都有自己的座位，偏偏一个人没有自己的座位，别人都坐着，就他站着，他还能愿意在这个房间里待吗？肯定不愿意，因为他没有找到自己的位置嘛！这是我的经验，你自己好好想想吧！”

龙云不说则已，一说就说了这么多，直把钟国龙听得茅塞顿开，当新兵班长快一个月了，直到今天，他终于明白自己差在哪里了，刚刚还沮丧的心情也一下子变得开朗起来，他兴奋得直想拍手。

龙云看出这小子是受到启发了，摆摆手让他滚蛋，钟国龙没走，又问了一句：“连长，关于孟祥云的事儿，您能不能跟团里再申请一下？”

“这个不用你操心了！我和指导员去办。”龙云答应道，“不过，你得先去做孟祥云的思想工作，关键不是部队留他，而是他愿意不愿意留下，他自己的思想转不过来，留下也完蛋。”

“是！我明白了！”

钟国龙屁颠儿屁颠儿地跑下了楼。

第九十七章　士气问题

下午，新兵们由刘强带着训练，钟国龙守着孟祥云，单独留在了宿舍里。这两天，孟祥云看见连长、排长和班长对自己的态度，情绪好了许多，压在他心里最大的负担，还是想知道团里将怎么处分他。

钟国龙没有跟他说具体的，只是问他："孟祥云，现在宿舍就咱们俩，你跟班长聊聊吧，随便聊什么都可以，就说说你这个人吧，你跟我说一说，你感觉自己是个什么样的人呢？"

钟国龙的这个问法其实不是他发明的，这是赵飞虎教给他的，赵飞虎说跟战士谈心，最好的办法就是让战士畅所欲言，最好是能了解到战士自己对自己的定位。

这招儿效果不错，孟祥云把身体往上靠了靠，认真地说道："班长，我……我来部队以前，跟谁都不爱说话——除了跟我妈。我从小就是跟我妈一起过，小时候村里的孩子老是欺负我，我胆子又小，我从来都不敢把别人怎么样，连想都不敢想。班长，我感觉我好像天生就不如别人优秀，家境不如别人，学习不如别人，身材也不如别人那么壮，长相也不如别人那么帅——反正就是哪儿都不如别人。其实我也想好，想争个先，可是，每次我想努力的时候，总是有人嘲笑我，我自己就先泄气了。这次来当兵，我体检通过了，政审也通过了，来到部队，班长，你知道吗？这是我第一次成功。我其实挺高兴的，可是到了部队，我还是比别人笨，训练上不去，列队老走神，每次挨你骂的时候，还有被那几个新兵嘲笑的时候，我就想着放弃吧，不想再练了……”

孟祥云红着眼圈，说不下去了。钟国龙很认真地听着他说，他现在明白，这是一个极度自卑的兵，他原本以为孟祥云无非是一个单亲家庭的孩子，性格比较内向而已，没想到在这个兵的内心里会有这么多的苦恼，此时钟国龙恨就恨自己怎么从来没这样去了解过孟祥云。他感觉，孟祥云的性格和自己的性格是完全不同的，自己也有不如别人的时候，每当这个时候，他自己想的往往是一定要超过别人，一定要争气，死了也不能丢脸。可是孟祥云不是，他首先想到的是放弃。

“孟祥云，这么跟你说吧，你的这种想法，我是第一次了解到，其实我早该了解到的，这是我的失职，班长要先跟你道歉！”

钟国龙这次是诚心诚意地道歉，孟祥云没想到班长会这么说，有些不知所措，喃喃地说道：“班长，你别这么说，我早就感觉到了，你是一个好人，你没有看不起我过，你就是看我训练上不去着急。”

“呵呵，着急是真着急。”钟国龙笑了，“不过，这确实是我的疏忽。咱们不说这个了，刚才你问我部队该怎么处分你，说实话，我也不知道，先说说你吧，你对这事情是怎么看的？”

孟祥云表情严肃了，想了想，说道：“班长，我跟你说心里话吧，我当时出去的时候，没考虑那么多，就跟以前在学校逃课似的，老师不给请假，我就自己跑出去，第二天回到学校大不了被老师批评一顿，罚罚站就过去了。可是出去以后，我就害怕了，我后悔自己跑了出去，可是又不敢回去。被警察发现以后，我就更害怕了。”

“孟祥云啊，你当时这么想就大错特错了！”钟国龙感觉有必要跟他说清楚了，“部队里面当逃兵，跟学校逃学是完全不一样的两回事儿，逃学最多算是违纪，可是当逃兵就是违法了！这是军营啊，哪能说来就来说走就走呢？”

一听钟国龙说违法，孟祥云脸都吓白了，急切地问：“班长，我……我是不是要坐牢啊？部队还要我吗？”

“倒是还没有严重到坐牢那种程度——你现在说说，你还想不想在部队干？”钟国龙抓住时机问他。

孟祥云红着脸说道：“班长，我想了，只要部队还要我，我肯定不回去了！不但不回去，我还要好好干，干出个样子来让大伙看看……也让我妈看看，看他儿子不给她丢脸了！”

“好样的，孟祥云！”钟国龙兴奋地站了起来，一手拍着孟祥云的肩膀说道，“这样想就对啦！你这样想了，那班长也跟你表个决心，从今天开始，班长一定帮助你，一定能把你带出来！你相信不？”

“相信！”孟祥云这次回答得很肯定，“班副那次跟大家讲过你的故事，从那时候起我就很佩服你呢！我觉得，班长能把自己练得这么优秀，就一定能把我们带得优秀！”

“你小子！还说自己内向！”钟国龙笑道，“我看啊，你其实不内向，你就是不敢说而已，这马屁拍得不也挺响的！班长很高兴！很受用！”

孟祥云听不出钟国龙在跟他开玩笑，着急地说道：“班长，我没拍马屁，我真是这么想的！”

“行！想法不错！”钟国龙自己的心情轻松了许多，当了这么长时间的新兵班长，今天是第一次和新兵谈得这么彻底，没想到这第一个人居然是最内向的孟祥云，钟国龙心里充满了成就感，对和其他新兵的沟通也充满了信心。

“班长，你还没说我到底能不能留下呢！”孟祥云想通了，想留下的愿望也更加迫切。

钟国龙只说道：“孟祥云，跟你说实话，我刚才跟连长保证过了，只要能留下你，我就把你带成好兵，带不好我和你一起回家。至于究竟能不能留下，我感觉没什么问题，连长答应去跟团里申请了。”

孟祥云点了点头，心算是放下一半儿。忽然，又跟钟国龙说道：“班长，我……我还想告诉你一个秘密。”

“秘密？哈哈！好啊！快说说！”钟国龙高兴坏了。

“我昨天的时候，曾想着要自杀来着，反正我也好不了了，还不如跟我妈一起走了算了……”孟祥云神秘地说道。

钟国龙刚端起水杯，当啷一下掉在地上，一身的冷汗外加鸡皮疙瘩。刚才笑开的嘴怎么也合不上，愣了好几秒，钟国龙说道：“乖乖，你要真自杀了，估计连咱们连长都回家了！”

“班长你别着急，我是说昨天这么想的，我今天想明白了！我不自杀了！班长……你没事儿吧？”孟祥云红着脸问。

钟国龙好不容易从一阵眩晕中恢复过来，坐到床边，拉着孟祥云的手说：“兄弟呀，你都吓死我了！记住，可别这么想了——昨天想就想了吧，以后可再也不能想了！你刚才的想法就很好，好好干，争气！争取把班长压过去！”

……

“什么？龙云，你是求情来了还是捣乱来了？这样的兵你还想留下？赶紧滚回去该干什么干什么！”张国正是真怒了，指着龙云鼻子吼。

“首长，算我求你了行不行？”龙云知道张国正的脾气，这时候硬不得，只好软磨硬泡，“这个兵原本只是一时冲动，现在回来了，错误也认识到了，他的班长也跟我打了包票，您就以观后效吧！”

“他的班长是谁？是钟国龙吧？”对钟国龙这个“名人”，张国正并不陌生，“他打了包票了？你以为这次能轻饶得了他？逃兵是他带出来的，他有直接责任！你还是回去让他自己以观后效吧！”

“首长，钟国龙那里我一定收拾他！他打包票不行，我打包票行不行？我还不行吗？”龙云只好自己保证，“我们想留下这个兵，也有其他的原因，这个兵的情况比较特殊，从小没有父亲，他妈这次又去世了，这个时候我们要是把他退回去，基本上就等于把他给毁了。副团长，我一开始也是拥护团里的决定的，后来想想，还是得对这个兵负责不是吗？孟祥云这个新兵我也详细了解过，性格比较内向，也特别自卑，要是真把他放回地方去，真不知道他以后该怎么生活。副团长，我再次保证，这个兵只要能留下，新兵连结束以后，我一定交给部队一个合格的好兵！”

张国正看龙云说得恳切，仔细想了想，最后说道：“这样吧，我让他们了解一下这个新兵的具体情况，要真是像你说的，那就留队察看一段时间，但是你龙云刚才可是跟我保证了，要再出一点问题，你这个连长也不用当了，直接打包滚蛋！”

“是！”龙云认真地说道，“您放心吧！我说到做到！”

“还有一件事。”张国正叫住刚要走的龙云。

龙云连忙站住，看着张国正。

张国正停顿了一下，说道：“这次新兵连结束，有没有什么想法？”

“想法？没什么想法啊。”龙云奇怪地说道，忽然大惊，急忙问道，“副团长，上面不会想让我转业吧？”

张国正忽然诡异地一笑，说道：“这个你就把心放肚子里吧，现在就可以跟你透个底，全团十几个连长全转光了，你小子也走不了——不是说这个，有个人可是托我跟你问好啊！”

龙云笑了笑，他知道张国正说的是谁，说道：“副团长，只要不让我转业就好，我在侦察连挺好的。”

“嗯！就是要保持革命立场的坚定！滚吧！”张国正笑着说道。

两天以后，新兵营大会，作为连长的龙云在新兵营党委会上做了检查，赵飞虎警告处分一次，钟国龙直接责任，严重警告处分一次。孟祥云的处理决定，经过新兵营党委的讨论，决定暂不退兵，留队察看。

处分宣布的第二天是周末，下了一整天的大雪，这是入冬以来下得最大的一场雪，整个营区再次被厚厚的积雪覆盖。许多南方来的新兵从来没见过这么大的雪，一个个兴奋地跑到操场上打雪仗堆雪人。钟国龙这一天没干别的，整整一上午时间，带着刘强和赵飞虎泡在一起，下午回到宿舍里，钟国龙很奇怪新兵们一个个谁也没动，全在屋里躺着呢。

“今天是怎么了？人家别的班都在操场上玩儿呢，你们怎么不去散散心？”钟国龙喊了一声，几个新兵从床上坐了起来，看着窗外的雪，明显地眼馋，蠢蠢欲动了半天，还是没人愿意出去。

自从出了孟祥云事件，整个十连一班完全抬不起头来，全营大会上再一通报，这些新兵更是士气低落，觉得出去见了别的班的战士都没面子似的。

“走了走了！董鹏！你们几个全下来！堆雪人去！”刘强连忙招呼新兵们下床，他这么一招呼，大伙儿这才全下了床。

“孟祥云，你怎么不动弹啊？要不要让大伙儿把你也堆在里面？”钟国龙知道孟祥云“没脸见人”，故意跟他逗趣。

其他几个新兵在刘强和钟国龙的暗示下，也开始招呼孟祥云，孟祥云对大家表现出的热情很是意外，又犹豫了一会儿，终于高兴地站了起来。

“班长，你不去？”孟祥云问。

“你们先去，我一会儿就到！”钟国龙扬了扬手里的一个本子，又说道：“雪人儿堆大点儿！别看着跟布娃娃似的！”

刘强带着新兵们全跑去操场，钟国龙坐到自己的桌子旁，想了想，拿起笔来开写，他写的是上午跟赵飞虎请教的结果，一上午的时间，赵飞虎帮助他详细分析了一班现在的问题，也帮他想了好多的方案，钟国龙听得备受启发，决定将赵飞虎的这些好主意全都记下来。现在全班之前的问题没有解决，新问题又不断，士气已经低落到了极点，再不想办法改革，一班就有完掉的可能。

钟国龙埋头写了足有一个小时，又从头到尾看了一遍，直到心里的那个计划成熟，这才合上本子，上了操场。

操场上的新兵们已经闹了一阵子了，雪仗基本上打完，各自找了地方开始堆雪人，钟国龙站在操场大门口欣赏了一会儿，远处刘强喊他，操场一角的空地上，一班已经堆出来了一个大雪人，钟国龙走到跟前，详细端详了一下，雪人堆得有一米七左右高，造型不错，两个石子当眼睛，一根粗树枝当鼻子，下面还掏出来一个大嘴巴，用土染了颜色。雪人大圆脑袋上，还扣了一顶军帽。

“班长，看看怎么样？”易小丑自豪地说道，“我是总设计师，以前光在书里见过，我还是第一次堆雪人呢！”

“谁让你生在南方了？我们东北孩子，从小就堆这个！”张自强笑道。

钟国龙左右端详了一下雪人，提出来一个问题：“造型是不错，就是这嘴有问题，应该向上弯才对呀，怎么是向下弯呢？猛一看跟要哭了似的。”

易小丑忽然说道：“班长，这个雪人我们是按照你的样子堆的。你平时总是板着个脸，雪人当然也不能笑了。”

钟国龙一下愣住了，原来几个新兵是在说自己平时太严肃了呀！想想也是，自从当上班长，他心里想的就是从严带兵，整天冷着脸给新兵们树威，看来这些新兵是早有感觉了。要是在以前，钟国龙肯定是无动于衷，可是现在这情景下，钟国龙内心不禁有些愧疚和自责，自从龙云批评了他，赵飞虎又不断帮他分析，加上这些日子以来自己不断地反省，钟国龙已经决心要改正自己的带兵方法了。

“一班集合！”钟国龙忽然喊道。

新兵们紧张地站成一排，尤其是易小丑，以为自己刚才说错了话，更是忐忑不安。

整队完毕，钟国龙站在雪人的前面，正对着全班新兵，忽然笑了起来，问道：“大家说说看，我笑的时候帅不帅？”

新兵们一愣，立刻明白过来，一起起哄似的喊道：“帅！班长帅呆了！”

钟国龙笑着说道：“既然是这样，那我跟大家道歉！以前是我太严肃了，今后，你们会经常看见我的笑容的！不过，我说的是训练场下，上了训练场，除非你们的成绩让我满意，否则还是别想看见我笑！”

“哈哈！”新兵们全都笑了起来，钟国龙的举动让他们大感意外，却是无比惊喜。

钟国龙转过身去，将雪人撇着的嘴抹去，又挖出一个大大的笑着的嘴来，弯腰在雪人的肚子上写了“新兵十连一排一班”八个字，这才转身说道：“这几天咱们班出了几件事情，让大家都挺不开心的，不过，事情已经过去了，我希望咱们一班都能像这个雪人一样，重新笑起来！”

新兵们开始鼓掌，周围其他班的新兵们看着这十二个人，都投来好奇的目光，钟国龙忽然生出一股豪气来，大声喊道：“都不要看啦！我们是新兵十连一排一班的！”

他这一喊，整个操场全都听见了，几个淘气的兵还喊了几声好，又是一阵笑声，一下子，所有的阴云似乎都被钟国龙驱散了一般，大家心情的顿时舒畅无比。

“怎么样，打雪仗吗？让你们见识见识我的投弹水准！”钟国龙说着弯腰抓起一个雪团扔到了队列里，自己猛地退了十几米，再次组织进攻，新兵们一阵哄笑，没等班长发话，马上解散了队伍，一起用雪团向钟国龙进攻。很快，全班分成两队，钟国龙和刘强各带五个人，在操场上展开了对攻。他们这一闹，立刻把全操场的情绪都带动了起来。

“看看人家一班！刚出了事，马上就挺过来了！班长带着打雪仗，多过瘾啊！”一个其他连队的新兵羡慕地说道。

另一个新兵也说：“都说十连一班班长属老虎的，我看啊，纯属谣传！”

钟国龙并没有听见那新兵议论，现在的他彻底放开了，当了一个月的新兵班长，这还是他第一次和新兵们玩儿在一起。新兵们更是惊喜，看来班长的确是变了，变得可亲了，比以前强了不知道多少！

当天晚上，钟国龙组织召开了“一班全体扩大会议”，全班进行了一次不同于以往的班务会，排长赵飞虎作为特约嘉宾也来参加。

钟国龙按照自己白天想好的计划，给每个新兵都发了一张白纸，要他们写上以下几个内容：第一，你有什么爱好？最擅长什么？第二，你最想让班里组织什么活动？第三，你最想跟班长说什么话？第四，你认为一班现在有什么不好的现象？你觉得应该怎么改变？第五，对于日常的训练，你有什么好的建议？第六，你想当什么样的兵？你感觉自己该怎么做才能实现自己的目标。

新兵们第一次有这样发表自己意见的机会，都认真写了起来，钟国龙等新兵们写完，让他们自己念自己的答案，他和刘强在旁边认真地记录，每念完一个，全班立刻讨论，气氛一下热闹起来。

易小丑最先念道：“我的爱好是弹吉他，最擅长的也是弹吉他，可惜我的吉他没有带来，不知道可不可以让我妈给我寄过来，我保证免费给大家弹奏，绝不收费，自愿给钱的除外。我最想让班里组织各种各样的趣味知识问答活动，因为这样既可以轻松地游戏，又能巩固我们的专业知识。强烈建议班长、班副用津贴购买各种奖品。我最想跟班长说的话是：班长，你的改变让我们惊喜，并充满希望。我认为现在班里最不好的现象是老有人不及时洗臭袜子，改变的方法是谁不洗当天的袜子就不许上床睡觉。关于日常训练，我对训练强度没有太大意见，只是想能否通过各种办法让训练更科学更有挑战性。我想当一个好兵，我还想将来考军校，成为一名军官，因为这样就不会让她看不起了。要想实现这个目标，我必须认真学习。”

易小丑的发言让大家笑声不断，钟国龙当场同意他可以利用休息时间弹自己的吉他。很支持他提出的趣味问答活动，并且决定明天晚上就搞上一场，优胜者奖励巧克力一块。解决臭袜子问题的办法也同意在今天晚上就实行，支持他考军校的理想，并且提供一切可以提供的帮助，关于训练的科学性，钟国龙说自己已经初步有了想法，这几天就会有新的方案出来。

易小丑开了个好头，后面的新兵发言更加踊跃，各种各样的好建议也都汇集到了一起，钟国龙乐得脸都快变形了，不时将钦佩的眼神送给赵飞虎，因为这主意是他出的。

最后，孟祥云站了起来，先是笑了笑，又说道：“我写的跟前面大伙儿的都差不多，班长，我能不能不念这个了？我有别的话想跟大伙儿说。”

钟国龙一下子明白了孟祥云的意思，立刻同意。

孟祥云脸红红的，有些紧张，在他的记忆里，这还是他第一次当着这么多人说话，一只手蹭了蹭裤子，低头说道：“我……我想先道歉，是因为我的错误，才让大家跟着一起丢人……尤其是班长，为我挨了处分，我……”

孟祥云眼圈一红，又要掉眼泪，钟国龙把话接过去，说道：“祥云，你要是说这些，就不用说了。我觉得大家都已经原谅你了。我不是跟你说过？犯错误不要紧，知道自己错了，也知道错哪里了，然后马上改正就是了，我相信你以后一定能通过自己的努力给咱们一班争荣誉的！”

“是啊，孟祥云，你不用老说这个，没人怪你。”王华说道，“我们还想跟你道歉呢，一开始看你闷头闷脑的，大伙儿都不太喜欢你，我代大家保证，以后不会这样了！”

“就是，都是哥们儿！”易小丑说完看了一眼赵飞虎，脸一红，又改正道，“都是战友，是兄弟！”

孟祥云感动地看着大家，不停地道谢，擦了擦眼泪，这才继续说道：“大家都对我好，我、我也不是没心没肺的人，我今天跟大家保证，以后我一定好好干，一定为咱们一班争得荣誉！”

“呱唧呱唧！”钟国龙带头鼓掌，全班都有节奏地鼓起掌来。

孟祥云又向大家鞠躬，这才坐下来，钟国龙站起身，冲大家说道：“兄弟们，刚才祥云也表了决心，我还想跟大家说几句，咱们一班，曾经出现了许多许多的问题，在这里，我还是要真诚地跟大家道歉，因为这里面我的责任最大。通过这几天的自我反省，我自己也想明白了，我向大家保证，以前我犯的错误，以后绝对不会再犯，大家刚才写的东西，我和副班长会认真去看，也会认真去做的。

“咱们班不管出现了多少问题，总是会解开的，咱们一班是一个整体，要想改变目前的现状，就必须大家一起努力，从今天这次班会开始，我希望咱们班团结起来，抬起头来，重新夺回咱们的荣誉！我想起我当新兵的时候，连长也是咱们现在的连长，也是叫新兵十连，那时候连长提出来一个‘十连性格’，我想套用一下，宣布咱们一班的‘性格’，咱们一班的‘性格’就是：我们来这里，就是来拿第一的！所有的第一，所有的荣誉，都必须属于咱们一班！大家有没有信心？”

“有！”

全班一起怒吼，钟国龙的内心一阵激荡，这样的声音他太熟悉了，一年以前他也听过，那时候他也是这吼声的一部分。

最后，大家一起邀请排长赵飞虎“训话”，赵飞虎笑道：“训什么话？我拍拍一班的马屁吧，今天的班会，是我当兵以来见到的最精彩、最有成效、最成功的一次班会！你们的吼声，让我感受到了一班的可怕，我由衷地相信，一班的明天是辉煌的！”

大家鼓掌，一起大笑，都说排长的发言过于华丽，还真像领导做报告，赵飞虎瞪着眼睛说道：“我本来就是领导！想要实际的是吧？等一班拿了冠军请我吃饭！”

一班的问题终于解决了！问题解决的最直接表现就是一班的训练成绩开始以可怕的速度提升，训练强度其实并没有降低，反而有所增加，只是士气上来了，心理压力没有了，大家精神抖擞，加上钟国龙改进后的更加科学的训练方法，一班在训练场上，个个都像嗷嗷叫的小老虎！

有一个人开始“不正常”起来，那就是孟祥云，孟祥云开朗了许多，和全班战友的关系越来越好，更“不正常”的是，孟祥云开始发疯地训练起来，自己加班训练、整被子、打扫卫生、学习理论，活像当初的钟国龙。

第九十八章　新兵征文

钟国龙和刘强这几天可谓是喜事不断。刚刚结束的新兵阶段会操中，钟国龙的一班终于再次被抽中，这次一班没有客气，干净利落地拿了个全营第一！自动步枪实弹射击，一班曾经的“逃兵”孟祥云，一下拿了个全营第二名，比第一的十连二排新兵、入伍前曾是市体校射击运动员的刘双仅差1环。凭借这两项成绩，军事训练这面红旗被十连牢牢抓在手里，龙云再次实现既定目标：四面红旗全挂在了十连的荣誉墙上！钟国龙的班级荣誉墙也没有白白打扫，龙云别出心裁地制定了十连内部流动红旗制度，内务卫生和军事训练两面红旗全被一班拿到，用龙云的话说，十连既然是全营第一，那么，十连的内部红旗，就相当于红旗中的红旗，十环中的十环，这样一来，能在十连拿到红旗的意义，仿佛比在全营拿第一还重要了。

一班特意搞了个仪式，十名新兵敲着洗脸盆一起庆祝两面红旗的获得，易小丑的吉他终于寄到了，这次他特意搞了个高难度：用吉他弹奏“获奖进行曲”，虽然经常被班里的外行发现有走调的现象，不过易小丑反复强调那不是他的技术不好，绝对是心情太激动的缘故，反正大家高兴，也没人跟他计较。为了表示自己所言不虚，易小丑特意在当天晚上的全班智力竞赛之前给大家弹唱了一首《灰姑娘》，果然节奏分明，音调优美，大获好评。

钟国龙在竞赛结束后，专门给易小丑颁发了“最佳伴奏”奖——奖品是一瓶娃哈哈酸奶，这对易小丑鼓励很大，决定当天晚上要抱着吉他，喝着酸奶入睡。

刘强更实际，亲自拿出一毛钱来扔进易小丑摆在前面的水杯里，并且大力赞赏易小丑是卖唱的里面兵当得最好的。这是易小丑“从艺”以来的第一笔收入，他当天就写进了日记里，并把那一毛钱小心地包好，粘到笔记本上。

第二天晚饭后，训练回来的钟国龙和刘强收到了陈立华的来信，两人兴奋之余，召集全班一起看信，一打开信纸，陈立华写就的一首诗出现了：

当北国的冰雪覆盖了大地
当满山的苍松屹然地挺立
我心中的那团热火啊
依旧在熊熊间散发出青春的热力
激情和努力
支撑着我疲惫的身体
寂静中等待最后的爆发
出膛的子弹呼啸
是我全部的美丽

“老大，老四写的是古诗、现代诗还是打油诗？”刘强扫了一眼新兵们惊叹的眼神问。

钟国龙反复研究了一遍，最终把陈立华落款“2 月 4 日凌晨”的诗评定为散文诗。新兵们更加钦佩起班长的文学造诣来，一阵“阿谀奉承”后，钟国龙红着脸继续读信：

老大，老六：

当你们读完这首充满着激情的爱国主义新诗的时候（读完赞叹吧？充分印证了我的那句话，我要是不当兵，是可以当诗人的），你们应该要意识到一点，我正在用和将军握过的手给你们写信。

上次我来信跟你们说，自己被队长从精确射击小组撤换了下来之后，在今天——应该算昨天了，在昨天上午进行的汇报演练中，我得到了一次爆发的机会：军区副司令员——潘副司令员、中将，亲自出题，考我们 300 米精确射击玻璃杯，队长这次够意思，把我叫了上去，我和队长一起完成了任务，队长一枪，我一枪，两个玻璃杯瞬即粉碎。说实话我当时紧张极了，这一枪要是打不好的话，恐怕我就再没有翻身的机会了，刹那间我脑子里想到了很多人，想到了连长，也想到了虎子排长，也想到了老大你（确实没想老六，老六你别生气，我打完以后就想你了，我想以后我要是再练据枪，麻烦你到团农场利用你的关系给弄一头小猪来挂枪上）。

于是副司令员跟我握手了！当兵前后，我握过无数人的手，在老家握过的最厚实的一双手是奶奶村里的村支书的手（上次咱们一起偷柑橘，我被他抓住的手），当兵后握的最厚实的手就是你的了（时任班长，五公里越野时拉过我一把），这次不一样，哥们儿来了个大跳跃，直接和将军握了一次，我哭了，是激动的泪水，副司令员还笑我小娃娃性格呢！

不说这些了，离开咱们老部队已经快两个月了，最想念的是你和老六，我现在掰着手指头算回去的时间，不过，我算的这个时间是四个月以后，要是不到四个月我回来了，那就说明我被淘汰了，那可是大大的不好！

上次我来信说，猜不出队长对我怎么样，现在可以证实，队长对我太好了！队长的性格跟咱们连长有很多相像的地方，我甚至怀疑，是不是优秀的带兵干部都是这种性格呢？训练场上冷血无情，下了训练场又跟我们像亲兄弟一样，我决定要向他们学习。老大你现在是班长，更应该向他们学习了。他们这样做，让我们很感动，生活上感觉温暖了，训练时就更卖力气了。

队长说，从明天开始，我们就要进行无数次的实战演练了，今天晚上我和咱们连的刘万利分在了一个小组，两个人互为观察手、狙击手，队长说了，最终大考核的时候，将根据我们的表现决定谁做观察手谁做狙击手，尽管狙击小组中，这两个角色是同样重要不分高低的，但是从我内心来讲，我还是希望能成为一名狙击手，但是老刘的水平你也知道，我需要更加努力才能超过他呢！

不说了，天都快亮了。以后训练就忙了，估计给你们写信的机会也不多，你和老六多保重吧。跟那几个新兵弟弟说，等我回去，一定把他们招集起来吃一顿，嘿嘿！

陈立华

2月4日凌晨

钟国龙念完信，也是欣喜不已，旁边新兵们都听得津津有味的，信一读完，就唧唧喳喳议论开了：

“厉害呀！和司令员握手，了不起！”易小丑一脸的羡慕，“要是换了我，估计我也得激动得哭了。”

“你可别激动得尿了就好！”王华笑道。

张自强这时候凑过来问钟国龙：“班长，你说我们有和将军握手的机会吗？”

“有啊！一定有！只要你们努力表现！”钟国龙当然不忘鼓励他们，“咱们团是主力团，军区首长也经常过来视察的，到时候你好好表现，一定有机会！”

“那太好了！班长我决定了，今晚上加练 50 个俯卧撑！”张自强感慨，“以前都是 100 个，中间休息 3 次，这回 150 个……也休息 3 次好了！”

“你小子少钻空子！你今天本来就得做 150 个！上午实弹射击你没过关！”钟国龙笑道。

现在钟国龙的训练方法已经改革了，他针对新兵所有的训练项目，制定了一套统一标准和奖惩制度，张自强今天的实弹射击虽然达到了规定的及格要求，但是比钟国龙内部制定的标准差了一点，按规定是要加做 50 个俯卧撑的。

张自强没能蒙过去，有些不好意思了，突发奇想道：“班长，你说像我这样的，是不是适合用机枪呢？一扫一大片那种？”

“你得了吧！”钟国龙笑道，“机枪射击注重的是点射，这个你得跟刘强学习，咱们副班长的点射水平，全连都数得上！”

大伙又聊了几句，钟国龙忽然问：“别光扯用不着的了，连里要交的征文稿子，你们都准备好没有？明天下午之前可要交上呢！我跟你们说，这也是战斗！全连 100 多个新兵，连部的宣传栏上可就只能贴 20 篇文章，咱们一班上榜人数绝对不能落后！指导员不是说了吗？拿第一的稿子不光能在团广播上播放，还能登上团报、军报呢！”

这新兵征文是指导员火兆兵的创意，他的目的是通过征文来了解新兵目前的思想状况和对部队的认识情况，征文的题目和内容范围定为：我当新兵的日子。除了这个题目，新兵们也可以随意发挥，自选文题，最终内容必须是自己当兵以后的种种感受和认识，也可以写自己当兵以后发生的各种事件，但是必须要说明通过这个事件自己得到的启发及感受，力求真实，不要套话。火兆兵的这个想法也得到了新兵营和团部的支持，并作为试点，先在十连进行。

钟国龙这么一说，新兵们全傻了，迅速解散，拿出信纸写了起来，钟国龙哭笑不得，站在地上骂他们：“一群寒号鸟！不到最后不用功……我跟你们说，别光图数量，关键是质量！写完我要先检查！”

“班长你就放心吧！我们不写则已，这一努力一用功，没准儿给你弄个文学奖呢！”董鹏边吹边写。

“快打住吧！文学奖不评这个！”钟国龙笑道，“先说好啊，要求不高，只要能上连部小黑板，每人一瓶娃哈哈，我请客！”

“那得十瓶呢！班长你这个月津贴够吗？”易小丑抬头。

钟国龙瞪着眼睛吼道：“吹吧！你们就吹吧！真能上十篇，老子出去借钱！”

新兵们笑着继续写，自从上次钟国龙彻底改变思路以后，一班的气氛真的变了，除了训练的时候依旧紧张严肃，回到宿舍里，十个新兵围着班长、班副总是有说有笑。钟国龙和刘强本来比他们大不了多少（像王华比他俩岁数还大），一群年轻人共同话题可不少，现在钟国龙自己都感觉到，新兵们对自己是越来越好，越来越拥护了。用排长的话说，这才是一个集体凝聚力的体现：团结紧张，严肃活泼。

忙了一晚上，到熄灯的时候，钟国龙终于把稿子全部收齐，说是自己先审查，但是指导员早有交代，班长不用看，直接交上去，因为他要了解的是新兵们的真实想法，这样规定是为了防止个别班长亲自“把关”，交一堆“八股文”上去。并且指导员说明，一旦发现这个现象，一定严惩作假班长，反复强调下，班长们也都遵守命令，将稿子直接交到了连部。

火兆兵拉着连部的几个干部，看了整整一天，100 多篇稿子才全部审核完毕，又经过反复斟酌，从里面选出来 20 篇优秀稿件，张贴到连部门口的宣传栏上。

第二天下午，钟国龙收到喜讯，20 篇稿子中，钟国龙的一班入选了 5 篇，占所有班入选量的绝对第一！这让钟国龙和刘强完全没有想到，看这十个家伙平时嘻嘻哈哈的，关键时刻还真是人才啊！两个人也没有看过那些稿子，吃完饭就一起跑上楼去。

宣传栏里整齐地贴上了已经打印好的稿子，钟国龙连忙寻找自己班的，入选的是易小丑、王华、董鹏、张自强和孟祥云。钟国龙偷偷一吐舌头：这几个小子全是班里的“活跃分子”，以前没少给自己添麻烦，孟祥云虽然性格不活跃，可当初就他捅的娄子大啊！

兴奋之余，钟国龙和刘强挨个儿读了起来：

先是易小丑的，题目挺深沉，写的是《初入军营：一个新兵的思想汇报》

今天是我来到军营的第 64 天，新兵连的生活已经过去大半了。回想自己这两个月的经历，感觉自己的变化太大了，也经历了好多有趣的事情，就说说这些趣事吧。

记得刚到军营的第一天，发现作息时间上写着：起床，上午八点。心里一个劲儿地美呀！谁说部队里个个闻鸡起舞？八点才起床，这比我在家里起床的时间只早了半个小时而已嘛！第二天一大早，我睡得正香，就被一阵哨声吵醒了，我闭着眼睛就伸手关闹铃，这才发现已经不是在家里了。班长已经在催我们起床了，睁开眼睛一看，天还是黑着的嘛！怎么这么早就起床呢？——后来，我明白了什么叫时差，原来我当兵的这个地方，早上八点相当于老家六点不到啊！

训练的第一个科目是站军姿，说实话，我可不是一个笨家伙，班长讲的立正的动作要领，我一听就会了。动作做得也不错，班长第一个就表扬了我，第一次被表扬，心里那个美呀！我当时想，部队训练也不过如此嘛，有那么难吗？可是没想到，站军姿开始了，要求保持立正的姿势长时间不动，我一下子就完了，单独做个动作我没问题，可是一下子站上这么长时间，我就不适应了，十分钟不到，我感觉自己身上又酸又难受，感觉自己马上就坚持不住了。这时班长看懂了我脸上的表情，走到我面前来鼓励我，要坚持、坚持、再坚持。我很兴奋，因为自己终于坚持下来了。今天一天在训练的时候感到自己浑身是劲，班长教的动作学得也挺快。

……

来军营两个月了，班长和班副对我们也越来越好，不训练的时候，班长和班副喜欢和我们一起天南地北地侃大山，可不要小看这侃大山，班长这样做，其实是怕我们静下来的时候想家，也是怕我们训练之余的生活太枯燥，现在，班长不严肃的时候，就像一个大哥那样，和我们一起玩笑，一起搞智力测验，一起讨论各种各样的趣事，那天，班长还给我们讲他的初恋呢，把我们逗得哈哈大笑，后来班副说，那是班长瞎编的，他从来没谈过对象。瞎编就瞎编吧，反正无所谓，不管怎么说，现在我感觉，我在这里比在家里还开心，还能感觉到集体的温暖。

在军营中，不仅有家的温暖，而且还有铁的纪律。记得那天早晨我去倒垃圾，为了节省时间，我没有按规定走直角，而是从操场上横穿了过去，这时连长叫住了我，批评教育了我，我觉得部队建设的纪律太多而且管理又很严，简直叫我窒息。我哭了，我想回家，我想逃避，我适应不了这种生活。班长似乎看出了我的心思，主动找我谈心，教我克服困难，树立信心，把想家的念头转化成前进的动力。是啊，我已经不是孩子了，我一定要努力学习，刻苦训练！

来军营以后，我改变了许多，变得更成熟了，也更懂事了，我现在感觉到当初的选择没有错，部队是一个锻炼男子汉的地方，时时刻刻都得严格要求自己，干的任何一件事里都有学问，都要认真对对待。我已经下了决心：无论训练多么紧张，我都要努力坚持，我要成为一名合格的战士，这样才不会愧对自己的青春年华！我将来还要在部队刻苦学习，争取能考上军校，圆自己一个大学梦！

“呵呵！这个易小丑！难怪他整天吹自己文笔一流，写得还真是不错呢！这样的文章，我都写不出来！”刘强忍不住赞叹。

“是啊！这小子还真是个人才！”钟国龙说道，“你还记得胡晓静吧？依我看，易小丑的文笔不比那小子差多少！以后咱们多鼓励鼓励他，让他把这个特长发挥出来，说不定能培养出一个军营作家来。”

两个人又接着往下看，下面是王华的，王华的题目是《军营温暖像我家》，讲的是那次全班给他过生日，文章的最后，王华感动地写道：

原以为来到军营，只能感受到那里铁的纪律和残酷的训练，万万没有想到，在军营里，处处都是家的温暖！在这里，我要告诉远在家乡的爸妈：爸妈，你们放心吧！晚上我睡凉了，班长会给我盖好被子。吃饭吃得不舒服了，班长会给我倒上一杯热水。生病的时候，战友们会轮流照顾我，还会给我端来炊事班特意做的病号饭。想家的时候，大家会一起围着我说笑话，让我忘了忧愁……我已经适应了部队的生活，时刻都在温暖的包围中，你们二老就放心吧！等我回家的时候，你们一定能发现儿子的变化，我会变得更坚强，更勇敢，更有责任心，也更有爱心，我不会再抱怨爸爸当初送我当兵太绝情了，正是爸爸的这个决定，让我经历了一生中最宝贵的时刻，谢谢爸爸！也谢谢这温暖的军营！

王华的感受钟国龙和刘强也都有过，两个人唏嘘不已，尤其是钟国龙，看完最后一段，自己心里也是十分不平静，当初自己的父亲把自己送进军营，他一开始不也是老大不愿意吗？要是现在再问钟国龙的感受，他和王华是一样的，也是不会后悔，反而会庆幸不已。

张自强和董鹏写得也很不错，一个写的是《“豆腐块”记》，写的是自己新兵一开始跟副班长学习叠被子的故事，文笔上虽然比易小丑和王华差了一些，但是写得很真实，也很有趣。董鹏写的是自己第一次摸枪的感受，也是很精彩。钟国龙以前没在意这几个小子的写作能力，今天一看，不少地方让他也感动不已，到底是自己带的兵，钟国龙面儿上也有光啊！

最后，两个人的目光都盯在孟祥云的文章上，看着看着，两个人的眼角都湿润了，后面好多战士也都在看他这篇文章，全都看红了眼圈，一个小战士甚至哭出了声，孟祥云写的是《一封永远无法寄到的家书》：

妈：

我知道，您已经永远不可能再看到这封信了，可我还是想写出来，写出来我的心情会好受一些，尤其是当身边的战友收到妈妈爸爸来信的时候，他们回信时都笑得那么灿烂，我真是有些妒忌呀！妈，我就也给您写封家书吧。

您走了一个多月了，儿子不知道，您在那个世界里冷吗？饿吗？开心吗？是不是还像以前在家一样每天忙个不停累个不停呢？妈，您就不要再干活了，好好歇着吧，和我爸一起。我听老人说，在那个世界里，花的都是纸钱，那等我将来有机会回家的时候，就多烧一些给你和爸爸，那样你们就能过上幸福的生活了。

妈，上次您走的时候，我一心想回家送送您，结果我犯了大错误，不但自己受到了部队的处分，还连累了班长、排长和连长，这些关心我的人和我一起受到了处分，这是我最不愿意看到的事情了。我真的好后悔呀！要是您还在，也一定会狠狠地骂我，一定会抡起鞋底子狠狠打我一顿吧！可是妈您知道吗？从我被找回来一直到现在，没有任何人骂我打我，班长甚至从来没说过怪我的话，哪怕一句抱怨都没有。他们还是像一开始那样关心我、爱护我，鼓励我好好训练，教我好好做人。妈，你从小就教育我要知道别人的好，要报答对自己好的人。儿子都记着呢，我想，对班长他们，最好的报答就是努力训练，练出好成绩了！妈，我一直努力着呢！

妈，不管班长和战友们如何地劝我开心，晚上梦见您的时候，我还是会哭，偷偷地哭。妈，您知道我现在最后悔什么吗？我最后悔的事情，就是在您送我上部队时，在接兵的火车前，我没能抱抱您，没能说一句感谢您的话。要是我知道那是咱母子俩最后一次在一起，我肯定会抱抱您，肯定会对您说：妈，谢谢您！您辛苦了！可是，这样的话我永远没机会跟您说了，我就把它放到心里吧。

您知道吗？我虽然失去了您和爸爸，可是在部队的这些日子里，我一下子多了好多的亲人！他们是班长、班副、排长，还有连长和指导员。当然，还有我们一班的全体兄弟。他们对我都跟亲人一样。我想您的时候，他们就都来安慰我，都想尽一切办法逗我开心。我们班的易小丑，吉他弹得可好了，唱得也很好，我有一次无意中听他说，他最擅长的歌曲之一是《真的爱你》，是唱给母亲的，可是他从来都没弹过，因为他怕这样会让我想起您，怕我伤心。其实，妈妈，我还是希望他能唱这首歌，这首歌我也会唱，里面的歌词里写着：“是您，多么温馨的目光，让我坚强地望着前路，叮嘱我跌倒不应放弃。”妈妈，我也爱您！我同样不会放弃的！

妈妈，快吹熄灯号了，这次我就写到这里吧。妈妈，我想您！尽管您收不到我的信，我还是会一直写下去的，一封一封地写给您，也写给我自己，等将来我复员了，就哪儿也不去，先到您的坟前，把我在部队给您写的信全念给您听。妈妈，您可要保重啊！要开心，知道吗？

也代我向爸爸问好吧，这么多年，爸爸的照片您一直锁着，怕我看见了难受，我可连爸爸的模样都快不记得了！不说了，不说了，我又要哭了，可不能让班长看见，否则他又要担心了！

儿子：孟祥云

钟国龙看哭了，眼泪簌簌地往下流，孟祥云现在是一班训练最刻苦，也是成绩最突出的兵，就在今天钟国龙意识到，他的努力，是怀着一颗感恩的心的，这是让他最感动的地方，当新兵班长两个月以来，让他钟国龙感动的地方太多，孟祥云的变化无疑是其中给他印象最深的。钟国龙充分理解了龙云那句话：没有带不好的兵，只有带不好兵的干部。五个新兵的文章中都提到自己，钟国龙有一种说不出的成就感。

第四卷

刀锋所向

第九十九章　灾难突来

上午十点钟，新兵们正在操场上训练，忽然，整个操场仿佛被什么东西猛推了一下，剧烈的震颤使队列大乱，新兵们惊慌地摇晃着身体，有的赶紧趴到了地上，紧接着，一长串的轰隆声传过来，大地又是一震！不时地有碎玻璃的声音传来，营区顿时一片混乱了，所有人都感觉到了一连串的震动，许多老兵也都跑上了操场。

“怎么回事？哪儿爆炸了？”钟国龙没经历过这事情，有些担心地向四处看。

“不是爆炸吧？！哪有这么大的威力！看树都晃得厉害！”旁边一个新兵喊道。

许多战士跑上了操场，大家议论纷纷，谁也不知道发生了什么事情。

“是地震！大家不要慌！”龙云从一旁跑过来，也是一脸的焦虑。

“地震？”新兵们谁也没经历过地震，听连长这么一说，都来了兴趣，重新议论起来，没听说边疆还有地震啊？这么大的威力，不知道会不会有房屋倒塌什么的？好在营区只是玻璃碎了，没什么大的影响。队伍乱了一阵，这时候有干部上来维持秩序，老兵们全下了操场，新兵也开始重新集合队伍。

十分钟以后，秩序刚刚恢复正常，紧急集合的哨音就响了，所有老兵连队全部集合！这时候，大家才意识到事情没这么简单。团里的汽车也全部发动起来，上级命令，装上所有的帐篷！龙云预感到事情不对，自己跑下操场去看情况，营区这个时候已经全体动员了。

“排长，是不是有地方受灾了？”钟国龙悄悄问旁边的赵飞虎。

赵飞虎点点头，说道：“肯定是！看来事情还不小！全团出动，好家伙！也不知道是哪儿出事了。”

“那咱们不去？”钟国龙立刻精神起来。

“应该不去，没看光让老兵集合吗？”赵飞虎朝操场外看了看，又说，“继续训练吧。”

哪儿还练得下去？钟国龙此时的心思全在地震上了，新兵们也围过来问情况，这个时候，只见龙云飞也似的跑回了操场，人刚上来，就喊上了：“十连，全体集合！”

龙云刚刚跑下去，看老部队全集合了，就想问问新兵连是不是也有任务，正赶上团公务班的小赵跑下来，边跑边喊龙连长，龙云急忙跟他跑过去，张国正和顾长戎已经下楼了，一见龙云过来，张国正急忙喊：

“龙云，这次抢险任务，团里要两个新兵连参加，你算一个！”

“太好了！我马上去集合队伍！”龙云说完就跑了回来，那边小赵又通知了新兵五连，五连也开始集合了，龙云整好部队，又跑回了团长那边，等着团里面的情况通报。

团长顾长戎根据上级的命令，正式发布了情况通报和任务明细：“刚刚十点零三分，发生的是特大地震，震中在B县境内。重灾区B县的6个乡镇遭到毁灭性破坏，现在具体情况不明！我们团驻地是除了当地武警部队之外最接近地震地区的部队，上级命令我们全团出动，立刻赶到受灾最严重的Q乡实施紧急援助。你们各连队下去以后一定要跟战士讲明这次任务的突然性和重要性，要大家提前有个思想准备，其他的不多说了，具体的任务安排在路上会做详细部署！”

没有过多的动员和准备，很短的时间内，所有部队集合完毕、登车，一排排的运兵车呼啸着开出营区，直向一百多公里以外的地震重灾区驶去。

新兵十连一排乘坐着一辆大篷运兵车，所有人显得忐忑不安，事情未免太突然了！这些刚刚入伍不到三个月的新兵从来没有经历过这样紧急的任务，全都默不作声，不时地对视着。汽车开得飞快，此刻时间就是生命，上面的情况通报不时地传过来：地震初步探测达6.8级，强度达9度以上，Q乡绝大多数房屋被夷为平地。停电、停水，通信也一度中断。

车队开出去半个多小时后，沿途已经看见有各种车辆也在向灾区驶进了，电力抢修车、通信车，更多的是满载着救灾物资的运输车，还有三三两两的小拖拉机和三轮车加入其中，想来是附近的居民自发赶到灾区救人的。见部队的车队过来，不知道谁喊了一句："大家让开道！让部队的车先过！他们是去救命啊！"顿时，车喇叭声响彻在阴沉的天空中，各种机动车纷纷让开了道路，部队的司机们也都鸣喇叭感谢，更是加紧了油门前进。

一百多公里的路，汽车一路狂奔，往常平整的道路上，此刻遍布着从两旁滚下来的石头，还有一条条触目惊心的塌陷带、路缝，打头的战士遇见石头就全跳下车猛搬猛推，石头一排除，战士们马上上车，汽车再冲过去，威猛雄狮团全体官兵一个多小时就已经赶到灾区位置。

迅速跳下车的官兵们很快被眼前的景象惊呆了！眼前已经没有哪怕一座完整的建筑，房屋全部倒塌，电线杆扯着乱七八糟的电线扑倒在地，原来的道路全被废墟掩盖，粗壮的胡杨树也被乱砖飞石砸得七零八落，好几棵已经倒在地上。到处是哭喊声，幸存的群众都没有走，带着浑身的尘土与血迹和提前赶到的武警官兵一起四处奔波着救人、拉牲畜，那惊慌失措的牛羊牲畜此刻变得不再温顺，在废墟中四散奔跑。往日里平静安详的小镇，此刻就像是刚刚经历了一场残酷的战争，到处是废墟，到处是惨象！

"解放军来了！"

看见部队官兵赶到，废墟上忙碌的群众不约而同地欢呼起来，连武警战士们也都冲着这边喜悦地叫喊着，庆幸着援兵的到达，此时，解放军成了每个人心中名副其实的救星！

"大家注意！以班为单位组成救援小组！赶快冲进去！先救人！先救人！"龙云红着眼睛喊着，大家容不得多想，来不及整队，向着连长指的方向冲进废墟中。

钟国龙眼神都发直了，带着一班冲在最前面。废墟的砖瓦不时地将战士们绊倒，没人说话，爬起来继续往前跑，偌大的一片废墟，还有很多地方没有救援的人员覆盖到，钟国龙他们径直跑过一条"街道"，翻过一片断墙，里面的情况更糟！

断墙不远处，一个维吾尔族大嫂浑身被尘土弄得乱七八糟，眼神呆滞地哭喊着："孩子，我的孩子，我的孩子呀！"

钟国龙赶紧跑过去，大声询问着："大嫂！你的孩子在哪儿呢？我们是中国人民解放军！我们是来救人的！"

"解放军？"大嫂盯着钟国龙他们，忽然眼神一亮，整个人跪了下来，"解放军啊！

救救我的孩子吧！”

钟国龙快急疯了！上前一步也跪到大嫂面前，几乎是在吼了：“大嫂！你先不要这样，你冷静一下！快告诉我你的孩子在什么地方？大嫂，快呀！”

大嫂这时候才如梦方醒，抬起头来指着旁边一片废墟说：“这里！她在这里面啊！我挖她，我挖不动啊！她还活着，她刚刚还在哭。”

大嫂说完又哭了起来，突如其来的灾难已经让她几近崩溃了。钟国龙来不及多想，站起来就扑了过去，“快挖！快挖！”

全班的新兵全都围到了那个区域，没有工具就用手挖，瓦砾上很快就带上了血迹，战士们的手磨破了，顾不得疼了，得赶紧挖啊！哭声逐渐清晰起来，就在下面！钟国龙发疯似的把挖出来的砖石瓦砾往外抛着，一阵猛挖，下面出来一个小空洞，那孩子就在里面！倒塌的砖墙把孩子卡在了最里面，形成一个有两米多深的空洞，那孩子拼命地哭着，小手往外够，却根本爬不出来。

“班长，没工具咱搬不动啊！”董鹏着急地说，“这块砖墙没碎，太大了！”

“用石头砸开吧！”刘强在边上喊。

“不行！这样砸下去，孩子就完了！”钟国龙看了看里面，着急得快上火了，瞪着眼睛命令，“王华，刘强，你们俩拽住我的腿，其他人使劲扒着砖墙！”

“老大，你要干什么？”刘强吓了一跳。

钟国龙没有解释，依仗自己瘦，头冲下就钻进了那小洞中，拼命地往下爬，后面刘强和王华连忙拽住他的腿，小洞有两米深，空间不大，钟国龙费力地向里面钻，边钻边喊：“小姑娘，你别害怕！叔叔是解放军，来救你来啦！”

“叔叔叔叔！”四五岁大的小女孩儿下半截身子被瓦砾埋着，伸出小手边哭边向上够，钟国龙又下了一点儿，已经能够到小女孩儿的手了，他拉了拉，小女孩没动，又问：“小姑娘，你疼不疼？”

“不……不疼，我动不了。”小女孩哭着说。

钟国龙松了口气，看来小女孩儿只是被瓦砾埋住了下半身，应该没有受什么伤，想了想，又要往里走，外面刘强喊：“老大，不行了，你再进去我们就拽不住了。”

“拿背包带儿！”钟国龙喊了一声。

刘强他俩立刻会意，拿背包带把钟国龙的双脚捆住，钟国龙又往里走，两边的战士拼了命地将沉重的砖墙残骸向边上扳着，生怕那墙再塌掉把钟国龙也埋进去。

钟国龙下到了圆洞的最底下，双手拼命地挖着埋住小女孩下半身的瓦砾碎砖，小女孩这个时候不哭了，也使劲扒住钟国龙的腰带向上爬。

"好孩子！使劲啊！"钟国龙鼻子一酸，这小女孩是个很聪明的孩子。两人一起努力，终于把小女孩的双脚从废墟里拔了出来，"小姑娘，你没事吧？脚受伤没有？"

"没有。"小女孩说。

"好！"钟国龙大口喘着粗气，长时间的身体倒挂让他的脸憋得通红，他把小女孩搂进自己怀里，冲外面喊："老六，使劲拉我上去！"

"好！"刘强他们一使劲，钟国龙一点一点倒着出来，小女孩跟着出了废墟，一下子扑到母亲的怀里。

大嫂惊喜地一把把女儿搂得紧紧的，这时候钟国龙过来检查小女孩有没有受伤，还好，小女孩就是小腿上有一道划伤，只伤了一块皮。这时大嫂又流着眼泪给钟国龙磕头，钟国龙连忙把大嫂扶起来，又着急地问："大嫂，你知道还有人压在里面吗？"

维吾尔族大嫂这时候指着前面喊："有！有！里面是阿不都艾泥家，我没看见他出来，还有那里面，那里面的人肯定也都没出来！"

"大嫂，你赶快带女儿出去，从这儿一直走，外面有人接你们！"钟国龙嘱咐了一句，顾不得别的，带着人又往里面赶。

一班刚跑出去几步，里面就有一个妇女迎了上来，边哭边用维吾尔语喊，钟国龙听不懂维吾尔语，那妇女又不会说汉语，倒是旁边董鹏由于在新疆长大，听得懂几句。

"班长，她说她父亲被埋在里面了！"

"那还磨蹭什么？！"钟国龙不再跟妇女废话了，拉着她就往回跑，跑到前面转角处，妇女指着一处隆起的废墟喊叫。钟国龙明白了，手一挥，带着人爬上去，先把砖瓦块儿挖下来，又一起将一根大腿粗的断房梁抬起来，一位胡子花白的老人正瘫倒在房梁下面，左腿上全是血，骨头已经变形。没等钟国龙说话，孟祥云先跳了下去，把老人背到后背上，刚迈出几步，孟祥云"哎哟"了一声，跪倒在地上。原来一个铁钉穿透鞋底，扎进了他的右脚掌。孟祥云咬着牙，愣是把脚掌从铁钉上拔了出来！正在这时，又一次余震袭来，旁边未倒的房山墙晃了几晃，一下子倒了下来！

"快跑！"钟国龙已经带人下来，看见山墙要倒，急忙大喊。

孟祥云咬着牙从上面跑下来，脚刚落地，"轰"的一声，整面山墙倒下，正好压在刚才老人被埋的位置上，好险啊！

钟国龙从孟祥云身上接过老大爷，忙问："孟祥云，脚怎么样？"

"没事儿，刚扎破皮吧！"孟祥云轻松地说了一句。

钟国龙放了心，也没再多问，再向里面看去，全是幸存的灾民在挖着自己的亲人，牵着四处乱跑的牲畜，钟国龙赶忙将老大爷放到空旷地带，这时候正好远处跑过来一队穿白大褂的医疗抢救队，钟国龙猛喊他们过来，医疗队跟着好几个担架，把老大爷抬了上去，钟国龙们顾不得片刻喘息，向里面又冲过去。

这时候，已经没有了疲劳，没有了伤痛，也没有了饥饿、口渴等一切生理需求，钟国龙带着一班的弟兄，拼了命地挖人，一直到天色逐渐暗下来，四外的临时照明开始启用，钟国龙还在忙着，他们的一班在一整天的忙碌中，已经记不清从废墟里救出了多少人，拉出了多少牲畜，又把多少的存折、现金、首饰交到受灾的群众手中。此刻，不光是一班，也不仅仅是十连，整个威猛雄狮团，各名武警、公安战士，以及无数的参与救援的群众和医疗人员，已经自发地组建成了一支救援大军。他们从死神手中抢回了婴儿，背回了老人，挽救了一个个宝贵的生命。他们帮助千家万户，从灾难中抢出了粮食、衣物、牲畜、种子、金钱，给群众以生活的希望和生产自救、重建家园的信心。许多战士带着伤病不下火线，有的强忍自己失去亲人的悲痛，仍然坚持在一线抚慰灾民的悲伤，有的在强烈的余震中舍生忘死地救人、救物还因此而负伤。

一直到第二天的晚上七点，已经奋战了整整三十个小时的战士们才结束了第一阶段的战斗。

在已经是一片废墟的原乡中学操场上，新兵十连得到了第一次休整的机会，钟国龙彻底累瘫了，原本人已经十分饥饿，但是真正把饭放到嘴边的时候，又没心情多吃上几口，一班的其他战士也是一样，大家把背包打开，铺上一层塑料布，一群人躺在地上。所有的帐篷全部交给受灾的群众去住，他们今晚要在这里打“天铺”了。战士们看看双手，没有一个人的手指甲是完整的，易小丑玩笑般地统计了一下，全班十二个人，一共一百二十个手指甲，现在还剩下九十八个，而这九十八个也已经残缺不全了。

“幸亏是后来有了工具，要是一直这么挖，估计全班凑到一起能有一双好手就不错啦！”易小丑抹着从医疗队要来的消毒药水，用纱布裹着一个个受伤的手指。

钟国龙已经包扎好了，手还在剧烈地疼，但是他的注意力已经全放在了孟祥云身上，这次抗震救灾，孟祥云像是拼命一般，次次冲在最前头，几次冒着生命危险救人，一双手的手指已经磨得血肉模糊，最让钟国龙揪心的是他的脚，昨天刚进来的时候他背那个老大爷，右脚踩到钉子上，当时问他，他说没什么事儿，只破了点皮，因为情况紧急，钟国龙没问那么多，可是昨天下午开始，钟国龙就发现他脚有些瘸，问了他几次，孟祥云都说没关系，到了今天下午部队撤到操场上，钟国龙发现他在包扎手指的时候，眼睛不时地瞟自己的脚，似乎那里的伤更重，尤其是刚刚铺背包，孟祥云几乎是一只左脚踏到地上，另外一只脚悬空，浑身汗水直冒。

“孟祥云，脱鞋！”钟国龙从自己的铺上站起来，走到孟祥云跟前。

“班长，脱鞋干啥？我汗脚！”孟祥云笑着说，但是那笑容看着十分勉强的样子。

钟国龙不说话了，从他脚上把那只已经破了鞋帮子、被粉尘染得根本看不出是绿色的胶鞋拽了下来。孟祥云“啊”地叫了一声，汗珠子又从脑袋上流下来。那袜子已经又脏又破，钟国龙小心翼翼地从他脚上把袜子脱下来，孟祥云疼得直龇牙，钟国龙却呆了，眼泪随之流了下来！

什么刚破了皮？！孟祥云的脚底已经血肉模糊了！血涌出来，又渗进了尘土和汗水，搅在一起糊在脚底，整个脚都肿了，此时脚上的血没有干，随着袜子脱落，鲜血又流了出来！

“孟祥云！当时你为什么不说话。”钟国龙哽咽着问他。

此时全班战士全围了上来，都被孟祥云的脚吓了一跳，孟祥云此时还在努力微笑着，喃喃地说：“班长……我当时感觉我能行……”

“你能行个屁！你脚都快扎烂了！”钟国龙二话不说，翻身把孟祥云背了起来，朝不远处的临时卫生队的帐篷走。

“班长，你把我放下来，我真没事儿，我当时没跟你说实话，我是怕你让我回去。你想想昨天吧？那么多人被埋在里面，多一个人救他们，不就多一分生还的希望吗？”孟祥云努力地找着各种“理由”，钟国龙不听他说，越走越快。后面所有人全跟了过去，龙云一看有事，也跟了过去。刘强跟龙云小声汇报了一下。

一个小时以后，孟祥云的脚包扎好了，又被钟国龙背了回来。

龙云沉着脸把钟国龙叫到一边，感动地说道：“一个当初的逃兵，右脚掌被生锈的铁钉扎穿了三公分，仍然不声不响地在废墟里战斗了三十多个小时，这种毅力不是常人能有的！钟国龙，这个表彰材料回去以后你写，写完给我，我再报到上面！现在孟祥云是你们全班、咱们全连的学习榜样！”

“是！”钟国龙答应。

回到地方，孟祥云还在小声地求钟国龙：“班长，我就别回去了，咱们不是还没撤呢？我这脚也包上了，没什么问题了。”

“孟祥云，你已经是重伤了，你的伤是在脚上，不是在别处！回去以后你好好休养，班长回去后请你吃好吃的！”钟国龙微笑着看着孟祥云，这个兵变了很多，让他始料未及。

“班长，反正我不回去！”孟祥云忽然哭了，大声说了一句，“班长，我要坚持到最后，我……我不想当逃兵！”

所有人都吓了一跳！钟国龙有些激动了，猛地抓住孟祥云的手，一字一句地说：“孟祥云，你给我听着，你现在回去，不是逃兵！你现在是光荣负伤，是为了抢救人民群众的生命财产负的伤，你是好样的！我们都应该向你学习，这是连长说的！”

孟祥云止住了哭，惊讶地看着钟国龙，问：“真的？连长真这么说？”

“孟祥云！”不知道什么时候，龙云已经站到了他面前，后面还有指导员、排长。龙云过去扶着孟祥云躺下，郑重地说：“孟祥云，你的班长说得没错。你是个好兵，是个合格的兵！这不仅仅是我说，这是你自己做出来的！”

“嗯！”

孟祥云重重地点了点头，擦干了眼泪，笑了起来。

当天晚上，孟祥云和其他连队几名受伤的战士一起，乘着部队的车回了营区。钟国龙带着一班的其他战士，又开始了忙碌的工作。人员救援已经基本结束，但是繁重的工作并没有结束，整个灾区有几十万的群众没有了家，没有了房子。这么多群众需要钟国龙们继续救助。

第一百章　天外有天

钟国龙和战友们一起，在灾区一直奋战了整整十三个昼夜，其间，他们记不清从自己手里搬下多少个馕、多少瓶矿泉水，多少顶帐篷，多少件来自全国各地的衣服、鞋帽、棉被……他们把救灾物资送进受灾的群众中，帮群众支好帐篷，搭上新的户外灶台，又帮小学校建起了临时教室，让孩子们又可以安心地读书了。

钟国龙在这十三天的时间里，看到了太多的感动，也感受了太多的自豪。他这个时候更深切地认识到，在这最关键最困难的时候，人民群众是多么需要他们，需要这些穿军装的亲人，十三天，钟国龙忘了疲惫，忘了所有的伤痛，和他的兄弟们一起，感受着一份特殊的幸福。

钟国龙在龙云的影响下，现在有了记日记的习惯，在这十三天里面，钟国龙记录下了自己的所历、所感：

24 日，阴。

初春的天气，晚上还很冷，帐篷还有大批在路上，无家可归的群众有的用破塑料布搭成一个小窝棚，有的把自家的破椽子搭在一起，外面用抢出来的棉被搭住。看着他们可怜的样子，我真恨不得能有种魔法，用我的性命去换几千顶帐篷，让这些可怜的人能更暖和些，更舒适一些。正在想的时候，当地政府的一辆大卡车开了过来，上面不仅仅有一百多顶帐篷，还有几千平方米的塑料布！我们都兴奋起来了，像见了宝贝一样地扑过去，忙着卸货，又加紧一切时间帮群众搭帐篷，把塑料布裁开，利用当地随处可见的没倒的葡萄架，搭起了一个又一个帐篷，一直忙到后半夜，帐篷全搭好了，许多老百姓高兴地走进去，还一直冲我们伸大拇指，那感觉真爽啊！听开车的司机说，从外地运来的大批帐篷明天一早就能到这里，我们也都高兴地拍起了手，这样的时候，哪怕是一顶帐篷，也是灾区群众最急需的呀！

25日，阴。

孟祥云真是好样的！想想他刚到部队的时候，和现在相比，简直是变了一个人一样，我知道，他和我刚到部队的时候很像，他现在心里憋了一股气，他要用最好的表现来证明自己！连长表扬他的时候，我也非常高兴，因为这也是对我这个班长的认可呀！

救灾物资一批接着一批地到达，我们接了一车又一车，很累，但是很高兴。灾区人民更高兴，他们知道，在自己承受巨大的损失的时候，人民没有忘记他们。这些救灾物资可是来自全国各地的呢……

听说戴诗文受伤了，是为了救一位被废墟压住了双腿的小伙子，因为戴诗文他们的努力，小伙子的双腿保住了，这真是太好了！真想去看看戴诗文，更想念我的侦察连一排一班啊，可他们现在在另一个镇上，我没有时间去的，但是仍然很为他们自豪。等救灾结束，我第一件事就是回一班去看看他们！

31日，晴。

天终于晴了，也暖和了不少。我和刘强带着一班的新兵，忙了一天又一天，这些家伙都是好样的，一个多星期了，尽管看他们已经疲惫不堪，手上和身上的伤口也疼得他们直咧嘴，但是，到目前为止，没有一个新兵跟我喊苦喊累，大家都想着，能多帮一下群众就多帮一下，能多扛一根木头就多扛一根，易小丑这家伙更是活跃，忙到最后，他还要跑到旁边小学的临时教室去，给小学生们唱歌儿，和他们一起讲笑话，还有董鹏，他现在成了我们班的翻译，许多有问题却不会讲汉语的维吾尔族老乡，多亏了他的帮助才和我们沟通上。他们几个人都在尽自己最大的努力在帮助着老乡们。

我在这几天的抗震救灾中，也深深地体会到了群众对解放军的那种深情。我们在这次地震到来以后帮助了他们，可是他们反过来用各种方式来报答我们。今天上午，一位维吾尔族的老奶奶把我叫到跟前，用她自家配制的伤药给我的手消炎，老奶奶边哭边搽着我的手，我也感动地流了眼泪，我从小没有奶奶，眼前这老奶奶就像我的亲奶奶一样啊。

……

3月5日，灾区的救援工作已经基本结束，部队已经开始做撤离准备了，钟国龙他们刚将临时营地打扫得干干净净，集合的哨音已经响了起来。上午九点，乡政府旁边广播站刚修复的大喇叭开始播放解放军进行曲，街上已聚集着很多赶来欢送部队的老百姓，他们早早地就已经来到了这里，有的是住在附近的居民，还有很大一部分是各村的群众，他们知道解放军今天要撤离，凌晨解放军从他们所在的村子向乡政府集合的时候，大家就匆匆带上了给解放军准备的食物和水，一路跟了过来。

十点整，部队开始登车，这时候送行的群众也沸腾起来，“亚西颂共产党！亚西颂阿勒贝！”这样的呼声不时地传出来，人群中一位年岁很大的维吾尔族老人格外引人注目，他拄着拐棍，右腿挪着步，左腿拖着，在一个小伙子的搀扶下从人群众挤来挤去往前靠，钟国龙站在车上，一眼就认出了老人，他正是一班在刚进入灾区的时候，孟祥云背出的那位老人，看老人拖着的左腿还上着厚厚的一层石膏，每走一步都疼得胡子直翘，老人显然也认出了钟国龙他们几个，一看见他们，老人就兴奋地呼喊起来，钟国龙担心老人的伤，连忙跟赵飞虎说了一声，带着一班的几个战士迎了上去。

“老大爷，您的腿不是骨折了？怎么还敢这样走啊！”钟国龙着急地扶住老大爷，低头看他的腿。

“没事！没事！没有骨折！”老大爷用生硬的汉语说，“我的腿上次被石头砸得脱臼了，小腿骨裂了个缝，但是没有骨折呢！”

“那就好啊！”想想那天老大爷的腿都变了形，居然没有骨折，钟国龙也很高兴，又担心地说，“大爷，那您也得好好休养啊。”

这时候，扶着老大爷的小伙子说话了：“地震那天我去市里办事没在家，多亏解放军把爷爷救了出来，今天他听说你们要走，我们全家都劝不住他，我只好背着他过来，一到这里，爷爷说什么也不想在我背上待了。”

“哎——背我的那个小伙子怎么没在？”老大爷奇怪地向后看了又看。

钟国龙想说孟祥云受伤了，可是又怕老大爷担心，只好说：“他昨天提前回部队去了。”

“他是个好孩子啊。我赛来买买提今年70岁了，要不是有他把我背出来，我就看不到我快要出生的重孙了！”老人说着说着眼睛湿润了，又忽然想起来什么似的，忙着用维吾尔语跟孙子说了几句，那小伙子忙把一个蓝布包拿出来，老人哆嗦着双手把包打开，从里面拿出一包烤馕来，双手递给钟国龙：“解放军孩子，你把这个带上，这个是我一大早自己烤好的，你们在路上吃，你也要把这个带给背我的那个孩子，那是个好孩子啊！”

“大爷，这个我们不能要。”钟国龙只好推辞。

维吾尔族老大爷这时候着急了，大声地说：“不行！一定要拿上！我家的人、房子、财产、牲口都是解放军救的，帐篷和牲口棚圈也是解放军帮助搭的，你们救了我们，却没有喝上我家一口水，我很伤心，你们和我的娃娃一样，今天我没有什么好吃的东西，只有用抢出来的面烤了这些馕，等到秋天我再请你们回我家吃饭。我一定给你们烤最好的羊肉，吃最好的手抓饭！”

老人说着说着，眼泪又流了下来，看到这样一位老人流泪，钟国龙的心酸酸的，老人执意要他收下烤馕，最后，他勉强从一大包烤馕里面拿出来一块，对老人说：“老大爷，我们解放军是有纪律的，不能拿群众的东西。这样吧，我拿出一块来，把这块馕带给背您出来的那位战士。您看好不好？”

老人又说了几次，钟国龙执意坚持，这时候一班登车的时间到了，老汉只好点头答应，钟国龙和战士们走出去几步，又停住，回头看看老人家，老人家拖着受伤的腿，将一只手吃力地抬起来，老泪纵横地喊着：“亚西颂共产党！亚西颂阿勒贝！真主一定会保佑你们这些好孩子的！”

登上汽车，所有的战士精神抖擞，男女老少、干部群众和老百姓，一起簇拥着缓缓开过的军车，这个时候，一位维吾尔族的青年忽然跑到钟国龙他们的车前面，弹奏起挂在脖子上的一架蓝色凤凰琴，他边弹边唱，立刻，周围又上来好多群众，跟着缓缓行进的汽车，跳起了维吾尔族的舞蹈。老百姓用他们自己的方式表达着对人民子弟兵的爱戴。

“欢送的队伍再长，也表达不了灾区老百姓的感激之情；欢送的人再多，也数不清解放军官兵的汗水；欢送的泪流得再多，也诉不尽党的恩情。人民子弟兵受命于危难之机，辗转于人民急需之时，带来了人民的安全，带走了满身的疲惫。光荣而伟大的人民子弟兵，人民是不会忘记你们的，待到春花烂漫时，您就是最艳的一朵。”

“老大，我现在的感觉好极了！”刘强激动地说，“没想到我自己也能享受这样的待遇！”

钟国龙笑着说：“是啊，我还不是一样？这样的礼遇，我从来没想到过！你说，这像不像电影里的老百姓在欢迎解放军进城？以前我都是在电视上看到这样的场面！”

两人笑着说了几句，钟国龙看了看旁边的新兵们，他们的眼里闪烁出来的，是比他俩还要神气的光彩！

“当这样的兵，这一辈子值了！”这是钟国龙回去以后给自己这十三天的日记做的一句总结。

从灾区回来，整个新兵营再次进入紧张时期，此时距离新兵下班普考只剩下不到半月的时间了！钟国龙和刘强商量，两人组织了一次特别的班会。

班会上，钟国龙先是再次强调了一下普考的内容，最后，钟国龙站起身，目光灼灼地看着眼前的十个新兵，大声说道：“我以前也强调过，咱们一班，要有一班的性格，还记得刚开始第一周的队列考核吧？咱们班拿了倒数第一，尽管后来几次考核，咱们班成绩都不错，但是，我感觉这还不是咱们班最好的成绩！倒数第一的那个帽子，咱们班还没完全甩下来，距离普考越来越近了，普考以后，你们就要分到老兵连队去，这个帽子再不彻底甩下去，我们可就没机会了！”

“班长，这个也不能怪咱们，后面几次抽考，咱们班都没抽上。要是再抽到队列，这回就看我们的吧！”易小丑坚定地说。

钟国龙摆了摆手，说道：“我不是说这个！你们还记得我曾经给你们讲过的当初我们新兵十连的性格吧？我们的性格是什么？十连从组建那天起，就是来拿第一来了！十连永远没有失败，十连要拿所有的第一！这个十连性格，现在就是咱们一班的性格，咱们一班也是要拿所有的第一，普考七项，就是要争取拿七个第一！可是，现在我们还是有几个弱项，实弹射击，咱们老是和二班争上争下的，五公里越野，咱们和八连三班还有不小的差距呢。这两项咱们要是不能确保第一，最后的总成绩就危险。”

新兵们也都点头称是，营里的几次实弹射击比武，新兵十连一班主要的对手就是许占强带领的二班，两个班几乎是交替夺魁，总环数老是拉不开，而五公里越野，他们遇到了强大的八连三班，也许是巧合，三班里面有三个入伍前是体育特长生，三个主力一带，把全班的成绩都带上去了。

“班长，现在时间来不及了呀。”王华叹息，“五公里越野，咱们哪天不是一天三练？想加练可是时间也不允许呀！”

钟国龙坐下来，微笑着说道：“关于这个，我和刘强也商量了一下，咱们野战部队现在基本上都是每天三个五公里这么跑着，其余时间还有很多别的事情做，咱们练得不比别人少。所以，要想有个大的突破，就得想想每次训练的质量问题了。”

钟国龙说完，笑着走到孟祥云的床下，拿出一对沙袋绑腿来，放到桌子上，对其他人说：“你们掂掂重量？”

孟祥云脸一红，这时候旁边的张自强拿起一副绑腿来，惊讶地喊道：“我的天！比我的重多了！这里面是什么东西呀？”

孟祥云红着脸说：“这个是班长帮我改的，加厚了不少，里面装的全是筛过的沙砾。”

几个新兵凑过去都掂了掂，孟祥云的这对绑腿果然比他们的厚重好多。这时候钟国龙笑道：“这原本是我自己的经验，现在大家可以对比一下孟祥云的成绩了吧？今天我就想把这个经验推广一下！”

“班长，你说吧，怎么推广？”新兵们全看着钟国龙。

钟国龙说道：“咱们从今天开始，利用一切时间赶制沙袋绑腿、坎肩，我和刘强今天下午就去买麻布，咱们悄悄地行动，做出一批绑腿和沙袋坎肩来。剩下的这半个月，咱们就戴着这些家伙进行训练，到最后考核的时候再轻装上阵！”

“好啊！”易小丑又说，“那咱们把坎肩穿衣服里面，避免暴露。省得人家发现了也效仿。”

张自强也说：“对呀班长，我感觉咱们不光是加这个东西训练，平时也多练习，只要有时间咱们就跑，晚上回来咱们手里托着哑铃背条令，学习练习两不误啊！”

钟国龙笑着点点头，又说：“光这样还不行！咱们一班是个整体，不能有任何人掉队。越是这个时候越要团结，就体能来说，咱班的孟祥云、王华、董鹏、张自强你们几个是强项，你们自由结组，每个人带一个，郑小春和赵庆最弱，我和刘强一人带一个，咱们全班分成六个小组，互相帮助着提高。射击训练方面，刘强经验比较丰富，你们多跟他学习。半个月时间说多不多，说少也不少，咱们和那两个班原本差距就不大，我就不信咱们练不过他们！”

“对！拼了！”新兵们全站了起来。

钟国龙的心里高兴起来！感觉这些新兵的变化真是太大了！以前自己实行高压政策，新兵们全都是被迫训练，积极性很差，自从自己改进了训练方法以后，这些新兵的训练热情越来越高，心也越来越齐，尤其是这次地震救灾回来以后，钟国龙和刘强都能发现，新兵们仿佛一下子成熟起来，目光越来越坚定，拼搏的劲头儿也都足足的。面对这样的一群新兵，钟国龙是充满了信心的！

一班说干就干，利用下午的休息时间，钟国龙和刘强去外面镇子里买了一大堆粗麻布，又筛了几袋的沙子，全班一起动手，做起了每人一套的加重沙袋，虽然针脚粗糙，样子也因为里三层外三层的麻布搞得不怎么好看，但是穿在身上很压重，也很实用，装备完毕，大伙兴奋了好久。第二天早上的训练，新兵十连一班明显慢了许多，不但没跑过八连三班，居然跑到了中游水平，但是一班的新兵并没有沮丧，一个个还挺高兴。

“老龙，怎么没听见钟国龙骂人啊？”火兆兵奇怪地问。

龙云笑了笑，悄声说道：“你没看那群家伙的衣服里鼓鼓囊囊的？”

火兆兵仔细观察了一下，笑道：“原来如此啊！钟国龙这小子还挺鬼。”

“这可是得自我的真传啊！”龙云得意地笑。

旁边下了操，八连三班的战士兴高采烈地从操场上下来，三班长侯静军冲着后面的钟国龙笑道：“钟国龙，昨晚你们一班忙什么了？怎么今天一大早就这么没精神啊？”

钟国龙怕他看出来，双手抱在胸前，有些“示弱”地说：“跟你们班没办法比呀！练了两个多月，我们全班都练伤了，怕考核过不去，只好求稳呗！不争了，能达标就行了！”

“嘿嘿，绑腿挺厚实啊？”老到的侯静军还是发现了钟国龙他们的绑腿。

钟国龙大惊，连忙说：“厚不了多少，自己做的，麻布厚，才显得厚呢，要不咱俩换换？”

“换？我这个可是标准绑腿，我们班的战士从体校带来的呢！”侯静军把体校二字说得很重，钟国龙故意羡慕地说了好几句话，让侯静军得足了面子。

回到宿舍，新兵们一边整理内务，一边兴奋地说：“班长，这办法不错啊！跑起来就跟压着个大包袱似的。”

“跑吧！什么时候咱们穿着这些东西，再能拿个五公里第二，一旦脱下来，保证能把八连三班落半圈儿！”钟国龙得意地说。

晚上，新兵们回到宿舍，今天晚上的条令学习就不一般了，没有按原来一样坐在小马扎上，全班都蹲着马步，双手平伸地站着。旁边的桌子上放着哑铃、水壶、沙袋捆，钟国龙拿着条令书考试，刘强做着裁判。考到谁，谁就回答，回答对了，原地不动，回答错了，刘强就会拿起一样东西挂到他胳膊上，错得越多，挂得就越多。

考核进行了十多分钟，由于钟国龙的考核题目“偏”，几乎每个新兵胳膊上都挂了东西，时间一长，全都把脸绷得通红。看时间差不多了，钟国龙又改了办法，这回用淘汰规则，两个人一组，钟国龙问一个问题，两人分别回答，看谁的准确，不准确的人就要从对方那边得到一件重物。又是十分钟，全班就易小丑胳膊上挂得最多：双手各一个哑铃，胳膊上各挂了两个水壶，易小丑脸都黑了，咬牙背诵着条令，就盼着答对一个能取下来一个，钟国龙一连问了五个偏的，易小丑胳膊上又多了几个沙袋，最后，易小丑终于答对了一个，还没等刘强上去拿东西，易小丑整个人就趴到了地上，乱七八糟的东西堆了一地，易小丑喘着粗气喊："我抗议！我抗议！怎么一到我这儿就问难的？"

"抗议个蛋蛋，你和别人不同。"钟国龙大声说道，"条令你学得不错，但是你射击时手的稳定性有问题，所以你的主要训练方向是稳定性。"

易小丑苦着脸站起来，自己跑到一边又挂上哑铃练了起来。

考试结束，一班其他人又换了个办法，全班趴到地上，钟国龙起头，一边做俯卧撑一边背士兵守则，第一个趴下的和最后一个趴下的可以享受大家的"全方位按摩"。但是按摩方式大不相同，最后趴下的是真的按摩，第一个趴下的那按摩就基本上成了"折磨"。一直到熄灯，一班又背了条令，又练出了一身的热汗，大家不但没感觉到累，还很有兴趣，笑声从来没断。

白天的集体训练，一班并没有采取迷惑战术，全班在训练场上疯了一般地做着各种科目的练习，钟国龙和刘强也不光看着，而是亲自带队，全班分成两个组，他俩一人带一组，队列、战术、防护、单双杠……钟国龙始终瞪着眼睛跑在最前头，也不再像一开始那样骂骂咧咧，新兵们也不再用他骂了，就拿武装越野来说，钟国龙只需大吼一声"一班！杀！"全班就会瞪着眼睛带着杀气猛冲向训练场，看那眼神，那气势，就像终点上真有一群敌人在那里等着他们决战似的。

这几天，龙云没有过多地跟钟国龙说话，两个人已经再熟悉不过了，钟国龙也不需要龙云再像以前那样手把手地教，一点点地指导，钟国龙只要看到龙云那眼神，就会更加卖命地去训练，钟国龙能感觉到，龙云的眼神中，满是期待。他在期待着钟国龙的一班爆发。而这爆发，也是钟国龙期待的！日子一天天地过，距离考核的时间也越来越迫近，所有的班长都紧张，唯独钟国龙反而不紧张，他甚至是在期盼着考核的那几天到来，钟国龙这个一年的新兵班长，铁了心要交给部队一群嗷嗷叫的野狼兵！

距离新兵最终普考还有一周的时间，团里忽然下了一个通知，通知的内容是往年从没有过的，也是让所有新兵连大吃一惊的，内容很明确，团里决定，在新兵考核之前，要先考考各连带兵的干部骨干，目的是检验带新兵干部骨干的军事素质和充分调动新兵训练的积极性。规则是，十个新兵连每个连推荐一名干部参加。考核的内容包括除队列外新兵普考的全部内容，还包括新兵训练科目中暂时没有的四百米障碍跑。

通知一下，各连开始讨论推荐的名单。十连这里，龙云和火兆兵特意召开了一次全体干部会。会上大家讨论异常激烈，最终的名单出现了三个人，第一个当然是连长龙云了，这是全连干部公认的，只要龙云上去，这第一就等于是十连的囊中之物了！第二个人是钟国龙，提议钟国龙上的是赵飞虎和火兆兵，第三个人是龙云提出来的，正是赵飞虎。

赵飞虎发言道："我还是倾向于让连长上。我听其他连的人议论，十连肯定是连长龙云上，他一上，别的连就只能争第二了。大家看看，连其他连都这么说了，咱们怎么好意思让他们失望？"

大家一阵笑声，龙云却笑道："我是肯定不上的。原因有两个：第一，这么多年，考核比武我参加得太多了，也该让位给年轻同志了。第二，别的连可不全是连长上，我一个连长，跟那些班长、排长去争个第一，多没面子啊？"

大伙又笑，最后龙云确定，他自己肯定是不上。这时候钟国龙坐不住了，他想上，不为什么荣誉，他就想找找平衡，争口气，前一段时间新兵各连里对他的争议不小，钟国龙想着自己这次要是能上，拼命也要拿个第一，等过几天自己的班再拿个普考第一，这脸面就算彻底争回来了。

但是最终，龙云没有让钟国龙上，而是坚持推荐了赵飞虎。大家倒不是不信任赵飞虎，但是赵飞虎毕竟刚调到侦察连不久，后面又带钟国龙他们去师里培训，回来时间不长又到了新兵连，不要说其他连队来的干部，就连侦察连内部，对这个一排长的实力也是不甚了解。龙云显得很有把握，当场就问赵飞虎有没有信心。

赵飞虎轻松地一笑，最后说："我先说实话，要是连长参赛，我肯定是信心不足，但是要是和其他连的干部比，我索性说句大话，这个第一我保证给大家拿回来！"

看到赵飞虎信心十足，火兆兵稍微放了心，这时候下意识地看了钟国龙一眼，钟国龙坐在那里，竟然是一脸的高兴。其实钟国龙是有想法的，这里面，龙云要是参加，他当然服气，但是假如要选第二个人，那么除了赵飞虎以外，别人他谁也不服。赵飞虎和他接触的时间是最长的，在师教导队培训的时候，两个人几乎是形影不离，对于赵飞虎的水平，钟国龙虽然还没有机会亲自看他发挥，但是钟国龙知道，这位一排长的实力绝对不在自己之下。

会议结束，龙云把钟国龙留了下来。

"这次考核让一排长参加，是不是有点遗憾？"龙云笑眯眯地问。

钟国龙很轻松地摇摇头，说道："没什么遗憾的呀！排长是我的偶像呢！"

“偶像？你钟国龙也会有偶像？”龙云笑着看着钟国龙，又说，“那你说说看，假如要是让你和一排长一起参赛，你有没有战胜他的把握？”

“把握谈不上，不过，我觉得我和排长应该不相上下。”钟国龙说这话有绝对的信心，自己好歹在侦察连强化训练了一年多了，再说，以往的几次考核，钟国龙从来没有让大家失望，有多少老兵还不是被他踩到脚下。

龙云想了想，这个时候意味深长地跟钟国龙说：“钟国龙，我告诉你吧，这次我让赵飞虎参赛，其实目的还是为了你，也不光是你一个，是为了不少的干部。有一句话，我想等到赵飞虎考核结束，我就会告诉你们。”

钟国龙有些疑惑，这是什么意思呢？龙云没有解释，钟国龙也没好意思继续问。

干部考核，团里没有给过多的准备时间，第一天各连报上名单，第二天考核就开始了，参赛的人并不多，一连一个，一共就十个人，新兵们正好放假调整一天，其他的干部全带着自己连的新兵组成了啦啦队。这个是钟国龙的强项，现在钟国龙被任命为新兵十连的总啦啦队长，这职位是龙云点名定的，钟国龙更是争气，不但跑回老连队把所有的锣鼓家伙全搬来，还让新兵们把脸盆、牙刷缸也全带了来，集体加油组织得有声有色。

比赛开始了，十位各连选出来的精英，在上千人的呐喊声中，一个又一个地完成着各个比赛项目。

钟国龙眼睛都直了！不光是他，整个十连的眼睛都直了！谁也没想到，赵飞虎给他们带来这么大的惊喜，一连串的体能考核，赵飞虎全部稳拿第一！比赛刚进行到一半，所有人脑子里都有这么一句话：见过拿第一的，没见过拿得这么轻松的！五公里跑下来，赵飞虎几乎领先了第二名将近一公里！给人的感觉，仿佛他那大背包里面装的全是棉花。

钟国龙是最震惊的，敲坏了自己的脸盆不说，眼睛也睁得老大，到最后，冷汗都下来了，想起自己曾经跟龙云说过，自己和排长应该是不相上下的话，这时候忍不住就脸红。这哪儿是不相上下呀？差一个档次呢！钟国龙被彻底征服了一样，连盆子也顾不得敲了。自己总以为已经到了顶峰了，没想到现在赵飞虎正站在他认为的顶峰之上十万八千里等着他呢！五公里一结束，钟国龙攥了攥拳头，心想这偶像找对了！以前总是佩服这位排长的理论水平厉害，没想到真刀实枪地比上一比，赵飞虎简直就是个神人！

钟国龙又想起了牺牲的老排长赵黑虎，此时他实在分不出赵黑虎与现在这个赵飞虎究竟哪个更强了，不管怎么说，钟国龙不再感觉良好，他又有了一个赶超的对象，一个奋斗的目标，这个人，就是赵飞虎！这会儿钟国龙感觉自己没必要去问龙云那句话了，他自己已经悟了出来：人外有人，天外有天！

四百米障碍赛集合战术动作演练，赵飞虎又把所有人超了过去，龙云一开始是喜悦，这个时候，龙云忽然站了起来，喜悦完全变成了震惊：赛场上，赵飞虎有几个战术动作和跨越障碍的方式明显与别人不同！而这个特点，在别人看来并不明显。龙云张大了嘴寻找着赵飞虎动作中那看似不经意却又十分熟练的动作特点，整个人眼前一亮，内心也翻腾起来！这些动作太熟悉了！尽管他龙云已经不再用——起码在训练时候不再用，尽管赵飞虎也有些竭力地避免它们而尽量使用常规动作，可是，却没有能逃过龙云的眼睛！

赵飞虎最先赶到终点的时候，也许没人注意到：龙云的眼睛湿润了，眉宇间有一种十分微妙的神情。这神情，似乎谁也猜不透！

比赛结束了，赵飞虎没有任何悬念地夺取了所有的第一，解散口令一出，钟国龙带着一帮子新兵冲上去把赵飞虎高高掀起又放下，赵飞虎也很高兴地感受着战士们的爱戴之情。

“排长！你真神了！你是怎么练的？”钟国龙还没从兴奋中回过味儿来，急切地问赵飞虎。

“没诀窍，你怎么练的我就怎么练的。”赵飞虎笑着说。

钟国龙摇头道：“不是不是！排长，我现在才感觉到，你可比我厉害多了！我的成绩要和你比，那真是天上一个地下一个呢！”

“那你就继续努力呗！你也行的！”赵飞虎笑着说了一句，这时候，龙云在不远处喊他，赵飞虎答应一声，拍了拍钟国龙的肩膀，转身朝连长走去。钟国龙站在原地，一脸崇敬地看连长和排长一前一后回连部，暗暗赞叹：俩神人啊！我钟国龙什么时候能到他们这个水平呢？

主席台上，张国正笑着对团长顾长戎说道：“看见没有？这就叫缘分，当初龙云执意选他，而他又反复要求进侦察连，咱们呢？也是一开始就决定让他去侦察连，这成了三方同时认可的决定了！”

顾长戎微笑着点点头，说道：“这个人，要对了。”

“嗯，我估计龙云是感觉到了什么。”张国正神秘地说。

“龙云？”顾长戎站起身来，看着龙云下了操场，爽朗地笑道，“要想不被龙云发觉，神鬼皆愁啊！这小子！”

龙云一路上几乎是强忍着自己的兴奋。赵飞虎跟在后面，不知道龙云要干什么，两个人上了连部，一进门，龙云就把门关上了。

赵飞虎一脸的疑惑，这个时候，龙云猛地转身，举起一只手，做出了一个奇怪的手势，那手势简短而有力，充满着神秘的色彩。然而赵飞虎显然是明白这个手势的，当时就愣了！

“我们的誓言是……”龙云忽然喊了这么一句。

赵飞虎几乎是条件反射一般地接着喊：“我们是雪山飞狐，我们的誓言是……”

喊声戛然而止，龙云和赵飞虎相互对视，忽然，一阵近乎疯狂的笑声从两个男人嘴里发出。

第一百零一章　最终考核

全连军人大会，龙云站在台上，冲着台下的新兵吼道："养兵千日，用在一时！新兵十连这个番号，再有几天就不复存在了，十连成立了三个月，现在是要看最终成绩的时候了！我说过，从你们每个人穿上这身军装开始，就意味着每时每刻都在战斗！学生考不好可以复读，农民种不好地可以明年再施肥重新收获，但是军人，是绝对不允许失败的！你们每个人的新兵连生涯，就只有这已经过去的三个月，从此这一生之中，永远都不会再有第二次新兵连！这三个月，是你们一生仅有的经历，要想真正纪念它，真正不使它太过于平淡，就只有一条，去争取最终考核的胜利！我在十连组建的时候说过，我们十连就是冲着第一来的！拿不了第一，十连将没有任何可纪念可回忆的资本！这，就是我要求的，也是作为你们新兵的连长提出的必须完成的任务！拿到总成绩第一，这是十连下达的战斗命令！你们准备好了吗？"

"准备好了！准备好了！"

新兵们全被龙云坚定而近乎霸道的气势感染了，喊声雷动。明天，就是新兵普考的第一天，几天的考核过去，新兵连就要解散。十连在三个月的新兵训练中拿到了太多的荣誉，太多的第一，但是每个人都知道，只有在明天的最终考核中拿到第一，才是真正的胜利。

十连一班宿舍，钟国龙带着新兵把身上的沙袋坎肩脱下，砸到地上，钟国龙瞪着眼睛，语气和龙云是那么相像：

"一班在新兵第一个月丢人了，丢大发了！这是一班的耻辱！咱们不能让这个耻辱一直跟到老连队去！明天，从明天开始，就是咱们一班争回这个面子的时候了！考核一过，咱们就要让所有人看看，一班的弟兄们到底是英雄，还是他 × 的不行！十连要拿全新兵营第一，咱们就要拿十连的第一。光拿十连的第一还不过瘾，咱们班每个人还要努力争取拿全营的第一！全新兵营综合成绩第一名的兵，不出在咱们十连一班，那咱们干脆别当这个兵了！"

"拼了！"全班的新兵脱下沉重的沙袋，杀气腾腾地怒吼。什么样的将带什么样的兵，三个月过去了，钟国龙从一开始的不会带兵，到后来的科学带兵，完成了自己作为优秀新兵班长的漫长成长历程，这些新兵，也从钟国龙那里真切地学到了他不服输的精神。这股精神当初龙云传给钟国龙，现在被钟国龙传承给了十个新兵。

钟国龙看着这十个新兵，和三个月以前相比，黑了，也壮了，最明显的是他们的眼神，不再像以前那样充满了疑问和迷茫，现在的这十双眼睛里，看不出来紧张也看不出来胆怯，有的只是坚定和必胜的信念，憋了三个月，新兵们全都攒足了力气，个个用眼神来告诉班长：放心吧班长，明天开始，就看我们的了！

当天晚上，钟国龙没有安排学习条令，也没有要求大家加练体能，一班的人聚集在一起，想说什么就说什么，想聊什么就聊什么。钟国龙是想让新兵们彻底地放松思想，新兵们这时候围住钟国龙和刘强，唧唧喳喳地说个不停。

钟国龙和刘强和大伙笑着说这说那，谈了好多，最后，大家还是把话题谈到了新兵连上面。钟国龙还记得，当初自己新兵结束的时候，最关心的也是这个问题，见新兵们提问，钟国龙颇有些语重心长：

"大家先不用过多考虑这个问题。首先这不是大家自己决定的事情，再有就是——我希望大家记住这一点：在部队里面，想进过硬的连队，诀窍就有一个，就是使自己成为最硬的兵。兵要是强，不用自己操心，好连队都盯着要你呢。兵要是不强，就算你运气好或者真有什么关系，到了硬连队照样不好生活。打个比方吧，假如你是个土豆，即使进了铁疙瘩堆，最后还是难免要被压垮挤烂，假如你是一个钢疙瘩，就算是在土豆堆里，也照样能挤出来！"

"班长，侦察连算是铁疙瘩堆了吧？"易小丑瞪着大眼睛问。

"废话！你说呢？"刘强笑道，"侦察连是咱们全团的尖刀连，那可是铁疙瘩堆里的钢疙瘩群！”

全班都被刘强的比喻逗笑了，易小丑这个时候信誓旦旦地说：“我就要立志去侦察连！要当就当最硬的兵！我还要考军校呢！”

钟国龙点头说：“小丑的志向对！看到咱们排长了吧？他就是从原部队的侦察连里出去的军校生，现在毕业又回咱们侦察连了。”

“嘿！排长真厉害！”王华他们直伸大拇指，现在赵飞虎是所有新兵的偶像。

“班长，当了老兵，和新兵有什么区别吗？”王华这时候特意问钟国龙，“我听说当了老兵有许多特权呢！”

“特权？说说看？”钟国龙感兴趣地问。

王华忽然摇头晃脑地说：“我听说，有人总结了好几条新老兵的区别呢，其中一个说在训练间隙，把腰带挂在脖子、手上晃荡的，拿腰带当武器打闹嬉戏的都是老兵，而新兵呢？上厕所都得扎紧腰带。还有，我听说，新兵刚下连都得挨老兵欺负。班长，这些都是真的吗？”

钟国龙笑道：“你说的这现象确实存在，不过，还是得看是在哪个连里，在我们侦察连，要是哪个老兵敢拿着腰带晃荡，被连长看见，不收拾死才怪呢！更别说打闹了！侦察连的战士要敢拿腰带打闹，连长敢让全连排队拿皮带抽他！”

“那老兵欺负新兵呢？”王华最担心这个。

这回钟国龙没说话，刘强给大伙讲了钟国龙当年的事迹，把新兵们听得都入神了，王华坚定地说：“那我也学班长！要是有老兵欺负我，我就也和他干！”

“哈哈！你以为有几个钟国龙啊？”刘强笑，“我们那一场，班长烧了几个月锅炉，我是喂猪，我们老四是种菜，你们也都想走老路啊？那倒好，正好这三个地方我们仨都有熟人！”

钟国龙这个时候说：“你们不用怕！要真是下了连有老兵欺负你们，不过分也就算了，要实在过分，你们就去找我！我给你们撑腰！”

钟国龙话一出口，新兵们都乐坏了。感觉这个时候的班长，更像是一个大哥。

这个时候，孟祥云忽然站起来，有些担心地问：“班长，我这样的……能进侦察连吗？我不想别的，就是想下了连还和班长在一起。”

钟国龙明白他的意思，孟祥云的心里，一直有那个阴影在，尽管钟国龙多次和他谈心，可是每当想起自己刚入伍时候犯的错误，孟祥云还是多少有些自卑。

钟国龙示意他坐下，很诚恳地说：“孟祥云——我先声明，我这不是在安慰你，而是实话实说，我想跟你说的是，每个人都会犯错误，每个兵也都会有犯错误的时候。

但是，犯了错误不等于一辈子都得背着这个错误。你现在的表现很好，上次抗震救灾，你不是也得了嘉奖？这就是你的转变，你听班长的，不用考虑别的，努力证明自己就是了！连长、排长他们不都说过吗？脑子里不要有自己的错误，而应该有的是犯过错误之后的教训。现在的孟祥云绝对是今非昔比了，你要做的，就是把自己的进步展现出来让所有人都看到！”

孟祥云想了想，重重地点了点头。

这个时候，有人敲门，进来的是二班长许占强，许占强神秘地冲钟国龙和刘强招了招手，两个人跟出去，一直走出大院儿，远远看见龙云和赵飞虎也在，还有几个人，居然全都是侦察连的新兵干部。

几个人一凑过去，龙云先说话了：“找你们来不为别的，都给我机灵着点儿！不自私是假的，现在各连的眼睛都红着呢，有看得上的好兵苗子，都给我这儿报报名单，到时候我按名单要人去。咱们侦察连现在缺人缺得厉害，近水楼台，可不能光傻着等上面分！”

几个老兵都纷纷点头，龙云又嘱咐几句，怕被别人发现，赶紧让大家回去，钟国龙凑过去，笑着问：“连长，你还有这一手儿呢？”

“你才知道啊？”龙云笑，“好兵就等于人才，连队缺人才能行吗？”

“连长，”钟国龙一脸坏笑，“那当初我们哥儿仨到侦察连，是不是也是你跟排长要的我们？”

龙云故意瞪了钟国龙一眼，笑道：“美的你吧！就你们三个操蛋兵？我没想要，是上面强分给我的！”

龙云说完走了，钟国龙和刘强哭笑不得，这时候赵飞虎拍了拍钟国龙的肩膀，笑道：“明知故问！”

两人傻乎乎地站了一会儿，钟国龙扭头问刘强：“老六，咱哥儿仨应该算好兵吧？”

“绝对的！”刘强很自负地回答。

兄弟俩一路追闹着跑回了宿舍。

最终的新兵下连普考在第二天上午展开，钟国龙站在普考考场上，仿佛又回到了一年前，是啊！一年前，正是自己所在的十连，十个曾经的“混混兵”，在普考里创造了让所有人震惊的成绩，一年以后，这种场面又回来了，不过，这次钟国龙的身份变了，一年前他是参考的新兵，而现在，他是以一个新兵班长的身份，带领着自己的十个新兵参考。身份的转变，并没有阻挡钟国龙求胜的欲望，与之相反，现在钟国龙求胜的欲望更强了，在他的心里，十个新兵的成绩，甚至比他当初的成绩更重要，他们的胜利，比钟国龙自己的胜利更重要！

项目在一项一项地进行着，前面的科目，钟国龙根本不用担心，他一班的实力早就远远赶超了任何班，最终的成绩也说明一切，已经过去的三个项目，一班全部以优异的成绩通过，最后的关键还是一班原本没有足够把握的五公里越野和实弹射击。

越野考核一开始，八连三班果然当仁不让地冲进了第一梯队，而一班也和以往不同，这次是紧跟着三班跑在后面，三班快，他们就快，三班慢，他们也慢，两公里过后，三班就有些紧张了，一班紧跟着他们跑呢！几个三班的体校新兵一商量，当下带领着全班加快速度跑了起来。快三公里了，一班还跟在后面！

这个时候，一班也不知道是谁吼了一声："杀！"

"杀！"

全班猛地一声大吼，孟祥云疯了一般冲了过去，那速度比百米冲刺都不逊色，很快超过了三班，三班的新兵着急了，紧跟着孟祥云向前跑，可是这次他们失算了，孟祥云仿佛是在拼命，脖子上的青筋暴起，越跑越快，即使是不小心摔倒，孟祥云根本不估计自己有没有擦伤划伤，站起来继续冲，三班的战士追了一阵，实在是追不上了，又因为跟着孟祥云一路猛跑，把自己的节奏完全打乱了，这时候，一班其他人也全赶了上来，先是董鹏、王华，接着是易小丑和张自强、赵庆，跑到最后一公里的时候，一班的十个人已经有七个跑在了最前头！

"一班这是疯了？"八连三班班长远远看见自己的战士被一班一个个地超了过去，百思不得其解，旁边的钟国龙可不管那套，扯着脖子吼："一班！给我冲！给我杀呀！有一个落后面也是失败！杀！杀！杀！"

所有的班长、连长都看着眼睛冒了火的钟国龙，钟国龙喊了几句，后来还觉得不过瘾，索性在后面跑了起来，边跑还边扯着脖子地喊，把旁边的张国正都逗得哈哈大笑。他对这个小战士是越发喜爱了。龙云这个时候抱着胳膊看一班新兵拼命地冲刺，嘴角也露出了笑。

考核结果，前八名全是一班的新兵，特别是跑第一的孟祥云，尽管冲到终点时人已经极度疲惫地躺到了地上，汗水从脖子上淌到衣领上，全身一片濡湿，但是所有人都看到这个瘦小的新兵在幸福地笑着，钟国龙上去把他拽起来，边扶着他走边喊："孟祥云！好样的！好兄弟！你这成绩比侦察连的老兵不慢！"

孟祥云忽然哭了起来，是放声地大哭！哭得坐到了地上，全身的湿衣服沾满了沙土，孟祥云顾不得了，他现在就想哭，就想痛快地哭，边哭边断断续续地念叨：

"妈……妈呀！我跑了第一了！妈……你……你看啊，你儿子不比别人差……妈！"

钟国龙站在他旁边，这个时候没有劝他，让他哭吧！钟国龙知道，三个月了，孟祥云的心底压了太多的东西，现在他要把这些东西释放出来，卸下包袱的孟祥云，还会更优秀！

大哭了一场的孟祥云果然彻底爆发了！此后的一系列科目，孟祥云都超常发挥！最后的总成绩出来，七项考核科目，孟祥云得了两项第一、一项第二！

综合成绩排名，孟祥云全营第一！

各连排名，新兵十连综合成绩第一！各班综合排名，新兵十连一班综合成绩第一！

十连沸腾了！一班也沸腾了！十个新兵把钟国龙和刘强围在一起，又蹦又跳，拼命地欢呼，最后，全班都哭了。这泪水是欣喜的泪水，也是付出了血汗后的结晶，就像奥运会得奖时刻的泪水一样。一班的新兵们长时间地哭拥到了一起，没有人制止他们，也没有人要求集合，所有的首长也都默许他们以这样的庆祝方式为自己的新兵历程画上句号。

最终，钟国龙带领着大家走上领奖台（这是雄狮团的新举措，新兵普考同样也要颁奖），一声令下，全班十二个人敬了一个标准的军礼，这军礼敬给所有的人，更是敬给了他们自己！

考核完毕，十连又是一系列的庆祝。但是庆祝过后，新兵们像是全揣满了心事。干部们都能看出来，谁都知道，考核的结束，也就意味着新兵连的结束，要下老兵班了，这些新兵有那么多的不舍，心事重重的。

钟国龙的一班也是如此，甚至这种悲凉的气氛，更胜过别的班。整整三个月，十个新兵从一开始的"乌合之众"，从各怀心事，到现在的团结、优秀。他们对钟国龙的感情，从一开始的不理解，到惧怕，到怀恨，然后是疑惑，是感动，而发展到现在，他们已经和这个年轻的班长建立了兄弟般的感情。钟国龙说过，历史上从没有哪个新兵班能原封不动地分下去，而他自己也一定要返回自己的老连队。钟国龙这几天试着找每个人谈话，给每个人做思想工作，但是几天下来，他发现这工作是徒劳的，一谈到分别，每个新兵就红了眼圈儿，再说下去，眼泪就能流下来。孟祥云更是如此，钟国龙没办法，和孟祥云一起聊了好几次，又和他一起给他的老家村委会写信，汇报自己的优异成绩，也感谢着老家的乡亲们，写完信，孟祥云看了一遍又一遍，最终把信交给钟国龙。

新兵们难得有了两天空闲时间，班里严格的管理这一两天也刻意地松懈了一些，这是龙云的意思，新兵们都买来一扎扎的信纸信封，即使是在老家懒得出奇的新兵，这个时候也都开始成批量地写信，写给家里，写给朋友，写给天南地北的同学，信写完，成批地寄走。

按照龙云的“指示”，每个侦察连的班长都列出了班内自己心仪的新兵，钟国龙报给龙云的名单上说：无论如何，他想要孟祥云分到侦察连，理由很简单，但是很充分：现在的孟祥云，是一个让人放心的兵，他是一个能为战友挡子弹的兵！这个曾经经历了那样的悲痛，又承受了太多非议的新兵，现在用自己的成绩证明了自己，钟国龙想要孟祥云，一方面是因为他的优秀，另外一方面，三个月的相处，钟国龙已经和孟祥云建立了深厚的感情。他相信自己没有看错孟祥云，就像当初龙云没有看错他一样。

钟国龙也写了信，一封是寄给家乡的父母，告诉他们自己现在安好，请二老放心。另一封寄给老家的兄弟们，打听他们的近况，自从到了新兵连，钟国龙满脑子都是怎么带兵，和老家的兄弟已经数月没有联系了。第三封信是写给陈立华的，告诉他自己想他了，老六也想他了，问问他现在怎么样，什么时候回来。

第四封信，钟国龙写得最认真，也最费心思，一封不足千字的信，钟国龙写了足足一个晚上，这是写给赵黑虎的父母的。信中，钟国龙写道：

爸爸，妈妈：

我是钟国龙，是您二老的另外一个儿子。爸爸，妈妈，您二老的身体还好吧？地里的活累不累？说是您二老的儿子，我却不能帮你们干活儿，心里挺难受的。

爸爸，妈妈，我今年也带了一个新兵班，考核刚结束，我带的班拿了第一名，我可高兴了！我想，我能拿这个第一，其实不是我一个人的功劳，我是排长带出来的兵，当初他教会了我许多的本领，考核结束的时候，我越是高兴，就越是想念排长。我想，等我有机会探亲，我一定会去排长的坟前看看，我想他了，想跟他好好聊聊了……不说这些了，怕您二老也跟着伤心。

……

爸爸，妈妈，上次您二老回信，说不用我寄钱给你们，这是不对的，哪有儿子不孝敬爹娘的。可惜的是我的津贴还少，不能寄太多，不管多少，您二老都放心地花，这也是我的一片心意。再说，每次寄的钱里面，除了我自己的，还有连长的钱，还有我们全排全连战友的钱，他们都想着能多孝敬您二老一些。所以，你们不用太心重，就当我们全是您二老的儿子吧！

还有，你们上次说，排长的女朋友去了你们老家，当了教师，我们听说以后都很感动。因为没有她的地址，就麻烦您二老代我们转告她：我们侦察连全体战友都感谢她对排长的忠贞，都感谢她对您二老的照顾，不管她将来到了哪里，结果如何，她都永远是我们的亲嫂子！

爸爸，妈妈，我马上要去开会，就先写这么多吧，您二老要多多保重身体，要想开一些。我也跟你们保证，我一定会好好在部队工作，当个好兵，也会沿着排长没走完的路继续走下去的！

你们永远的儿子：钟国龙

钟国龙写完了信，看了一遍又一遍，泪水又流了下来，他慌张地把信装进信封，又赶紧擦干了泪，把头蒙进被子里，钟国龙告诉自己：自己现在是班长，一定要坚强！

第二天，钟国龙请假要去邮局寄信汇钱，龙云叫住他，把自己的三百块钱也塞进了钟国龙的手里。钟国龙感动地看了连长一眼，他明白，龙云的条件也不富裕，每个月的工资有很大部分要寄给老家身体不好的父母、日夜操劳的妻子，他又是个心里有自己兵的连长，哪个战士有了困难，龙云少不得要掏钱帮助，他攒这几百块钱出来，并不比钟国龙容易。龙云没说别的，只淡淡地说：“这是替虎子孝敬咱爹妈的。”钟国龙拿着钱走出去，龙云又从抽屉里拿出那张侦察连的合影来，合影里，赵黑虎憨笑着，看着看着，龙云眼圈就红了。

第一百零二章　旧地重回

新兵普考之后，就按照安排下到老兵连队，钟国龙这次创了个不大不小的奇迹，十连一班的十个新兵，全被分到了侦察连，这里面当然少不了龙云的功劳，但是每个人都明白，这样的结果也是大家三个月拼命的结果。正是因为这样的结果，使得一班长钟国龙原来担心的事情轻易地解决了，下连前一天晚上，别的班都是哭哭啼啼的，唯独已经提前得到“消息”的一班，不但没什么伤感的，反而大大地庆祝了一番。

下到侦察连，钟国龙就跟龙云说，把孟祥云、易小丑、王华、董鹏要到了自己的一班，到底是自家的连队，龙云这次没用钟国龙废话就同意了，可把钟国龙乐坏了，他高兴，四个新兵更高兴，一到侦察连，四个新兵把钟国龙抬进了一班宿舍。

一班的老兵：戴诗文、侯因鹏、谭凯、王伟、陈明，几个兄弟早早地等在了宿舍门口，一见钟国龙被四个新兵抬了过来，后面跟着刘强，五个人想都没想，接过钟国龙，和新兵一起把钟国龙扔到了桌子上，一阵地咯吱，直把钟国龙的脸都笑抽抽了，一群人又从桌子上折腾到地上，把钟国龙压到最下面。

“班长，你这次一定要说心里话，想我们了吗？”谭凯压着钟国龙问。

钟国龙红着脸，在下面挣扎着喊：“想！想！都他 × 的快想死我了！”

陈明也笑：“班长，是心里话？”

“废话！我都快被压死了，临死还能说假话？”钟国龙笑骂。

挣扎了好几下，这帮人才把钟国龙放开，钟国龙从地上爬起来，正了正帽子，这才“委屈”地说：“都说咱一班的全是豺狼虎豹，以前我还不信，这回我信了！人家别的班班长回来，好烟好酒的早备齐了！你们可倒好，先给老子来压的。”

戴诗文笑道：“你怎么知道我们没准备？实话给你说吧，弟兄们早准备好给你接风洗尘了。刚才我们这一系列举动，全是为了配合接风，先把你肚子里的东西压空了，咱们再开席呀。”

钟国龙苦笑着站起来，四处查看：“哪儿啦？接风宴席呢？”

这时候戴诗文才发令：“弟兄们，整啊！”

一声令下，几个老兵一阵忙活，变戏法一般从各自的柜子里掏出来各种吃的喝的，满满摆了一大桌子，侯因鹏又掏出来一大袋子啤酒，钟国龙大喜，让人关了门，指挥大伙把啤酒全倒进水杯里，一阵忙活，又把啤酒罐子藏好，这才笑眯眯地端起酒来，和大伙痛快地干了一个。

“介绍新兵，孟祥云、易小丑、王华、董鹏，这四个兄弟全是我从新兵连带上来的，大伙儿欢迎！”钟国龙指着四个新兵给大家介绍，“现在是白天，下午连里还有欢迎新兵的统一活动，不能喝尽兴，等回来以后咱们再好好欢迎一下你们四个……陈明，你瞪什么眼？”

钟国龙笑着看一脸苦相、瞪大了眼睛的陈明，陈明叹了口气，说：“班长，我早听说，新兵下连，老兵过年。我这新媳妇好不容易熬成了婆，这几天攒了一大堆的衣服等着新兵给洗呢，这回没戏了！敢情班长带回来的全是嫡系部队啊！”

大家一阵哄笑，四个新兵也全笑了，现在的一班，就差陈立华还没回来，剩下的人里，只有戴诗文和侯因鹏俩老兵，其他的全是钟国龙的同年兵，大家岁数都差不多，很快就熟悉得像一家人。全班庆祝完毕，钟国龙又忙着帮新兵安排床铺、柜子等，少不得一阵忙碌。

正忙活着，一班的宿舍门被人推开了。

钟国龙扭头一看，差点儿笑出声来，只见李大力摇摇晃晃地闯了进来，后面背着一个大背包，手里还拎着个旅行包。

“大力，这是要去驻守边防吧？跟兄弟们告别来了？”钟国龙笑着问。

刘强也笑道：“大力，他们总是低估你，看这架势，怎么可能是去边防呢？是不是要去联合国维和部队啊？代我们向国外人民问好哈！”

李大力故意绷着脸，把背包往地上一扔，啪地来了个敬礼，冲着钟国龙喊道：“报告一班长！原一排二班战士李大力，刚从训练场回来就奉连部指示，正式调到一班，职务：战士，请班长赶紧给我分配床铺，我他 × 的快累死了！”

钟国龙惊喜地跑到近前，上下打量了一眼李大力，不敢相信自己的耳朵：“你？大力，你真到一班了？怎么我不知道？”

李大力还装认真：“报告班长，连长说了，一班长钟国龙当年和李大力就是穿一条裤子的，调我过来，你肯定愿意，不用做任何工作，通知你等于白废话！”

“哈哈！我的大力哥！真是老天有眼啊！”钟国龙乐坏了，一招手，“兄弟们！热烈欢迎李大力同志加入咱们一班！欢迎规格：等同于刚才你们欢迎我的标准！”

“明白！坚决执行！”

于是，李大力同样被全班人扛起来扔桌子上一阵咯吱，又压到地上，为了表示热烈欢迎，钟国龙又特意安排了大伙几个人拽脑袋，几个人拽脚，把李大力狠狠蹾了几下，李大力从没有受过这样的欢迎，一下子蒙了，好半天才揉着屁股站起来……

钟国龙真是太高兴了！四个得力的新兵被他带了过来，现在又来了个李大力，李大力这家伙有个最大的优点，有他在，你就不用担心全班的团结问题，这小子太能搞笑了。哪儿有他，哪儿就有笑声。

全班人正高高兴兴地在宿舍里神侃，胡晓静和余忠桥也跑了来，一是听说李大力调到了一班，特意来慰问慰问，再就是几个兄弟好长时间不在一起了，这回又聚到侦察连里，少不得又是一阵欢声笑语。

胡晓静的到来，除了以上目的，更是拿来了一封陈立华的来信，钟国龙正想着今天就缺陈立华呢，一见他信来了，当场打开就读了起来：

老大、老六：

算着时间，你们应该回了老部队了，我就直接把信寄到侦察连了。怎么样？带新兵的感觉爽吧？想着你们我都嫉妒了！等明年我争取争取，也带上几个新兵娃娃。别的不敢说，我一定能培养出一批狙击手苗子来。

我们现在的集训已经到了最后的关键时刻，所有的单项科目已经全部考核完毕了，现在的集训队伍，经过几个月的淘汰，只剩下了十八个人，想想就知道多残酷吧？现在我们正准备着最终的一次大考核，具体的东西队长没说，只说，这次考核的残酷性和艰难程度，绝对不会亚于一场真正的狙击战，想想我就激动啊！最后的考核，还要淘汰八个，最终剩下十个优胜者，我就等着这天了！

离开你们快四个月了，我天天都在想你们呢！从小到大咱们都在一起，还真是从来没分开过这么久。我天天盼着自己回去的那天，咱们兄弟三个好好欢聚一下，一定要好好喝上一顿，来个一醉方休！

现在我们的集训，在一个地方一动不动潜伏上几天几夜几乎是家常便饭。我现在还好，就是累，累到什么程度，连我自己都不知道，总之，我有的时候简直都能忘了自己是个人。这可不是夸张，你们要是不信，等我回去，我当场给你们表演生吃田鼠、蛇、蚂蚱，保证刺激！

不写啦，队长给我的休息时间只有两个小时，我得赶紧睡一觉！老大、老六，等我回来！

陈立华

3 月 21 日

钟国龙念完，刘强先感叹："完了！完了！老四一定是被训成妖怪了。"

"生吃那东西？想想都恶心！"易小丑吐吐舌头。

"行啊！现在一班的建制齐整，就等这个妖怪回来了！"钟国龙将信叠好放进抽屉。

"对了，你们听说了吗？咱们连要开拔了！"胡晓静忽然压低了声音，小声说道。

"开拔？去哪里？演习还是有任务？"钟国龙一听要出发，眼睛一亮，其他人也全都把目光集中到胡晓静身上。

胡晓静小声说："咱们连长上午刚回来就被叫到团部去了，回来以后我听他跟指导员议论，咱们这次是要去团弹药库驻防半年！"

"弹药库？"戴诗文和侯因鹏全吓了一跳，侯因鹏这时候感叹道："完了！这回咱们好日子到头了！"

"怎么说？"钟国龙问，"弹药库不是一营三连在执勤站哨吗？"

"咱们侦察连以前也驻守过那里。"戴诗文说道，"前几年局势紧张的时候，团里也是派咱们侦察连去弹药库站哨了好几个月。现在又要去，估计是恐怖分子活动又太频繁的缘故。一到那里，咱们可就没这么轻松了！那地方，睡觉都得睁一只眼睛啊！"

两个老兵这么一说，战士们都小声议论起来。正议论着，上面就通知各班排长到连部开会了……

第一百零三章　入党申请

弹药库驻防任务结束以后，赵飞虎又接到了军区的调令，借调到军区教导大队带学员半年，接到调令，赵飞虎有些意外，但也没有办法，只好收拾行装准备上路。钟国龙等人知道赵飞虎要走，心里十分不舍，半年多的接触，已经使钟国龙和赵飞虎之间建立了十分深厚的友谊。

“排长，能不去吗？”钟国龙一边帮赵飞虎收拾东西一边问。

赵飞虎直起腰来，笑道：“你说呢？这是军区调令。”

钟国龙哭着抱怨道：“排长，你才来侦察连多长时间啊。先是到师部我们一起集训，现在又要去军区教导大队，半年过去了，你这半年在侦察连待了还不到两个月呢！”

赵飞虎拍了拍钟国龙的肩膀，他知道自己这位兄弟舍不得自己走，见钟国龙一脸不高兴，也不知道该怎么安慰他，只说：“钟国龙，我走以后，你好好干吧！半年时间说长不长的，到时候咱们又见面了。”

钟国龙点点头，没说话。下午，赵飞虎去连部跟龙云道别，在一帮战士的拥簇下上了车，汽车开出军营的那一刻，钟国龙感觉自己心里似乎少了点什么……

时间已经是五月，正是入党积极分子的选拔和去教导队参加预提指挥士官申请选拔的时候，连里把通知发下去以后，各班战士都在心里有了自己的想法。钟国龙拽着刘强和李大力，三个人到操场的体能场地找了个地方，边吸烟边商量。

李大力听钟国龙一说，李大力瞪着眼睛说道："钟国龙，哦，不对，班长，我感觉这两项都适合你呀！入党，这就不用说了，谁不想入党啊！有面子不说，将来回老家工作也好安排。预提指挥士官集训也是好事儿不是？我都建议你参加！我和刘强就先不考虑了，我俩还不够资格。"

"怎么不够资格？连长不是说了？入党人人可以申请，预提士官选拔也是，一切看训练成绩和平时表现，你们俩的成绩比谁差了？"钟国龙说。

刘强这时候看着钟国龙，说："老大，我什么都跟着你的，你说上咱就上。"

这时候钟国龙的眉头锁起来，想了想，把自己的想法跟他俩说了："我听说了，师里的预提指挥士官培训，回来以后基本就要转士官了。你们想想也是，部队不会白培养人才。不过，我还想着两年兵服役期结束以后就复员呢。"

"啥？你要复员？你发烧了吧？"李大力腾地站起来，说道，"钟国龙，你怎么还有这样的想法呢？"

刘强应声道："对，我和老四当初来部队的时候就是想当两年兵学点东西就回家。"

说完看着钟国龙，钟国龙把烟扔下，若有所思地说："我也不知道自己为什么这么想。这两天我考虑了一下，你们想想，排长牺牲的时候，多让人伤心啊！上次在弹药库的时候，我的心一直紧绷着，真担心你们之中的谁又出什么意外。我不是怕死，我钟国龙什么都不怕！但是，我实在不想看见再有战友牺牲了。再说，老家还有好几个兄弟，我也想他们了，刘强你不想他们吗？我想着回去以后，咱们兄弟又能团聚了，这次咱们都不混了，好好干一番事业，不也是挺好？"

钟国龙心情颇为沉重地看着远处，又说："想想我吧，一开始当兵的时候，就想着来部队学学功夫，练练本领，回去以后咱们继续在县城当老大。后来，我就不这么想了，我就想好好当这个兵，当个好兵，优秀的兵。可是你们不了解，排长的牺牲给我的刺激实在是太大了！半年多了，一想起这事情来，我就睡不着觉……"

"老大，连长知道你这想法了吗？你跟他说过没有？"刘强问。

钟国龙愣了。这想法他今天第一次提出来，其实他自己也十分矛盾，他无法想象龙云要是知道他这想法，会怎么说。

"我没说，我也是犹豫……"钟国龙仿佛是自言自语。

三个人沉默了一会儿，刘强又说："老大，我还是那句话，一切听你的，你要想走，我也走。老四估计也是这么想的。"

“这事情不能告诉老四！”钟国龙忽然说道，“老四现在跟咱们又不一样，你看着吧，老四这次回来以后，肯定和以前不一样了。半年的培训，老四已经是一名合格的狙击手了，谁都能看出来，他喜欢这个角色。我想过了，就算我复员了，老四也不用跟咱们一起走，他适合当兵。”

“什么话？那你钟国龙就不适合当兵了？你就言不由衷吧你！”李大力这时候说道，“我知道了，你钟国龙是有个疙瘩没解开。那入党呢？入党你申请吗？”

钟国龙笑了笑，李大力算是说到他心里去了，想了想，说：“入党肯定是要争取的！”

三个人商量了半天，也没什么结果，下午的时候，钟国龙跑到图书室，拿了一本入党积极分子培训教材，写了一份入党申请书，刘强和李大力也是一样，三个人写完申请书，就出去把东西交给指导员。

到了连部，指导员没在，龙云正坐在电脑旁边看着什么东西，见他们三个走进来，先叫了过来。

“呵呵，入党申请书？”龙云笑道，“想入党了？”

“是。”钟国龙笑道，“连长，到时候你就给我们当介绍人吧。”

“那当然！”龙云说完，又把目光投向他们三个，“你们三个，是不是还应该有个申请啊？”

“什么……申请？”钟国龙有些慌张地说。

“这次预提指挥士官集训，你们三个都不想参加？钟国龙，你不想参加吗？”龙云问。

三个人低头，刘强和李大力都把目光投向了钟国龙，钟国龙红着脸，有些忐忑，最后心一横，索性把自己的想法跟龙云说了。

龙云沉默了，冷着脸，看着钟国龙足有一分钟，然后让李大力和刘强先回去，单独把钟国龙留下。两人刚出去，龙云的脸色就阴沉了。

“把门关上！”龙云瞪着钟国龙，钟国龙走过去刚把门关好，这边龙云就吼开了：“钟国龙，你装什么蒜！看来我对你的看法是太乐观了吧！我还以为在部队干了一年多了，任务也执行了几次，班长也当了，你的思想应该是彻底端正了。我还真没想到你原来还有这个想法！当两年兵，义务兵服役期一满就走人，对不对？你这样就解脱了？就对得起你虎子班长了？”

钟国龙站在那里一言不发，脸一阵红一阵白。龙云气得直拍桌子，急走两步，又说：“钟国龙，按道理讲，我是不应该跟你发这个火儿的，服役自由，转士官也主要是你自己决定。我跟你说吧，从接到上级通知开始，我就一直等着你的申请呢，我还以为你钟国龙一定不会让我失望，一定会第一个把申请交上来呢！我说你怎么没来，你是另有打算了是吧？”

“连长，我只是有点儿犹豫……”钟国龙低头小声说。

“你犹豫个屁！”龙云此时的口气又不像个连长了，瞪着眼睛地吼，“我告诉你吧，这次教导队集训计划改了，原来是到师教导队进行集训，今年军区有了新的想法，要从各部队挑选义务兵尖子直接到军区教导队参加集训，咱们团一共就八个名额，八个名额，我龙云想着侦察连最少要拿到两到三个，在我心里，你已经算一个人选了，怎么，我想错了？”

“到军区？”钟国龙睁大了眼睛。

“对！到军区！你的教官很可能就是赵飞虎！休息的时候你很可能就能跟陈立华一起聊聊天扯扯淡！”龙云说。

“连长，那我去！”钟国龙笑了。

“去？去什么？你不是想复员吗？”龙云说，“你想去就能去吗？名单报上去，光咱们团少说也得有百八十个申请，从里面选八个，你还不一定能选上呢！再说，你现在这想法还去什么去！想去可以，得先解决了你的思想问题，你要是为了能跟赵飞虎、陈立华凑到一起去，那去有什么意义！”

“钟国龙，我理解你的想法。”龙云见钟国龙不说话，语气缓和了些，“赵黑虎的牺牲，的确给你刺激很大，别说是你了，我也是一样。你说打仗的时候你一直揪着心，你以为我不是这样吗？哪次部队有任务，我这个当连长的不揪着心！谁也不想看到自己的战友牺牲，但是，牺牲谁能避免呢！你这个时候想复员，其实还是一种逃避。”

“可是，连长，我真的害怕，不害怕别的，我自己连死都不害怕，可是我就是害怕再有牺牲。”钟国龙眼睛湿润了，嘴角抽动着，“我一想起排长来，就像锥子扎了心一样的疼。”

“那艾孜来提呢？”龙云忽然转过身来，盯着钟国龙，“对这个名字你和我一样，都记在心里了吧？你不想亲手抓住他了？不想给虎子报仇了？”

龙云话一说完，钟国龙像被电击了一样，整个人愣住了！对呀！排长的仇还没报呢！钟国龙忽然咬着牙，狠狠给了自己一巴掌，大声说道：“连长，复员的事情，我先不想了！”

“你爱想不想！你想转士官到时候还得看你的综合表现，部队不是你家，你想来就来，想留就留！”龙云继续说道，“我告诉你，你自己的事情，最终还是要自己做主，军区的集训，你自己考虑参加还是放弃，看你自己怎么想了！今天我不跟你讨论这个了，你回去吧！”

“是！”

钟国龙走出连部，一路上走得很慢，回到宿舍的时候，决心已经定了，拿起笔来，写起了申请。

一周以后，团训练场上，按照团里关于这次军区组织的预提士官选拔规则，各连报上来的战士一共有八十五名，要通过一系列的体能、技能、智能考核，成绩最优秀的八个人才有资格最终参加集训。侦察连这里一共报了十一个名额，是所有连队里报名最多的连，十一个人里，钟国龙、刘强、李大力、余忠桥、胡晓静几个人都在列。

钟国龙经过龙云的一番训斥，又自己考虑了几天，终于把这个弯儿转过来了，现在的他，一心想着一定要进入到最后的大名单里，不为别的，就为了争一口气，也为了能体验一下传说中的军区教导大队到底有多残酷。至于复员的想法，钟国龙暂时放下了。

比赛开始了，前面的一系列体能和技能考核，钟国龙和兄弟们一起，毫无争议地通过了，胡晓静很不顺利，在翻越障碍高墙的时候，不小心扭伤了脚，最终只好退出。淘汰之后，钟国龙、李大力、余忠桥、刘强等一共二十人进入了最后的理论知识考核。

剩下的这二十人，前面的成绩都相差不大，要拉开分数的话也就是看理论考核了，在这方面，钟国龙等人没有任何优势，尤其是钟国龙，理论考核部分对于他来说，远比前面的体能和技能难得多。在这方面，他是没有绝对领先优势的，第一轮笔试下来，李大力被淘汰，而钟国龙排在第十四位，相当危险。关键就看最后的口试了。

负责口试的考官是团副参谋长吴化龙，口试是一个一个地轮着上场，考核的内容也不固定，不再是死板的答问，轮到钟国龙的时候，得到的是这样的问题：“请你讲一下，战友的牺牲，对你有什么影响。”

钟国龙一愣，脸当时就红了，他知道，这绝对不是考官故意为之，但是这个问题实在是太巧了！钟国龙有些不知所措地站在那里，好半天没说话。

“同志，有什么困难吗？”副参谋长奇怪地问。

“没……没有。”钟国龙努力使自己镇定下来，回答道，“我们是中国人民解放军，我们的职责之一，就是在关键时刻要维护国家的安定和人民的生命财产安全。在与敌人进行直接冲突的时候，牺牲是在所难免的……”

钟国龙刚说到这儿，吴副参谋长笑着摆了摆手：“呵呵，我不是要你说这些套话，试着抛开这些东西，用你的真实语言来讲……”

“真实语言？”钟国龙有些发蒙。

吴化龙笑了笑，说道："哦，我的意思是说……干脆这么讲吧，你是侦察连的吧？你部队的这些日子，有没有战友牺牲呢？"

"有！"钟国龙回答。

"好，你就说说这事情吧，用自己的语言说，说说自己是怎么看的。"

钟国龙咬了咬嘴唇，镇定了一下，这才继续讲道："在年前的一次战斗中，我的排长赵黑虎牺牲了，当时敌人威胁说有人质在手里，要和我们谈判，排长担心敌人说的是真的，就要求去和敌人谈，他去的时候，带着一个新兵，结果敌人在最后一刻暴露了，枪响起来，他在一瞬间把那新兵扑倒在地，自己却错过了先开枪的时间，结果……排长牺牲了，那个新兵就是我。"

钟国龙含着眼泪看了看考官，副参谋长听得很认真，钟国龙又继续说："排长牺牲以后，对我的刺激很大。我当时有两种想法，一方面感觉是我拖累了他，另一方面，我想着一定要给排长报仇。这两个想法后来成了我在部队的思想动力。每次训练的时候和有战斗任务的时候，我的脑子里都想着排长。一想到他，什么困难我都不憷了，什么危险我也都不怕了。排长成了我的榜样，一生的榜样。我虽然没有机会再见到他，但是我下定了决心，我不会再拖累他了，也不会再拖累任何战友，我要自己强大起来，自己去保护自己，也能去保护别的战友。我也不能让排长失望，我要当一个好兵。真的，我感觉我以后所有的进步，都是因为有了这个想法。

"但是我从那时候开始，就不希望再有任何战友牺牲。越是不希望，我越是担心。这次……这次选拔我原本不想来，我原打算等满了服役期，我就回老家去。但是我又感觉我的这个想法不对，我挺矛盾的……"

钟国龙就这样说着，一开始还有条理，说到后来，连他自己也不知道该怎么措辞了，干脆就想到什么说什么了，把自己所有的想法，所有的矛盾，所有的苦恼全都说了出来，他觉得自己已经不是在口试表达能力了，完全是在剖析自己的内心，钟国龙索性把自己的全部心思都说了出来，说了很久，吴副参谋长认真地听着他的话，不时地微笑。

"首长，我……我说完了。"钟国龙说完，长出了一口气。

"哦——"吴副参谋长点点头，忽然问，"钟国龙，前些日子弹药库作战，你是那个一班班长是吗？"

"是。"钟国龙回答。

"嗯，我在团嘉奖汇报材料上见过你的名字。"副参谋长又抬头看着他，"那你这次参加选拔，假如要是落选，你怎么办？想继续努力，还是干脆等服役期满就回家？"

“首长，我……我没想过，我决定参加考核以后，没给自己想后路。”钟国龙又老实回答，“要是……要是没选上，我……我还是要当个好兵，不管什么时候复员，在部队一天就好好当一天好兵吧。”

“好，你可以走了！”吴副参谋长微笑着说。

钟国龙忐忑地走出口试室，后面跟着的刘强忙问：“老大，怎么样？问你什么了？”

“完蛋了！”钟国龙懊恼地叹了口气，“我他 × 的说的是什么呀！”

钟国龙走出过道，来到门外，眼睛看着天，心里很不是滋味，他感觉自己说得糟透了，考官不让说套话，可也没让说这些啊！钟国龙狠捶了自己一下，长叹了口气。

口试完毕，综合成绩公布下来，钟国龙大吃一惊，自己的总成绩里面，口试的成绩非但没给自己落分，考官还给了 9 分！在所有口试人员里面仅次于一连的一位大学生战士，排到第二，而总成绩是第三名。他选上了！刘强和余忠桥也选上了！三个人乐开了花，钟国龙努力使自己先忘掉烦恼，一切慢慢来吧！连长说得对，一切事情都要自己想明白再说。

回到连队，连里专门为他们三个入选军区集训名单集体庆祝了一下，就是在这个时候，钟国龙收到了两封来信，一封是谭小飞的，信上写着：

老大，我是老七。马上就要高考了，我现在正在努力地复习。学校模拟了几次考试，我的成绩，考重点估计是有难度，就看最后的发挥了。

关于报考志愿，老大，我想好了，要考不上北京、上海的重点，我干脆就报个边疆的大学，不为别的，就为离老大你们近一点儿，这样一来，寒暑假的我就先不回家，先去部队上看你们，那多有意思啊！也不知道部队里让不让进去，有没有住的地方……

老大，我和三哥他们已经好久不联系了，他们几个现在都去东风乡了，说是搞木材生意，我就见了二哥一次，他给我买了好多复习书，我问他兄弟们的情况，他含含糊糊，不跟我细说。但是我也听说，他们现在搞得有些麻烦，总之是有些出格吧，具体的我也说不清楚，但是我老为他们担心呢。老大，你要是给他们写信，就多劝他们吧，可千万别干太离谱的事情啊。他们都听你的不是。

不说了，还有好多题没做呢。老大，你们没有探亲假吗？要是有，我可盼望着你们回来看看呢！想死你们了！

小飞

5 月 14 日

“这小子！好好的大城市不争取，想着往边疆考，边疆有什么好大学呢？”钟国龙看着信笑。

“想咱们呗！”刘强说了一句，又说，“老大，我老感觉老七信里藏着心事，他说老三他们到底在干什么呢？”

钟国龙也没说话，放下信，拿起第二封，这第二封是老三王雄写的，“看看老三他们写的吧！”

打开信纸，信上写着：

老大，老四，老六：

想死你们啦！最近你们都说忙，到底忙什么呢？一定是学了大本事了吧？回来可要全都传授给我们哥儿几个呀！老大，就盼着你们回来呢！现在咱们兄弟的生意就是缺人手，人多力量大嘛，要是你们也回来，咱生意保准越干越大！

老大，上次你写信问我们生意的情况，我跟你说实话，我们没干别的，就是在东风乡这搞木材批发，绝对是正经生意，不正经我们也不干啊！上次我们收保护费，你不是骂过我了？骂完我就改了，现在你可以跟老七打听，我们保准不再收了，那是违法，不能违法对吧？所以，老大你就放心吧！我向你保证，老三还是以前的老三，老二和老五也一样……

后面就是一些想念的话了，钟国龙看完信稍微松了口气，老三虽然没详细说自己干什么，但是钟国龙感觉既然是木材生意，应该没有问题。分别一年多，钟国龙也很想这些兄弟，而且，凭他的印象，老三虽然头脑比较活，但人还是不坏，也不至于太出格吧，想来也许是老七多虑了。想到这里，和刘强开始写回信。

钟国龙没办法想象他那几个兄弟现在在干什么，而这几位兄弟也没有像信里写的那么规矩。

第一百零四章　生死协议

军区预提士官考核结束后十二天，接到团里通知，集训人员明日乘车到军区。当晚，龙云把侦察连参加集训的钟国龙、刘强、余忠桥叫到连部。

“准备好了吗？”龙云看着三个人问。

“没什么可准备的，就一个背包呗。”钟国龙笑着回答，这几天，经过龙云的开导和自己的反复思考，钟国龙已经从“战友牺牲恐惧症”里面走了出来，情绪好了许多。

龙云招呼他们三个坐下，笑道：“全团八个人，就咱们侦察连出了三个年轻的，我估计到了军区你们也得算稀罕物儿，你们可要珍惜这机会了。”

“连长，军区教导大队到底怎么训练啊？你去过没有？”余忠桥感兴趣地问。

龙云忽然有些严肃，说道：“我只去过一次，不过没这次时间长，我那次是集训两个月。”

“感觉怎么样？严格吗？”钟国龙问。

“严格？”龙云冷笑道，“那里不能用严格来形容。还有一个更适合的词，叫残酷。”

“残酷？能比咱们去年的魔鬼训练还残酷吗？”钟国龙一想起那魔鬼训练来，还是心有余悸。

龙云这时候看着他们几个，说道："看来你们几个思想上还是很轻松啊！那我就给你们提前告知一下，我们的魔鬼训练要是跟军区教导大队的训练比起来，简直不能算是训练了！我就告诉你们我去的那两个月的感受吧，我的感受就是，我一辈子都不想再到那个地方去了！"

三个人全傻了。他们实在无法想象，能让龙云一辈子都不想再去参加的集训，究竟能残酷到什么程度。龙云似乎是要提前给这三个战士好好"泼"一下凉水一样，继续说道："在那个地方，你就会体会到，能好好睡上一觉是多么幸福，能短暂休息哪怕是几分钟又是多么幸福了！那地方没有坚强不坚强，只有行还是不行，没有轻松不轻松，只有更残酷，残酷到你们难以想象。"

"连长，有那么厉害吗？陈立华不也在那儿？他都能受得了，我想我们也没问题。"钟国龙听龙云这么说，索性自己先给自己打个气。

"立华是好样的！"龙云由衷地赞叹，"不过，你们不要忘了，陈立华接受的集训，毕竟还算是单项技能培训，而你们参加的可是一系列的综合素质培训。告诉你们个秘密，咱们军区的教导大队，是训练三猛大队的地方！"

"三猛大队？"钟国龙对这个名词有印象，新兵连的时候，他们曾经和三猛大队协同作战过一次，不过他们当时是在外围，只知道三猛大队是一支神秘的特种作战部队，具体厉害到什么程度，他不是特别清楚。

"对！三猛大队，战争的利刃，一切敌人的噩梦。"龙云感叹道，又转过头来看他们，笑道，"别那么紧张，我只是看你们太轻松了，怕你们到那里一时接受不了。你们还是应该庆幸能有一次接受顶尖级别集训的机会呀！不过你们三个要记住，和你们一起参加培训的，是整个军区选出来的精英，你们每个人都代表着咱们团，甚至是咱们全师全军！不管训练多残酷，你们都不能忘了这一点，你们记住，到了那里，你们只能给咱们师团添彩，绝对不能抹黑！"

"是！"三个人齐声回答。龙云所说的残酷，并没有吓倒这三个战士，反而令他们对即将到来的集训充满了期待。

龙云又说了几项注意事项，和三个人聊了一会儿，这时候指导员也回来了，更是殷切嘱咐一番，三个人信心满满地出了连部，回自己班和战友们告别。当天夜里，钟国龙叫刘强到小卖部买了一些酒菜，一班兄弟加上钟国龙几个同年兵聚了一下，钟国龙嘱咐戴诗文一定要带好一班，戴诗文笑道："你就放心吧班长，现在咱们一班是名声在外，训练不用动员！"

钟国龙笑着点了点头，这时候四个新兵都来和班长告别，钟国龙站了起来，动情地说道：“你们四个是我从新兵连带上来的兵，说句实话，你们就是我钟国龙的脸面。你们表现好了，就是在给我钟国龙增光呢！你看上次战斗，孟祥云立了功，人家一打听，谁带的兵啊？我胸脯一挺，说是我钟国龙带的，多有面子！多带劲儿！你们四个好好儿的啊！等我一回来，先跟老戴问你们的表现，表现好了咱们再好好喝一顿，表现不好，看我回来怎么收拾你们几个！”

钟国龙的话逗得大家哈哈大笑，这时候钟国龙又拿起酒来，和刘强一起敬大家道：“兄弟们，我们哥儿俩明天走了，估计没什么时间给你们写信，一班就拜托大家了！”

李大力笑道：“你放心吧班长，还有我李大力在呢不是？”

“是，大力在我放心，至少咱一班的弟兄饿不着！”钟国龙笑道，他这么一说，大伙儿又一起笑了起来。众兄弟告别了半天，一直到熄灯号响，钟国龙和刘强都有些睡不着。半夜起来，钟国龙又给四个新兵盖了盖被子，走到孟祥云那儿的时候，钟国龙发现他没睡着，正偷偷抹眼泪呢。

“怎么了，祥云？又想家了吧？”钟国龙小声问。

孟祥云抬起半个脑袋，眼泪汪汪地看着钟国龙，摇摇头说：“没有……班长，我舍不得你走……”

钟国龙心里一震，着实有些感动，半年以来，钟国龙对这个孤儿新兵无微不至的照顾，已经使他把班长当做了唯一的亲人，自从听说钟国龙要去军区集训半年，孟祥云这几天就一直闷闷不乐，钟国龙安慰了他几次，孟祥云还是高兴不起来。钟国龙感觉到，这个特殊的战士和别人不一样，正是因为他过早地失去了亲人，反而让他将亲情看得很重。想到这里，钟国龙坐到他的床边，小声说道：“祥云，不能这样，班长半年以后还回来不是？你要是想我，就多给我写信，我一看见你的信，晚上不睡觉也先给你回。我走以后，你还是要好好地干，你越来越有出息，班长就高兴，明白了吧？”

“班长，我明白。”孟祥云情绪好了许多，又问，“班长，我真的可以多给你写信？”

“你看你这孩子！”钟国龙笑着拍了拍他，想想自己年岁也不大，又忍不住笑了几声，这才说道，“班长什么时候骗你了！你要是想写，天天写也行！把你想什么，想跟班长说什么，都写给我，我一训练回来就先看你的信，这总行了吧？”

“班长，你训练辛苦，还是别给我回信了，我光给你写，你不要回。”孟祥云说完，又说，“要不……要不你一个月给我回一封就行。”

“行！都听你的。”钟国龙笑道，“快睡觉吧！”

“班长你也睡吧，明天还要赶火车呢。”孟祥云又躺下来。

钟国龙给他盖了盖被子，这才回到自己的床上，想想孟祥云真挺有意思的，新兵和自己这么有感情，钟国龙心里也是暖洋洋的，又想到明天就要去军区了，能见到老四陈立华，又能和排长赵飞虎在一起了，钟国龙又兴奋起来。天都快亮了，还是睡不着，索性不睡了，反正火车上有的是时间睡觉，他起身把刘强叫了起来，又拉上李大力，哥儿仨跑出去抽了两根儿烟，又好好聊了一场。

第二天，在连队的送别下，所有参训人员上了火车，前往军区。

一路上，钟国龙对刘强、余忠桥大赞北国风光，在他看来，北方的风景要比南方强多了，余忠桥又笑他是在南方待久了的缘故，好多北方人还都赞叹南方的风景秀丽呢。钟国龙又不服气，从脑袋里一连搜索了好几句古人赞扬北国风光的诗词，这一下把刘强都震住了，连夸老大有文化，怎么以前没发现呢？几个人说说笑笑，时间过得也不枯燥了。

到了下午，钟国龙他们几个终于熬不住了，好好睡了一觉，醒来的时候，火车已经到了 W 市。

“到啦！”钟国龙最先跳下火车，好好伸了个懒腰，其他学员也都跟着下来，这时候军区教导大队负责接站的军官已经迎了过来，八个人跟着军官出了站，又登上军区的大巴，七拐八拐出了市区，再往北走，一直走到山跟下的郊外，总算是到了目的地。

下了车的钟国龙等人，很快被教导大队大楼上的两排钢架大红字吸引了，大楼中央位置几个大字写的是“首战用我，用我必胜”，两边也各有一排，一条写的是“当兵不怕死，怕死不当兵”，另一条是“人在苦中练，刀在石上磨”。两条标语都同样震撼，让人从骨子里发出一股豪气来，钟国龙第一次见这样的标语，感叹了好久，感觉自己浑身都充满了力量。

一行人背着背囊和武器（参加集训武器都是各部队战士自带），在一名军官集合整队带领下，带往大楼中央的院子。院子里早已经摆好了一排桌子凳子，5 名干部坐在桌子后面，桌子两侧也站了十几名干部。

“看这阵势，还挺隆重！”余忠桥小声地说。

钟国龙也很高兴，几个人走上前，开始办理手续，手续并不复杂，但是审核十分严格，威猛雄狮团的八名战士办完手续，一个上尉拿着本子，分配了宿舍，也宣布了一些日常纪律。钟国龙、刘强、余忠桥三个被分到了二楼的一间宿舍里，一间宿舍只四个人，他们三个进去的时候，已经有一名战士在那里坐着了，看到他们三个进来，连忙打招呼，互相介绍中钟国龙知道，这个战士叫刘越，某机械化步兵团的，是个二年兵。

屁股还没坐热，外面紧急集合的哨声就响了，几个人忙跑下楼，所有人员到齐，钟国龙数了数，大概有百八十个。

整队完毕后，中间桌子上坐着的五名校级军官站起，刚才那名上尉向其中一个大个子上校报告道："大队长同志，N 方向部队集训人员带到，应到 86 人，实到 86 人，请指示。"

大个子上校扫了一眼众人，他身材高大，站在那里十分威武，更骇人的是，这名大队长的左脸上，眼睛下方，有一道十分明显的疤痕，使得整个人看起来异常凶悍。

"稍息！"

出乎意料的是，这位凶悍的大队长声音很温柔，和他凶悍的长相完全不符。

大队长继续说道："为了节约时间，入队分班和入队仪式就一起进行了，我自我介绍，我叫严正平，任这次集训的大队长，这次军区教导大队训练都是从实战需要出发，从难从严摔打部队，锻造基层作战部队精英骨干，把你们培养成最凶猛、最顽强、最富有思想的特种战士，回到原部队后带出真正能打仗的战士。训练难度可能是你们每名参训人员都无法想象的，在这里，你们没有尊严，没有人格，只有服从、训练。现在在你面前的只有两条路：一条是马上放弃回到原部队，另一条是签订生死协议！"

"生死协议？"钟国龙和所有站在下面所有的参训战士都蒙了，大队长声音依旧不高，但是却透着一种无形的威严，尤其是说到生死协议，更是让大家摸不着头脑。

"瞎议论什么？是该你们议论的时候吗？"带队的上尉忽然吼道。

队伍马上安静下来，大队长严正平这才继续说道："对，生死协议！刚才我说过了，这次军区集训，一切训练内容都是从实战出发，在这样的训练中，可以告知大家的是，你们将会随时面临死亡的威胁，因此，这个协议是必需的。"

"报告！"钟国龙忽然大声喊。

"说！"严正平有些吃惊，特意看了这大胆的新兵一眼。

钟国龙问道："请问大队长，生死协议上面写的是什么内容？"

"问得好！"严正平微笑着回答，"所谓的生死协议就是，在教导队参训期间无论出现伤亡，还是出现危险事故，教导大队概不负责！"

语气和蔼的大队长说话的内容却透着残酷，生死协议一经提出，战士们都倒吸一口凉气。问问题的钟国龙更是如此，他没有想到，居然还有这样的协议，这和电影里的"生死状"似乎没什么区别了。

大队长没有再说话，马上进行第二项内容，一位高瘦的戴着眼镜的上校做入队讲话，介绍大队领导和集训教官。中间五位分别是大队长，教导员，一名副教导员和两位副大队长。而后就是站在桌子两旁的 18 名中队军官教官。

他们是其中三个中队，也就是这次军区特别集训的预提指挥士官集训中队，大队共有5个集训中队，其中的一个狙击手和一个心理战集训中队早已经到位。各中队一名中队长、一名指导员，每个中队3名区队长、一名射击教官、一名战术教官、一名野战生存教官，当然大队2位副大队长和各中队中队长、区队长都担任不同的教学任务。

正在介绍军官的时候，一道人影闪过，一名高大魁梧的少尉军官跑到了台前，刚才的集合他没有到，显然是一路跑过来的。刚一站住，钟国龙眼前一亮，那不是排长赵飞虎么？心里一阵激动，钟国龙忍不住喊出了声："排长！"刘强和余忠桥也笑着冲赵飞虎招了招手。

"那三个招手的，报一下姓名！"一声怒吼，来自大队长严正平，钟国龙等人一愣，原来这大队长不是总那么和蔼。

"报告！我叫钟国龙！""刘强！""余忠桥！"

三个人不敢怠慢，报完姓名，大队长又问是哪个单位的，三人齐声说是威猛雄狮团侦察连的。

严正平面色一沉，大声说："看到那边的跑道了吗？猜一猜一圈是多少米？"

三个人顺着他的手方向看了一眼，钟国龙回答："报告，大约1000米。"

"不是大约，是准确的1000米！眼力不错！"严正平嘴角露出一丝冷笑，"你们三个，十公里快速跑，准备——跑！"

钟国龙又把目光投到赵飞虎身上。

"大队长的话就是命令，你们三个是聋子吗？"出乎意料地，赵飞虎好像不认识他们三个一样，声音比大队长还冷，钟国龙吃了一惊，百思不得其解，也只好和刘强、余忠桥向跑道急速跑去。

"老大，排长怎么跟不认识咱们似的？"刘强边跑边问。

"谁知道啊？"钟国龙苦恼地说，想了想，有些自我安慰地说道，"兴许是大队长在场，旁边又有那么多干部，排长不好意思跟咱们套近乎吧。等解散了，咱们三个就去找他。"

"我说，你们知道为什么让咱们跑十公里吗？"余忠桥赶了上来。

钟国龙这才反应过来，也低声说："是啊！为了什么呢？嫌咱们招手了？"

"那也不至于跑十公里吧？"余忠桥嘟囔着。

三个人也不知道到底为了什么，又不能不跑，咬着牙跑了十圈，这才又跑了回来，向大队长报告。

"跑完了？"大队长问。

"是，跑完了。"三个人喘着气回答。

“谁看见你们跑完了？谁让你们自己回来了？”严正平冷笑着问。

三个人一愣，这是什么问题？一时之间不知道该怎么回答。

“刚才我说错了，那跑道不是1000米一圈儿，其实是500米一圈儿。你们才跑了五公里，还没跑完呢！”大队长又说了一句。

钟国龙简直不相信自己的耳朵，又回头看了看那跑道，跑道绝对没问题呀？壮着胆子说道：“报告大队长，那跑道就是一圈1000米的。”

“多少米是你说了算的吗？我说它是500米，它就是500米！”严正平好像精神不正常，又指着跑道喊，“马上去跑完剩下的5000米！”

“为什么？”钟国龙急了，眼睛也瞪了起来，大声说道：“你这不是刁难人吗？”

“哈哈！”严正平居然笑了，走到钟国龙近前，声音忽然又和蔼了起来，“没错，你连我故意刁难人都看出来了？那我告诉你们，我就是在故意刁难你们呢！继续跑，还是滚蛋回你们的威猛雄狮团侦察连，你们自己决定！”

三个人无语了！钟国龙又看了看旁边的排长赵飞虎，赵飞虎还是一脸的默然，好像根本就没有注意到这件事情一样，钟国龙咬了咬嘴唇，低吼了一句：“跑就跑！”率先跑回了跑道。

三个人忍住了一肚子的闷气，又一连跑了个十公里，累得快虚脱了，这次不停了，边跑边喘着粗气喊：“报告大队长！我们跑完了！”

神经病的大队长——钟国龙他们三个已经把大队长认定为神经病了，冲他们招了招手，三个人气呼呼地跑回来，这边已经分完中队了，严正平指着三个跑了二十公里浑身湿漉漉的战士问：“你们哪个中队还有窝？”

“报告大队长，我们一中队的猪窝，正好还有三个！”一个山东口音的黑壮汉子吼道，这个人钟国龙认识，是刚刚自我介绍的一中队队长，名字叫隋超。

“那你把他们三个猪仔赶回去吧！”严正平说完就走。

钟国龙可气坏了！居然叫他们是猪？钟国龙的眼睛冒火。

“你们三个还愣着干什么？等着老子把你们踹回去吗？”隋超大声吼道，“赵飞虎，既然你们认识，这三个猪仔归你的一区队了！”

“我们是来集训的学员，不是猪仔！”钟国龙终于忍不住了，瞪着眼睛冲隋超吼道。

隋超几步走到钟国龙近前，眼神毫不相让地说道：“在这里，只有两种人，一种是集训成绩合格的战士，另外一种就被叫做猪仔！你不用不服气，有你服气的时候！”

钟国龙还要争，赵飞虎已经到了近前，冷声说道：“是不是猪仔，成绩说话，你们三个，入列！”

钟国龙不服气地瞪着赵飞虎，赵飞虎好像不认识他，脸色依然阴沉着，钟国龙不禁奇怪：排长是怎么了？难道是失忆了？百思不得其解，也只好入列。

这时候，其他两个中队已经带回了，操场上只剩下了一中队的76个兵。隋超冷着脸走到队伍前面，异常冰冷地说道：“下面我点名！王小强，猪仔一号！”

那个叫王小强的一愣，没有及时应答，隋超已经吼了：“王小强！猪仔1号！死了吗？”

“到！”王小强只好回答。

隋超依次点名，每点一个人名，都会在名字后面编上猪仔某号，钟国龙是猪仔6号，刘强是7号，余忠桥是8号，三个人已经积攒了足够的怒火，喊到的声音像在喊“杀！”真恨不得马上把隋超大卸八块。

隋超点完名，合上了本子，又大声说道：“叫你们猪仔怎么了？有什么不服的？想让我叫你们什么？叫你们各部队上来的精英？你们也配？你们是精英吗？我告诉你们，现在的你们，有一个算一个，别说精英了，连猪都不如，只能是猪仔，一群还没长大的猪！我最后确定一件事情，这是最后的机会，有没有想主动退出这次集训的？十秒钟时间答复我！”

战士们相互对视了一眼，沉默了几秒，最后齐声回答：“没有！”

“没有，那就好。”隋超踩了几步，继续说道，“既然你们不想退出，那我就提要求了！既然都想完成集训，那么，从今天开始，你们就必须接受猪仔这个代号！这个代号是对你们目前的状态最恰当的比喻了。当然，你要是把这个理解为一种侮辱，也未尝不可。要想不被侮辱，就拿东西向我证明，向中队证明！

“从今天开始，所有人将不再是一名战士，也不要老把自己当一个人来看！在这里，人这个字有新的定义。从今天开始，你们所有人都不再有自由，不再有任何的属于你们自己的私人空间，甚至也不用老想着有人格，有尊严，有理想。你们现在什么都没有，也什么都不是，一群猪仔而已！

“现在我宣布纪律：每天晚十点睡觉，熄灯后不许说话，不许抽烟，不许喝酒，集训第一个月不许与外界联系，以后每封信件都必须由分队长检查后方可发出。都清楚了吗？”

“报告！”一个战士喊。

“说！”隋超不耐烦地喊。

“为什么没有起床的时间？”战士问。

隋超冷笑："那是因为，你们每天起床的时间都不固定。集合哨响，随时起床！明白了吗？"

那战士呆了呆，算是明白了。

"有不明白的也不要问了！问来问去的，老子不是你们的保姆！"隋超吼完，说道，"现在各分队带回，安排猪窝，明天是你们最后一天休息时间，最好都给我老实地死在猪窝里睡觉，后天开始，睡觉就是很奢侈的事情了！"

中队带回，战士们都憋着满肚子的气，到底是刚来，还没搞清情况，也都不好马上发作，但是刚刚到军区教导大队时候的所有新奇和兴奋全都一扫而光，因为至少有一点可以肯定，以后的日子，肯定不好过了！

钟国龙和刘强、余忠桥还在一个宿舍，刚铺好的被子只好重新又叠好，这军区教导队处处透着不正常，他们又搬了一个新宿舍，这宿舍是六人间，除了钟国龙他们仨，还有三个战士也住了进来，是猪仔 9、10、11 号。

"赶紧睡觉吧！能多睡就多睡，以后可真没机会了！"猪仔 9 号——一位来自某步兵团的战士苦笑道，"我们老部队有个排长来过这儿，他说的跟咱们遇见的差不多。"

"真他 × 的想跟那个隋超干一仗！"钟国龙气呼呼地躺到床上，"看那些教官，一个个鼻子眼儿全冲上了！"

"老大，怎么连排长也那个态度了？刚才分宿舍的时候，他也叫咱们猪仔，我故意看了他一眼，他跟没看见我一样！"刘强头探过头来说。

"谁知道啊！"钟国龙也气这件事呢。

"一中队一分队！集合！"门外一声大喊，正是赵飞虎。

战士们赶紧又跑出去，十一个人站成一排，看着面色冰冷的赵飞虎。

赵飞虎扫了一眼众人："下面我宣布集训第一阶段的内容科目。以后每天训练对你们来说，都是对人的生理和心理极限的一个挑战，每次对抗都是生与死的考验。首先进行第一阶段选拔，时间是 15 天，要求队员在这 15 天时间内必须完成 40 种长度行军、越障、跳崖、运输弹药、救护伤员等 20 多个高难度训练。需要强调的是，以后每天的训练都将长达 20 多个小时，一天最多只能睡 3 个小时，吃饭时间 5 分钟，训练期间不准休息，不给水喝，每个障碍物还要连续翻越，这都是对你们的生理和心理的一个挑战，坚持下来的继续训练杀猪技术，不行的就回原部队玩过家家去。在这期间，看综合表现，各区队长选出各班班长、副班长当猪头。当了猪头也没什么可得意的，还是猪仔！在这期间有谁受不了，或者无法完成训练任务的，都将被直接淘汰，你们的归队鉴定书上也只有三个字：不合格。解散！"

队员们惊讶地听赵飞虎介绍完第一阶段的训练项目，各自回宿舍，钟国龙他们三个没走，此时楼道里只有他们三个和赵飞虎，钟国龙不甘心，想做最后的试探：

“排长！”

赵飞虎抬头，盯着钟国龙，忽然脸色沉了下来，大声吼道：“什么排长？我是你的区队长，你耳朵聋了还是记忆力衰退？”

“排长，你也得精神病了？”钟国龙脸涨得通红，“你不认识我们了吗？”

“钟国龙，我认识你，也认识他们俩。”赵飞虎走到近前，说道，“认识而已，你至于表现成这样吗？认识你们就应该照顾你们对不对？对不起，我没那习惯！”

“谁他 × 的让你照顾了？”钟国龙真急了，像是受到了极大的侮辱，声音都沙哑起来，“当个破区队长，你牛什么牛！我用你照顾了吗？没有你老子还不行了？”

钟国龙说完转身就走。

“站住！”赵飞虎一声怒吼。

钟国龙站住，转身，盯着赵飞虎。

赵飞虎紧盯着气得火冒三丈的钟国龙，一字一句地说道：“钟国龙，顶撞教官，警告一次，罚十公里，下不为例！钟国龙，这算我照顾你了！否则直接让你滚蛋也不过分！”

“跑就跑！”钟国龙几乎是吼叫着跑出了宿舍楼，一直跑到操场上，沿着操场跑了起来，边跑边吼：“不就是十公里吗？一圈儿 500 米是不是？老子就给你跑二十圈儿！”

刘强和余忠桥见钟国龙疯了一般在操场上跑，也急了，一路跑出去，和钟国龙并肩跑了起来。

“都给我听着！这地方老子待定了！我打算就这么扛下去了！不是签了生死协议了吗？我就拼命了！我倒要看看是谁比谁牛！我倒要看看他们这些王八蛋能把我弄到什么程度！”钟国龙边跑边说。

“老大，我跟你一样！”刘强吼道，“什么东西！不过是想一个连的，彼此亲热亲热，他还以为咱们要他照顾了！以后他是他，咱们是咱们！”

“对！拼了！”余忠桥瞪着眼睛跟着一路疯跑。三个人像是在百米冲刺一般在跑道上拼着二十公里。

二楼的一扇窗户边，一个声音笑道：“看见没有？三个牲口兵！”

“这不正合你的胃口？”另一个声音也笑。

“那不一定！要想合我的胃口，就凭这点脾气还差得远呢！”第一个声音说。

第一百零五章　地狱生存（一）

狙击训练场，陈立华刚刚从400米障碍场上跑回来，和其他战士一样，气喘吁吁的，眼前一阵冒金星。其实400米障碍已经不能让陈立华如此疲惫，问题是王勇要求的是连续往返400米障碍场三次！这一路下来，用战士的话说：就算是神仙也得缺氧啊！

王勇不等战士们把呼吸调整正常，忽然拿着一个白口袋跑到他们面前，用手伸进袋子里，居然从里面抓出大米来！每个战士面前一把大米，散落到地上的草丛中，王勇大声命令："不要停歇！马上捡大米粒，完成要求：不能让我发现你们面前的地上还有半粒大米。要准确说出自己捡上来大米的数量！开始！"

"队长，这捡大米粒是训练我们什么呢？"陈立华气喘吁吁地趴在地上，抬头不解地看着王勇。

王勇笑道："捡完我就告诉你！"

战士们都笑了，已经集训了将近半年，狙击训练营里，王勇的训练强度一直在加，但是对这仅存的十几名战士已经不像一开始那么态度严厉了。战士们此时也已经习惯了王勇的训练风格，队长虽然和蔼了不少，但是谁也不敢因此不把训练当回事。陈立华不再问，低头认真地捡起了米粒。

整个上午的时间，队员们都在重复着这套训练程序：400米障碍往返三次，马上捡数地上的米粒，渐渐地，大家都明白了其中的奥妙：跑 400 米障碍对狙击手集训队的队员们来说算不上什么，捡米粒也几乎说不上有什么技术含量，然而当四百米障碍和捡米粒看似粗糙地千百次相加后，产生的却绝对是一个极具技术含量的结果。因为每当战士经过连续的剧烈运动以后，这样突然定住，去捡米粒。需要极高的定力、眼力。刚一开始，队员们很难马上集中注意力去准确地把米粒捡到手里，不是忘了数量，就是漏了米粒，当然，笨蛋山的惩罚依然如故，只不过随着这些队员的训练成绩进步，王勇重新设定了惩罚规则：由以前简单地跑上山做几百个俯卧撑，发展到狙击手据枪奔跑，枪管下挂一满罐头盒的水，一路上去再下来，水不能洒，洒了重来。事实上，被称作军中猎人的狙击手精英们，他们的过人之处，正是在一系列这样的训练中一天天练成的。

中午时分，训练终于结束，陈立华等人已经是头昏眼花，王勇这时候把大家集合起来，说道："现在我可以告诉你们训练的目的了：我们主要是通过这种训练模式培养你们在高强度、高难度训练后的心理素质，因为在执行任务的时候，很容易高度紧张，特别是一个狙击手，不但要具有高超精湛的射击技巧，更需要有极高的心理素质。在某些时候，你们的紧张和耐心不足，很可能是致命的。上午的训练大家完成得不错，希望继续努力，下午我们还会进行这样的训练，不过难度还要加大！"

"队长，还要怎么加大呢？"一个老兵苦着脸地问。

王勇一笑，说道："大米捡完了，不是还有小米？还有芝麻什么的吗！不过我告诉你们，以后训练的时候最好再精确一些，别大米里又混着沙子，你们知道吗？这袋米可是我跟炊事班借的，沙子多了，最后还是吃到咱们肚子里！"

队伍一阵哄笑，王勇挥了挥手，宣布解散。

陈立华一边擦着汗，一边和刘万力聊着往中队宿舍走，路过旁边宿舍的时候，陈立华忽然发现那里已经住了人。

"那些人是干什么的？"陈立华问。

刘万力看了看，说道："听说是军区预提指挥士官参训的。都是从各团选上来的。昨天刚到，你不知道？"

"早上咱起得早，没注意啊。"陈立华又看了看那边。

"嘿嘿，听说那边儿比咱们还惨！整个一'冲出亚马逊'！"旁边一个老兵笑道，"听说我们团来了俩，有时间我去看看他们。"

"就是不知道他们有没有时间啊！刚到地狱，他们还晕着菜呢！"又一个北京口音的战士说。

“各团上来的？”陈立华碰了碰刘万力，“那是不是也应该有咱们团？”

“肯定有！就是不知道有哪个。”刘万力说。

“嘿！说不定有咱们侦察连的呢！或者干脆……”陈立华忽然兴奋起来，“干脆有我们老大呢！”

“谁知道啊！估计没有吧……我听说咱们连现在正驻守弹药库呢，还刚刚打了一仗，灭了不少恐怖分子呢！”刘万力说，“要是那样，不一定能来得了啊！”

“老刘，你是从哪儿得到的消息？我怎么不知道？”陈立华奇怪地看着老刘。

刘万力尴尬地一笑，说：“我也是昨天晚上才知道，昨天收到我们班战士的信了。我还没来得及跟你说呢。”

已经过了那几个宿舍，陈立华没再往深处想，晚上的时候，陈立华想请假去那边看看，由于那边的中队晚上有活动，再说队长王勇也知道那边的纪律，没有批准他去，陈立华就想着第二天星期天，找机会给老大打个电话。

第二天星期天，陈立华他们狙击集训队休息一天，这很难得，陈立华却没有贪睡，和几个战友嚷嚷着去打篮球，到厕所才发现，教导队居然停水了，所有的卫生间都不能用，自己跑到距离宿舍楼几百米外的老旱厕去上厕所。当然，陈立华还有个目的，教导队宿舍楼建好以后，这旱厕已经停用了好长时间，却成了战士们偷偷吸烟的好去处。陈立华快速跑到那旱厕门口，还没进门，就看见旱厕露天的上方烟雾缭绕，进出的人也比平时多了许多，一看都是陌生的面孔，陈立华就知道，肯定是那些刚来的集训战士。看了看没几个认识的，陈立华叼上烟就走了进去。

里面更是烟雾缭绕，像是下了大雾，人影绰绰，居然都看不清脸了。陈立华点着了烟，低头找地方撒尿，刚迈进去几步，感觉脚踩住了一个软东西，还没等他反应过来，自己就挨了一脚，一个人骂道：“往他 × 的哪儿踩呢？”

陈立华大脑一震，一时没反应过来，只知道自己是踩了人家脚了，被踩的那个正好被一个人挡住了，没想到那人上来就给了自己一脚，火往上冲，刚要发作，忽然，陈立华愣住了：这声音好熟悉啊！

“你是哪个？”陈立华急忙问，又努力把身体往里靠了靠，挤过了中间那人，再看时，一下子呆住了：烟雾之中，一张棱角分明的脸距离他的眼睛不到二十公分，不是钟国龙是谁。

“老大？！”陈立华嚎了一嗓子。

钟国龙也呆了！刚才在队里被隋超又训了一顿，火没处撒，跑来抽烟，又被踩了一脚，钟国龙想都没想就踹了过去，没想到却踹到了陈立华！

“我的妈！老四！”钟国龙也惊喜万分。

这时候，里面又有两人喊：“四哥！”“立华！”

陈立华定睛寻觅，最里面的两个茅坑并排蹲着两人，一个是刘强，一个余忠桥。

“哎呀妈呀！幸福来得太突然了！老大，老六，忠桥，你们都来了……老六！你他×的先把屁股擦了提上裤子咱们再拥抱！老大！我想死你了！”

兄弟几个在这里见了面，全都抱在了一起，惊得四周的战士纷纷避让，搞不懂这几个家伙怎么老大老四老六老余的，钟国龙已经把刚才的郁闷全抛到脑后了，拽着陈立华的胳膊，恨不得上去亲上几口，他太想这个兄弟了，来了一天多，也没来得及去找他，没想到在这里碰上了！

兄弟几个出了旱厕，躲到后面的围墙根下，好好地亲热了一番。

“老大，这回好了！你们怎么没告诉我要来呀？”陈立华抱怨道。

“我还想着给你个突然袭击呢！”钟国龙笑道，很快又变了脸色，恨恨地说道，“没想到进了精神病院了！这儿的教官，个个儿精神病，各种规定纪律也他×的不是给人定的！”

钟国龙拉着陈立华，把这一天多的遭遇简短地说了一通，说到赵飞虎的时候，钟国龙眼睛冒火，气得直拍大腿。

陈立华和赵飞虎接触时间不长，不能理解钟国龙怎么这么恨他，只是听他说那边的教官不把他们当人看，也是很震惊，低头说道：“我也听说，军区教导大队号称‘军营地狱’，我还以为是夸张，没想到居然有这等事情！”

“老四，你那边儿没这样？”钟国龙问。

陈立华摇摇头说：“没有！我那边也挺残酷，队长要求也特别严，但是还没到侮辱人格的地步。”

“我们三个想好了，跟他们较上劲了！他们不是看不起我们吗？我们还看不起他们呢！”钟国龙恨恨地说，“明天就开始训练了，我就是要看看他们有什么手段。要是有真东西，我没说的，谁让咱们不如人家呢？要是徒有虚名，不用他们淘汰，我自己就申请回去。”

陈立华正色道：“老大，我劝你还是把心态放平稳，我感觉，军区教导大队固然有它不近人情的地方，但是作为军区的最高训练单位，肯定是有它特殊的训练手段的。不过，你们这样带着情绪训练，效果会大打折扣的！”

钟国龙叹了口气，说道：“看看再说吧。”

这时候陈立华也站了起来，看看表，已经过去十五分钟了，得赶紧回去，而钟国龙他们早就过了请假时间——上厕所还要请假，这也是钟国龙不理解的地方，老子又不是新兵了！

兄弟几个又说了几句，约好有时间好好聚一聚，就匆匆回去了。陈立华回到宿舍，很是兴奋了一番，不过还是有些担心，钟国龙的脾气他知道，论毅力，钟国龙比他要强，训练再苦，他也不会皱半个眉头，但是钟国龙却是个宁折不弯的火暴脾气，他生怕老大因为受不了人格的侮辱而做出什么傻事儿来，一想到这儿，陈立华就有担心，想想等有机会再见面，还是得多劝劝钟国龙。

隋超没有危言耸听，赵飞虎说得也不错，休息了一天的学员们，在第二天就感觉到了什么是地狱。这是正式训练的第一天，早上四点天还黑着，所有学员就紧急集合了。用隋超的话说，十点熄灯到四点起床，整整六个小时的睡觉时间，这帮猪仔都过年了！点名之后，所有教官全上了越野车，各区队长手里拿着扩音器，真像赶猪一样跟在所有学员后面，开始了第一个训练科目：全副武装山地十公里越野。

所有的二百多名学员排成一路纵队，跑出军营，绕过围墙，直接向着远处的一座座山峰跑去。黑暗中，只有车灯照出一道道的光束，刚刚从睡梦中被惊醒的学员们，此时感觉眼前的山麓根本望不到头。

大队长严正平的车却开在所有学员的最前面，五分钟不到，所有人都恨死了这个刀疤脸，从他的扩音器里喊出的声音，虽然不像隋超等人那么野蛮，却句句让人受不了："要是感觉自己不行，干脆用爬算了！爬也比你们爬得快了！你们的团里是怎么把你们推荐上来的？都是一群关系兵吧？我怎么看不出一点儿精英的感觉呢！"

他这样冷嘲热讽着，所有的学员都气炸了肺，瞪着眼睛往前冲。

"就你们这速度，还想冲刺啊！你们是我见过的所有学员中跑步最像散步的了！不服气是不是？想让我闭嘴是不是？光不服气不行！让我闭嘴的唯一办法就是让我对你们认可，只可惜呀，我无法昧着我的良心说认可你们！"

钟国龙红着眼睛冲在队列的最前面，后面紧跟着他的是刘强和余忠桥，钟国龙边跑边用眼睛瞪着车上探出头来的严正平，要不是部队有纪律，要不是钟国龙已经当了一年多的兵，这个时候他早恨不得上去和这个讨厌的刀疤脸拼命了！

冲上一座山峰，队伍并没有停，从山坡上下来，又跑上另一个山峰，山与山之间的公路，坡度异常地大，十公里跑到一半的时候，已经有个别战士吃不消了，步伐逐渐慢了下来，等十公里接近完成时，队伍已经明显地分成了前后两个集团。

到达终点，已经接连越过了三段长长的山地路，严正平下车，命令全体集合，站在队列前面，严正平"嚣张"地喊道："一群垃圾！猪仔！这就是你们的速度？我的汽车都快憋出毛病来了！行了！行了！对你们要求太高也没用啊，各中队分发猪食。”

各中队的区队长这个时候下了车，从车里拿出一袋袋的军用口粮，再分给每个战士一瓶只有150毫升的小瓶水。

“不错吧，这是早餐？错了，这是你们今天晚上睡觉前的所有饮食！一份口粮，一瓶矿泉水，便宜你们了！下面的科目：长途行军，距离：50公里。路线，你们的区队长会给你们每人一张草图，每人一个老式指北针，指北针你们都会使吧？要是哪个笨蛋连地图都看不懂，指北针都不会用，就脱下你们的臭鞋，扔鞋吧！要求你们以区队为单位自由结组，每个区队分5个组，最先到达的，有奖励，奖励就是做完200个俯卧撑，然后等着后面的慢猪们赶上来！最后一组到达的，你们就死定了！每人1000个俯卧撑，死了就地埋！”

严正平说完，又吼道：“还是那句话，要是谁想退出，直接跟你们的区队长说，马上就可以坐车回去收拾行李滚蛋！没人求着你们来这里集训！”

战士们此刻的心里说不出是什么滋味，这是训练吗？这是教官在跟自己的队员说话吗？所有对于这次“宝贵的”集训机会的憧憬，此时全都烟消云散了。在这个时候，战士们才真正体会到了那份“生死协议”的真正意义。他们现在的感觉，甚至是绝望的，因为到目前为止，他们似乎已经看不到希望了。而且，更让他们忍受不了的是，他们的自尊，也在教官的冷嘲热讽中逐渐消退了。

这些战士，在自己的连队中，都是出类拔萃的重点培养对象，在他们的记忆中，自己感受最多的，是班长的照顾，连长的关爱，战友的崇拜，而像钟国龙这样的战士，已经在自己的团里有了一定的荣誉和知名度，他们所面对的这些荣誉和自豪，到了这里，已经完全没有了！没人关心，没人爱护，区队长、中队长、大队长，全是一样的“嘴脸”，所有的荣誉仿佛都离他们远去了，因为没人在意，也没人问询。甚至他们在原部队引以为自豪的训练成绩，放到这些教官的眼里也成了小儿科，甚至成了笑柄。

所有人的心都是冰冷的！一种巨大的打击沉重地落到了每个人的身上。

自由结组，钟国龙和他们宿舍的人选择在一组，由于六个战士中，只有钟国龙在原部队是班长，自然也被大伙选做了组长，出发的命令一下，他们这一小组根据地图指示的路线，快速地出发了。翻过又一座山，眼前是一片松树林，此时已经快进入夏天，松树林的脚下满是荒草，一片隆起的墓群出现在眼前。天还没有完全亮，进入松树林的战士们看不到前面的路，只好挨着一个个坟头摸索着前进。

刚刚跑过艰难的十公里，所有人的衣服都湿透了，肚子也饿，再加上露水和凌晨冷风的侵袭，那感觉难受极了，教官给出的地图，目的地相同，路线却各有不同，夜色中只有他们六个的身影，钟国龙走在队伍的最前面，按照要求，不但要用最快的速度到达目的地，还要在自己小组拿到的地图上标注缺少的地形地貌、路线，小组的行进速度并不是很快。

“组长，要不咱们等天亮一点儿再走吧，我实在走不动了。”小组里面最年轻的一个战士喘着粗气跟上来，有些担忧地说，“这么黑着往前摸，万一路线错了怎么办？”

“不行！现在咱们的体力就已经耗费得差不多了，要是停下来，热量耗没了，天亮了也还是走不动！”钟国龙回头看了一眼小战士。

小战士嘟囔着：“真不知道教官是怎么想的，训练重点儿无所谓，总要吃饱饭吧？这么点儿东西，还不够我塞牙缝呢！”

“先不要吃这些东西！”钟国龙回过头来对大家说，“把口粮先省下来，现在吃了，这一天可就没吃的了！大伙在路上找找，看有什么替代的食物没。”

“哪有什么替代的！这地方全是松树林，总不能吃松树叶儿吧？”余忠桥说。

“走吧，走吧！累死也得走啊！总比到最后做1000个俯卧撑强吧？”一个战士这时候说。

钟国龙直了直身子，长出一口气，又向前走。

两个小时以后，天终于亮了，太阳升起来，露水逐渐蒸发，六个人翻山越岭地走，体力完全透支了，按照现在的速度，要到达目的地至少还需要四个小时以上的时间，现在食物成了最关键的东西。

钟国龙舔了舔干裂的嘴唇，四处查看，此时已经进入了大山群落的腹地，周围的景象也大不相同，前方除了一个个光秃秃的小山包，连树木都几乎没有了，钟国龙冲着太阳的方向看了看，忽然感觉有些头晕，身体摇晃了几下，险些摔倒。

第一百零六章　地狱生存（二）

这才是第一天啊！钟国龙心里猛地一震，是啊，刚到上午，第一天才刚刚开始，后面还有十五天，十五天后面还有半年，无论如何不能第一天就坚持不下来吧？想到这里，钟国龙稳了稳精神，招呼几个兄弟坐下休息。

“我的妈！总算是能休息一会儿了！”刘强仰面朝天把背包压到身下。其他人也全都瘫了一般倒在地上。

“兄弟们！喝点儿水，都喝点水。”钟国龙招呼着大家。

“组长，我……我吃点儿干粮行吗？”还是那个小战士，脸上被杂草划了好几道血印子，掏出口粮来。

“小赵，现在还不能吃啊！还有一天的时间呢。”钟国龙说道，“那帮混蛋教官说话肯定算话，我敢保证，晚上十点之前，咱们恐怕真没什么吃的了。”

“咱们这是图什么呀？”一个战士把枪使劲拍在草丛上，恨恨地说道，“当初还当是个香饽饽呢！申请啊！选拔啊！总算是来了，来了就这个结果？我看咱们都活不过十五天！”

“坚持吧兄弟！既然来了，就不能给老部队丢脸！”钟国龙劝着那战士，其实也是在勉励自己，“还记得宿舍墙上那句话吧，这里没有烈士，只有活着的英雄。我想这鬼地方也不只集训了咱们这一队人，既然别人能通过，咱们也一定能行！”

“说是这么说，可是你没发现？那群教官好像成心想把咱们全淘汰一样。拿咱们当什么了？动不动就处罚，动不动就训斥。我感觉我的心理跟我的生理一样，都接近崩溃了！”老兵继续发牢骚。

这是很危险的！越是在这种时候，小组内一旦出现消极思想，便会很快蔓延，直至销毁整个集体的战斗力，这是钟国龙当初参加骨干培训的时候学到的知识，老兵的话一说出来，钟国龙就有了警惕。

“不能这么说！”钟国龙猛地站了起来，大声说道，“咱们现在是一个小组，不管以前咱们是哪个部队的，现在成了一个统一的集体，是一个团队，既然是这样，咱们就得团结，相互帮助，死也要完成训练任务！都站起来！走！”

所有人都站了起来，那名战士有些不情愿，钟国龙上去把他拉了起来，还要帮他拿枪，老兵有些不好意思，自己拿上了，六个人又挣扎着往前走。

“兄弟们，想不想看那些教官看着咱们做完 200 个俯卧撑之后躺到地上睡觉的样子？”余忠桥忽然笑道。

“嘿！还真他 × 的想看！”刘强也跟了一句。

钟国龙回头说了一句：“那咱们就争取拼上 200 个俯卧撑！不能让那帮家伙看不起咱们！”

不能让教官看不起，此时成了这个小组唯一的前进动力。

中午十二点的时候，钟国龙的小组终于到达目的地，他们是第一个到达的小组，几个教官正在那里烤着肉，钟国龙全组满肚子的怨恨，拼了命地做完俯卧撑，全瘫在地上，闻着烤肉的香味，他们吃了一天的口粮。赵飞虎也在吃烤肉，看都没看钟国龙他们一眼。

隋超“残忍”地问：“你们几个，有想吃肉的没有？退出，只要退出就能吃肉，吃完就送你们回老部队。”

钟国龙瞪了他一眼，没有说话，心里的愤恨在一点点地累积着。等所有小组全部到达的时候，所有人接到一个消息：今天的训练远没有结束，下午回训练场练体能！

体能训练场上，所有的战士无精打采地站在那里，连续的十公里武装越野加上五十公里的高强度行军，到现在只吃了一点塞牙缝的野战口粮的他们，此刻最想干的事情就是倒下来睡觉。

严正平懒洋洋地从车里下来，从左到右，像观察一群战俘一样，看了看每个人，那眼神里面充满了鄙夷和不屑，一直看到最后一个战士，严正平回过身来，冲旁边一招手，一辆军用的卡车缓缓开过来，一个教官把帆布拉掉，里面是一个个的大纸箱子。

“沙袋，每个10公斤，绑腿，每单只2.5公斤，一双就是5公斤啦。”严正平说道，“每个人发一副，从现在开始，除了睡觉，你们的身上就必须有这套装备。”

教官开始分发沙袋和绑腿，战士们挣扎着把这些东西穿到身上，顿时感觉喘不过气来，钟国龙绑完绑腿站起身来，眼前一阵地发黑，这可比他在新兵连做的那些沙袋重多了，25公斤，再加上全身的背包、武器，一共加起来将近六十来公斤了！

严正平看着战士们被压得直摇晃，眼里没有一丝怜悯，反而笑了笑，说道：“怎么样？不适应吧？慢慢就适应了！先来个五公里，热热身吧！”

老天啊！这疯子是不是人啊？全体队员吓了一跳，还要跑五公里？这样的状态下，不累死才怪，但是已经没有时间考虑这个问题了，各区队长已经骂开了，几乎是强迫着自己的区队赶紧跑动起来，操场上，战士们开始一瘸一拐地前进，沉重的沙袋，全身的装备，疲惫饥饿的身体，使他们简直要崩溃了。钟国龙咬着牙坚持着，两腿像灌了铅，根本就没办法迈开步子，看了看左右的人，也都是这种感觉，一个战士不小心摔倒在地上，使了半天劲儿也爬不起来，两个人过去把他拽起来，战士摇晃了一下，又瘫了。

教官跑了过去，冲着那个战士喊：“怎么样？行不行？要不要退出？”那神情，那语气，分明是热切期盼着他退出一样。战士咬着牙又爬了起来，吼了一声：“不！”拄着枪站起来，拼尽全力地挪了几步，仍然不能继续前进，又倒了下来，汗水混着擦伤渗出的血水，浑身都是土，那战士哭了，哭得撕心裂肺，哭得触目惊心，要不是亲眼见到，谁能相信一个连队的尖子、二十岁不到的大小伙子能哭成这样呢？

那战士宣布退出，成了这支集训队第一个宣布退出的人，也是宣布退出最快的人，一天还没到，他已经坚持不住了。

剩下的战士们，几乎是连滚带爬地完成了五公里，倒在地上，粗重地喘着气，那感觉比死了还难受，这个时候，就算是有天大的事情，也没有人愿意动一下。

“起来！都给我滚起来！”严正平又在吼了，隋超等中队长更是不客气，走过去，冲着倒在地上的战士就是一阵狠踢，战士们被这群“暴徒”驱赶着站了起来，再次排成队列。

“怎么都跟软脚螃蟹似的！这才第一天！刚才只是热身！”严正平面无表情地说，“下面体能训练才算开始！”

体能训练开始了，训练的项目是蛙跳、鸭子步、百米冲刺！一直到下午四点的时候，200多人的队伍还能站着做动作的，不到100人了。而这100人，也完全是靠着意志力在坚持了，钟国龙他们三个还在坚持中，钟国龙现在的感觉就是：自己已经不再是个活人了，什么思想、感情、情绪，此时全都没有了，意识模糊，机械地做着动作，一百米冲刺下来，中间摔倒个七八次是正常的，一开始还感觉到疼，到后来，根本就没意识了，摔倒了再机械地爬起来，摇摇晃晃地再继续跑，也不知道自己跑的是不是直线，是不是还保持了速度，汗水像雨水一样淌下来，钟国龙还是第一次感觉到，原来汗水流到一定的程度，就不是咸的了，是淡的，流进嘴里，算是喝了水了。

“暴徒”们没有丝毫的怜悯，眼见战士一个个倒下，第一个问题就是：“要不要退出？”不退出的，他们也不会扶上一把，任你像死狗一样倒在地上喘息，他们不断地催促，甚至用脚踢。

“我再次强调，再次强调，训练是你们自愿的，不是我们强迫的，只要你自己不想训练，只需要举个手声明一声，就可以受到很好的照顾，可以睡觉，可以吃东西，可以喝水，多简单啊！何必这么拼命呢！举个手就行了！”严正平歪戴着帽子，叼着烟，用手里的扩音器“温柔”地喊着。

这个时候，听到这样的话，真是比任何的心理战战法更有效，严正平的几句话，可以一瞬间将意志薄弱者的心理防线彻底摧毁！已经有十几个战士倒在地上，举起了右手。举了手的战士会立刻被人抬上车，拉走，真的可以好好睡一觉，吃上烤好的牛肉，甚至可以喝上一瓶啤酒，然后收拾自己的行李，怎么来的就怎么回去。谁也不愿意回去，可是，这样的训练不是谁都能坚持的。

“老大，我快坚持不住了！”刘强挣扎着做蛙跳，几乎是带着哭腔说。

钟国龙恍惚间听见刘强在说话，听到他说坚持不住了，钟国龙低吼着：“老六！不能啊！你忘了连长说的话了？死也要坚持住！不能给咱们团丢脸！”

“老大，我……我听你的！”刘强吐了几口咽喉里挤出来的口水，继续做着动作。

到晚上八点的时候，偌大的操场上，倒了一片精疲力尽的战士，有好多战士是在晕倒以后，被教官踹醒，继续爬起来做动作的，也有一连晕倒几次的，但是没有用，只要你还活着，只要你不宣布自己退出，教官们没有一个会同情你，严正平的心理摧残还在继续：“有退出的没有？有没有？食堂开饭了！我可告诉你们，今天只是第一天，是这十五天里最轻松的一天，以后的日子更难熬！”

钟国龙仰面倒在地上，恨不得捂上自己的耳朵，恨不得跑过去把大队长的那个破喇叭抢过来砸个粉碎，或者，干脆走过去，一拳把那个该死的大队长干死算了！可是，钟国龙也只能是想想而已，他现在动也动不了，所有的能量都已经消耗殆尽，全身冰冷，大概只有心脏的部位还有点热气，证明他还没有死。钟国龙努力想睁开眼睛看看刘强他们，使劲抬了抬眼皮，终究还是没能让自己振作，他忽然感觉到自己很困，困得一秒钟都不想耽误，他想好好睡一觉了，一天了，从早上爬起来到现在，已经快 15 个小时，他还没有晕倒过，这要得益于他在侦察连时期的刻苦训练，但是即使是这样，钟国龙也还是无法适应，这种训练和在侦察连里面完全不一样，没有休息，没有饭吃，没有水喝，更重要的是，这里没有连长的鼓励、排长的支持，这里的教官像暴徒，大队长更像一个心理专家，不但不会鼓励，反而会在你最需要鼓励的时候喊上几句劝你放弃的话，这样的时候，这种话的效果可以放大十倍。

赵飞虎也成了暴徒！钟国龙不止一次地听他吼，甚至有一次，赵飞虎走到他的跟前，狠狠地踢了他一脚，钟国龙当时就想发作，可是看到赵飞虎那没有一丝同情的眼神，钟国龙没有吼，也没有反抗，他甚至使劲给了自己一个嘴巴，强迫自己爬起来继续跳继续跑，钟国龙心里憋着恨，他不想让这个昔日的战友、排长、大哥看笑话，尽管他现在是越来越讨厌，钟国龙就是想争一口气。

现在钟国龙想睡觉了，这种意识一旦出现，他就再也控制不了自己的大脑了，蒙眬的感觉迅速袭遍全身，钟国龙睡着了。

“起来！都起来！”又是一阵怒吼，“让你们休息了十分钟，还不够吗？你们还想躺到什么时候？别在地上装死狗！”

战士们又不得不挣扎着爬起来，钟国龙刚进入梦乡，立刻被惊醒了，眼前一阵眩晕，他自己都不知道自己是怎么站起来的，只感觉全身轻飘飘的，一会儿又十分沉重，尤其是头，现在疼得跟要炸裂一般，不仅如此，头现在出奇地重，压着整个身体想要往后倒。

严正平从车座上挪下来，走到队列前面，语气平淡地说：“第一天的训练时间不多了。我刚才数了一下，到现在为止，一共有二十一个退出的，其中主动要求退出的十八个，还有三个是因为严重脱水。这和我想的不一样，我原来的计划是，第一天的淘汰率怎么着也要达到 20%，看来你们这些猪仔还真有点儿本事。”

战士们倒吸一口凉气，20%，意味着他的理想是第一天淘汰 40 个以上！而后面的话，是他第一次没有挖苦大伙，但是没有人因此而喜悦欣慰，现在所有人都恨这个刀疤脸。他说好话坏话全一样，都透着一股讨厌劲儿。

严正平仿佛不知道自己的名字前面已经被这一百多个队员加上了流氓、恶棍、混蛋、土匪、暴徒等诸多的前缀，还是面带微笑地宣布：“还剩下一点时间，我感觉你们都累了一天了，该洗个澡了吧？洗洗睡觉，多幸福！”

队伍中有了点骚动，这个暴徒头目看来还有点人味儿，的确，一天了，每个人此时都成了土地爷了，是该洗个澡了，战士们心里轻松了不少，等着他宣布解散。

暴徒头目并没有宣布解散，而是对着对讲机说了一句什么，不一会儿，从操场外面开进来一辆红色的消防车，大车一路开过来，在队伍前面停下来。严正平转身敏捷地上了车顶，大声喊道：“五百个俯卧撑，做完的回去睡觉！”

众人心中有的那点儿对这个暴徒头目的所有赞扬此刻全部烟消云散！五百个俯卧撑！而所谓的洗澡，就是他站在车顶上，用高压水枪肆意地对着每个人扫射！冰冷的水柱打在身上，又冷又疼，冲掉了战士身上仅存的热量。

一个多小时以后，严正平对着趴在地上生死不明的一百多人说道：“今天下午的体能训练，是唯一一次安排在专门的时间，从明天开始，所有的体能训练全部放在训练的间隙进行，我的要求是，每人每天5000个俯卧撑，5000个仰卧起坐，500次单腿深蹲起立。具体完成情况各区队长监督。发现有超量完成的，不表扬！”

终于可以睡觉了！

钟国龙他们不知道自己是怎么爬回宿舍的，一躺到床上，浑身的酸痛、极度的疲惫饥饿都无法抵挡睡意的侵袭，钟国龙从来没睡得这么香过。没人脱衣服，尽管那衣服是湿的，可实在没力气脱了，一个战士甚至没能爬上自己的床，倒在地板上就睡着了。不会有人提醒他们脱衣服睡，更没人把那个战士扶起来，教官此时更像狱卒，把这群“猪仔”关进宿舍就算完成了任务。

两点钟，严正平精神饱满，所有的教官也都站到了宿舍门外，看了看手表，这群战士已经睡了三个小时了，严正平冲一个教官做了一个手势，紧急集合的哨音紧跟着响了起来。

刚刚进入状态的战士们就这样被急促的哨音和教官的怒吼声赶了起来，站到宿舍楼前，一个个浑身冻得发抖。

严正平笑得有些冷酷，“我曾经听一个人说过这么一句话：‘要是你恨一个人，就把他送进魔鬼训练营，如果你爱一个人，也把他送进魔鬼训练营。’我很欣赏这句话，但是又感觉这句话有些不够贴切。因为，我感觉我们的训练营，既没有恨，也没有爱。我把这里理解为一个情感的纯真空地带，你们来到这里不需要恨谁，也不需要爱谁，这里没有什么人情，一切都靠你们自己，一切都靠你们的成绩说话。你们可以主动要求走，也可能被我们淘汰走。但是我敢保证，万一你们之间有谁能够留到最后，那他一定会真正爱上这里！

“我说了很多的废话对不对？那言归正传吧。今天我们将会去一个很有意思的地方，我把它叫做‘游乐城’。里面的游戏很刺激，也很有挑战性。我决定带你们一起去玩儿。那地方距离不近，有三十多公里，所以，我们必须早起，趁天还没亮，我们就得赶过去。下面大家先吃饭，然后五公里热身，再来上 500 个俯卧撑，我们就立刻出发！”

每个人领到了一张玉米面饼子，饼子有巴掌那么大，很薄，和第一天耗费的能量比起来，这块玉米饼子带给战士们的热量几乎可以忽略不计。

钟国龙大口地吃着，确保一粒面渣也不剩下，因为他知道，按照大队长的要求，这应该是他们这一天唯一的口粮了。他实在不明白为什么不让他们吃饱饭，更不清楚大队长说的游乐场到底是个什么东西，不过有一点他可以猜出来，那游乐场绝对不是什么好玩的地方，而应该是一处新的折磨他们的地方。

五公里的“热身”，没有人说话，大伙也说不出话来，身上几十公斤重的沙袋和装备压得他们连呼吸都困难，和第一天相比，跑起来的难度又增大了，第一天他们还有休息了一天的底子在，现在呢？刚刚睡了三个小时，根本没有歇过来。这过程中又倒下好几个。

俯卧撑的时候，钟国龙感觉自己的意识有些模糊，头还在疼，这种疼钟国龙以前曾经经历过，那是他们上到“神仙湾”哨所的时候，因为高原缺氧反应，头疼得要命，现在比那时候还严重，钟国龙感觉自己的全身不再冰凉，有一种火烧般的感觉，他可以肯定：自己在发高烧。钟国龙咬牙坚持着，他不想声张，他感觉自己还没死呢，没死就继续跑吧，要是说出来，那帮暴徒又要笑话自己了！

第一百零七章　地狱生存（三）

三十公里的行军，速度慢了许多，战士们脚步拖沓，神情严肃，他们不像是去什么所谓的游乐场，更像是奔赴炼狱。快六点的时候，到了严正平说的那个游乐场，灰色的砖石大门上写的果然不是什么游乐场，而是“军区特训障碍场”。这障碍场地处在一处山地中间的小平地上，周围黑乎乎的，只能看见山的轮廓，雾气蒸腾，还真有点“地狱”的感觉。

“到了！”严正平下了车，居然有些兴奋，他冲着后面一群七摇八晃的战士说道，“这就是我说的游乐场，忘了跟你们说它的另外一个名字了，它的另外一个名字叫：生死障碍基地。里面一共有二十多种障碍，各有各的特色，足够你们玩儿的了。我要先警告你们一下：这里之所以说是生死障碍，是因为它真的会危及你们的生命。我告诉你们吧，这里每年都会死人！老规矩，问一句，有没有要求退出的？我可告诉你们，要求退出的时间越晚，你们吃亏越大！”

已经没人理会严正平这惯用的伎俩了，这次没人退出，却都在想象着里面会是什么样的生死障碍。严正平带队走进了障碍场。从外面无法观察到，一进去，大家才发现，在处处充满危险的意志障碍和勇气障碍场上，短短100米的距离内，有着蚂蚁窝、“懒人梯”、阻绝墙、旋滚木等20多个让人胆寒的障碍物。

“都看到了吗？”严正平指着障碍物排成的一道线说，“这就是障碍通道，从今天开始，咱们一个一个地玩儿，一直把所有的障碍训练完成，再综合演练，什么时候你们能把这些障碍当成平地一样，训练就算告一段落。”

说完，他带领着队伍到达第一个障碍物前面，立在面前的是一个10米多高、斜角达到60度的梯形平台，平台两侧各竖立着一个15米高的木制式单杠，横木的中央悬挂着一根粗硬的绳索。

“这个障碍名字叫做懒人梯，斜坡是用长满青苔的鹅卵石铺就的，脚稍一用力就打滑，全靠双手使劲。你们要从斜坡上抓着绳索攀上平台，然后抓着绳子荡过一个污泥潭，通过障碍时，还要经受高压水枪的喷射。给你们十分钟的观察时间，然后开始按照要领一个个地通过！”

严正平说完，和其他教官一起去整理高压水枪的管子，疲惫的战士们开始观察这个懒人梯。大队长说得没错，看那斜坡，此时在灯光下泛着湿绿的光，一条刚换上的黄白色的粗绳子从上面垂下来，这样光滑的斜坡，60度的斜角，双脚是根本使不上力气的，唯一的力量都必须集中到双手上，要靠手拉着的力量把身体拽上去，再抓着单杠中间的绳子荡过去，钟国龙看了看两道斜坡中间的那个泥潭，黄乎乎的满是淤泥，也不知道有多深。

没有人示范，动作要领自己去体会，十分钟以后，训练开始，第一个战士最先抓住绳子，努力使了使力气，向上拽了一步，想用脚踏住坡壁，却一下就滑了下来。严正平骂了一句笨蛋，那战士往手里吐了口唾沫，使劲地再次拽住绳子，一点一点地向上爬着，两米、三米……总算是到了顶上，刚一拽住粗绳子，高压水枪就打了过来，那战士身体被水枪打得直打晃，艰难地在绳子上荡来荡去，却始终不能荡到对面，最后，实在坚持不住，掉进了泥潭，一阵泥水飞溅，战士身上全是泥浆，爬出坑，严正平罚了他200个俯卧撑。

猪仔2号、3号已经宣布退出，4号不错，勉强通过，5号又掉了下来，6号就是钟国龙了。

钟国龙走向懒人梯，此时他已经烧得浑身发烫，感觉像是在冰雪地里站着一样。头还是疼，疼得他感觉自己抓绳子的手都已经颤抖起来。钟国龙此时全靠意志力在支撑着了，拽住绳子，奋力地往上爬，双脚只要一用力就会打滑，钟国龙索性不再蹬腿，全靠着手上的力量向上走。对于他来说，这项目要是放在平时，并没有什么难度。无非是双手拽上十米而已，但是现在不同，连续的疲劳和饥饿，已经让他没有了往常的力气，更何况，钟国龙现在在发高烧。

上到五米的时候，钟国龙已经再难继续了，此时身体跟悬空没什么区别，双手死死抓住绳子，钟国龙在拼命了，咬紧牙关再上一步，没想到手没有握紧，整个人一下子从五米的地方滑到了底。

“还行不行？”严正平在喊。

“行！”钟国龙沙哑着嗓子吼了一句。又重新往上爬，这次更惨，还没到三米就又滑了下来。

“不行就去做俯卧撑吧！笨蛋！”

“我行！”钟国龙用力吼了一句，倔强地爬起来，继续向上。

这次，钟国龙跟严正平较上劲了，两次滑下，钟国龙的手已经磨得血肉模糊。现在要碰到全靠手劲的“懒人梯”，对他来说是个严峻的考验。咬紧牙关，忍住钻心的疼痛，钟国龙抓住绳子一步一步往上爬，绳梯上留下了一个个血手印。钟国龙暗自告诉自己：你不能失败！钟国龙，无论如何你也不能失败啊！你是威猛雄狮团的兵，更是侦察连的兵，你的失败就是给部队丢脸，死也不能给部队丢脸！一米、两米，一寸、两寸……钟国龙用尽全身的力气，爬到快八米的时候，钟国龙实在上不动了，手钻心地疼，头像要炸裂一般。

“啊——”钟国龙忽然怒吼了一声，埋下脑袋，愣是用牙齿咬住了绳子！粗绳一滑，钟国龙的嘴角到脸颊被磨下了一块皮，血顿时渗了出来，他瞪着眼睛，借着咬牙的一瞬间，右手又抓住了上面的绳子，松开嘴，钟国龙又上去了一步。

刘强和余忠桥就在他后面，看见钟国龙如此拼命，两个人眼睛都红了。距离顶端就只剩下一米多，钟国龙还在一点一点地向上爬，从背影上可以看出来，每上去哪怕一寸，钟国龙的身体都要哆嗦一下，好几次摇晃差点掉下来，钟国龙都坚持住了，绳子上的血迹越来越多。

教官队伍里，赵飞虎眼睛不眨地看着钟国龙，眼睛也发红了，却努力让自己不显露一丝表情。此刻，就连大队长严正平也严肃起来，不再坐着，站起身子，盯着这个拼命的兵。

“啊——”

又一声怒吼，钟国龙终于爬到了坡顶，站在顶端，钟国龙猛地摇晃了一下，下面立刻发出一阵惊呼，刘强忍不住想冲过去，却被余忠桥拦住，两人紧握着手，看着上面的钟国龙。

钟国龙差点掉下来，十米的高度，足够他送命了，努力稳住了重心，钟国龙开始拽住横梁上的绳子过泥潭，高压水枪打过来，正好有一束水拍在受伤的嘴角上，钻心的疼痛反而让钟国龙清醒了不少，钟国龙拼尽最后一点力气，荡过了障碍，从上面下来的时候，整个人一阵天旋地转，他终于受不了了，晕倒在地上。

一个教官跑上去，是赵飞虎，把钟国龙扶起来，用手探了探额头，抬头冲严正平说道："队长，他在发高烧！"

严正平努力掩饰着对这个战士的欣赏，挥了挥手，命人把钟国龙拉回去。

钟国龙从眩晕中醒过来，感觉头还在疼，但是已经不像晕之前那样让人难以忍受了，但是，浑身酸痛无力的感觉并没有减轻，钟国龙躺在那里，模模糊糊的又要睡过去，忽然，他感觉到了异样，微微睁开眼睛，发现自己并没有躺在障碍场上，而是躺在床上，头上吊着点滴瓶，一个戴口罩的军医正在看着他。

"这、这是在什么地方？"钟国龙想起身，终究没能起来，关节的酸痛又把他压了回去。

"你躺着不要动，这里是军区医院。"那医生看了看钟国龙，说道，"你之前已经昏迷了五个小时了。"

"昏迷？"钟国龙隐约想起来，他当时拼了命地过了懒人梯，就什么都不知道了，看看自己的双手，也被白色的纱布包了起来。钟国龙大惊，挣扎着就要下床。

"哎——你干什么？"军医吓了一跳，忙过来拦住他，"你还在输液呢，躺下！"

"医生，我必须得回去训练。"钟国龙喘着粗气说。

军医吃惊地把口罩摘下来，瞪着钟国龙，说道："小同志，我看你的烧已经退了呀，怎么还说胡话！你现在是疲劳过度引起的脱水，不及时静养治疗就会有生命危险！"

"医生，不行！我已经躺了五个多小时了，我们集训有规定，中断 48 个小时不参训，就视为主动放弃了"钟国龙着急地站起来就要走。

那军医生气了，大声说道："那你也不能走！你们集训训练的是战士，又不是训练机器人！我可告诉你，你这样下去有丢命的危险！即使你不能继续集训，那也是因为确实有病，到时候我们会给你出证明的。"

"不行啊！"钟国龙快急哭了，又站了起来，顺手就把针给拔了。

军医见他拔了针，又跑了出去，急忙追了出来，两个人在楼道里争执起来。这个时候，从旁边的房间里走出来一个大个子，这人穿着病号服，一件上校军衔的军服披在肩上，年纪约摸三十岁，左胳膊用纱布吊在胸前，见到钟国龙和医生争论，他不但不劝，还笑眯眯地看起热闹来。

楼道里，医生和两个护士拦住钟国龙，就是不让他走，钟国龙急得大声嚷嚷："医生，我求求你了！我得回去训练！我知道我脱水了，不就是脱水吗？又不是把血流干了，我多喝水还不行吗？再说，你们也给我输液了，我肯定没事儿！”

“我说你这个人怎么这么浑哪！”女军医脸都气白了，大声说道，“你以为脱水是口渴呀？喝点水就能好？我告诉你，你必须要休息，跟你强调过了，你这样有可能连命都没了！”

“没命就没命！”钟国龙急了，眼睛瞪着吼道，“我来这里是训练的，不是来住医院的！我签了生死协议了，死了跟你们也没关系！我必须回去！必须！”

女军医和两个护士一个没拦住，钟国龙冲了出去，径直向大门走去。

“站住！”

一声怒吼，整个楼道仿佛都震动了，钟国龙吃惊地站住，回头一看，喊他的正是那个大个子男人，这家伙嗓门太大了，钟国龙从这个人眉宇间能看得出一种特殊的威严感来，钟国龙自己都不知道怎么对这吼声这么害怕，不由自主就站住，看着大个子向他走来。

“你叫什么名字？”大个子忽然笑了笑，看着钟国龙问道。

钟国龙看了看他的军衔，敬了个礼说：“报告首长，我叫钟国龙。”

“钟国龙？”大个子想了想，又问，“哪个部队的？”

“我是威猛雄狮团侦察连的。”钟国龙又回答，心想这位首长问自己这个干什么。

“威猛雄狮团侦察连的……”大个子忽然眼前一亮，“那你认识龙云吧？”

“龙云？”钟国龙大吃一惊，立刻兴奋了，回答道，“那是我们连长啊！首长，您认识我们连长？”

大个子上校笑道：“算是认识吧。对了，你不是脱水了吗？为什么还非得要去继续训练呢？”

“我们连长说，不能给老部队丢脸！死了也不能丢脸！”钟国龙坚定地回答。

“哈哈！”大个子忽然笑了起来，伸出没受伤的手拍了拍钟国龙的肩膀，说道：“好！好样的！这样吧，我让人把你送回训练场去！”

“李磊！”大个子转身又喊了一声——他的声音穿透力极强，异常洪亮，一个中尉迅速从楼道一头跑了过来，“大队长，什么事？”

钟国龙暗自吃惊，大队长？也不知道是什么大队的大队长，反正，钟国龙想，反正比自己那个暴徒大队长严正平强多了！这个大队长指着钟国龙对那中尉说：“你开车把这个战士送到严正平的训练场上去。”

“是！”那个叫李磊的中尉应了一声，跟钟国龙说，“跟我走吧？”

“谢谢首长！”钟国龙敬了个礼，跟着中尉走了。那个军医又走过来，冲大个子苦笑道，“我的李大队长，你怎么跟我们院长似的？你自己的胳膊还没好呢！”

大队长笑了笑，看来已经跟那军医很熟悉了，这时候开玩笑道：“没准儿哪天我就能当你们院长呢！你还真得小心点儿！”

“哈哈……”女军医笑道，“你是我们这儿的常客，对我们医院再熟悉不过了，要是您当了我们院长，我看连交接都不用，可以直接熟悉工作了——李大队长，你怎么把那个小战士放回去了？他脱水严重，这样可是有危险的。”

“得了吧你！”大队长这时候有些“不屑一顾”地说，“要照你们医生这说法，我们的战士干脆别训练了！脱水的我见多了，没事儿！”

女军医说不过他，只好叹了口气，转身又说了一句：“李大队长，刚才那小战士的性格还真像你们部队的，都那么倔，好像住院是判了刑似的！”

大队长没说话，转身回了病房。

钟国龙坐到一辆吉普车上，往训练场赶。

“首长，我看您挺面熟的！”钟国龙看着开车的司机，奇怪地问，那中尉他看着真的面熟，总感觉是在哪里见过。

中尉笑了笑，说：“我这是大众脸，好多人都说看我面熟。”

“刚才那位首长是谁呀？”钟国龙又问。

中尉忽然一瞪眼，说道：“不该问的别问！”

钟国龙吐了吐舌头，不问了。

汽车一直开到障碍场大门口，中尉停下车，说道：“我不进去了，你自己下去吧！”

“是！谢谢您！”钟国龙下车敬礼，那中尉仿佛没看见一样，面无表情地掉转汽车，飞快地开走了，钟国龙一愣，怎么这军区的人都神经病似的。也没再多想，大步进了大门。

障碍场上，战士们还在翻越那懒人梯，钟国龙喊了声报告，请求归队。严正平看了一眼钟国龙，说道：“刚才医院说你是严重脱水，甚至有生命危险。按照规定，你完全可以休息，等病好以后回你的原部队去。你还来做什么？”

“报告！因为我不想回去，我感觉我可以继续训练！”钟国龙冷着脸回答。

“那好！”严正平站起身来，大声说道，“那你给我一个留下来的理由吧！”

钟国龙想了想，大声说道：“我是威猛雄狮团侦察连的兵，我不想回去给老部队丢脸！我签了生死协议，我可以对自己的生命负责。还有一个原因：我不想永远被人叫做猪仔！”

钟国龙回答的声音很大，所有人都把目光投向他，大队长严正平盯着钟国龙，看了足有一分钟，钟国龙就那么仰着头站着，丝毫没回避严正平的目光，最后，严正平说道："理由很充分，你可以归队了！"

"是！"钟国龙转身，回到队列里。

剩下的训练，尽管身体还没有完全恢复，钟国龙一直在咬牙坚持着，刚包上纱布的手很快又被磨出了血，钟国龙像已经失去了神经末梢一样，自始至终也没有皱一下眉头。晚上训练结束的时候，全体队员又是急行军跑回了军营，这天的训练，一共淘汰了十五个。

此后的几天，集训大队继续着高强度的体能训练，战士们每天早上只能吃100克菠菜，中午是一块玉米饼，晚上喝上一碗几乎没有米粒的米汤。又是三天过去，脱水的越来越多，放弃的也越来越多，几乎每天都有人退出，也有人被无情地淘汰，第五天的时候，原来的二百多名队员，只剩下了一百五十名。剩下的这些队员也已经被折磨得没了人形。严正平等教官没有丝毫的同情，他仿佛是铁了心地在折磨这些队员，他要把这些队员体内所有的储存能量榨干，更主要的是，他要让这些队员彻底放弃所谓的尊严和任何的侥幸，这里没有侥幸，只有行与不行。

钟国龙感觉自己快死了，也许就快要倒下了，但是有一股信念支持着他不能倒下，他似乎看到了远在边疆龙云信任的眼神，在后面的训练中，每完成一个动作都要付出百倍的艰辛，别人做一遍他要做三遍到五遍，一天训练下来，挪一步都感到艰难，整个身体像灌了铅一样，但他还是要坚持到最后，他只有一个信念，一定要坚持下去，即使坚持不了，也要做最后一个被淘汰者，钟国龙就是靠着这种挑战自我、超越自我、磨炼自我的意志坚持着。刘强和余忠桥也早到了自己的极限，看到钟国龙仍然坚持着，两个人也同样在努力。钟国龙说过：咱们三兄弟来是一起来的，走也要一起走，就是死也要一起死！

第六天的时候，集训队伍里发生了骇人听闻的一幕：一名来自某师侦察大队的战士，因为连续的高强度训练和巨大的心理压力，半夜里突发狂态，拿脑袋疯了一样地撞墙，一直撞得血肉模糊，要不是教官发现得早，恐怕要一直撞死了。七八个人按住这个战士，把他送进了医院，这战士撕心裂肺地喊着："魔鬼！地狱！魔鬼！地狱……"

队员们一阵难受，却没有一个人笑话那个战士，因为他们谁也不敢保证自己会不会有一天也这样疯掉。

出了这件事情以后，严正平丝毫没有放松对他们的训练。

第一百零八章 死亡追击

钟国龙终于挺过了第六天，此时和其他所有还没被淘汰的队员一样，已经是遍体鳞伤了。这天，大队宣布，原来的三个中队缩编成两个中队，钟国龙又重新分了宿舍，这次的宿舍除了刘强、余忠桥外还有三名队员，一个叫马成龙，是某师直属部队的一名两年度兵，还有两个四川人，成严和焦路民，同来自某边防团。

睡觉前只有十分钟的调整时间，要是在老部队，这时间一定是用来洗洗脚，或者刷刷牙，但是在这里，这些项目都被取消了，洗也没用，哪天不是泥猴子一样。在这里，这十分钟时间是用来涂药和包扎伤口的。钟国龙把手上已经破烂乌黑的纱布撕下来，拿消毒水冲了冲依然没有愈合的手掌，又左右交替着缠上一层又一层的纱布，最后打了一个死结。至于身上的擦伤蹭伤，钟国龙不打算管了，由它去吧！那样的伤口少说也有几十处，要是再加上淤血的黑紫的部位，整个身体都缠上纱布算了！钟国龙忙完，过去帮刘强，刘强上午过障碍的时候把后腰扭了一下，现在疼得直冒冷汗，钟国龙和余忠桥一左一右，一个用药棉往上涂红花油，另一个双手使劲地搓。

“感觉怎么样？”钟国龙一边搽药油一边问刘强。

“好多了！应该不太严重。”刘强咬牙坚持着。

这时候，上铺的马成龙探出半个脑袋下来，小声说道："6号、7号、8号，你们没发现一个奇怪的事情？"

"有什么奇怪的？18号？"余忠桥问。

马成龙这个时候从床上蹭下来，艰难地扶着床坐下，低声说："你们想想，咱们这还是预提士官的集训吗？"

"上面的通知就是这么写的呀，那还有错？！反正我以前没参加过，也不知道有什么不一样。"余忠桥边搽着刘强的背边说。

马成龙小心地向外看了看，回过头来说："我感觉不对味儿！我来的时候，我们连的副连长给我讲过预提士官培训，跟这个完全不一样，如果是士官培训，咱们学员受到的都是很好的待遇。吃得好，住得好，训练只比连里累一点！我们副连长说，回来以后自己都胖了！我怎么感觉咱们现在接受的，像是特种部队的训练呢？"

"特种部队？"钟国龙一愣，抬头看了看马成龙，"特种部队就这么训练吗？"

"差不多吧，我以前看过关于特种部队的小说，咱们现在这训练内容，比小说上可恐怖多了！"马成龙这么一说，两个四川兵也凑了过来，一看大家比较感兴趣，马成龙准备好好发表一番感慨，这时候，熄灯号响了。

没有人再理他了，马成龙自己也自动停止了说话，又慢慢爬上自己的床，宿舍立刻安静下来，这已经是大家共同的习惯了，熄灯号一响，天塌下来也要睡觉，每天只能睡这么三个小时，浪费一分钟都会使自己在第二天的训练中吃大亏，淘汰的人越来越多，谁也不想成为下一个。

"特种部队？"钟国龙的大脑里第一次闪过这个念头，但是这个名词太抽象了，钟国龙没有继续想下去，不到一分钟，鼾声就响了起来。

三个小时以后，哨声依惯例响起，紧急集合。这对于受训的战士们来说，已经不是什么紧急集合了，跟正常起床一样，六天了，每天都是这个时间起床。例行的十公里，然后是500个单腿深蹲，再500个俯卧撑，如此折腾一番之后，就是急行军三十公里奔赴障碍场，天天如此。这几天以来，障碍场的二十多个障碍战士们已经全部领教过了，从第七天开始，就要连续翻越了，要求所有战士从第一个障碍一直过到最后一个，一百多米的距离，跑过去以后就感觉身体不再属于自己，躺到地上只有喘的份儿。

这天的障碍训练刚刚进行了一半，忽然警报声大作！战士们都愣住了，不知道发生了什么情况。大队长严正平好像也十分惊奇，急忙回到车里用报话机打听情况。过了几分钟，严正平从车上跳了下来，宣布紧急集合！

队伍立刻停止了训练，严正平神情紧张地宣布，刚刚接到警报，距离障碍训练场

60 公里以外的密林中，发现了一批全副武装的军火走私集团成员，已经和我们当地的武警交火，对方轻重火器齐发，我武警部队伤亡严重，需要我们马上增援。

“现在犯罪集团距离我们集训的地点很近，上级命令我们立即出发，5 小时以内到达伏击地点，我强调一句，这不是演习！这不是演习！”严正平神情严肃地说道，“现在所有人停止训练，全副武装，马上出发！”

事情来得太突然，战士们都有些将信将疑，但是看到严正平少有的紧张情绪，加上看到连教官都背上了背包，大家开始意识到问题的严重性了。

“大家加快速度！到达地点以后马上寻找有利地形隐蔽，注意沿途的危险！现在军区的运输车已经出发，子弹会在路上为你们配发。快！”严正平大声招呼着战士们。

所有参训人员都跑出了训练场，向着既定的方向紧急奔袭过去，大家一开始还有些没反应过来，半个小时以后，果然上来一辆给养车，教官们开始协助车上的人给每个人发弹夹和手雷，钟国龙领到弹夹，刻意地看了一下，没错，里面确实是实弹！这下他相信了，步伐也加快了，军情紧急，什么也顾不得了！

26 公里的紧急行军，对这些体能严重透支的战士来说，简直太困难了，一路上不断有人摔倒，不断有人呕吐，严正平大声命令不要管他们，后面自会有救护车跟上来，剩下的只要能坚持，就要不惜一切代价到达伏击地点！

部队翻过训练场正对面的小山坡，一头扎进茂密的丛林里，由于刚下过雨，被山洪冲刷过的丛林十分湿滑，洪水冲过的地带还满是没脚的淤泥，战士们从淤泥里费力地拔出腿，好不容易踏上硬地，根本没有路可走，身边的刺槐丛不断地划伤战士们的手脸，横穿过丛林，就是一条小河，战士们从丛林中跑出来，又从河水里蹚过去，河水虽然不深，但是把下半身都浸得湿透了，过了河再上山，又不断有人倒在山坡上。

钟国龙是参加过实战的，他深知时间对战斗有着多么重要的意义，此刻他什么都不顾了，和刘强、余忠桥两个兄弟互相拉拽着，红了眼地向山上爬。到了后面下山的时候，战士们几乎是滚着下了山坡。

连续奔波了四个多小时，这时候又偏偏下起雨来，刚刚翻山越岭过来的战士，被雨水淋了个透心凉，这时候，远处的枪声，手雷、爆炸物发出的沉闷的巨响已经传到了每个人的耳朵里，面前是一大片望不到头的密林，严正平大手一挥，战士们全冲了进去。

枪炮声一响，这些战士就都忘了什么是疲劳，不用说，前方一定是在进行着激烈的战斗，想想大队长说的武警部队伤亡严重，就知道战斗多么惨烈了！

又跑了半个小时，这时候已经陆续发现有武警战士在撤退了，这些战士三五成群，个别的头上还缠着急救纱布，鲜血从纱布里流出来，和着雨水弄得浑身都是，两个武警战士神色匆匆地抬着一副野战单架，单架上用白色的布盖住一个人，那人一只胳膊从白布中无力地垂下来，手上还淌着血，胸前的部位，一大片的血迹已经染红了白布，这一定是牺牲的武警战士了！紧接着武警又抬出来几具尸体，一看到血和尸体，这些战士更感觉到了前方战场的残酷。

“各区队注意，现在武警部队已经撤退，战场交给我们了！原定的潜伏计划取消，现在各区队按照指定方向，搜索前进！注意安全！”严正平发布了命令。

“杀！”

各区队长一声怒吼，带着自己队的战士向密林深处冲了进去。此时，子弹从耳边“嗖嗖”划过，炮弹在前面四处开花，距离最后的战场已经不远了！钟国龙一马当先地冲进树林里，越过两米多宽的壕沟，登上50米的山坡，向目标猛扑，手中的95步枪已经开了保险。突然，一根青藤将他绊倒，他重重地摔在地上，头部像遭了重击，钟国龙差点昏过去，挣扎起来的时候，钟国龙只感觉头上一热，接着一股黏黏的东西淌了下来，他急忙用手一抹，满手的鲜血！钟国龙明白，他的头刚才一定是磕在了石头上，这时候又感觉一阵眩晕。

“老大，你怎么样？”刘强赶了上来，看见钟国龙满头满脸的血，吓得脸色苍白。

钟国龙扶住刘强，勉强站稳身体，说了一句：“可能是轻微脑震荡。我没事儿！”

说完，钟国龙又端着枪冲了上去，刘强怕他有危险，急忙跟在后面。

一片密林穿过，眼前是一小块开阔地，周围的树木好多已经被炸断了，还冒着轻烟，两边的树干上，弹孔依稀可见，树丛里，留下了七八个血肉模糊的敌人尸体，战士们冲到近前，却并没有发现活的敌人，只见到硝烟弥漫，地上一摊摊的鲜血。

“罪犯已经逃了！马上向正前方追击！”上面的命令又下来了。

战士们顾不得休息，又追了上去，一连跟进了足有五公里，前面已经隐约可见到树林的边缘了。

“我看别追了吧！再追下去，就算追上他们也晚了！”马成龙喘着粗气喊。

他说的不是没有道理，经过将近六七十公里的急行军，已经疲惫不堪的战士现在坚持下来的最多只有七八十个，而坚持追到这里的这些人，无不是精疲力尽，浑身是伤了。

正在这时候，树林外面的远处又传来一阵密集的枪声，战士们一惊，咬牙冲出树林，一片开阔地的尽头，又是一座小山，枪声似乎就是从山那边传来的。

“快！快追上去！别让敌人跑了！”教官们这时候大声命令着战士。

“追吧！”钟国龙等人咬了咬牙，跑过开阔地，直接向山上冲了上去。所有人几乎是在爬了，不高的小山坡对于这些已经到了极限的战士来说，简直比天堑还要难上。好不容易爬上山坡，钟国龙等人顾不得多想，直接冲了下去，枪声就是从那边的松树林后面传来的！

低矮的松树林面积并不大，但是足可以挡住所有人的视线，战士们小心翼翼地穿过树林，全都呆住了。

哪有什么敌人。一辆越野吉普车前，大队长手拿报话机，正笑眯眯地靠着车门站着，在他的左右，站着几个朝天放枪的战士。疲惫在一瞬间转化为怒火，战士们瞪着双眼走了过去。

严正平抬头看了看这些已经快不成人样的战士，笑道：“不用那么紧张了，结束了！”

没有人说话，大家带着满腔的愤怒盯着他。

严正平站直了身体，走到战士们近前，说道：“怎么？跟我要解释是吧？我看就不用解释了吧？我也不容易，跟你们跑了几十公里，还得开车绕过来等你们，最苦了这些兄弟了——”严正平指了指周围放枪的几个士官：“不但要提前好半天给你们布置战场，还要化装成武警和歹徒，装成尸体躺大半天。”

“你说的这不是演习！”一个大个子战士再也忍耐不住愤怒了，站出来冲严正平吼道，“你拿我们当猴儿耍吗？”

他这么一说，战士们全都爆发了，尤其是钟国龙，现在就要上去和严正平拼命了，后面的刘强和余忠桥赶紧拉住他，钟国龙气鼓鼓地等着严正平回答。

严正平瞪着那个大个子战士，说道：“我跟你说这是演习了吗？这原本就是实战！不过这实战考验的不是你们的作战能力，而是考验你们应对突发事件的反应能力和高强度追击奔袭的能力，难道这不是实战吗？我一开始就跟你们说过，到了这个训练营，天天时时刻刻都是在战斗！”

“你这是狡辩！”大个子怒吼着，眼睛盯着严正平，脸庞由于过于激动，已经涨得通红。

“你这是在顶撞你的上司，你的教官！”严正平丝毫不退让。

“我罢训了！”大个子把枪猛地扔到地上，转身就走，“我不想被你们这些毫无人性的暴徒当猴子耍了！”

“嗒嗒！”两声枪响，严正平已经把枪操在手里，朝天放枪，大个子听到枪响，身体猛地一震，回过头来。

“你的枪是随便扔到地上的吗！你就是这样对待祖国和人民发给你的武器的吗？”严正平的双眼迸发出两道寒光，冲着大个子吼道：“我告诉你，没人拿你当猴耍，我也不想要什么猴子！我再跟你强调一下：这就是实战！你来到这个训练营的分分秒秒都是在战斗！你想要自尊吗？对不起，我给不了你什么狗屁自尊！你罢训？我不接受！但是，我现在宣布，你被淘汰了！”

大个子有些恍惚，忽然，眼泪流了下来，严正平并没有怜悯他，猛地端起枪，冲着在场的战士喊道：“都看看你们手里的枪！都看看你们自己的脸！没有人强迫地给你们这把枪，也没有人让你们来这里被耍！是你们自己自愿的！你们自己选择了军人这个职业，军人是什么？军人是一群永远不知道自己什么时候生什么时候死的人，但是，作为一名军人，你们活着的每一秒都应该是战斗着的！来到这个训练营，你们就告别了任何你们感觉到温暖的东西！这里只有冰冷，只有残酷，只有不近人情，只有淘汰和留下！淘汰就是不行，不行才会被淘汰，有什么狗屁理由可以找的！在这个训练营里，没人会同情被淘汰者，胜者王侯败者寇这句话，在这里绝对适用！你们还有谁觉得自己受不了的？站出来！我一样会淘汰你，一样会给你一个最终的也是唯一的评价：不——合——格！”

钟国龙站在当场，突然有火发不出了，他说不好为什么，但是却将身体收回去，站得笔直。

下午，战士们拖着疲惫的身躯回到营地，已经是开饭的时间了，和前几天比较，伙食有了“改善”，在一小块玉米饼的基础上，多了100克菠菜。

但是，这样的“改善”是有代价的，大队长规定，以后每次吃饭之前，要有一次武装越野跑十五公里。最后到达的十名队员，不能吃饭，要从布满水坑、岩石的山坡爬向食堂。爬的过程中，再落到最后的一名队员，自动取消吃饭的资格。这规定一经宣布，引起了队员们极大不满，可正如严正平每天都在说的那样：没人强迫你坚持，只要你退出，随时可以吃烤肉睡大觉。

十五公里跑下来，钟国龙落到了最后十名。不是他体能比别人差——这时候所有人都全靠意志在拼，哪里还有什么体能一说。钟国龙的意志力也不比别人差，而是他受伤的头出了问题。经过包扎，血已经止住了，但是撞到石头上一瞬间产生的震荡让钟国龙在跑步的时候不住地眩晕，几次都摇晃着倒在地上，几次又挣扎着爬起来，但终归还是没能再冲上去，十五公里结束，钟国龙跑在倒数第二位。

没有什么理由可讲，其他人吃饭，最后十名到山坡上，往食堂爬。没有什么比这个更让人备感屈辱的了！过往的战士们都能一眼看见，军营后面的小山坡上，有十个人像动物一样一点点地爬过来。钟国龙强忍住头部的眩晕，一点一点地爬着，他真想停下来，就趴在岩石上好好睡一觉，也真想站起来，好好发泄一番内心的屈辱，但是钟国龙都忍住了，他不想放弃，死也不想放弃，在他看来，放弃就等于失败，那和死了没什么两样，自己有什么脸面回侦察连去？钟国龙坚持着，从山坡到食堂，距离有三公里，钟国龙强忍着头晕，强忍着饥饿，还有身体下面积水的坑和尖利的岩石。

实在太困难了！连续的高强度，没能让钟国龙的精神垮掉，却使他的身体越来越虚弱，尤其是头部，爬到一半的时候，钟国龙就已经坚持不下来了，闭着眼睛，紧皱着眉头，一点一点地向前挪。努力抬头看看，另外九个队员已经拉开自己很远一段距离了，钟国龙努力尝试着加快速度，但是他真的做不到了。血这个时候又从纱布里渗出来，伤口的疼痛又加剧了许多。

爬下山坡，是操场，十个人就这样人不人鬼不鬼地从操场中央爬过去。没人再想自己有没有什么自尊了。生存，此刻比自尊更重要。生存下来，就是最大的自尊。第一个队员爬进了食堂门口，被里面的队员扶起来，吃上了玉米饼和菠菜，接着是第二个，第三个……第九个……钟国龙是第十个，现在距离食堂大门还有三百米。

饭已经吃不到了！按照规则，钟国龙可以站起来，休息一下了。虽然饥饿，但是好歹可以缓解一下疲劳。这三百米对于吃饭来说，已经失去了意义。

“猪仔6号，你可以爬起来了！”隋超站在门口，冲钟国龙喊。

所有的队员全都站到了门口，看着不远处的钟国龙，血已经流下了额头，钟国龙的眼睛也被黏稠的血浆糊住了，他使劲擦着眼睛，努力睁大双眼，向前一点点地爬，血变了方向，又从脸颊流了下来，头晕、疼痛、疲惫、饥饿，像四条恶狼一样围着钟国龙，无情地噬咬。隋超喊了两句，钟国龙仿佛没听见，依旧在地上爬。

刘强和余忠桥哭着跑过去，努力地想把钟国龙扶起来，却被钟国龙推开了。

“老六！老余！你们起来！我跑输了，就应该受罚。老六，帮我把纱布紧一下！”钟国龙挣扎着说。

刘强流着眼泪帮他把绷带紧了紧，暂时控制住血继续流，钟国龙吸了口气，继续爬，刘强这时候哭着说：“老大，你这是何苦呢？教官刚才不是说了？反正你吃不了饭了，你站起来不算违规。”

“我没想什么违规！我还没到终点呢！死也得死到终点去！”钟国龙说完，不再说话，把所有的力量全用到胳膊上，努力地拖着自己的躯干向前运动。一百米、九十米……十米、九米……终于到达食堂门口了，钟国龙双手搭在门边上，晕了过去。

第一百零九章　武装泅渡

赵飞虎就坐在食堂里面，正对着大门，眼睛一眨不眨地看着钟国龙拼命地爬，眼角不禁湿润了，赵飞虎在心里说着：“钟国龙！好兄弟！你没给咱们团咱们连丢脸！你一定要坚持住啊！现在谁也帮不了你，所有的困难，你都必须自己走过来！”赵飞虎在心里这么说着，却无法表现出来，看到钟国龙最终晕倒，赵飞虎这才站起身，和队员们一起把他背到卫生室。

钟国龙刚到卫生室就醒了，挣扎着站起来，说什么也不躺到病床上去，谁也拧不过他，只好又把他扶回来。

晚上睡觉前，刘强和余忠桥各自从自己的衣兜里掏出半块玉米饼，塞进钟国龙的手里。钟国龙鼻子一酸，眼泪都要下来了，连忙说：“你们拿回去！赶紧吃掉！我不饿！”

“老大，咱们兄弟之间你还客气什么？我们少吃一口，你的那份不就有了？你现在身体太虚，不吃不行！”刘强着急得恨不得把饼塞进钟国龙嘴里。

钟国龙说什么也不吃，他知道，少吃半块玉米饼对于他们俩来说意味着什么。

余忠桥把钟国龙塞回来的玉米饼又塞回去，不敢大声说话，低声说道：“钟国龙！咱们是一个新兵连出来的，一个连的战友，也是一个班的弟兄，兄弟之间就要团结，就要互相帮助，我们俩现在只是身体疲劳，你可是有伤，万一你因为伤病被淘汰了，那我们俩在这儿还有什么意思！”

钟国龙实在推托不了，最后说兄弟三个一起吃，三个人你一口我一口地把茶杯口大小的玉米饼吃完，都哭了。

“惨无人道”的训练依旧在继续，当天深夜，所有队员们全部被赶出来，“常规训练”过后，这次的目的地是一个大水坑，队员的双脚都陷在冰凉的泥水里，接着，四面八方射过来一道道水柱，高压水枪肆无忌惮地扫射着这群已经接近崩溃的集训队员。时间在一分一秒过去，不断有队员倒下，躺到脚下的泥水中，又挣扎着站起来，再倒下，然后是再也起不来，被教官像拖死狗一样拖到岸边。钟国龙、刘强、余忠桥三个兄弟手挽着手站着，任凭水枪打在身上脸上，彻骨的疼加上浑身的湿冷，体温逐步下降，血液在冷却，意识在模糊，三个人像三面军旗，倒下，又站起来，再倒下，再站起来，嘴里发出怒吼，一直到再也吼不出声……两个小时以后，天空露出鱼白肚，水枪终于关闭了，仍能坚持着的，不到十分之一。走出泥坑，三个人身体已经僵硬，迈步都迈不开了，尤其是刘强，这几天的折磨，他也已经是严重虚脱了，站在坑边晃了几晃，一头栽倒在坑里。

“老六！老六！”钟国龙和余忠桥急了，忙把他拽出来，喊了好久，刘强终于醒了过来。

“猪仔 7 号，还能不能坚持？”隋超走过来问。

“能！”刘强挣扎着站起来。

下一个项目是往返 10 次的 100 米冲刺。刘强推开兄弟的手，站到起跑线上，一次、两次……忽然，刘强大叫一声，倒在了地上，双手痛苦地捂住了左脚。旁边的卫生队人员连忙把他扶起来，钟国龙和余忠桥也跑了过来。刘强已经疼得直冒冷汗了。

“抬回去！”医生果断地吩咐两个卫生队员，把刘强放到了担架上。

“不用！不用！我没事儿！”刘强还想下来，然而脚疼得钻心，只好放弃。

回到卫生队，医生赶紧把他的鞋脱下来，一阵紧急处理，又检查了一番，眉头皱了起来。

“医生，我这是把脚扭了吧？”刘强问。

医生摇了摇头，严肃地说道：“不是，没那么简单。你这是踝关节疲劳性损伤！”

“踝关节疲劳性损伤？”刘强没听说过这种病，心里没底地说，“那是不是得休息半天才能好呢？”

“半天？”医生大声说道，“按照正常的程序，你最少需要休息治疗一个月！”

“什么？”刘强腾地坐起来，大声说道，“一个月？那可不行！队里有规定，治疗超过48小时就视为淘汰！我哪有时间休息一个月！”

“那怎么能行呢？”医生正色道，“小同志，我很负责地告诉你，你这样的情况，根本无法再继续训练了。你这样的病，继续训练的话，要承受比别人多几倍的痛苦，再说，一旦病情继续发展，你就有不能继续服役的危险！严重的话可能导致残疾，你知道吗？”

“医生，我不管那些！我不可能不去训练！”刘强快哭了，挣扎着想起来。

这时候，赵飞虎推门走了进来，刘强看到赵飞虎，不冷不热地说道：“报告区队长，猪仔7号要求归队训练！”

赵飞虎好像已经适应了这几个小子的冷漠，没有在意，医生赶紧把刘强的情况跟他说了说，赵飞虎想了想，对刘强平静地说道：“你可以住院治疗，集训可以停止了。”

“不可能！”刘强急了，大声吼道，“我不是在威胁，假如48小时之内不让我继续训练，我就自杀！生死协议我也签字了，残废了死了都是我自己做主，大队长说过，我们集训是自愿的！”

赵飞虎愣了一下，不知道该说什么好了。刘强这个时候又几乎是在哀求：“区队长同志，我不管你还认不认我这个侦察连的兵，但是我这次来是代表着侦察连的荣誉的，我们老大都那样了，他都没说退出，我不过是扭了下脚，我就退出，让我怎么回去？您就批准我继续训练吧，我不可能放弃的！”

赵飞虎看着刘强着急的样子，沉默了好久，最后说：“那你就好好休息，配合治疗，明天继续归队训练！”

“是！”刘强高兴了。

赵飞虎没再说别的，这几个战士自从见识了自己的“冷酷无情”之后，刻意地跟自己疏远了，对此，他也只有暗自苦笑的份儿。

教导大队二楼，一个少将军官看着下面操场上拼命训练的队员们，冲后面站着的一个人说道：“你预计最终能剩下多少？”

后面站着的上校说道：“我不知道，也许一个都剩不下呢！”

少将叹了口气，说道：“第七天了，已经淘汰了小一半，以这个速度来看，也许真的剩不下几个。”

那上校也来到窗前，凝视着远处的人群，说道：“不能这么算比率，按照以往的经验，淘汰的人数会逐日递减的。十五天的地狱式选拔，能坚持下来的，都是靠意志力的顽强，能挺过前十五天，后面的训练再艰苦，他们也会有一部分人能坚持下来，在这些人里面，才有最终我想要的人。”

“哈哈！”少将笑道，“可是，关键在于，他们自己还不知道自己在接受什么性质的训练呢！他们还以为这是什么预提士官的集训。这样一来，等你最终揭开谜底，你猜他们应该惊喜呢，还是愤怒？”

上校笑了笑，说道：“严格来说，他们最终的情绪，应该是平淡。我们训练他们的目的也是要他们的心态最终变得平淡，但是这种平淡只是表象，怎么比喻呢？就说是一包火药吧，看似松散，一旦点燃，火光冲天！之所以没有告诉他们这次集训的真正目的，也是出于这样的考虑，因为我担心，一旦让他们预先知道真相，他们之中有的人会出现一些很功利的思想，这种思想会让我最终看不清他们的本质。”

少将似乎很欣赏自己部下的言谈，点了点头，回身坐到椅子上，又笑道：“不过，我要给你提个醒，盯着这帮宝贝的，可不光你一个。”少将指了指上方，说道，“李勇军也来了，我听说他把后门都走到黄司令员那里去了！”

“是吗？”上校一惊，有些不快地说，“咱们是本军区选人，他可是几大军区选人，他那里人还少吗？”

“呵呵！”少将苦笑道，“这个没办法，他有尚方宝剑啊！你看中的，要是他也看中，那百分之百是他的喽！对了，我倒是建议你有时间跟这个三猛的‘狮子王’沟通沟通，他胳膊老伤复发，在咱们军区总医院住着呢。以前他住院跟遭罪似的，恨不得当天来当天走，这回他可是没急着走！”

“嗯，是得去和他沟通沟通！”上校点点头。

第二天，刘强一瘸一拐地归到队伍中去，大队长严正平没说什么，似乎并不关心刘强到底好了没有，只是用眼神示意他入列，仅此而已。钟国龙的头又重新包扎了一次，依旧很疼，但是好歹不再渗血了，此刻他焦急地看着自己的兄弟，刘强稍微侧过脑袋，冲钟国龙点了点头，钟国龙也点了点头，他知道，刘强点头不是想告诉他自己没事，而是在和他约定，约定的内容，一定是：死也不能被淘汰！

没有过多的话，一系列高强度的热身之后，全体队员跑步到达距离营区 15 公里处的“石磙河”岸边，河水是从远处的山谷中流下来的，上游狭窄，到了这里，河面足有两公里宽，此时不是雨季，河水却也流得湍急，河边停了一台摩托艇，还有一条普通的中号橡皮艇。今天的训练科目就是武装泅渡。望着哗哗流淌的河水，队员们都有些紧张。钟国龙凝视着河中心，倒不是很紧张，他从小就喜欢游泳，水性很好，到了部队以后，武装泅渡本身也是侦察连的训练科目之一，钟国龙他们三个成绩都不错，与其他步兵连的队员相比，在这项科目上，三个人算是有一定经验。

严正平指着河水说道：“现在山洪还没有下来，便宜你们了！不过，这条河挺神奇的，我说它神奇，是因为每次我们进行武装泅渡的时候，总会出一些事故，有的时候，牺牲的人，甚至连尸体都找不到！”

严正平这么一说，队员们心里都打了个冷战，忍不住齐齐抬头看了一眼河水。严正平冷冷一笑，说道：“从河中心出发，逆水，一千米武装泅渡！”

说完，严正平跳上摩托艇，其他教官都登上那条橡皮艇，伴随着巨大的马达声，严正平驾驶的摩托艇飞一般冲着河中心开去，掀起的水浪在河面上分开一道纵沟，水面激荡不已。

“看什么看？摩托艇性能不错吧？但不是给你们准备的！”隋超站在橡皮艇上冷笑道。

队员们冷冷地看了他一眼，谁也没说话，连日的疲劳和身上沉重的装备已经让他们很清楚保存体能的重要性。隋超没有再说话，又有两名教官上了船，橡皮艇没有使用船桨，每个教官手里都拿着一根长长的竹篙。钟国龙根据竹篙入水观测了一下，河水的深度有一米七左右，自己进去，最多也只能露出个脑袋来。

“三人一组，上船！”隋超喊了一句，前面的“猪仔”已经淘汰了，6号、7号、8号——前十位里仅存的三个“猪仔”就是钟国龙、刘强、余忠桥，三个人咬着牙上了船，教官们一起使劲，不大一会儿已经到了河的中心位置。此处是整个河面水流最不稳定的地方，水流过急，打着漩，钟国龙皱着眉头看看河面，测算着此处距离对岸的距离。忽然，感觉后背一阵剧痛，“啪”的一声，钟国龙还没反应过来，就被隋超一竹篙打进了水里，毫无防备的钟国龙整个人身体一个前翻，直接砸进了水底。一阵寒意迅速浸透了全身，钟国龙呛了一大口水，好不容易将头伸出水面的时候，只感觉鼻子和喉咙像火烧一样地疼。还没等钟国龙调整过来，刘强和余忠桥也被两个教官踹进了水里。

“干什么！”钟国龙剧烈地咳嗽几声，对着船上的教官怒目而视。

隋超吼道：“什么他 × 的干什么？是不是还要等你在船上睡个午觉再下水？”

钟国龙愤怒地看了一眼隋超，不再说什么了，连续几天的训练，他和其他队员一样，已经经历了无数次这样的场面，生理和心理上都渐渐习惯了。教官不拿战士当人，是这支集训队独有的特点。

三个人仰着脑袋，开始奋力地向逆水方向的对岸行进，河水是山上的雪水化来的，比普通的河流要凉得多，平时得不到充足热量补给的三个人很快感觉浑身冰冷刺骨，加上逆水，又耗费了大量的体能，这项平时在侦察连的时候可以轻易完成的科目此时的难度无形中增加了好几倍，三个人中钟国龙个子最小，河中心的部分有些深，钟国龙只好双手按着背包，拼命地划水。

但是，即使是在这样的艰难条件下，却还是发生了让三个人没想到的事情，三个教官的竹篙开始不断地把三个人的脑袋按下去，每按一次，三个人都整个身体进入水中，很快，三个人就被河水呛得咳嗽起来。

钟国龙猛地被一根竹篙按进水里，呛了一大口水，他倔强地挺起身来，瞪着眼睛向船上看，万万没有想到，刚才把他按进水里的，居然是他的排长赵飞虎，赵飞虎并不回避钟国龙愤怒的眼神，两人对视了几秒，赵飞虎又一竹篙打来，这次正好打在钟国龙受伤的头上，钟国龙只感觉头颅一阵剧痛，整个身体再次沉入水中，他一阵眩晕，差点失去知觉。

“猪仔6号，你瞪什么瞪？！不愿意训练就滚蛋，没有人逼着你！”赵飞虎这次也急了，用从来没有过的严厉语气冲钟国龙怒吼。

钟国龙浮出水面，不再说话了，“没有人逼着你”成了这群教官平时说得最多的一句话，钟国龙明白，自己之所以这样拼命地训练，仅存的精神动力，就是荣誉这两个字。他不能给部队丢脸，就这么简单，也就这么复杂，为了这两个字，所有人都在拼命。旁边的刘强和余忠桥也同样如此挣扎着，三个人并排地承受着教官的竹篙，同时面对冰冷的河水和透支严重的体能。

教官们很快“故伎重演”，隋超和赵飞虎把三个救生圈扔进河里，隋超大声冲水里挣扎的三个人说道：“看见没有？想不被竹篙打，就努力游到船前面，要是坚持不住，就自动退后，抓住救生圈，把你们拉到对岸去！”

这种诱惑的效果已经不如刚开始的时候有效了，钟国龙他们连看都没看一眼，拼命地向前游，三个人里面钟国龙的游泳技术最好，六岁开始就下河游泳，“小风小浪”也是经历过一些的。他开始猛游几下，冲到最前面，同时把自己的背包带解下来，一头用嘴咬住，另一头扔给落在最后面的余忠桥，余忠桥眼睛瞪得通红，用尽了力气喊：“钟国龙，你先上去，不用管我！”

钟国龙回头看了他一眼，把嘴里的背包带抓在手里，使劲绕了几圈，低吼道：“少废话！要过一起过，要死一起死！刘强，把带子给老余！”

刘强冲了过来，把背包带扔给余忠桥，余忠桥只好伸手抓住，可是毕竟体能不支，随着教官一竹篙打过来，余忠桥头进到了水里，背包带又松开了，钟国龙急了，回身游了几步，干脆把背包带拴在余忠桥的手上，抬头冲教官喊道：“队长，他身体支持不住了，你们就对我一个人施压吧！”也没等教官说话，钟国龙又转身向前游过去，教官们果然在钟国龙头上招呼了几下，钟国龙不再说话，任凭竹篙把他按进去再浮上来，他一边拼命地向前游，一边使劲拽着余忠桥。余忠桥实在是没有体力了，整个人像一块大木头一样，只能靠钟国龙的背包带一拽一拽地前进。

"猪仔6号！快放手！这样你们俩都过不去！"不远处，大队长严正平站在摩托艇上喊。

"不行！"钟国龙这次坚定地喊，"我们三个都必须一起过去！要么就一起死在河里！"

严正平嘴角抽动了几下，没有再说话。那边，刘强也把自己的背包带解了下来，拴到余忠桥另一只手上，两个人一起拉着已经快支持不住的余忠桥。余忠桥眼泪流下来了，微弱地喊着："钟国龙、刘强，好兄弟！把我放开吧！要不咱们仨可都完蛋了！"

刘强回头说道："老余你不要说话，使劲往前游！"

"你们把我放下吧！"余忠桥带着哭腔喊，他知道，钟国龙前几天身体就已经出现脱水，现在头上又有伤，刘强也是刚刚从医院回来，两人的体能比自己好不了多少，现在拽着自己，无疑是在拼命了，"钟国龙，放开我呀！"

"余忠桥！你记着！咱们是一个新兵连上来的同班兄弟，咱们都是侦察连的兵，都是威猛雄狮团的战士，要过去，咱们就一起过去！你给我精神着点儿！"钟国龙说完，冲刘强又说："老六！拼了！"

"拼了！"三个人一起大吼。

竹篙仍旧雨点儿般地落下，这次没有人再抱怨什么，三个兄弟用背包带彼此连着，一会儿沉下去，一会儿浮上来，一点一点地向着对岸游过去。严正平把摩托艇掉转头，斜着猛冲过来，掀起的水浪把三个人又冲了回去好几米，浮上来以后，三个人又一起向前游，如此这般，竹篙和水浪，已经被钟国龙他们征服了。三个人几乎是爬到了岸边，尤其是余忠桥，几乎是被两人拖上了岸。

船上的赵飞虎表情复杂地看着三个人，默默地点了点头，他没有流露什么，转身又回去继续"训练"其他的战士。

"老大，咱们过来了！"刘强喘着粗气，又剧烈地咳嗽起来，脸色苍白，又转成通红。

"过来了！老余！我们过来了！"钟国龙也兴奋地喊。可此时却发现自己怎么喊也喊不出多大的声音了。

旁边的余忠桥没有接话，钟国龙感觉事情不对，急忙抬头，发现余忠桥头朝上躺着，脸色已经紫红，双眼被河水杀成血红色，钟国龙大吃了一惊，挣扎着跪起来，和刘强一起把余忠桥拽了起来，把身体冲下，肚子压到钟国龙的膝盖上，余忠桥猛地吐出一大口污水，猛烈地咳嗽了好半天，这才缓过劲儿来，刚才他灌了一口水，又急促呼吸，一大口水堵到了喉咙上，差点憋晕过去。

“没事吧，兄弟？”钟国龙帮他敲着背问。

余忠桥把嘴里的污物又吐了几口，这才重新躺到岸上，喘着粗气说：“没见过这么训练的！这简直是把人往死里整啊！”

钟国龙坚定地说：“咱们不能认输！就算被淘汰，咱们仨也要做最后三个被淘汰的！我倒要看看后面还有什么要命的招数！”

河面上，队员们一组一组地泅渡过来，教官的竹篙上下挥舞着，已经有几个人哭喊着停下来，抓住了船后拖着的救生圈，抓住救生圈，就等于放弃，会被抬到岸边的医疗车上，好好休息一番，再吃上一顿美味的大餐，然后就是卷起背包回自己的部队，这里没有同情，也没有任何的怜悯，走与留，全在自己。

第一百一十章　决死挣扎（一）

几十名倒在河边的队员并没有得到额外的奖励，队伍很快重新集合，一辆大卡车开过来，所有人都吃了一惊。

“怎么样？今天大家有机会感受一下我们的前辈们曾经的经历啦！”严正平这次面带微笑，但是队员们都明白，这位大队长的微笑只能代表接下来的训练更残酷，严正平一摆手，几个教官过去把卡车上的帆布掀开，是并排的十门老式迫击炮，阳光下闪着乌黑的光泽，让人倒吸一口凉气。

“这是一批淘汰掉的迫击炮，每门足足有60公斤重。扔在仓库里实在没什么用了，我们今天来利用一下，十人一组，每人一门，十五公里强行军，过瘾吧？”严正平仍旧微笑着。

队伍有些骚动，这是少有的，所有队员都盯着车上那黑乎乎的铁家伙，刚刚的武装泅渡让大伙的体能消耗得差不多了，说句毫不夸张的话，现在他们只剩下半条命了，这群原部队里千锤百炼出来的精英，此刻的体能估计连个小学生都赶不上，要扛着六十公斤的迫击炮强行军十五公里，简直是无法完成的任务。

严正平对队伍的骚动置若罔闻，喊道：“我不管你们是用肩扛还是手拽，三个小时以后，我要在十五公里外的终点看到你们和迫击炮一起出现，超过时间，淘汰！人到炮没到，淘汰！”

三个小时？队员们盘算着，要是在平时，这负重六十公斤强行军十五公里，估计不用两个小时就到了，现在这状态下，别说三个小时，半天都困难啊！看看这几十个人吧，别说强行军了，哪个能把迫击炮扛起来，就算体能出众的了！

“报告！”一个声音在队列中响起，所有人齐刷刷望向喊报告的人，钟国龙认得这个战士，名字记不得了，代号好像是“猪仔 36”，这家伙住在对面宿舍，是某机步团的重机枪手，平时体能十分出色，也是这支队伍中少有的没进过医疗队的战士之一，大家看着他，不知道他这个时候要说什么。

严正平看了一眼那战士：“说！”

那战士高昂着头，大声说道：“大队长同志，我想要声明一下，尽管你们从来没把我们当人看，但是，我们是人，不是动物！现在我们经过连续几天的高强度训练，又得不到任何的休息和足够的热量补充，我们的体能已经严重透支了，这个任务，我们完成不了！”

“你是想说你完成不了，还是你们完成不了？军人没有完成不了的任务，就算要付出生命，收到命令也得往前冲。”严正平忽然严厉起来，杀人的双眼瞪着那个战士。

那战士顿了顿，说道：“至少……至少我难以完成！”

“那你还强撑着干什么？”严正平忽然吼道，“我从第一天就告诉你们了，没人强迫你们训练！你想让我把你当人看，得看你有没有这个本事了！你一个人坚持不了，随时可以退出，可你代表不了所有人！”

那战士被严正平吼了一顿，眼睛通红，眼泪就在眼眶里打转，严正平没有丝毫的犹豫，冲旁边的隋超说道：“送他上医疗车！”

那战士知道自己要被淘汰了，忽然猛地把眼泪擦干，大声吼道：“我退出可以，但是，我想知道，究竟什么样的战士，才会被你们这些教官当人看！”

严正平急行几步，走到那战士面前，双眼瞪着，一字一句地说道：“你没有机会知道了！因为你已经被淘汰了！我说过，十五天的选拔训练，只有坚持到最后的，才有权利知道究竟什么样的战士才是我们需要的战士！”

队伍一阵沉默，那战士不再问了，绝望般地叹了一口气，出列，摇摇晃晃地走向医疗车。

严正平走出队列，又走到队伍前面，指着医疗车说道：“还有没有和他一起的？节省时间，自己上去。”

队伍里没人说话。严正平挥了挥手，医疗车快速开走，他在队列前踩了几步，忽然把声音抬得老高，大声吼道：“十五天的训练还有一半没有完成，214 名参训队员，现在只剩下你们这不到 70 个人，你们有什么值得骄傲的？我可以告诉你们，剩下的这一半时间，训练会更加残酷，更加让你们难以忍受，我不知道这十五天结束以后，你们还剩下几个人，我更不知道等整个集训期结束之后，你们还能剩下几个，我接到的命令是：即使一个人也没有剩下，也算完成任务！还有要退出的吗？没有的话，训练开始！”

沉重的迫击炮摆到队列前面，钟国龙站在一架排击炮的前面，乌黑的炮管冲着上方，在他的眼里，此时的这门迫击炮，简直比一座山还要重，他知道，要把这门炮扛到十五公里之外，他可能没有这个能力了。就这样被淘汰吗？钟国龙心里一紧，马上，一个念头又闪现在脑海里：不能！绝对不可以！一路走到今天，已经承受了好几次关键的极点，自己都硬挺过来了，这次也一样，他早就暗自打好主意，即使是淘汰，他也要做最后一个被淘汰的，又看了看那门炮，这时候哨声已经响了起来，钟国龙不再犹豫，俯下身去，强撑着把沉重的迫击炮扛了起来，那炮压到身上，钟国龙只感觉眼前一黑，全身的骨节仿佛都在这一刻压得变了形，身体摇晃了几下，这才稳住身形，猛吸一口气，钟国龙摇晃着开始前进，刚跑出几步，身体再次难以负荷，一下子连人带炮倒在地上，差点砸了腿。旁边的其他战士比他也好不了多少，都摇晃着往前走，刘强和余忠桥见钟国龙摔倒，忙过来把他扶起来，钟国龙推开他俩，又走到迫击炮面前，再次用力把炮扛起来，咬牙往前走，瘦小的身体成“S”形艰难地向前运动着。

一公里以后，已经没人能扛着炮走了，大家只好把迫击炮放到地上，一点一点地拽、拉、滚，每前进几米，都像是耗费了全部的力量，都必须停下来猛喘几口气，然后再继续前进，教官们开着车，不断地催促着这些挣扎中的战士。

钟国龙不想这样一点一点地走，他知道，这样的速度，四个小时也未必能完成任务，仔细琢磨了一下，钟国龙采用了不同的办法，先是停下来调整一分钟，再凝聚全身的力量，扛起迫击炮猛跑一段，一直到迈不动脚步，再停下来休息一小会儿，这样虽然更耗费体力，但是速度总算快了许多，大伙儿渐渐地都学他的办法，开阔地上，到处是歇斯底里的怒吼和粗重的喘息。

队员们就这样带着迫击炮强行军，这样的速度在不知情的人看来似乎有些滑稽，想想也是，无非就是六十公斤，何至于这样呢？可是，要是有人了解到这群战士已经连续七天没有吃过一顿饱饭，没有睡过一次超过三个小时的觉，每天都超负荷强行训练十六个小时以上，恐怕就再没人轻视这六十公斤了！

一个小时马上过去了，体能严重透支的战士们走了还不到五公里！这样下去，说不定真的会被全部淘汰，前面还有一个小山坡，坡度不大，但是对于他们来说，简直相当于翻越秦岭昆仑。

钟国龙已经是强弩之末，一开始他休息一分钟，扛起迫击炮能冲个四五十米，而随着体能的消耗，这样的距离在逐渐缩短，现在的他，倒在地上喘息两分钟，再搬起炮来，走不到二十米就感觉天旋地转，胃里原本就没什么东西，这时候又开始抽搐，一股强烈的恶心感袭来，钟国龙忍不住想吐，他努力地控制着腹部的翻江倒海，使劲咽着唾沫，有着超负荷训练经验的他知道，这个时候正是身体到了极限，假如这个时候呕吐，就有严重脱水的危险，很有可能自己吐过之后，就会一头栽倒在地上了！想到这里，钟国龙从旁边的树丛中扯下几片树叶含在嘴里，使劲调整了一下迫击炮的角度，又扛起来冲了过去，沉重的炮身把他的肩膀皮全都蹭脱落了，肩膀上火辣辣的疼，钟国龙却顾不了这些了！

在他的身后，余忠桥和刘强也在挣扎着前进，三个人谁都不想说话了，彼此之间只用眼神沟通，相互鼓励着一定要挺住，一定要坚持到挺过身体极限。只要挺过极限这一关，身体的感受就会比现在强得多，那才是真正冲刺的时候！只有这个时候的人，才能充分体会到人体的奇妙性！

十个战士拼了命地将迫击炮扛上山坡的时候，总算是有了凉风，而这个时候他们也已经度过了体能极限点，感觉比刚才要好很多，大伙迅速休整了一下，往空荡荡的肚子里灌了几口水，再一起呼喊着扛起迫击炮往山坡下面冲，那场面称不上壮观，倒很有些悲壮。

最后五公里的时候，钟国龙连人带炮再次摔倒，这次就没那么幸运了，迫击炮的座架一下子擦到钟国龙的左小腿上，军装被撕开一个口子，里面一大块皮被蹭掉，鲜血马上涌出来，炮架随之下滑，重重砸到脚面上，钟国龙疼得叫了一声，低头看过去，整个左腿伤口以下都被血染红了，炮架蹭到的地方也肿了起来，脱了鞋再看自己的左脚背，黑青的一块。

“老大，没事吧？”刘强吓坏了，忙跑过来。

“钟国龙，你受伤了！”余忠桥也喊。

钟国龙脸色苍白，强忍着剧痛摇了摇头，从背包里扯出纱布把伤口缠上，血很快又渗了出来。

“老大，要不……去医疗队吧！”刘强犹豫着说，“你这伤恐怕坚持不了。”

刘强说得没错，光是蹭掉了皮还不要紧，关键是脚背被砸了一下，黑青色开始扩散，整个脚面都肿了起来，钟国龙看了看伤口，摇了摇头，使劲勒了几下纱布，从旁边抓了一把不知道是什么树的树叶，放在嘴巴里嚼了嚼，一把吐在右手掌心，敷在伤口处。余忠桥又从背包里拿了些纱布，给他缠上，血依然渗出来，但是不像刚才那么急，看来是止住了。

钟国龙疼得直吸凉气，硬是站了起来，脚背顿时一阵剧痛，险些又倒下，他扶着炮管稳住身子，说了一句“没事儿！”，就又准备前进了。

刘强和余忠桥都了解钟国龙的性格，到了这个时候，除非实在起不来，否则他是绝对不会放弃的。两人也没再说什么，各自扛起自己的迫击炮，紧走几步忙回头看，钟国龙已经扛着迫击炮站了起来，一瘸一拐地往前跑，剧烈的疼痛很快从腿脚传到全身，钟国龙直感觉冷汗不住地往下淌。他没有停下，这几天以来，他几乎每天都是在拼命。拼命这个词，用在这些队员身上，不显突兀，一个人体能消耗到一定程度，能支持自己继续训练的，就只剩下顽强的精神了。

最后的一公里，严正平的吉普车遥遥在望，前面已经有队员到达了终点，死狗一样地躺在车的周围，刘强和余忠桥想停下来帮着钟国龙一起走，被钟国龙咆哮着拒绝了，钟国龙的理由很简单：刘强和余忠桥此时的状态，比自己强不了多少，帮助他的后果很可能是连自己也坚持不下来。两人看钟国龙倔强地坚持自己走，几乎是连拖带拽地带着迫击炮向前走去。

钟国龙剧烈地喘息着，受伤的小腿这时候又在流血了，他懊恼地狠捶了一下大腿，骂了一句：“怎么每次都是老子倒霉呢！”抬头看看前面，刘强和余忠桥快到终点了，不时地回头望他。

“老六你看什么看？到终点再说！”钟国龙冲刘强吼了一句，负气般地站起身来，又把迫击炮扛上肩，左脚又是一阵剧痛，身体一个趔趄，再次扑倒在地上，钟国龙有些绝望了，喘着气闭上了眼睛，耳朵里嗡嗡地响着，心脏似乎努力地想从他的胸腔里蹦出来。拼到现在，整个左腿似乎都没有知觉了，距离终点还有一公里的距离，按照现在的身体状况，钟国龙知道，能按时到达终点的机会已经很渺茫了。此刻，四周忽然安静下来，钟国龙似乎感觉到了稍微的惬意，而这种感觉一经心里流出，马上就强烈起来。躺着真是太舒服了！钟国龙想睡觉了，太想休息了！精神上的稍微松懈，很快让钟国龙忘记了一切……

“老大！你坚持住啊！”刘强忽然在前面大喊，“你忘了咱们三个怎么商量的了？决不放弃！要死死一块！”

“钟国龙！你他 × 的起来呀！”余忠桥也撕心裂肺地喊。

钟国龙没有回应，仍旧躺着一动不动，若不是胸脯还在剧烈地起伏着，此刻的他真就像个死人，一个耗费了所有的精力体能，最后疲惫而死的死人。

一阵的脚步声响，刘强和余忠桥跑了回来，钟国龙虚弱地睁开眼睛，一看见是他们两个，大吃一惊："你们俩回来干什么？啊？你们不去终点休息，回来干什么？"

余忠桥挣扎着站稳身子，大声地说："钟国龙，你别把我们两个想得那么不仗义！你刚才从河里把我拖上来，我就不能拖你了？你起来！"

余忠桥说着，和刘强一起要把钟国龙拽起来，钟国龙甩开他们，瞪着眼睛吼道："刚才是刚才！现在不一样了！现在你们俩根本就拖不动我了！我受伤了，我走不动了！"

刘强一下子愣住了，嘴里嘟囔着："老大，你……你要放弃？"

放弃这两个字一说出口，钟国龙打了一个冷战，是啊，自己这是要放弃了？刚刚还在鼓励别人，现在轮到自己了，要放弃了吗？钟国龙想说不，想摇头，可是，他说不出口，放弃这两个字压在他的心头，实在是太沉了。他无力地闭上眼睛，眼泪流了出来。他不想放弃，可是他实在走不动了。

刘强一下子急了，这个平时相对来说最憨厚的兄弟，此刻咆哮着吼道："钟国龙！你不说话是什么意思？你说，你是不是想放弃了？要是想，你就说出来！闭着嘴巴，让兄弟瞧不起你！你说出来呀？你能说出来吗？"

"我他 × 的说不出来！"钟国龙忽然疯了一般地站起身，一双眼睛瞪得血红。

"那咱们就走！"刘强吼着把钟国龙的迫击炮扛到了肩膀上，头都不回，大步向前跑去，跑了几步，一个跟头摔到地上，再爬起来，再跑，又倒下。

"老六！"

钟国龙哭着跑过去，把刘强扶起来，两兄弟搀扶着起来，刘强擦了擦脸上渗出的血，哭着说："老大！我们不能没有你，当初来当兵就是因为你来了，你想想吧，老四要是知道你现在躺在地上要赖皮，他也会伤心的，还有老家的兄弟们，你是大伙的老大呀！你倒下了，兄弟们都伤心！还有咱们牺牲的赵排长，他也在地下看着你呢！"

"排长？"钟国龙傻了一般。

"是啊！"刘强哭道，"排长，赵黑虎排长，他是一个多要强的人啊！他能看着自己的兵放弃吗？"

"他不能！绝对不能！"钟国龙仿佛被打了一针强心剂一般，嘴里机械地唠叨着，不知道哪来的一股力气，推开刘强，把迫击炮扛上了肩膀，大步向前跑去。

"排长！你放心吧！我钟国龙决不做孬种！"钟国龙悲愤地想着，也不再顾及受伤的左腿，几乎是连滚带爬地前进着，余忠桥和刘强见他这样，既惊喜又担心，急忙跟上去，钟国龙一路冲了二百多米，终于又倒下了，但是，这次钟国龙没有丝毫的犹豫，将纱布紧了紧，扛上迫击炮又走，钟国龙感觉一阵的恶心，两眼发黑，强忍住，闭着眼睛往前跑，距离终点越来越近了，三个人落在最后，此时并排跑在一起，不断地跌倒，不断地爬起来，一步又一步地向终点进发。

第一百一十一章　决死挣扎（二）

“还有五分钟！”严正平看着越来越近的三个人，大声喊着。

“老大！坚持啊！”刘强喊着，和余忠桥一起从后面推钟国龙，钟国龙此时感觉双脚就像踩在棉花上一样，已经没有了知觉，也无法辨别方向了，两人把他推了几米，各自都摔倒了，又起来，继续前进。

“两分钟！”严正平面无表情，手里紧握着计时表。

“老六！忠桥！你们先走！”钟国龙强喊了一句。

“钟国龙，你又要放弃了？”余忠桥吓了一大跳。

“我不会放弃的！你们听我的，先走！我肯定能跟上你们！”钟国龙这次声音异常坚定，“你们要是不先走，我就不走了！”

“老余，咱们走！”刘强喊了一声，他明白钟国龙的性格，最后的这一百米，钟国龙不会让任何人帮助的，两人只好先走，用尽最后一点力气，跌跌撞撞地冲到了终点。

严正平看着唯一落在后面的钟国龙，又看了看秒表，再次用冰冷的声音喊：“一分钟！”

钟国龙拄着炮管站起来，回头看了一眼，身后不远处，一名放弃的队员挣扎着上了担架，被抬走的一瞬间，那队员无比遗憾地盯着终点，又看了一眼钟国龙。钟国龙再次闭上眼睛，停了几秒，睁开的时候，目光忽然坚定起来，弯腰，拼尽力气把迫击炮扛上肩，开始最后的冲刺！

“啊——”撕心裂肺的吼声令所有人都震惊了，包括教官们，也包括严正平，钟国龙眼睛没有睁开，闭着眼睛冲了过来，越过终点的那一刻，再也坚持不住，一头栽倒在吉普车前，晕了过去。一口鲜血随之从嘴里喷出来，溅在车前的土地上。

严正平的秒表，显示还有 11 秒。

刘强和余忠桥哭着扑过去把钟国龙扶坐起来，钟国龙紧闭着双眼，脸上几乎没有了血色。

“送医院！”严正平语气平淡。

两名教官把钟国龙抬上了救护车，赵飞虎忽然走过来，冲严正平请示道：“大队长，我和他一起去吧！”

“你不能去！”严正平忽然用异样的眼光看着赵飞虎，语气似乎另有所指。

赵飞虎显然明白严正平的意思，很坚定地说：“您放心吧，规矩我懂！”

严正平想了想，不再说话，赵飞虎急忙转身跳上了车，汽车一路疾行，直奔军区医院。

到了医院，医生一阵忙活，赵飞虎在外面急得团团转，半个小时以后，一位女军医从里面走出来，赵飞虎急忙跑上前去，问钟国龙的情况。

女军医颇有些不满地说道：“还好，脚骨没裂，外伤好处理。但是这个战士身体严重脱水，现在还在昏迷着呢！”

“有危险吗？”赵飞虎心情沉重。

“危险？从你们集训队送过来的战士哪个没有危险啊！”女军医冷声说道，“这小伙子上次我就见识过了，别说这次，上次他都有生命危险！”

赵飞虎只有苦笑。

女医生似乎也习惯了集训队的“惨无人道”，又平淡地说道：“已经给他输上液了，他现在是疲劳过度导致的昏迷，等他醒过来吧。”

赵飞虎连忙谢过医生，径直跑到病房里面，病床上，钟国龙打着氧气，脸上还是没有血色，闭着眼睛，嘴角干裂。赵飞虎眼睛湿润了，四处看了看，找到一条毛巾，再从暖壶里倒出一点热水，附过身去，仔细地帮钟国龙擦着脸上的血污，一边擦着，一边流下来了眼泪。这些日子以来，由于自己特殊的使命，使他对钟国龙不能有任何的亲近，也许只有这个时候，这位排长才做回了往日的自己，擦完了脸，赵飞虎看了看手表，自己必须要回去了。集训队不同于下面的连队，下面连队的战士训练受伤，可以让班长、排长陪着，在这里，每个队员只要一超过极限，就会被送到医院，队里给的时间只有48小时，超过48小时就是淘汰，这期间对受伤的战士不会有任何形式的关心。

再看了一眼钟国龙，赵飞虎叹了口气，说道：“兄弟，你可一定要回来呀！”这话钟国龙听不见，赵飞虎仿佛是在自言自语，转身，走出病房，赵飞虎大步向医院外面走去。

“赵飞虎！”

一记低沉又富有磁力的嗓音在赵飞虎身后响起，赵飞虎像被定住了一样地停住脚步，转身，顿时一脸的惊喜，居然忘了敬礼，紧跑几步冲到了那人面前，激动地喊：“老首长，怎么您也在这儿？”

赵飞虎面对的人，正是上次钟国龙来医院时见到的那一位上校，高大的身材一下子把赵飞虎都显得瘦小了。两个人显然是十分熟识，上校拍了拍赵飞虎的肩膀，拉着他坐到楼道边上的椅子上。这才指着自己的胳膊笑道：“阴沟里翻船，一时兴起，给队员们示范过500米高寒障碍的时候给摔了下来！”

“现在没事了吧？”赵飞虎关切地问。

“早没什么事了！”上校忽然笑着扬了扬包着纱布的手，又说，“我是故意要多待几天的。”

“故意多待？您还能这么有时间？”赵飞虎诧异地说了一句，忽然，像是明白了什么，笑道，“我知道了，您不会是想……”

没等赵飞虎说完，上校笑着一摆手，把他的话打断，故意岔开话题，说道：“你来这里干什么？”

“送一个受伤的战士。”赵飞虎眉头皱了一下，“腿伤了，又严重脱水。”

上校却并不震惊，不以为意地说：“正常！这样的集训要想通过，不‘死’上几次是不可能的！碰巧又赶上严正平这个家伙，哈哈！”

赵飞虎跟着笑了笑，还是关心钟国龙的安危，下意识地说了一句：“这个战士和我是一个连队的，很有潜力……”

“是吗？叫什么名字？”上校立刻感兴趣了。

“钟国龙。”赵飞虎回答。

“哈哈！又是那小子！”上校笑着说。

赵飞虎诧异地问：“您认识他？”

上校点点头，笑道：“上回他不是来过？一醒过来拔了针就跑，正好被我碰见，聊了几句，他这名字倒好记呢！”

赵飞虎忽然笑了起来，显然和这位上校很熟悉，也很了解他的性格，这时候说道：“首长，您不会是已经‘预定’了吧？”

“什么预定不预定的？”上校虎着脸低吼，“我说你小子还有事儿没有？没事儿赶紧滚蛋！”

赵飞虎也不说话，笑着站起来要走，又被上校叫住，“威胁”道：“我告诉你，回去别乱说话！否则看我怎么收拾你小子！”

“是！老首长放心吧！”赵飞虎忽然兴奋起来，忍不住又看了看钟国龙所在的病房，这才笑嘻嘻地走了出去。

“他 × 的！老子潜伏在医院容易吗？”上校自言自语地骂了一句，背着手踱了几步，忽然转身，信步走进了钟国龙的病房。

推开门，钟国龙还在半昏半睡中，上校检查了一下已经包扎好的伤口，嘴角忽然露出一丝微笑，这个时候，医院的护士走了进来，一看上校在，连忙问好，大个子上校点点头，忽然说道：“跟你们护士长说说，把这个战士转到我的病房得了！”

“首长，这……不合适吧？”小护士有些犹豫。

“什么合适不合适的？你就说我自己住病房里寂寞，找个战士聊聊天还不行？”上校皱着眉头说道。

小护士被他的样子吓住了，嘟囔着跑出去把护士长找了过来，护士长四十多岁，显然跟这个上校很熟悉了，一进问就笑道：“李大队长，您这是又想搞考察研究了吧？”

“我说马大姐，你就别那么多话了！”上校笑着说。

这事情并不难办，钟国龙的病床是带轱辘的，直接登记一下新房号，推进上校住的单间病房就行了，上校跟在后面，颇有兴趣地看了钟国龙一眼，自己又回床上看书去了。

钟国龙这一觉整整睡了一个半天加一晚上，第二天上午醒了，他又是大吃一惊，知道自己又住进医院了，从床上爬起来就要出去。

“站住！”

一声低吼，钟国龙吓了一跳，这才注意到病房里还有个人，正靠在床沿上，此时瞪着眼睛看着自己，这人钟国龙认识，是上次派人开车送他回集训队的那位上校，上校手里拿着本书，目不转睛地看着自己，钟国龙连忙敬礼。

上校放下手里的书，笑眯眯地问：“钟国龙，你要去哪儿？”

“我？回集训队去呀！”钟国龙倒是不怎么拘束，抬头看了看墙上的钟表，吓了一大跳，马上又说："首长，我得马上走了，又耽误一天了！"

"别着急！别着急！"上校这回从床上下来，一只手把钟国龙硬生生地按到了病床上。

"首长还有什么事儿吗？"钟国龙有些摸不着头脑，心里纳闷自己怎么会和首长在一个病房里面，又见那上校此时异常和蔼，更是惊讶，也不敢再起来，瞪着一双大眼睛看着上校。

上校等他坐定下来，忽然转身，从自己病床旁边的柜子里拿出来一个塑料袋，又放到病房的小柜子上，里面是一只香喷喷的烧鸡！钟国龙眼睛都直了！一个多星期了，每天吃一小块玉米饼、200克菠菜的他，此刻居然看到了烧鸡，口水先咽了一大口。

"吃吧。"上校仍旧笑眯眯地看着钟国龙，"早上他们刚买来的，我实在没胃口。"

"首长……我不能吃这个！"钟国龙咽下一大口口水，终于忍住了诱惑，坚定地回答。

上校好像很惊讶，问他："为什么不吃？你不饿吗？"

钟国龙老实回答："饿！但是我不能吃，我是来集训的，大队有规定，除了大队提供的伙食之外，不能吃任何其他的食物，这是死命令！"

"这里只有你和我，吃了谁又能知道？"上校密切关注着钟国龙的表情，又说，"我知道你们那集训大队，那里可是艰苦得很呢！你听我的，把这烧鸡吃掉，身体肯定能恢复不少，吃了它，后面的训练可就容易了！"

钟国龙的脸涨得通红，想了想，正色说道："首长，我现在确实很想吃，但是坚决不能吃，吃了就是违反命令，也是作弊，我不能给我的部队丢脸！"

"哈哈……好好好！"上校连说了几个好，把烧鸡收了起来，这才又示意钟国龙坐下。看了看中国龙，笑着问道，"看来，你是个集体荣誉感很强的人，能不能告诉我，你是为什么来当兵？"

钟国龙并不想在首长面前说假话，如实回答："我刚开始来参军的时候，就是想来部队学学功夫，回去自己用得着。"

"学功夫？呵呵，有意思，那现在呢？看你是个上等兵了，入伍已经有一年多了，说说，现在还想为学功夫来部队吗？"上校问。

钟国龙不好意思地红了脸，说实话，还真没有人问他这个问题，他不知道该怎么回答，现在在他的心里面可以确定的是，他早已经不是为了学功夫来当兵了，可是现在是为什么来当兵，钟国龙还没有仔细想过，看上校的神情，肯定不是为了听他说什么当兵为祖国的套话，一时着急，脸更红了。

上校看出他为难，又说：“就说说你现在吧，你这样地拼命训练，是为了什么？”

“是为了给连队争光而不丢脸！为了证明自己是个男人！”钟国龙这次回答得很干脆，没错，这句话是支撑他坚持到现在的唯一动力。

“还有呢？”上校又问。

钟国龙很尴尬，他不明白这个大个子上校为什么要问他这个问题，也不知道这个被医生叫做“李大队长”的人到底是什么大队的大队长，只是感觉，这个人的身上有一种无形的威严，让钟国龙不敢不回答。钟国龙一时乱了方寸，干脆把自己平时想的和盘托出：

“还为了不让人看不起，为了……为了给牺牲的排长报仇，排长临死之前让我好好干……”

上校被钟国龙朴实的回答逗得哈哈大笑，那笑声似乎震得屋子都直发颤，倒把钟国龙吓了一大跳，这时候，上校说道：“你知道我不想让你回答大套话，把自己的心里话全说了是吧？”

看钟国龙点头，上校又说道：“你说的这些，其实总结起来就是两个字：荣誉！”

“荣誉？”钟国龙很不理解地看着上校。

“对呀，就是荣誉嘛，不过你不要误会，这个荣誉和你个人的荣誉不相干，个人荣誉是小，这个是大，这个荣誉，是集体荣誉，是整体荣誉。这个荣誉达到了，才能有你个人的荣誉，这是部队里永远不变的真理！”

上校一连说了好几个荣誉，让钟国龙有些迷茫，只好听他继续说，那上校索性站起身来，像是在给钟国龙讲课一般地说道：“作为一名军人，是一定要有荣誉感的。军人讲究要有军魂，而这荣誉感，正是军魂的一部分。除了荣誉，还需要有四个字，就是国家和责任。在这里面，哪个字都不是套话，要想成为一名合格的军人，这六个字缺一不可呀！其中，国家，是军魂中的最高目标，责任，就是你为这个国家将要担负的使命，然后才是荣誉，这条线明确了，你才会明白什么是一个合格的军人。所以，我说你现在刻苦训练，目的还很狭隘，还只局限在集体荣誉上呢。那还不够！你还要明白，自己为了争取到这个荣誉，应该担负起什么样的责任来，责任的最高，就是国家的责任！想明白了这些，你才能战无不胜，你才能坚强坚定地完成各种残酷的训练任务。”

上校一连说了许多，回身看见钟国龙若有所思的神态，这才笑道：“我说多了吧？哈哈！”

“没有！我就是感觉首长说得很深奥……”钟国龙说得很恳切。

上校沉思了一会儿，这才说道：“其实不深奥，你可以慢慢地去想，等你想明白了，也就做到了，那时候，你就是一名拥有军魂的战士了！记住，一个拥有军魂的战士，是一切敌人的噩梦！你可以走啦！”

钟国龙突兀地站起来，还在迷茫中，他到现在也不知道这个上校为什么要跟自己说这些，上校看似漫无目的，又好像是刻意把这话说给他听，他又想不出上校这样做的目的来，只是感觉这个大个子首长实在是太神秘了。

“首长，我……我想知道您到底是谁……”钟国龙红着脸地问。

“不用问我了！”上校一挥手，仍旧响亮地笑道，“等你顺利通过集训的所有科目，说不定我们还有见面的机会呢，到时候你不就全知道了？”

“是！”钟国龙坚定地回答，敬礼，走出病房。

上校看着钟国龙离去的背影，坐到椅子上，听外面钟国龙语气坚定地跟医生“交涉”要回集训队，嘴角露出一丝微笑，他对这个小战士是越来越有兴趣了。

这次钟国龙的要求没有被答应，医生几乎是强硬地命令他必须再治疗一天，哪怕是一天，医生很肯定地告诉钟国龙，假如他现在回到部队，用不了几个小时，他还会回来，钟国龙坚持了半天，还是没有用，只好接着输液待了一天，心里却急得像热锅上的蚂蚁，好容易输完液，钟国龙再次回到集训部队，劳累了一天的刘强看到他，十分高兴，他很快发现余忠桥没在宿舍，连忙问刘强怎么回事。刘强告诉他，老余也晕倒了，现在估计也到医院了，今天一天晕过去了六个，钟国龙听了，也只有苦笑。

晚上睡觉，大队通知大伙今天可以多休息半个小时，而且明天有机会改善伙食，队员们没人兴奋，他们不抱任何希望了，天知道那个该死的“严猪队”又会耍什么鬼花招呢！

第一百一十二章　改善伙食

晚上，钟国龙并没有像平时那样倒头就睡，经过了一天多的治疗，身体稍微缓和了一些，钟国龙在床上反复琢磨着那位上校的话，仔细琢磨着上校嘴里所说的军魂二字。关于这方面的东西，钟国龙曾经听龙云讲过，但是却没有像这次这样深感困惑，龙云给他讲的是小道理，这个上校说的是大道理，这两种道理从内容上一样，涵盖的范围却不同。不知道为什么，钟国龙平时总是感觉自己和龙云有差距，这种差距一开始显现在训练水平上，可是通过一年多的刻苦，这方面的差距正在逐渐缩小，再有，就是思想上的差距了，龙云总能在这方面高出他一大截，还有就是这个赵飞虎了，不管他现在多么“可恶”，但是，钟国龙从心里还是佩服他的，这种佩服没有具体的指向或许是赵飞虎和龙云一样，有一种特殊的气质，直到今天，钟国龙忽然发现，白天的那个上校，具有和他们一样的气质，那种特有的威严，让钟国龙暗暗吃惊。打个比方，假如在寺庙，钟国龙算是一个初入佛门的小沙弥，那么，龙云、赵飞虎和那位上校更像是已经悟道的高僧。难道那上校说的国家、荣誉、责任，就是军人所谓的“道”吗？钟国龙翻来覆去，还是想不出个头绪来。

上铺的人在翻身，动静有些大，钟国龙也没在意，他的上铺是刚刚搬过来的，是军区直属侦察营武装侦察连的一名上等兵，由于每天都有不少人被淘汰，宿舍不断整合是常见的事情，这个二年兵刚搬过来没几天，平时不爱言语——其实训练进行到现在，即使最活泼的人也没有什么心情说笑了！而这个战士更特殊一些，每天一回到宿舍，他总是坐在下面若有所思地待上一会儿，等熄灯哨响起，他才犹豫地上床，其间刘强试着想跟他聊聊，可是那战士根本就没什么话，只说了自己的部队番号和姓名，再聊就成了纯粹的听众了。

钟国龙仰面躺着，上铺的那个兵剧烈摇晃了一下，再没有了动静，过了几分钟，又摇晃了几下，钟国龙有些不耐烦，刚要开口说话，上面忽然又静止了，过了好一会儿，钟国龙也困了，上下眼皮开始打架。忽然，上铺一个晃动，扑通一声，那战士竟然从床上掉了下来！一声闷响过后，那战士重重地摔到地上，钟国龙大吃一惊，一时睡意全无，急忙坐起来想扶起那战士，还没等他说话，那战士小声骂了一句，慌张地爬上了床。

真是个奇怪的人！钟国龙向上看了看，小声问道："战友，你没事吧？"

"你……你没睡觉？"那战士像是吃了一惊，黑暗中把头垂下来，惊慌地看着钟国龙。

"被你吵醒啦！"钟国龙说了一句，此时其他人都睡得跟死猪一般，根本就没人醒过来。

上铺停顿了几秒，低声说了句对不起，就又归于了沉默。钟国龙也不再理他，只是奇怪，当兵当了两年，怎么还会掉床呢？大半夜的，就几个小时的休息时间，他居然不困？钟国龙这样想着，上面已经没有了动静，十分钟以后，钟国龙也睡着了。

"扑通！"又是一声响，上铺的战士又掉了下来，这下钟国龙又醒了，只好下床，看那战士还在地上躺着，这次摔得更重，战士小声地呻吟着，钟国龙满腹疑惑地站到那战士面前，问道："战友，你睡不惯上铺吗？怎么老掉下来呀？要不咱俩换换床，你睡下面吧？"

"不……不用……"那战士挣扎着站起身来，又要上床，忽然扭头跟钟国龙说道，"这回，不会掉下来了！"

钟国龙奇怪地看着那战士又躺回床上去，便不好再问，帮他整了整被角，自己再次躺下，不一会儿就睡着了。

凌晨一点半，集合哨又响了，看来严正平没有食言，这次比以往果然多给了半个小时的时间，队员们不敢大意，期待着他说的今天改善伙食也能兑现。钟国龙出门的时候特意看了看那战士，那家伙起床的速度慢了些，出去的时候腿有一些瘸，和钟国龙目光对上的时候，他下意识地低了低头。

队伍全副武装集合之后，被告知要强行军奔袭到距离教导大队 28 公里外的一片森林边缘，对于这些队员来说，这已经司空见惯了，而且这次居然不用加重量——轮胎或者原木，已经是“轻松”的事情了。没有犹豫，黑夜中几十名队员快速奔袭，两个多小时后到达了指定地点。

天还没有完全亮，前面就是森林，此时看来，里面黑森森的一片，高大的松树柏树中间再夹杂着许多的灌木荆棘，枯枝朽木七横八叉，根本没有路可走，偶尔从森林里面传来令人惊悚的鸟啼兽吼，让人不寒而栗。

整队完毕，严正平发布命令：“这片森林，就是你们未来 36 小时的训练场，36 个小时，你们要穿过这片森林，再从森林的另一端渡过一条河，这条河就是你们之前武装泅渡的那条石磙河了，不过，到时候你们肯定能发现那里与下游不一样的地方。情报，就在河对岸五公里处的地方，有一面红旗作为标志物。整个任务期间，没有向导，没有饮食供给，没有任何搜救措施，假如你们走不出这片原始森林，我可以保证，你们的生死协议没有白签，因为要是在这片原始森林里面体力耗尽，就死定了！所以我建议你们小组行动！”

严正平的话说完，队列里顿时一片死寂，严正平没有再说话，给每个人发了一个指北针，又根据每个人的“猪仔”编号，在他们的后背上用别针固定了一个号码牌，队员们问这是干什么用的，严正平冷着脸说道：“这是为了万一你们死在里面，被野兽啃得面目全非的时候，还可以认出你们的尸体来！”一句话说完，所有人都真切地感受到了死亡的威胁，之后，严正平宣布行动开始，几十人的队伍自动结成几个小组，很快消失在黑暗的森林中。

队员出发以后，严正平转过身来，把教官们集合到一起，小声说了几句，教官们明确任务之后，出人意料地，也都走进了森林中……

队员们当然不知道教官的行动，钟国龙这一组一共六个人，就是他所在宿舍的刘强、余忠桥、两个河南兵，还有晚上摔下床的那个直属侦察营的二年兵，按照各自在原部队的职务，钟国龙依旧被推选为组长。

钟国龙这一组根据指北针的方位，找了一条自己认为可行的行动路线——其实找路线根本就意义不大，一走进森林，情况跟他们在外面观测到的一样，根本就没有什么路，越往里面走，灌木荆棘就越茂盛，头上是密集的树叶看不到天，全组人就像是进入了一个迷宫一样，深一脚浅一脚地往森林的深处走去。

“大家注意！大家注意！要求所有组员必须集体行动，共同进退，不要掉队，小心脚下的路！”钟国龙低声嘱咐着自己的组员们，他走在最前面，和并排的刘强一起用

95 军刺拨开茂密生长的灌木丛，小心翼翼地探着路。

“36 个小时，我看咱们谁都走不出去！”一个河南兵唉声叹气地说，“你们说说，咱们现在这状态，饿都得饿死了！”

“走吧！说不定森林里面能找到什么吃的东西。”另外一名河南兵安慰他道，“要是能遇见什么野果子啊之类的，咱们还能补充点营养呢！”

“野果子肯定是够呛！”余忠桥笑道，“这森林一看就不像是长野果子的地方，除了树就是这野草野刺，哪儿有野果树啊？这才叫荒山野岭呢！”

“可是咱们要想过去，就一定得想办法吃东西，否则真跟他说的那样，饿也饿死了。”刘强忧虑地回了一句，又转向钟国龙，“老大，有什么办法没有？”

“没办法！天亮看看再说吧！”钟国龙实话实说，情况确实如此，这片森林一眼望不到边，在黑夜里，别说没有什么果树，即使是有，也根本看不到。

几个人连成一溜往黑森林里面扎，忽然，后面哗啦一声，钟国龙急忙回头看，一个人摔倒了，正在地上呻吟，是走在最后的那名奇怪的战士，钟国龙连忙命令大家停下来，跑过去看情况，才刚刚走进来半个多小时，可别出岔子啊！

那战士躺在地上，双手捂着大腿，痛苦地呻吟着。

“你怎么样？”钟国龙已经到了近前，急切地问，那战士没说话，钟国龙忙蹲下来检查他的腿，手一摸，吓了一大跳，战士摔倒的地方正好有一块漏光的缝隙，微弱的月光下，那战士的小腿上居然插着自己的军刺！鲜血汩汩地涌出来，那战士疼得直吸凉气！

“怎么搞的？”钟国龙着急地问。

“刚才……刚才不小心摔了，正好……”战士痛苦地指了指军刺，又闭了眼睛。

“谁有纱布？”钟国龙着急地问，那河南兵应了一声，掏出一个急救包，“最后一个！”

钟国龙顾不了许多了，先拿背包带把他的小腿上方固定住，避免继续流血，又按住那战士的小腿，低声说道：“你要忍住！忍住！”

“不用……”那战士忽然推开钟国龙，一咬牙，自己把刺刀拔了出来，刀刺进去足有三寸，还好没有刺穿。

“好样的兄弟！”钟国龙赞叹了一声，又要去帮那战士包扎，那战士似乎并不愿意让别人插手，自己挣扎着把伤口暂时扎住，疼得浑身直哆嗦。

“我们先送你回去吧，你不能再走了。”钟国龙又说。

“不用，我自己走回去就好……”那战士依旧冷冰冰的。

钟国龙有些不高兴了，这人怎么这么冷血呢？看他痛苦的样子，他忍了忍自己的脾气，又说：“那怎么行呢？你腿伤成这样，怎么走回去？还是我们帮你吧！”

“是啊！我背起来！”刘强也过去说。

那战士连连摇头，说了句：“没事，我自己回去就好了，没伤到筋骨和主动脉，能走！”

“你怎么知道没伤到？”钟国龙抱怨了一句，那战士却忽然一个冷战，接着换了一种奇怪的语气，很不耐烦地吼道：“你们走你们的，我自己会回去！”

他这么一说，所有人都生气了，一时间都很奇怪这家伙的表现，那小个子的河南兵忽然冷笑道：“我说你也奇怪，刺刀好好地挂着，怎么就刺到腿了呢？”

“我用得着你管吗？”那战士忽然恼羞成怒一般地瞪着那河南兵，强忍着疼站起来，一瘸一拐地向起点走回去，钟国龙刚要说话，刚才那个河南兵忽然把他拉住了，冷笑着说道：“别管他了，人各有志！”

“什么意思？”钟国龙奇怪地问。

河南兵低声说道：“你还没看出来吗？刀是他自己插进去的！”

“什么？”所有人都大吃一惊，疑惑地看着河南兵。

河南兵解释道：“都是受过训练的人，一个跟头下去，自己的刺刀刺中自己腿的概率能有多大，我不用说你们也知道吧？自己宣布退出或者被淘汰，都够丢人，不如就这样因为受伤离开，回去也好说话呗！”

“怪不得……”钟国龙恍然大悟，此时终于明白晚上这家伙为什么掉下床两次了！正如那河南兵所说，一个受过专业训练的士兵，假如从床上掉下来，也不可能如此重地落地，下意识地也应该会有保护动作的！钟国龙没有再说话，人各有志，说得没错，一挥手，剩下的人继续前进。黑暗中，那受伤的战士捂着受伤的腿，边走边哭。

天逐渐亮了，森林里树木参天，间隙越来越小，人走在树下的灌木丛中，可见度比晚上好不了多少。连续走了好几个小时，大伙全都累瘫了，虽然是六月的天气，森林里面依旧阴森冷湿，好不容易走出一片密林区，几缕斑驳的阳光透了进来，钟国龙招呼大伙坐下休息一会儿，再走下去，会让身上的热量逐渐丧失，那可不是好玩的。几个人凑到大约一平方米的阳光地带，权当是晒晒太阳。似乎是老天故意作对，几个人背靠背坐了不到两分钟，一大块黑云飘过，把阳光直接截断了，战士们咒骂了几句，这会儿更糟了，一大早还算是多云的天气，乌云越来越多，天色又暗了下来！

“赶紧走！要是下雨就完蛋了！”钟国龙起身，带着大伙又钻进了前面的树林密集处，期盼着密实的树叶可以挡住马上到来的雨水。

天色越来越暗，一阵狂风在整个森林上空刮起来，树叶哗啦哗啦地剧烈抖动着，整个森林顿时被笼罩上了一层恐怖的氛围，紧接着，一连串的奔雷，空中闪了几闪，暴雨毫不客气地倾泻下来。刚刚还对漫天的树叶抱着幻想的战士们很快就失望了，那树叶能挡雨不假，可是，当雨水不断倾泻的时候，树叶被雨水压下来，雨水会几滴凑成几十滴地浇下来，五分钟不到，所有人都成了落汤鸡，连作战靴里都灌满了水。

“这是什么鬼天气呀？”余忠桥气愤地挥了挥手，折下一个小树枝，狠狠砸到树干上。

“走也是湿，不走也是湿，走吧！”钟国龙咬着牙喊，奔波了一夜，他也快走不动了，左脚背包扎的纱布早湿透了，此时又肿了，蹭破皮的地方也是钻心地疼，这样下去，非感染不可，钟国龙没时间考虑这些了，干脆拼着命地抓住灌木丛和树枝，拖着自己往前走。

后面的四个人比他也好不到哪里去，几个人没有一个不带伤的，尤其是之前被荆棘划出了血道子，现在被水一浇，那感觉跟上刑似的，树丛中还有许多不知名的野草，草叶含有毒性，身上一被划立刻就会肿起来一道儿，又痒又疼。

这样强行军了半个多小时，大雨终于停了，几个人倒在一片草地上，连眼睛都懒得睁开了。

忽然，不远处的一片草丛里面发出“唰唰”的声音，众人吓了一大跳，钟国龙离得最近，强忍住疲劳，一个翻身卧倒，眼睛紧盯着发出声音的草丛，这时候草丛里安静了，不再有声音。大家都屏住呼吸，看钟国龙慢慢站起身来，把军刺拽出来，缓缓地接近。

“什么东西呀？”刘强小声地问。

钟国龙急忙伸手制止他说话，自己蹑手蹑脚地向草丛里走，走了两米多，钟国龙终于看清了，不禁毛骨悚然！草丛最深处，一丛苦菊叶的旁边，正盘踞着一条大蛇！那蛇浑身青绿色，跟四周的草丛颜色相近，若不是它两米多长，手榴弹粗的身子太显眼，钟国龙根本就发现不了它！钟国龙看清楚那蛇，示意大家后退，自己也退出蛇头正对着的方向，斜着往后面绕，他知道，蛇的视力很差，但是嗅觉灵敏，他尽量移动自己的位置以便发起攻击，同时又避免让蛇发觉。

那蛇盘成一团，几寸长的舌信子一吐一吐，显然刚才的暴风雨也让它受了苦，此时它青绿色的身子上也沾了不少泥污，尽管钟国龙十分小心，可它显然已经发现了钟国龙，但是这种野生的畜生，一定是骄横惯了，根本没把渐渐退出它蛇头正对方位的钟国龙放在眼里，信子吐了几吐，盘着的身体又抽动了几下，蹭在草丛中发出唰唰的声音。钟国龙两眼放光了，蛇没想到他的意图，他的主意可是早打好了，已经被折磨了快十天的钟国龙知道，在这样的绝境中，一条两米多长的大蛇意味着五个战士兄弟的生存口粮。

钟国龙用手势告知大家发现的情况，几个人会意，纷纷退后，从老远的方位迂回包围，钟国龙一旦攻击失利，他们也好堵住蛇的逃跑方向。钟国龙见大家散了开来，悄悄深呼一口气，开始缓慢地移动，一点一点地绕到蛇的后面，谁知道那蛇此刻却忽然警觉了，它已经发现，眼前这个花花绿绿（迷彩服）的家伙不像森林里其他的动物那样，一见到它就避而远之。大蛇身体盘动了几下，迅速地调整了方位，摆出了一副防御并蕴藏进攻的架势。

钟国龙没办法了，这畜生太机敏，刚刚的偷袭计划也迅速变成了强攻，看这蛇的样子，不像是毒蛇，他听人说过，毒蛇的脑袋大多是三角形状的，这更让钟国龙的胆子大了些，思索以后，钟国龙干脆抄着军刺慢慢向蛇靠近。那大蛇看钟国龙逼过来了，仿佛是大怒一样，将整个上半身都挺了起来，直冲钟国龙吐信子。钟国龙索性上前一大步，手中的军刺直接扫向蛇高抬的脑袋！万万没有想到，那蛇异常灵敏，将头一缩，钟国龙的刺刀随即落空，没等钟国龙反应过来，那蛇就像一道闪电，冲向了钟国龙！

钟国龙头皮一麻，急忙闪过袭击，却吓了一大跳，刚刚电光石火之间，钟国龙看到了蛇嘴里的两颗尖利的牙！现在可以推翻那个理论了，看来毒蛇不全是三角脑袋，钟国龙此时当然没时间研究蛇的分类了，有毒也好，无毒也好，万幸的是刚刚自己有防备，这时候再不能给它机会了，趁那大蛇扑过来惯性未住，钟国龙干脆将蛇尾巴一把抓住，使劲一摔，将整个蛇身重重砸在树干上，刚刚还闪电般迅速的大蛇，一下子就软了下来，钟国龙没有再给它机会，只见寒光一闪，大蛇的蛇头落了地，整个蛇身剧烈地蜷缩了几下，一动不动了。

“苍天有眼啊！”刘强连蹦带跳地跑过来，一下子把血淋淋的大蛇拎起来，笑道：“这家伙，怎么着也有十斤重吧？”

他在高兴，钟国龙在后怕，余忠桥吓了一大跳，他最先看的是蛇头，被军刺砍下来的蛇头半张着，两颗毒牙还在淌着黄白色的液体呢！大伙纷纷去看那蛇头，这才同时为钟国龙后怕！

“看见没有！以后大家也要小心了！这森林里有毒蛇！”钟国龙擦了擦额头上的冷汗，这才轻松地又说，“行了，伙食解决了！”

“这也没有锅呀！湿漉漉的到哪里找柴火呢？”小个子河南兵苦恼地说。

“要锅要柴火干什么？”钟国龙诧异。

小个子吓了一跳："难道要生吃？"

"你没吃过？"钟国龙反问。

说起吃蛇肉，钟国龙他们三个有经验，去年侦察连野战生存训练的时候，龙云曾经带大伙训练过吃生东西，他们仨倒是不奇怪，可两个河南兵是普通步兵连上来的，哪吃过生蛇肉。钟国龙这么一问，两人都傻了，大个子兵也说："这东西这么恶心，怎么吃啊？"

"那我问你们，饿不饿？"钟国龙笑道。

"饿呀！"两人异口同声。

"那就好！"钟国龙笑道，"我们在侦察连的时候有过生吃蛇肉的经验，我还专门到阅览室查过，蛇肉，尤其是毒蛇肉，不但营养丰富，而且还大补呢！兄弟们，有了这条蛇，咱们死不了了！"

"怪不得大队长昨天解散前说让咱们改善伙食，进森林的时候我还纳闷呢，原来是吃这个呀？"小个子河南兵恍然大悟。

"不光这个，一会儿天要是一晴，说不定还有蚂蚱、蝗虫什么的呢。碰上几只野兔也说不定！"刘强苦笑道。

啥也别说了，钟国龙接过蛇身，三下两下把蛇皮撕了下来，多功能军刺锋利无比，一阵"刀光剑影"，蛇肉被他一块块割下来，每人一大块，钟国龙看着仍旧犯恶心的俩河南兵，开始了"引导"："现在，都听我的，先撕下来一小块儿，闭上眼睛，想着这不是什么蛇肉，这是鸡肉、猪肉、牛肉！这是救命的肉！吃了它，咱们就有的是力气了，一定要吃饱！吃饱！现在，把那小块肉放进嘴里，不能一口吞下，要咀嚼！咀嚼知道吗？要让你的嘴适应这肉的味道！"

钟国龙这一套完全照搬龙云，当时龙云也是这么干的，俩河南兵闭着眼睛，嘴里念叨着"牛肉！猪肉！蛇肉！救命的肉！"把小块的蛇肉吃进嘴里，也许是这办法起了作用，也许是几个人早已经饥不择食了，这一关居然没什么难度，一条大蛇，不到半个小时被大家吃了个干净！

"肚子里总算有肉了！兄弟们！前进！"钟国龙意气风发，把一个大蛇胆吞进肚子，率先走了出去。

"组长，那蛇的爸爸妈妈老婆孩子什么的不会找咱们报仇吧？这可是人家的地盘！"小个子河南兵十分恐惧。

"放心，它们也怕咱们！"钟国龙笑道，"要真是来了，等咱们走出这森林，非吃胖了不可！"

“你们侦察营出来的可真厉害呀！”小个子由衷赞叹。

几个人好歹是吃了一顿饱“饭”，固然不像吃熟食那么舒服，但是比挨饿强太多了！体力恢复得不错，一个白天的时间，钟国龙的小组走了很长的路。按照这个速度，到明天早起的时候，他们是很有希望穿过森林的！

第一百一十三章　横渡激流

时间已经过去了整整三十个小时，钟国龙的小组终于到达了森林的边缘，听到不远处流水声的那一刻，所有人都欣喜若狂，若不是在这黑森林里走了太长时间，大家都已经筋疲力尽，五个年轻人非跳起来不可，确实是跳不起来了，大家用眼神代替了行动。钟国龙拖着红肿的左脚，最先拨开茂密的灌木丛，天色已经大亮，视线一下子豁然开朗，钟国龙的第一个感觉是：有阳光的世界真美好！森林边上是一大片荒草地，穿过草地，前面河水发出的咆哮声越发响亮，五个人咬牙冲了过去。

四下里并没有看到其他的小组上来，钟国龙他们在想：其他小组是不是也有他们那么好的运气，在临近崩溃的那一刻吃到了“美味”的蛇肉？这个想法没持续多久，刚才的兴奋也化为乌有！五个人看着眼前的这条“石磙河”，全愣住了，这还是几天前武装泅渡的那条河吗？眼前的这条河，称之为“石磙河”真的是恰如其分，前几日，这还是一条温顺的河流，昨天的那场大暴雨使河水水位骤然上涨，从上游山涧中泻下的洪水夹杂着碎石奔涌而下。这时往河里丢一块石头，石头绝对不会悠悠沉底，而是会被湍急的河水挟持着冲往下游，那咆哮的大石头沿着河道一直滚下去，还真像是一个个石磙子。河水中还夹杂着断木残枝，这样的河面，水流湍急不说，一旦被石头或者粗树干砸中，必死无疑！

“我的乖乖！这可怎么过去呀？”刘强望着眼前的河，发起了愁。钟国龙也皱着眉头，走到河岸边，河水并不浑浊，可见河底根本不会有什么泥沙，抬眼望过去，河底隐约可见的全是大石头，河面宽有500多米，对于钟国龙来说，平时游上五公里花费的时间绝对不会超过一个小时，而眼前这500米的河道，比之平时不知道相当于多少个五公里了！五个人全都到了岸边，冲着河水发了一阵呆，最后，钟国龙大吼了一声：“死就死吧！我先过去！”

“老大，咱俩一起过，也好有个照应！”刘强凑过来说。

“不行！绝对不行！”钟国龙连连摆手，指着河中心说道，“你看那些石头树枝的速度！咱们只能单个儿过河，同时通过的人越多，被石头伤到的面积越大，两人拉手过去，不等于找死吗？”

不由分说，钟国龙紧了紧腰带，找准了一条线路，就准备下水了，扭头看了看几个兄弟，钟国龙咬牙说道：“兄弟们，我先上了，你们也要小心，生死协议咱们都签了，不管能不能过去，只要有一个人能过去，也要代表咱们组完成任务！”

四个人坚定地点了点头，随着钟国龙的下水，他们的目光逐渐凝重起来。钟国龙一步步下河，岸上的四个人手不约而同地相互握紧了双手。

河水给予钟国龙的调整距离只有不到一米！一米之内的岸边，河水还算平静，深度大约有半米，而一米过后，就是湍急的水流了，钟国龙小心翼翼地观察着眼前，这样的急流，河道一定是被冲成了一个大的凹槽，中心的深度肯定是无法估计的，眼前唯一的办法，就是尽可能地利用河底被冲下来的大石头作为落脚点，还要躲避着上游滚下来的石头和树干，钟国龙深一脚浅一脚地进入了深水区，发现这样的流速下，他很难游动，要想不被水冲走，要走一个大斜线了！他当下把背包和枪努力推在身前，把身体侧了一侧，趁着河道清净，猛游了几步，还没等喘过气来，一个大漩涡涌过，钟国龙被直接卷个大弯儿，一下子呛了好几口水。钟国龙踮起脚踩住河底的巨石，又一次调整了方位，这次钟国龙选好了走位，避开左侧一个大漩涡，顺势朝斜下方游了起来，刚刚冲出去十几米，一阵水花飞溅，一根碗口粗的树干箭一样地冲了下来，钟国龙大惊失色，连忙侧身躲过树干，却还是晚了些，树干就着漩涡转了一大转，啪的一声顶到了钟国龙的背囊，钟国龙整个身子随着背囊转了一圈，被水流直冲下去！岸边，刘强等人的心顿时提到了嗓子眼儿，都忍不住惊叫起来，钟国龙被水流一路冲下去二十多米，眼看就要撞到下游的一块石头上，他急中生智，抬脚在石头上一踹，借助缓冲的力量，紧紧攀住了一块大石头的棱角，总算没和石头树干一起冲下去。钟国龙自己也紧张到了极点，刚才若不是这块屹立在河水中的大石头，自己的身体被石头和木头一搅，非成肉泥不可！

钟国龙抱住大石头休息了几分钟，趁着水流被大石头分成两溜，迅速顺水向下游的对岸猛游过去，宽阔的水面上一个小黑点随波起伏，汹涌的浊浪一会儿把他打下去，一会儿又把他推到一边。六月初夏，清晨的山涧，河水冰凉刺骨，冻得钟国龙浑身发抖。虽说下水前已做了适应准备，但往前游了没多远，他的脚就因水温过低抽筋了。钟国龙只能尽力在急流中稳住身子，一边躲避不时顺水袭来的石头树枝，一边用手使劲掰脚趾，稍微好一些再继续前行。他这里拼命前进，直把对岸的几个兄弟看了个惊心动魄！

四十多分钟以后，钟国龙终于胜利到达了对岸，身上被滚滚而下的石头、树枝或蹭或划，弄出了十几个血口子和瘀青，总算是有惊无险，长出一口气，钟国龙来不及让自己的身体休息，又紧张地看对岸的几个兄弟过河。有了钟国龙的成功经验，后面的兄弟过河相对要容易多了，按照刚才钟国龙的路线，他们也都努力使自己到达河中间那块大石头的位置，然后再沿着石头遮挡的方向急速游动，靠着大石头划开的水流尽量地避开危险的树干石块，四个人先后下水，好在有惊无险，总算是全部泅渡成功。五个人彻底放下心来，这时候，河对面的森林里出现了同样十分疲惫的其他小组队员，两个组一共十几个人，爬出森林，全倒在草地上，钟国龙他们兴奋了，冲着已走出森林的战友们挥手致意，那十几个人见钟国龙他们已经到了对岸，都十分惊讶，愣了一下，冲他们竖起了大拇指。

钟国龙他们来不及休息，稍作调整之后，准备最后的五公里奔袭，按照严正平的任务要求，"情报"就在五公里外的一个红旗标志物下面，最后的五公里，让浑身是水的他们感觉到了莫大的难度。容不得多想，钟国龙他们背起湿漉漉的背包，作战靴随着沉重的脚步不时喷出水来，现在他们的负荷比身体干的时候要重了许多，好在太阳很强烈，还不觉得太冷，一路强行军，钟国龙终于看到了小山坡上的那面红旗！几个人全都兴奋了，那感觉比真的历尽艰险得到重要情报还要高兴。

"兄弟们快走啊！拿到情报就等于完成任务，咱们得好好晒晒衣服再睡上一觉！"钟国龙兴奋地一瘸一拐冲在最前面，后面的兄弟也冲了上去，此时要是有个生人见到这几个野人一样的家伙浑身湿漉漉脏兮兮地冲上山来，非吓个半死不可！所谓情报只是象征性的一个竹签子，拿到它，几个人才真正全身放松地瘫倒在地上。这时候，就是天大的事情也不能阻挡他们休息了，连续三十个小时的艰难行军，那条大蛇的热量早已经不在了。

一阵马达声响起，几个人疑惑地抬头看了看，大队长严正平一个人开车冲上了山坡，汽车停到五个人前面，五个人老大不情愿，也只得站起身敬礼。

严正平平静地看着五个已经被折磨得衣衫破烂，面黄肌瘦的战士，说道："很不错！你们是第一个到达的，组长是谁？"

"报告！是钟国龙！"刘强抢先指着钟国龙回答。

"我不认识什么钟国龙！说代号！"严正平低吼。

刘强皱了皱眉头，只好回答："报告……是……是6号。"

"他自己没嘴吗？"严正平吼道。

"报告！组长是我，猪仔6号！"钟国龙终于开口了，声音异常响亮，谁都能听出来里面的愤怒。

严正平居然笑了笑，继续说道："很好。第一名，总要有个奖励。上车！"

五个人没想到会是这样的结果，疑惑地互相看了看，随即服从命令，上了严正平的敞篷吉普车。吉普车迅速启动，呼啸着冲下了山坡，一直沿着河道冲最北面开过去，疾驶了足有半个多小时，汽车戛然而止，停到了一座山的山脚下。

"下车！"严正平自己先跳下车，看着几个战士下了车，这才问道："组长，刚才风大不大？"

钟国龙不明白严正平什么意思，老实回答："报告，汽车速度很快，风很大！"

严正平微笑着点点头，忽然一个变脸，神色又冷峻起来，对于他这个表情转换，大伙基本上都已经习惯了，谁也没感觉奇怪，只是在猜想：任务不是已经完成了？刚才说要奖励我们，到底要怎么奖励呢？果然，严正平说出了对他们的奖励："根据情况需要，你们刚刚拿到的情报，对于我军十分重要，而对于敌人，当然也十分重要，现在上级命令你们以最快的速度，用最安全的办法，把情报送回去，你们在回去的过程中，要经过一道屏障，那就是前面的冷风口！"

严正平指了指前方，不顾队员们的疑惑不解，继续说道："翻过这座山，前行五公里左右，就是冷风口的所在地，冷风口山势险要，峡谷中只此一个谷口，一年四季冷风在谷口刮个不停。它的两边是高700多米的险峰，下面是常年湍急的流水。按地图上标定的行军路线，只有跨越山涧，才能顺利到达目的地。此时，40多人的'敌军'小分队正在山脚驻防。你们的任务是要渡过冷风口，又不能被敌军发现，没有问题的话，现在就开始行动！"

五个人全傻了，已经奔波了三十多个小时，还要再渡过什么冷风口？这是奖励吗？大家陷入了沉默，严正平这时候又说话了："这就是对你们的奖励，渡过冷风口以后，你们每个人可以享受一大杯的热姜汤，和一大块五成熟的烤牛肉，并可以休息一个小时，这还不够吗？”

“是！”

接过严正平提供的地图，几个人急忙接受命令，倒不是那姜汤牛肉多诱人——也确实足够诱人了！他们现在主要是没有了别的什么指望，大队长的话就是命令，每个人都知道不服从命令的后果，顾不得别的，一行人再次出发，奔赴冷风口！

翻过眼前的高山，钟国龙和兄弟们找了个背风的地方，拿出地图来仔细研究，这是一个简单的草图，按照图上的标示，下了山，前面紧接着就是冷风口的那道峡谷了，钟国龙仔细测算了一下，两面700多米的悬崖挤出来的这个“缺口”，宽度最宽处仅100米，最窄只有30米，而且是直上直下，就像是两根筷子直立起来，中间的空隙就是那冷风口，石碴河从山口流出来，一出冷风口就扩大了河面，这里水流更急，想再渡河过去是绝对不可能，这样的地形，要想去到对岸，只能是沿着河流方向从冷风口狭小的岸边过去，这河岸只有两三米的宽度，“敌军”在那里别说是驻防40人，哪怕只有一个人一条枪，他们五个也休想过得去！而大队长的任务很明确，要想把情报送回去，就必须要过关。

“除非咱们五个能飞！”大个子河南兵一脸的绝望。

“飞？”钟国龙眼前一亮，又仔细看了看地图，惊喜地说道，“咱们就得飞过去！”

“怎么飞？”大家都看着钟国龙。

钟国龙指了指地图，说道：“要是这地图精准的话，你们看，山涧两边的悬崖之间，有一处最窄的地方，距离不到三十米，完全在咱们的抛绳机射程内！”

“老大，你是说，咱们要从700米高的悬崖之间横着过去？”刘强半信半疑。

钟国龙点点头，说道：“对！也只有这一种办法可行了，你们看地图，悬崖两边各自延伸出上百公里，咱们累死也绕不过去，从谷底和半山腰过去更是妄想，只能从上面飞渡了，从这里过到另外一侧的山崖，那边有一个缓坡可以下去，这样既过了冷风口，又避开了敌军！”

“啥也别说了，上山！”余忠桥最先赞同，站起了身，其他人也没有什么异议，几个人整理了一下行装，下了这边的山，穿过一片密林，不再沿河道行进，而是直接上了700米的绝壁。一个小时以后，五个人气喘吁吁地上到了悬崖的顶上，钟国龙猛地站直身子，还没来得及喘气，一阵狂风把他吹得差点栽了个跟头，要不是后面刘强拉住了他，钟国龙险些被吹下山去，钟国龙一身冷汗，暗自感叹：这冷风口果然名不虚传。当下稳住了情绪，小心翼翼地带着大家沿着地图上的方位，寻找最窄的缺口，好在地图还算精确，没费什么劲，几个人就到了地图上的位置，仔细观察，不禁被大自然的神奇惊呆了：从这边望过去，对面的悬崖最多距离三十米远，对面的树木山石看得一清二楚，悬崖之间，却是万丈深渊，石磙河成了一条细线，整体上观察，这冷风口就像是一个卡子，正好把石磙河卡在中间。

“就是这里了！”钟国龙抓住一棵松树，向对面望了望。

“老大，风太大了！咱们横着过去是不是太危险了？”刘强紧张地说。

“那也没办法呀！”钟国龙皱着眉头，他心里清楚，稍有不慎，就会摔得头破血流甚至粉身碎骨，但这是唯一的途径了！

几个人不再说话，钟国龙从背包里掏出配备的抛绳机，仔细检查了一下，还是决定自己先过去，这时候余忠桥站起来，一把将抛绳机抢了过去，大声说道：“钟国龙，这次轮不到你打头了！也该给兄弟个机会不是？”

“老余！还是我来！我人瘦！”钟国龙急赤白脸地跟余忠桥争了起来。

余忠桥也喊：“我比你重不了多少，没准儿还比你轻呢！”

这个时候，其实大家心里都清楚，抛绳机的使用方法，大家都是不久前在教导大队的“游乐场”里学的，即使是钟国龙所在的侦察连，由于边疆的特殊地形，也没有机会专门训练，此时对于每个人来讲，这都是新本领，没人有经验，但是谁都知道，这抛绳机的原理其实就是将绳子射出去，利用绳子尖端的固定铁锚将对面的物体抓住，人再用牵引器顺着绳子横攀过去，这样的情况下，第一个过去的最危险，因为那铁锚抓住对面时，谁也不知道它是否抓牢了，一旦铁锚松动，整个人就会掉下去，不松手吧，一定会狠砸在峭壁之上，松手就更不用说了，直接就掉入700米的深渊了！只有第一个人过去了，将铁锚好好固定住，这时候才是安全的。

两人争来争去，余忠桥当仁不让，最终还是把抛绳机握在了自己的手里，钟国龙无奈，只好帮着他做准备工作，余忠桥仔细观察了一下对面，找准发射点固定好，“砰”的一声，铁锚带着长长的绳索稳稳地扎进对面崖壁上。他用保险绳把自己固定好，拿出牵引器开始向对岸攀去。绳索在深涧上空摇荡，此时山口的大风有六七级，余忠桥瘦小的身体一离开悬崖边，就被风吹得乱晃起来，所有人都为他捏了一把汗，每个人的心也随着他的身影起伏不定。余忠桥自己也是忐忑不已，努力提醒自己不要看下面，一点一点地向对面顺过去。一米、两米、三米……五米、十米……眼看要到对面了，忽然，一阵大风吹过，余忠桥的身体不由自主地晃荡了几下，整个身体忽然猛地向下沉了一下，对面的钟国龙他们全吓得惊叫起来，余忠桥身体一下沉，自己也惊出一身冷汗，他小心翼翼地抬头一看，更是毛骨悚然！只见眼前的锚头此时松动了许多，好些碎石纷纷掉下山涧，铁锚随时有抓不住的危险！

“老余！老余！你小心啊！”眼看余忠桥危险，钟国龙急得眼睛都红了。

余忠桥深呼一口气，战战兢兢地观察着，现在他距离对面的山崖最多只有五米，身后就是二十多米了，要是这个时候铁锚掉了，二十多米的距离拍在对面的石壁上，他必死无疑！后退回去已经是不可能了，此时唯一的办法，就只能是前进了！五米，这五米是关键了，只要能迅速渡过这五米，抓住对面的石头，自己就死不了！余忠桥绝望之下反而没有了顾虑，干脆松开行进缓慢的牵引器，直接用双手抓住绳索向崖壁攀去。在离崖壁还有一两米时，他一荡身体伸手抠住一条石缝，身体向石壁贴去，铁锚头就在这一刻掉落了，余忠桥单手一捞，一下子又把铁锚抓住，顺手叼在了嘴里。

“老余，小心！”

大家看余忠桥抓住了石壁，心先放下一半，战战兢兢地看着他嘴里咬着锚头一端的绳子，向上面一点点爬上去，一直到看见他爬上了悬崖，众人才放下心来，余忠桥上了对面的悬崖，把铁锚拿在手里，找了一棵粗壮的大松树固定住，招呼了一声战友，大家这才把另一边的绳子也固定好，一个个滑过山涧，到达对面，五个战友一起拥抱庆祝了一番。好在有惊无险，钟国龙手一挥：下山！

几个人沿着山崖下到半山腰，找到了地图上标注的下山的缓坡，一溜下来，正遇见了接应他们的赵飞虎——赵飞虎依旧板着个脸，心里却乐开了花，几个兄弟总算是安全回来了！他刚刚从森林里出来，大队长就命令他来这里接应众人，赵飞虎从接到任务开始，心就一直悬着。

“上车！”赵飞虎命令一声，冷冷地看着钟国龙他们几乎是爬上了汽车，这才发动汽车，一路开回了河对岸的“情报处”，一路上没人说话，下车的时候，其他的小队也已经过了河，全瘫在了地上，再看钟国龙他们，早已经在车上睡着了！赵飞虎苦笑一声，把几个人叫醒，全体集合。

严正平站在队列前面，沉着声音说道：“你们知道吗？现在站在我面前的人，没有一个‘活人’！”

什么？队员们你看看我，我看看你，都不知道严正平是什么意思，严正平冷着脸，拿出手里的一个本子，扬了扬，说道：“首先声明，我这个本子上的统计数据，不是考核的内容，至少这次不是。但是，我还是要公布一下你们的成绩！为什么说你们已经‘死’了，我告诉你们吧，在你们进入森林之后，我命令所有的教官，组成了一个秘密的跟踪小组，他们在暗处跟踪，用枪瞄准你们，每瞄准一次，都会记录下来，现在我问你们，你们有谁在三十多小时的行军中发现有人跟踪你们？”

队伍立刻鸦雀无声，大家都震惊了！原来教官们一路都在跟踪自己！很明显，没有人发现自己被跟踪。

严正平冷笑一声，说道：“假如跟踪你们的不是教官，而是敌人，你们岂不是都已经死了？死了都不知道自己是怎么死的！那好，我就公布一下你们的死亡次数……”

严正平开始公布队员们的“死亡次数”，几乎每个人都被教官发现了十多次，甚至二十多次，也就是说，假如教官全是敌人，那么，被发现瞄准了二十多次的这个人，就等于有二十多次已经被击毙了！

“猪仔6号，你这组在吃那条蛇的时候，有三名教官潜伏在暗处，根据理论上三个人对你们发动突然袭击的时机，你们每个人死了六次！”严正平合上本子，最后盯住了钟国龙。

钟国龙张大了嘴，脸红到了耳根，要知道，他可是受了一年半正规训练的侦察兵！一个侦察兵被“敌人”跟踪了三十多个小时却没有发觉，是多么可耻的事情啊！

严正平这时候依旧不留情面地说：“所以，我才叫你们猪仔，所以，我才不把你们当人看！你们自己说说，你们配吗？你们都不配！你们每一个人都被我看不起！被所有教官看不起！在我们这些人眼里，你们就是一群废物！我说得不对吗？”

没有人说话，全都低下了头，前几天每次被严正平骂的时候，大家多多少少还有些不忿，这次，大家是心服口服甘愿被骂。换句话说，这一次，是这些可恶的教官第一次震撼了他们。更大的震撼还在后面，每个人都还不知道，但是此刻的钟国龙却有另外一种想法：一定要争气！钟国龙与别人不同的地方就在这里，他会服气于比他强的人，更有连锁的反应就是：他一定要超过这个人！

严正平没有食言，被加练了一次的钟国龙小组每个人都得到了用易拉罐装的一大杯热姜汤，还有每人二两的“一大块”牛肉，除了那条蛇，来到这里以后这是钟国龙第二次吃肉，这肉他吃得却不是很有滋味，自己一共被“击毙”了二十一次，二十一，此刻成了他心里新的代表耻辱的数字！

第一百一十四章　地狱三天（一）

这次森林之行回来，十五天的魔鬼训练就还剩下最后的三分之一，队员们得到了两天的“调整”时间，所谓的调整，训练的难度和强度一点都没有降低，只是不再安排各种障碍训练和强行军任务训练，取而代之的，是长跑。两天都是长跑，严正平说这是为了给最后三天的训练打基础，最后三天，被严正平称为“地狱三天”，用他的话说，这最后的三天才是真正让人痛苦的三天，这三天将比已经过去的任何一天都残酷，将真正决定谁将被淘汰，谁将进入后面阶段的训练。

队员们对地狱三天又是期待，又是恐惧，期待其实也是因为恐惧，每个人都想熬过这三天，十五天的强行体能训练就算结束了，总算结束了！而恐惧自不用说，既然严正平都说它残酷，那将是怎样的一个过程啊！

长跑开始了，尽管这是一个非常简单的训练科目，然而学员们却不敢轻视，钟国龙他们很清楚，在这里没有简单的训练科目。

学员必须穿上大衣，长衣、长裤、大头鞋，扎紧袖口，头戴钢盔，全副武装，一开始是10公里，然后每次增加5公里，一直到最后的30公里，就是这样一项简单的长跑，让很多学员败下阵来。正值6月，刚下了两天雨的天气开始转晴，温度也开始增高，地面的温度能达到四十摄氏度，柏油路面已经被晒化了，钟国龙穿着大头鞋跑在上面，只觉得粘鞋底。每跑一步，地面都会吸着你的脚，把你拽一下，要跑起来也是很艰难的，所以这也是一种考验。长距离跑步还要经受住炎热的考验，很多学员在跑步的过程中晕倒了，上了救护车，面临着被淘汰的命运。

两天之后，长跑训练结束，队员们忽然得到一个喜讯：为了更好地准备明天开始的地狱三天，晚上不必集合，可以一直睡到早上太阳升起，大家简直不敢相信自己的耳朵！十二天了，每天三个小时的睡眠，每天高强度的训练，忽然一下子可以睡个痛快觉，这是多么幸福的事情啊！不需要任何“动员”，晚上熄灯哨一响，全体队员都躺到了床上。

钟国龙喜不自禁地说道：“能睡个痛快觉，地狱三天就地狱三天吧！死了也值了！”

“你说，这次怎么连个参训动员都不做呢？”小个子河南兵趴在床上小声说。

钟国龙笑道：“兄弟，你还没适应过来呢？这里可不比咱们老部队，临演习、训练前连长班长的开个会动员动员，什么也别想了，睡觉吧！”

“睡觉吧！让我一觉睡死吧，那样的话，刀疤脸一定很失望，哈哈！”小个子河南兵翻过身，笑道。

五分钟以后，宿舍里面除了鼾声，再没有别的动静了。假如现在把灯打开，就会发现，宿舍里熟睡的每个人的脸上，都带着笑容……

“轰！轰！嘶——”

凌晨一点钟，宿舍里面白光一闪，两枚闪光弹爆炸，队员们猛地被强光惊醒，还没来得及反应，一罐催泪瓦斯冒出的浓烟带着让人难以忍受的气味充斥了整个宿舍。

“怎么回事？怎么回事？”队员们全醒了，不停地咳嗽着，钟国龙眼睛都睁不开了，急忙摸索着用毛巾捂住口鼻，一时之间没人知道发生了什么事情。

“嘘——嘘——”急促的哨音响起，是紧急集合！

“紧急集合！紧急集合！”钟国龙慌乱地喊了两声，又咒骂着：“我日他 × 的！”

大伙顶着催泪瓦斯的毒气，快速穿着衣服，狼狈不堪地冲出了宿舍，宿舍外面也已经乱了套，可见其他房间的队员也享受了同样的“待遇”，等穿戴完毕，又领了武器装备之后，到达集合地点的队员们发现，全体教官也都全副武装地集合到了一起，这是与以往不同的，也让队员心里有了一种不祥的预感。严正平全副武装，站在队列最前面，看着一个个被折腾得狼狈不堪的队员，冷笑道：“很多事情，其实往往都不会如人所愿的，说好的要大家睡一晚上，又突然出了变故，你们一定很扫兴吧？很愤怒？

你们有什么可愤怒的？有什么可扫兴的？真正的战斗打响的那一刻，有哪个敌人是先给你发个通知约好几点的？”

随着他的话，队列安静下来，没人再说话了，钟国龙瞪着被烟呛得通红的眼睛，心想小个子说得没错，此时真恨不得刚才自己和所有人全都已经睡死了，这样严正平的瓦斯扔进去，等半天不见人跑出来，一定没有现在这么得意。

严正平不知道钟国龙想什么，顿了一下，大声宣布道：“现在我正式宣布，地狱三天开始了！地狱三天综合了各种体能、心理、耐力训练，是对人体承受能力的一个极限考验。进入‘地狱三天’，每天睡眠时间不能超过两小时。按照惯例，这一周内将有60%的学员被淘汰！三天的训练，三天的极限考验，没有哪一天是轻松的，真正轻松的那一天是你度过的那一天！我指的是第二天假如你们还能爬起来的话！”

“从现在开始，所有的训练科目，我都不会提前公布，一切都按照教官的指示办，你们也不要想太多，只要干好眼前的事情就可以了，因为你们没有时间多想，或者干脆说，你们几乎不敢想接下来会发生什么事情！因为你们面临的是地狱一样的考验！”

严正平的话音在深夜的操场上回荡，所有人都能从他的语气中感受到残酷和恐怖，他这段话算是对地狱三天做了个开篇序言了，讲话完毕，严正平宣布，全体队员按照口令，跑步前进。

黑夜里，这样一支疲惫不堪的队伍快速地行进着，教官们站在敞篷车上，不时地催促着落在后面的队员，队伍一直跑出去三公里，严正平宣布卧倒，匍匐前进一公里，刚刚被汗水湿透的作战服上立刻染了满身的泥，拉载教官的车猛地加速，跑到了前面的夜色中，队员们趴在地上，不停地爬，前面已经布置好了，不再是平坦的地，而是时而一个泥坑，时而一条水沟，时而又是一片遍布的铁丝网，再前面又是深挖的堑壕，这时候，忽然又是几个闪光弹爆炸，队员们还没反应过来，各种爆炸声、机枪扫射声、人的惨叫声齐声发作，四处不知道哪里的一个个炸点爆炸，火焰喷射器喷出的火舌直接从队员的头顶上纵横过去。刚刚还疲劳不堪的队员们此刻被吓得一个激灵，他们实在无法分辨这到底是演习还是真正的战斗了。

钟国龙在地上拼命地爬，越过一道又一道的障碍，这样的场面他在侦察连的时候曾经和赵黑虎一起经历过，就在团作训场的那栋灰色的水泥建筑中，但是这次又有所不同，那次的训练只是声光造成的幻影场面，而这次似乎是动真家伙了，起码头顶上的火焰喷射器炙热，起码那爆炸声不是来自录音机，而是真正的炸点炸响，更恐怖的是，黑暗的前方，居然打起了实弹！95 自动步枪的连射点射声响起，队员们的四周顿时被子弹打得灰土乱窜，一直匍匐前进了一公里多，严正平命令大家快速跃进，通过前面长达500米的危险区，危险区里面此时火焰腾腾，各种障碍物横贯其中，队员们快速冲进去，暗处的教官们干脆就在他们的脚下投掷小型爆炸物，这不禁让大家毛骨悚然起来。钟国龙和刘强、余忠桥三个人这个时候显现出了他们的优势，毕竟他们三个是这一群队员中仅存的曾经参加过实战的战士，看到眼前这种类似真实战场的激烈场面，他们都有一种莫名的兴奋感，三个人咬牙冲在了最前面。

冲过危险区，再看看这些队员，一个个全成了火烤的泥人，衣服上的泥水还没干，眉毛、头发已经被火焰燎去了不少，脸庞上黑灰遍布，简直没了人样，迎接他们的，是众教官围绕的一个大水牢，在教官的催促下，全体队员跳进了漆黑的水牢中，这个时候，世界忽然安静起来，枪声炮声爆炸声全停止了，水牢显然是刚刚挖成的，一股半干水泥的腥味弥漫，队员们心里惊慌，不知道教官让他们来这里干什么。

“咣！”的一声，水牢入口处的大铁盖子关闭了！水牢里面漆黑一片，再没有任何光亮。

“这是要干什么呀！”一个队员惊慌失措地喊，声音因害怕而走调，黑暗中异常恐怖。

没人回答他们，外面没有一丝声响，队员们静静地待在水牢里面，彼此的心跳声几可闻听，四处看看，什么也看不见，可谓“伸手不见五指”。

“咣！”“咣！”“轰隆！”“轰隆！”

忽然，一阵巨响，大铁盖子像是被人用大铁锤猛捣，发出的巨响让整个水牢都在颤抖，又有爆炸，把水牢震得像要塌了一般，响声刚停，又是砸铁盖子的声音，接着，是十几把95冲着天空扫射的声音，在铁盖子的遮挡下，那枪声发出一连串的闷响，直让人肝胆俱裂！

所有声音都停了，大家只感觉脚下一凉。

“坏了！有水！”一个队员最先发现，果然，顺着四周的牢壁涌进来大股的水流，很快将水牢灌到一半，将将只够着队员等身高的水牢进了一半的水，水漫到了大家的腰部，队员们吃惊地发现，那水并没有停，仍然在灌，教官的举动像阴云笼罩四周，每个学员都像被枷锁锁住了喉咙，一阵惊骇过后，地牢里的空气被水挤得不多了，水流越上升，空气越少，大家顿时感觉呼吸困难起来，这时候水已经涨到脖颈处了！

“停！停！不能再放了……”靠近铁盖子的一个战士歇斯底里地喊着，随即被灌了一大口污水，他剧烈地咳嗽着，再也说不出话来，这时候里面的人全慌了，水不停地灌着，一直到把所有人全淹没了！战士们没地方躲，脑袋顶着水牢顶也无济于事，一个个只好屏住呼吸，大家不知道这样的煎熬会持续多长时间，哪怕是增加一秒，也是会让人丧命的！

水终于不再灌了，大铁盖子猛地被打开，刚刚还呼吸困难的队员，马上听到教官野兽一样的吼声，“全滚出来，全滚出来！”

队员们挣扎着“滚”出水牢，严正平吼着命令：“爬回训练基地！”

爬回去？我的天！四公里啊，而这仅仅是地狱三天的开幕！

整整爬了四公里！其间，教官们不断在沿途制造着各种各样的场景困难，时间一长，队员们的手、肘、膝盖全都磨破了，磨破的部位再经过泥水的浸染，令人疼痛不已……

接下来的项目是越野跑，越野跑是一项极其艰巨的任务。所有集训队员要背负几十公斤的装备在沟壑纵横的复杂地形地带狂奔十几公里，其间还要克服重重困难。

首先，他们需要穿过长距离障碍区：或是翻越水上障碍，蹚过腐臭的齐腰深的泥沼；或是头戴防毒面具加速穿过“污染区”……

在此之后，等待着学员们的是新的难题——越过各种各样的特别障碍区，其中包括危机四伏的布雷区、方向难辨的浓烟区、炙热难熬的烈火区。有时候，这些地段的半空中还会悬挂重型运输轮胎。它们在浓烟和热火之中摆来摆去，不时地向学员的头上、腿上、胳膊和躯干上撞去……

在10多公里的艰难历程中，学员还要不时地匍匐或跳跃前进，以避开教官设置的炸点。同时，在整个越野过程中，一个特别小组始终跟随在应试者身边以施加“心理压力”——不时地向他们身上倒泥倒水，甚至向他们的脚下投掷小型爆炸物！

完成越野跑之后，紧接着就是短跑冲刺，一个一百米，再一个一百米，一直跑到所有人全都瘫倒在地，再也动不了为止。瘫倒的队员们很快就被教官们强拉起来，教官们个个黑着脸，咬着牙，大声地咆哮着，怒吼着，不给任何人留情面，队员们只好重新站起来，再次投入到接下来的训练中。

摆在他们面前的，是几个巨大的橡皮舟，这种橡皮舟可以同时容纳十人乘坐，载重达200多公斤，对于这样一个庞然大物，即使在海上划行都相当费力，更何况在没有任何浮力的陆地上。队员们接到的命令是，每六个人为一小组，在遍布泥泞和荆棘的开阔地上，拖行橡皮舟，每往返一公里为一组，连续拖行十组！这是大家从来没有经历过的训练，200公斤的重物，加上地面的摩擦力，六个人平均每个人要用的力量都在100公斤以上，橡皮舟上没有把手，队员们只好用顶、拉、举、扛等动作，一上手，每个人都感受到了极大的难度。

钟国龙这一组除了刘强、余忠桥、两个河南兵，又加上了一个东北兵，那个自己用刺刀扎伤小腿的战士，已经被送了回去，他的“阴谋”最终没有得逞，对于严正平这样的专家级教官来说，创伤的形成该是怎样，不该是怎样，几乎是一目了然的，那战士一爬出森林，严正平一眼就看出了破绽，很明显，那战士面临的不仅仅是淘汰，还有耻辱和更为严厉的处罚。

六个人三个在前，三个在后，拼了命地拖着大橡皮舟向前走，刚开始在平坦路段还好些，到了后面的障碍区，橡皮舟的摩擦力达到了极限，而这个时候，六个人再也没有力气扛起橡皮舟来，只好用尽全身的力气使劲地拖拽，教官们在身后不停地催促着，稍有迟疑，立刻就会招来他们的谩骂和嘲讽，对于教官们的冷血无情，战士们早就受够了，宁可累死也不想被这帮家伙嘲笑，教官们越是怒吼，队员们越是拼命，这样的场面维持了小半天，终归是体力不支，各组的大橡皮舟速度越来越慢。

钟国龙一开始在后面顶，后来又跑到前面拉，几个回合下来，就感觉有点儿头晕目眩，胸腔里总感觉像是塞满了棉花，呼吸都费劲，其他组的队员已经陆续有人放弃了，每一个人的放弃，对于还在坚持的队员就是一次沉重的精神打击，而这样的打击还不是唯一的，最主要的是，教官并不调整人数，一组六个人，假如一个放弃，那剩下的五个人就要继续前进，这样一来，剩下的每个人除了经受是否放弃的考验，还要承担更重的负担，而这种负担似乎是无边无际的，那橡皮舟越来越沉，沉重得让人想移动一寸都备感困难。

“我坚持不住了！”小个子河南兵忽然哭着停了手，泥泞不堪的脸痛苦扭曲着，无奈地坐到了地上。

“兄弟，快起来！”大个子河南兵着急地催促着他，他本想站起来拽小个子，终归是没有力气了，身体刚一站稳就扑倒在橡皮舟下面。

小个子的放弃，让钟国龙他们不得不停下来，看着小个子痛苦的表情，每个人的心情都十分沉重，钟国龙挣扎着从前面绕回来，低声说：“兄弟，再坚持坚持吧，这么多天都过来了。”

小个子用泥手擦了擦眼泪，绝望地说：“我不是不想坚持，可是我看不到什么希望，你们想想吧，十五天就算能过去，后面还有半年呢，就算半年过去又能怎么样？同样是当兵，我当到现在感觉自己够苦了，我何苦再找这份罪受呢？我不练了，今天我就回老部队去，回去随他们怎么说吧！谁不服气就让他们也来这儿感受感受！大不了老子滚蛋回家！”

他这么一说，几个人全都沉默了，小个子的话不是没有道理，此时说出来，更具有煽动性，其实他说的和大家想的差不多，这些日子以来，这群各部队上来的精英全都受够了一天又一天的折磨，留下的人也越来越少，剩下的人在没有了尊严没有了一开始的兴奋感之后，脑子里仅存有这一股子精神动力，而这动力一旦被残酷的现实摧毁，想再振作起来几乎是不可能的了！

没有人去劝小个子，连钟国龙都沉默了，他自己都害怕，一旦劝了小个子，恐怕连他自己都要崩溃了！大家看着小个子哭着站起身来，冲着后面的教官举起一只手来，教官们面无表情，大手一挥，用手势告诉小个子，他可以退出了，小个子没精打采地走了，走出去几步，忽然回过头来，冲着钟国龙他们大吼一句：“兄弟们，你们别学我，你们一定要坚持啊！”这话说出口，大家心里都矛盾极了。

第一百一十五章　地狱三天（二）

小个子哭着上了汽车，钟国龙他们只剩下五个人了，再次挺起身体来挪动着沉重的橡皮舟，他们知道，不仅要坚守随时可能被击垮的心理防线，还要保证身体不出纰漏，因为任何一点小的伤痛在超大强度的训练面前，都可能导致一个人意志的崩溃。

大雨过后这几天，气温直线上升，也不知道是不是老天爷在故意和这群濒临绝望的集训队员对着干，随着时间的推移，气温越来越高，闷热的天气很快成了更为艰难的关隘，钟国龙忽然感觉一阵耳鸣，紧接着胃里翻江倒海一般难受，想呕吐。钟国龙心里大惊，自己是不是中暑了？想起几天前被淘汰的几个学员，都是因为中暑，钟国龙吓坏了，他有这方面的经验，知道这个时候只要一呕吐，整个人肯定是要虚脱，力气也会顷刻间流失，真要是那样，自己就完了，钟国龙强迫着自己忍，一直忍，他使劲捂了捂肚子，昂起脑袋接着去顶那橡皮舟，顶了几下，终归是一口气上不来，腹部一股胃酸伴随着苦胆汁一下冲到了嗓子眼儿。钟国龙急忙捂住嘴，强忍着痛苦把一大口苦东西咽进肚子，一下子出来一身的虚汗。尽管如此，他最终还是没能阻止住呕吐物的翻腾，一大口污物吐出来，又一大口，嘴里又苦又酸，接着整个人趴到地上吐个不停，他这一吐，其他人像被传染一样，刘强还好些，余忠桥和大个子河南兵全吐了出来，这一组的行动不得不暂停。

“可能是全中暑了！”余忠桥无力地趴在地上，看其他组也有不少队员在呕吐，此时空气闷热极了，地面也烫得人脚底板疼。一群人正在为难，忽然遍身凉快了起来，几个高压水龙头喷出的水，立刻洒满了全场，闷热的问题解决了，队员们马上又意识到热的问题解决以后，橡皮舟可又重了起来，那水直往橡皮舟座舱里灌，地面也重新泥泞不堪!

钟国龙缓了半天，刚刚的那股凉水让他精神上清爽许多，尽管浑身还是无力，总归比一直热下去强多了，强打着精神，又和几个兄弟相互鼓励了几句，这一组又上路了，整整一个下午，高压水枪时有时无，热了就喷水，可一喷水就加重负担，就这样循环反复着，剩下的这些队员感觉自己就像在地狱里面挣扎一样，巨大的橡皮舟，几乎成了无法移动的磐石……

终于熬过了第一天，累成一团的队员们得到了宝贵的两个小时休息时间，第一天，淘汰了9个人，6个主动放弃，3个严重虚脱。这是不寻常的，说它不寻常，是因为主动放弃的比例在增大，十五天的集训，每天都有人被淘汰，却有一个规律：一开始几天，主动放弃的占大多数，这是因为突如其来的高强度训练让意志薄弱者根本无法坚持下去，只好放弃。一周以后，每天被淘汰的人中，主动放弃的少了许多，因为已经坚持到现在了，队员们的心理承受能力都有了很大的进步，而偏偏地狱三天开始的第一天，又出现主动放弃的大于因伤病被动放弃的这种情况，只能说明一点：这些主动放弃的，确实是坚持不住了！理想和现实之间的博弈，现实的残酷终于又一次占了上风。剩下的这些人，似乎也不再有理想，因为谁也不敢保证，在剩下的日子里自己何时会被淘汰掉，或是因为自己的意志崩溃，或是因为自己的身体再也无法坚持。钟国龙这时暗下决心，假如自己也无法逃脱掉被淘汰的命运，那他一定是因为后者，十几天以来，他犹豫过许多次，每次累得实在挪不动脚步，他其实都在犹豫，但他都挺了过来，这是他的一次又一次的胜利，这样的胜利来得残酷，却一直支持着他奋勇向前。钟国龙练到现在，不想考虑别的了，不能丢脸，不能对不起连长、牺牲的排长，不能让自己成为一个被教官们看不起的猪仔，这就是支持钟国龙一次又一次爬起来的坚定信念。至于那位上校讲到的“国家、责任、荣誉”，钟国龙承认，他还没想那么深，最重要的是，他此刻根本没时间和精力去想这些，就像一个垂死的病人，更崇高的理想或可以暂时抛在脑后，活下来，才是根本。

第二天的训练是攀岩，所谓第二天，其实就是从橡皮舟旁边爬下来的两个小时以后，两个小时的时间，根本无法让这些几乎才经历生死的队员完全恢复过来，仍旧是一颗闪光弹加一颗催泪瓦斯，外加严正平的一声怒吼：“不想滚出来你们就死在宿舍里好了！”

真想就这样死在宿舍里啊！这是每个人心里的大实话，可是急促的集合哨和痛苦呛鼻的味道还是让所有人挣扎着跑出了宿舍，一阵紧急整队，队伍跑到了距离教导大队1300多米的狮子岭山脚下，这狮子岭山高石滑，坡陡沟深，杂草丛生，荆棘满地。攀援记个人成绩，每人上下二十次，爬上去，再以最快的速度滑降，再上去……谁第一个完成，跑十公里回去休息，最后十个人将受到严厉处罚，没有完成的，直接淘汰。这样的训练中，完全可以见识到人体的巨大潜能，与之相对应地，你也同样能感受到人体的脆弱。

在第一遍攀援到一半时，钟国龙突然找不到着力点，这时已是骑虎难下了，他的身体紧贴在山壁上无法动弹。最后，勇气战胜了恐惧，与其战战兢兢地退缩，倒不如大大方方地前进。于是，他索性硬着头皮，一步一挪地往上攀登。

他用双手紧紧抓住山壁上的藤蔓，两只脚踩着草根，慢慢地移动着身体，时而右前移，时而左前移，抬头是望不到顶的山头，脚下是万丈深渊。他还背着背囊包重人轻，身体不停往后仰，惊险极了。

眼看快要到达山顶了，没想到钟国龙的左脚一脚踩空，整个身体一下子失去平衡，身体侧倒，顺着山脊滑了下去……幸亏山腰处的树干绊住了他身后的背囊，使“大姿态”下的冲击力在这里被减缓了许多，求生的欲望使他本能地使出“鲤鱼打挺”的招数，翻身跃上了树干。钟国龙死死抱住那根碗口粗的救了自己命的树干，顺着视线向下看了看，这一看，立刻惊出一身的冷汗来！自己的下方，教官开来的汽车不过就火柴盒大小！钟国龙在侦察连不是没练习过攀岩，这也是侦察连平时训练的常规项目之一，但是这里的训练和侦察连的是完全不同的两个概念：在侦察连的时候，连长或者排长会预先从山顶上垂下一条保险绳来，然后战士们再爬，那样的训练中，战士们不用担心有什么危险存在——保险绳出现问题的概率几乎为零，他们只需要咬紧牙关，努力提高速度就是了，但是这里的训练不同，第一遍必须战士自己徒手没有任何保护措施地爬上去，自己将绳子固定到山上，然后再滑降，训练的人不仅仅要拼尽全力地攀登，还要时刻小心注意安全，就像刚才的钟国龙，假如没有这棵树的保护，简直必死无疑！

钟国龙已经习惯了这“刀尖上求生”的日子了！自从来到这个鬼地方，什么连长的照顾，排长的鼓励，班长的呵护，全都无影无踪了，没有任何人情可讲，教官们一个个不像是在训练队员，更像是在非法地折磨着一群“战俘”。钟国龙不禁苦笑，调整了一下紧张的情绪，又开始一点一点地向上爬，每上一步都是提心吊胆的，侧眼看看其他人，大家的处境差不多，刘强和余忠桥就在距离自己不远处，刚才他掉下去那一瞬间，两人都吓得惊呼起来，一直见到钟国龙被树卡住捡回一条命来，两人这才放心。此刻两人剧烈地喘着粗气，也在一点一点地向顶峰接近，十几天了，现在已经看不出来谁体能好谁体能差了，说是排名先后，还不是一样的挣扎，一样的拼命……

从凌晨一直爬到上午太阳升起来，濒临绝望的队员们终于完成了这一阶段的训练，几个小时中，又淘汰了五名，钟国龙他们三个既不是前三名，也不是最后三名，总算是通过了。此后的时间里，长跑、扛原木跑、往返台阶跑，一直折腾到第二天的训练结束，钟国龙第一次对自己还是不是人类产生了怀疑——这不是夸张，人真累到一定程度，怀疑自己是否活着这是常人根本无法想象的，钟国龙也曾经累过，却从来没有这么累过，也第一次感受到了这种残酷的空白——不知道自己在干什么，不知道自己跑了究竟多远，也不知道自己是不是已经完成了要求的数量，教官们往往要强迫着队员停下脚步，再立刻强迫他们去做下一个项目，“行尸走肉”，是这个时候所有人对自己的贴切描述，仿佛三魂七魄全出了窍，仅存一条掌管运动的神经在带着身体机械地跑着……此时此刻，就连平时兄弟们的相互鼓励都已经忘记了，只在训练结束的时候，大脑猛地缓过神来，发现兄弟还在，没有被淘汰也没死，才算是放了心。

当天晚上，钟国龙感觉自己不是睡着的，而是晕倒的，爬回宿舍，一躺到自己床上就没有了任何的知觉，一直到教官再次把自己拖起来，才发现两个小时已经过去了，这不是晕倒是什么呢？或者干脆就是已经死了，又被抢救回人间，再机械地跑上操场，去迎接地狱三天最后一天的训练。谁也不知道这最后一天到底是什么样的，实在没有精力去想这个了！

最后一天的训练，居然要轻松许多！这是没人能想象得到的！这天他们只“调整性”地跑了二十公里，然后被安排到操场做了半天的俯卧撑和仰卧起坐，中午居然还吃到了一个馒头，让大家有些惊喜，就这样过去了吗？十五天的最后一天，214 名集训队员这时候还剩不到三分之一，个个面黄肌瘦，浑身是伤，三分像人，七分像鬼！谁也不会想到他们原来是那样的神采奕奕、精神抖擞，更不会想到他们当下居然还能站成一排没倒下！其实到了这个时候，倒下和站着区别已经不大了，几十个人神情悲壮地站在操场上，仿佛随时在准备着慷慨就义。

严正平又来了，宣布地狱三天最后阶段的来临，大家面临的也将是一次真正的考验，为了让队员们还能有精力迎接考验，严正平几乎是在“挑唆”：“十五天了！你们做了十五天的猪仔，从来没有被我们这些教官当人看！你们一定恨透了我们吧？那我们就给你们一次机会！我把这个科目称为地狱十二分钟，规则是，你们每十个人一组，徒手与一名教官格斗，持续格斗，没有任何禁忌！就像是在决斗，就像是在与敌人决战！打光了子弹，拼断了刺刀，徒手相对，生死有命！”

假如严正平是宣布来一次武装泅渡，或者是越野负重等等，这些队员很可能会再也坚持不住而倒下，当他一说是要跟教官格斗，而且没有任何禁忌，队员们居然如“回光返照”一般地精神起来！憋了太久了，压抑了太久了！队员们快被憋疯了压扁了，现在机会来了！十个对一个，无论如何，这是个机会啊！十五天了，光受到教官们的冷嘲热讽，谁也没有真正见过教官们的实力如何，尽管现在他们已经是强弩之末了，可是面对孑然一人的教官，还是有很大希望的！

钟国龙兄弟三人这一组，正对上了赵飞虎！这大大出乎预料，也让事情变得尴尬起来，钟国龙其实心里想挑战的，是大队长严正平，可是严正平没有给任何人机会，隋超他们都下场了，严正平没有，坐在旁边的台阶上，那神情仿佛是在说：想跟我动手，你们可没有这个资格！没有严正平，隋超也可以啊，偏偏他们这一组对上了赵飞虎。到这里以后，三个兄弟对赵飞虎打心底看不惯，怎么在连队里还好好的赵排长、兄弟、朋友……一来到军区的教导大队，整个人全变了，变得那么可恶，那么不可一世——和其他教官没有任何区别。兄弟三个早看他不惯，可真正动起手来，还真是很矛盾呢，矛盾的焦点在于：打还是不打？象征性地打还是往死里打？

“你们看什么看？不敢动手吗？”赵飞虎居然先说话了，“不敢动手就趁早滚蛋！”

“排长，我们可真打了！”钟国龙不知道从哪儿冒出来这句话，说完连自己都感觉意外。

赵飞虎眼睛一瞪，指着钟国龙骂道：“猪仔6号！我跟你说过多少次了？谁是你什么排长？这里是军区教导大队，我是你们的区队长！你套什么近乎？套近乎老子就不削你了？”

“我操你×的！”钟国龙在心里怒骂了一句，扭头看了看刘强和余忠桥，三个人很快通过表情交流达成了一致：打！往死里打！这小子真变了！真他×的不是东西了！牛×什么呀？打！

兄弟三个齐声怒吼着，其他七个人早憋不住了，转眼将赵飞虎围到中间，拳脚齐发！

三分钟以后，大家都知道自己错了，十个打一个，三分钟内全被人家干趴下了，赵飞虎根本就没有讲任何情面，甚至可以说是手黑心冷，钟国龙眼角挨了他一拳，横着飞出去老远，血一下子涌了出来，刘强和余忠桥也一样，捂着肚子直翻腾，其他的队员也好不到哪里去。钟国龙真急了，尤其是又见了血，头皮一麻，叫着冲了过去，赵飞虎一点没留情，上去又是一脚，钟国龙在空中一个大翻身，重重地摔在地上，疼得差点没背过气去。这时候其他人也站了起来，钟国龙强忍着疼，又和大家一起冲了过去，结果怎么去的又怎么回来了。

赵飞虎的格斗功夫，钟国龙有幸见识过，但是感觉这次他发挥更好，几个回合下来，不光钟国龙，其他人也全明白了，别说是他们这十个人已是强弩之末，就算他们是最佳状态，也不见得能把赵飞虎打倒，看看其他组，大同小异，没有一个人能战胜教官的。大家万万没有想到，自己与这些教官的差距居然这么大！十二分钟下来，刚才所有的仇恨全都转化成了自卑，所有人一个个鼻青脸肿地低下了头。

赵飞虎仍旧冷着脸，见钟国龙异样的眼神停留在自己身上，心里一阵难受，可他还是不能显现出来，索性转过身去，不再理会钟国龙他们。

“都看到差距了吗？都明白为什么不把你们当人看了吗？”严正平忽然抬高了嗓门，颇有些得意地叫喊起来，“你们不用不服气，不用跟我说你们已经强训了半个月了，才不是教官们的对手。这样的屁话只能骗你们自己！你们分明已经看到了，你们即使是精神抖擞地应战，也绝对不是教官的对手，十个打一个你们都胜不了，还能怎么样？”

这次没有人说什么，也没有人不服气，十五天地狱式体能训练的最后关头，队员们全被这些教官给镇住了，他们明白了，这群家伙的确有其狂傲的资本。动起手来，教官们一个个像是猛虎闯入了羊群，出招又快又狠，力道十足。

严正平“得意”了一番，这才厉声命令：“地狱三天剩下的时间不多了！所有人集合，奔袭 100 公里，跟我到那边的山顶上看日出吧！”

一百公里，跑断了魂一般！太阳真的在一百公里以外升起的时候，地上倒了一片，全睡着了，像晕死了一样地睡着，没人肯动弹一下。

钟国龙像一团棉花似的躺在山顶仰面朝天，急促的呼吸终于调整过来，深吸了一口气，死后重生般从胸腔迸出一句：“活着真好……”

瘫在地上的五十九名学员听到这句话，脑海翻腾，每个人的脑子里放电影一般闪过这十五天的经历。随即，大家齐声吼出一句：“活着真好……”

严正平带着其他教官就站在他们身旁，看着一张张疲惫至极的年轻面孔，满意地笑着。

十五天了，终于结束了。可是这是最后的结束吗？十五天的拼命，仅存的六十名队员仅仅是不被叫做“猪仔”，但要想真正成为教官们或者说严正平眼里的精英，道路也许还很漫长！

第一百一十六章　活着真好

魔鬼十五天终于过去了，六十名没有被淘汰的队员此刻的心情十分复杂，既没有留下来的喜悦，也没有过多的兴奋，连日来“非人”的训练生活，让这些20岁左右的青年人一下子成熟了许多，谁也不愿意再去回顾这些已经过去的日子，因为一旦回忆起来，恐怕连他们自己都不敢相信是怎么挺过来的。

严正平的脸上终于有了笑容——不是那种“不怀好意”的笑，这次是实在的欣慰的笑，笑容和蔼，让人难以相信。这个让所有人都恨不得扒其皮吃其肉的野蛮大队长，此时笑眯眯地看着眼前这六十名憔悴的队员，笑了好几分钟，说道：“恭喜你们！……怎么没有人笑啊？来到教导大队才十五天，你们怎么就都不会笑了？今天应该值得笑一笑啦！你们已经胜利地通过了集训大队第一阶段的考核，现在我可以宣布，你们编号前面的‘猪仔’两个字，可以去掉啦，怎么，这还不值得你们笑一笑？”

严正平说完，故意做了个夸张的鬼脸，刀疤一下子横了过来，这倒是把大家都逗笑了，却笑得有些沉重，大家都笑了，严正平又严肃了起来，声音提高了说道：“现在我正式宣布，军区教导大队为期十五天的选拔阶段训练结束，欢迎你们正式入队！”

掌声，饱受“歧视”和“嘲讽”的队员们第一次得到了教官们热烈的掌声，入队仪式开始了，并不复杂，教官们依次给每个人的左肩膀上拍了一个袖章，钟国龙接过袖章看了看，绿色的袖章上面什么也没有，没有图案也没有文字，心里暗自奇怪，没等他问，严正平先解释了："袖章代表不了任何的意义，因此也没有什么图案，真正的图案，是需要你们自己绘上去的，用自己的成绩绘上去！正式入队以后，我们将开始进行为期五个半月的各种针对性训练，现在我可以解释你们刚来时候的疑问了：你们有喜欢打枪的，子弹有的是，保证你们打都打不完，一直练到什么百步穿杨，什么百发百中！有喜欢格斗的，我们有专门的教官教你们各种各样的一招制敌的本领，保管让你们的格斗水平上升一个大台阶，还有各种各样的战术训练，各种各样的先进设备使用，总之，接下来的日子，我可以保证让你们感觉每一天都是刺激的新奇的富有挑战性的……"

严正平忽然停顿了，看着眼前的队员们的脸色从抑郁到舒展，再到兴奋，最后严正平大吼道："也保证每一天都是残酷的！更加残酷的！"

队员们一下子安静下来，全都盯着严正平，听他继续说："仍旧是淘汰，无情的淘汰，你们每时每刻都会面临去与留，除此之外，再没有第三种选择。我再强调一遍，军区首长给我的命令里面，没有任何要求通过率的字眼，也许全都通不过，那并不是我的失败，而是你们的失败！我的话说完了，有什么问题，你们现在可以随便问——只限于现在！"

队伍沉默了一小会儿，一个战士大声问道："大队长，我们要是能通过最终的考核，是不是就能转士官了？"

严正平忽然笑了，反问道："你的目标就是转士官吗？"

那战士红着脸回答："是啊，这不就是预提士官的集训吗？"

严正平走到那个战士跟前，说道："我现在需要分辨一下，你是大智若愚呢，还是思想朴素？或者是明知故问呢？"

那战士摸不着头脑，不知道严正平为什么要这么说，看着严正平，等他的下文，严正平突然一个转身，回到队列前面，大声地说："我可以告诉你们的是，我们集训的目的，绝不仅仅是预提士官，我还可以保证，只要你们能通过最终的考核，你们得到的，绝对不仅仅是那副一级士官的军衔。"

钟国龙终于忍不住了，也大声问道："假如我们通过了最后的考核，我们还能得到什么？"

"你想得到什么？"严正平对这个犟驴一样的小子似乎有一种很特殊的兴趣，一脸玩味地看着他。

钟国龙想了想，说道："我们还能回老部队吗？"

钟国龙的话说完，引起了所有人的兴趣，这问题一直是大家所关心的，因为一开始严正平似乎透露过，说训练结束，也许他们回不了老部队，但是大伙始终搞不清楚，严正平走到钟国龙的跟前，忽然说道："你猜呢？"

"报告！我猜不出来！"钟国龙回答得干脆。

"那你就等通过以后再问我吧！"严正平大声地说，忽然又把声音抬高，对所有人说道，"你们知道英雄跟狗熊之间的距离有多大吗？英雄和狗熊之间没有隔阂，挺过去了就是英雄，没挺过去就是狗熊！绝对没有什么中间的选择！作为一名军人，心里只能有两个极端，就是胜利和失败，而你们唯一的出路，却只有一个，胜利！只有争取到胜利，你们才能有权利去争取下一个胜利！你们争取到的每一个胜利，都会给自己带来应得的荣誉，都听清楚了吗？"

"听清楚了！"所有人目光坚定地大喊。

严正平颇为满意地点了点头，这时候才郑重宣布："明天后天，全体休息两天！除了每天例行的二十公里早操，没有任何训练任务，这不是忽悠你们，是真的！你们可以选择睡觉，也可以选择洗洗你们的臭衣服。卫生队的医生会过来给你们每个人检查身体，这两天，一天三顿，馒头管够！剩下的这五个半月，这样的日子是仅有的！解散！"

"噢——"

一阵欢呼，像是突然间过了年——不，比过年还让人惊喜几百倍几千倍，六十个伤兵疯了一样地欢呼着冲回宿舍，全部跳上了床。钟国龙一瘸一拐地跑着，脚背上的伤好了许多，刚才又跑疼了，他也顾不得了，只是感觉天忽然晴了，眼前忽然明亮了，心里面忽然畅快了，一躺到床上才感觉到，什么样的好心情也敌不过压抑了许久的疲惫，那疲惫就像是一架草棚挡住的洪流，一旦溃崩，再也没有什么能拦得住。这一觉，兄弟们全睡出了国际水准：从晚上六点一直到早晨六点，没有人动弹一下，早晨的二十公里跑完吃早饭，也创了个纪录：炊事班全班做了半宿的馒头，个头比正常的特意加了三分之一，结果全都累散了架，最终馒头没能剩下一个，钟国龙自己被自己吓住了，没想到自己这干瘦的小肚子，居然能盛下十四个拳头大的馒头外带四碗大糙子粥半斤咸菜！尴尬地问了问刘强和老余，结果这俩家伙一个吃了十六个，另一个实在记不清是十六个还是十八个了，钟国龙的自卑感一下子全没了。

再回到宿舍，又睡了一上午，一直到中午开饭，大伙的精神头儿才算是恢复了些，这才吃得有了些模样。下午，卫生队的医生来了，给每个受伤的战士重新包扎了伤口，又开了不少的口服药，钟国龙他们几个身体脱水还没有完全好，幸亏是大吃了一顿有了些基础，下午又打了点滴，算是舒服多了。

下午的时候，钟国龙拿到了一封来自侦察连的信，兴奋异常地打开，当时就笑了，信是孟祥云写的，钟国龙先看了日期，这信是他们到达军区教导大队后的第六天收到的，想想应该是自己走了没几天的时候孟祥云就开始写的，当下急忙看正文：

班长：

你走的时候说可以天天给你写信，我还想着你训练一定很辛苦，肯定没有时间写信的，可是你刚走了两天，我就想你了，所以先给你写这封信。

班长，你在军区过得还习惯不？老兵们都跟我说，军区那边可好呢，吃得好，住得也好，比咱们这里条件好多了，可是连长又说，到了军区那边，你们三个人都得扒一层皮，我也不知道到底谁说得对，我想，应该还是老兵们说得对，你想想啊，既然是军区的教导大队，你们过去了肯定能享福，班长，我说得对吧？

班长，我挺佩服你的，我还想着要跟你学习，有一天我也能有机会到军区去集训。等你回来，你可要把在军区训练的事情好好跟我讲一讲啊，这样一来，我将来要是有机会到了那里，就比别人能先适应了。

……

班长，你不用担心我，我现在过得挺好的，你走这两天，老兵们都是按你嘱咐的那样去做的，对我可关心呢，昨天训练过障碍的时候我脚扭了一下，副班长回来用药水帮我揉了老半天，我都有些不好意思了，我想，我也一定听你的话，多向老兵们学习，努力训练，这样一来，大家对我的好就有了回馈，也算是对大家的报答了，这句话是你说的，我肯定照着做。

班长，我不写多了，你看到信以后，要是训练太忙，就不用着急回。不过，我还是盼望着能早点儿收到你的来信，呵呵。班长，我现在也开始写日记了，等你回来，我第一个给你看我的日记，你就能一下子了解我这半年都干什么了。盼着你早点回来。

孟祥云

钟国龙看完信，自己先笑了，急忙拿出纸笔来写回信，在信中，钟国龙告诉孟祥云，老兵们说得不对，连长说得才对，来这里可没有什么福享，而且自己真的就扒了一层皮，钟国龙告诉孟祥云，自己是十几天以后才看到他的信，以后也不知道能不能有时间即时回信，要是自己老不回，就让他把写给班长的信写进日记里，等他回去一起看。钟国龙想了想，又加上了一段：

祥云，就像我前面说的那样，这里的确很苦，但是来到这里，我还是无怨无悔，半个月的训练过去以后，我明白了什么叫人外有人，天外有天，也明白了自己和别人的差距，你说你将来的理想也是要来这里训练，班长还是要支持你，而且，班长告诉你一个道理，付出与回报永远是成正比的，平时付出得越多，来到这里可能越轻松一些，训练时吃的苦越多，你得到的东西也就更多。班长由衷地希望你不断进步！

写完这信，按照纪律，钟国龙把它交到赵飞虎那里审查，赵飞虎接过信，先是看了一眼钟国龙——钟国龙面无表情，赵飞虎见怪不怪地笑了笑，没说话，钟国龙等他看完信，把信接过来，放进信封里，写完地址寄走。两个人表面上不说什么，心里都是十分尴尬，尤其是钟国龙，其实还是不理解，为什么当初那样亲密无间的战友，到了这里就行同陌路了呢。

第二天早起，钟国龙他们刚出操回来，陈立华来了！兄弟几个乐坏了，趁没人注意，偷偷跑到了操场一角的旱厕里。

陈立华笑嘻嘻地递给钟国龙、刘强、余忠桥每人一支烟，兄弟几个点着烟，忍不住又夸张地拥抱了几下，这才蹲下来。

陈立华笑道："哥儿几个知道吗？我早上跟我们队长请假的时候，心里还悬着呢，我听说这边淘汰训练挺残酷的，真害怕我一来，你们全都不在。"

"不可能！"刘强笑道，"你都没走，我们兄弟能提前走吗？"

四个人全都笑了起来，又七嘴八舌地讲述了一番这地狱一样的十五天经历，把陈立华听得目瞪口呆，连连说："光听说这边苦，还真没想到会苦到这个程度，我还以为就我不好过呢！"

钟国龙冲着陈立华问："老四，你那边训练是不是快结束了？"

陈立华点点头，苦笑道："今天是最后半天的休息，下午开始考理论，明天开始，结业考核就开始了。刚来的时候百八十号子人，到了最后这一次考试，就剩下我们十四个了，想想就不是滋味！"

"那你们考核什么呢？"余忠桥感兴趣地问他。

陈立华摇了摇头，说道："绝密！这才心里没底呢！不过你想想吧，平时的小考核都能扒人一层皮，这最后一次大考，还能轻易完成得了？！我们队长提前几天就消失了，说是去准备考核的事情，天知道又要怎么考我们呢！不过我也豁出去了，十四个人里面出十个军区最佳狙击手，这概率可不小，拼也就拼了！咱兄弟还真就不服气。”

“好样的，老四！”钟国龙由衷地赞叹，拍了拍他的肩膀说道，“不过，你总算是熬过来了，上次你说，即使不是前十名，只要能通过考核，也给发结业证书不是吗？很快就能回侦察连了，我们这才刚刚开始呢！”

陈立华忽然站了起来，急切地说道：“老大，我这两天正为这事情着急呢！你知道吗？我可能是回不去了！”

“回不去了？怎么回事？”三个人全都吓了一跳，眼睛一起看着陈立华，陈立华这才继续说道，“我在这边和一个教官关系挺不错的，他偷偷跟我说，凡是在军区教导大队集训合格的人，回老部队的可能性就很渺茫了，每到这个时候，各特种大队都在抢着要兵呢。”

“特种大队？”钟国龙只感觉眼皮一跳。

“是啊。”陈立华把烟屁股扔掉，自己又点了一根，说道，“我听说，光咱们军区直属特种大队，这里就有两个，还听说有军委直属的特种部队来要人的呢，这些特种大队招兵跟普通部队不一样，普通部队是从老百姓里选人，他们可是从兵里选兵，要选就选尖子，我就发愁这个，要论理说，咱们当兵，当然是想当最牛的兵了，可是一想到回不了老部队，尤其是咱们兄弟要分开，我这心里就挺难受的，真恨不得不来这个鬼地方呢！”

又说：“老大，我可先提醒你，我算听明白了，就你们现在的训练，也像是在训练特种人才呢。我估计等半年期集训一结束，搞不好你们也回不去了！”

钟国龙叹了口气，说道：“老四，要真是这样，咱们兄弟可能真的要分开了。”

四个人一起陷入了沉默，过了好一会儿，余忠桥先说话了：“分就分吧，再分开，将来也有复员回家的那天，你们哥儿仨还有见面的机会，我就不一样了，真要是兄弟们分开了，将来一复员，我回我的湖北，你们回你们的湖南，咱们这才是真正的分开呢！”

余忠桥说着有些伤感，眼圈都红了，钟国龙兄弟三人一起凑过去拍了拍他的肩膀，钟国龙的感触尤其深，一年多了，自己和余忠桥从新兵的时候打架，到后来两人关系越来越好，尤其是这次一起到军区集训，和刘强兄弟三个共同鼓励的场面让钟国龙感慨颇深，在他的内心里，已经把余忠桥看成是和刘强、陈立华一样的好兄弟了。听见余忠桥说这些，钟国龙真不知道该怎么安慰他，倒是刘强心胸敞亮，笑道：“老余你别伤感，咱兄弟不是都留下来了吗？咱们一起好好的干，就算回不了侦察连了，就算被调到什么特种大队，咱们还在一个部队不就行了。”

陈立华也笑：“行了行了，我就听了个小道消息，最后怎么样谁知道？走一步算一步吧。等训练结束，先争取转了士官再说。”

“四哥，你决定转士官了？”刘强问。

陈立华点了点头，笑道：“我想清楚了，这狙击枪我是还没摸够，兵也越当越有意思了。转了士官，还能再摸几年枪是真的，咱倒是不指望能提什么干……怎么，你们不想转士官吗？”

刘强看了一眼钟国龙，刚想说话，钟国龙先说了：“老四，不瞒着你，刚听说来教导大队的时候，我心里还在犹豫呢，想想咱兄弟几个刚开始当兵时候的想法，无非就是想当上两年兵，回家和众兄弟接着在一起，开开心心地过每一天。排长……排长牺牲以后，我好几次都不想再在部队上待了，总怕自己哪天会受不了。后来连长把我骂了一顿，我才想明白了，这一明白过来，我就和你的想法一样了：枪没摸够，兵也没当够啊！这次我们参加的是预提士官集训，集训一结束，转士官应该就问题不大，我想好了，转就转吧……可刚才听你这么一说，万一咱兄弟分开了，我心里也同样不是滋味儿……”

钟国龙这段话说得动了感情，忍不住有些长吁短叹的，万一要是真像陈立华说的那样，大伙有可能回不了侦察连，除了兄弟们要分开，还有个痛苦的事情，就是和龙云也要分开，钟国龙不愿意和龙云分开！一年多以来，毫不夸张地说，没有龙云，根本就不会有今天这样顽强不息的钟国龙。想了想，钟国龙自己先安慰起自己来了：“算了，不想那么多了！说不定咱们都想错了，就是一次预提士官集训而已，只不过往年是在师里，今年在军区特殊了一点而已，军区嘛，训练当然要更严格一些不是？”

“对对对！别想那么多了！”刘强也附和着说，又笑着举起手里的烟，冲陈立华说，“四哥，明天你就开始考核了，这里没有酒也没有水——就他 × 的有尿，我就用这烟敬你吧，祝愿你顺利过关！”

“应该是顺利拿第一才对！”钟国龙也举起了烟，余忠桥也凑过来，陈立华感动地将烟举起，说道，“彼此彼此吧！过不过关放在其次，祝愿咱们兄弟的感情永远不会变！”

“该怎么说呢？不能说干了，得说抽了！”钟国龙笑了。

“抽了！”

兄弟四个低下头猛抽烟，又想到这“抽了”两个字实在滑稽，都忍不住笑了起来，陈立华和刘强两人都呛了一大口烟，偻着咳嗽起来。

抽完烟，陈立华站起来要走了，兄弟几个又说了几句勉励的话，陈立华先走，钟国龙他们三个也一起回了宿舍。

此时此刻，负责军区这次狙击手集训的大队长王勇，却正在进行着精心的准备，连续几天以来，他带着人勘查地形，设置障碍，反复地演练着考核的内容，终于忙完，又急忙地跑到了距离军区几十公里一座神秘的军营里面。这次他要见的，是这个军营的最高首长，王勇下了车，嘴角带着一丝笑意，环顾着这片自己曾经十分熟悉的营区。对面一位中尉见他下车，急匆匆地跑过来敬礼，嘴里却亲切地笑道："老队长，欢迎光临三猛大队！"

王勇笑着拍了拍那中尉的肩膀说道："小子，我当中队长的时候，你刚来这里没几天，这才几年啊，也成了骨干了！"

两人说说笑笑地一路上楼，来到二楼的楼梯口，中尉笑道："队长，您自己进去吧，我们大队长专门等您呢！"

中尉下了楼，王勇信步走到了二楼靠中间的"大队长办公室"，敲了敲门，立刻听见里面传出来一个洪亮的声音："王勇吗？进来！"那声音直震得楼道嗡嗡响。王勇似乎对这声音很熟悉，推门进去，冲着里面一位大个子上校招呼道："老领导，我来晚了。"

"晚什么嘛，不晚！"上校笑着站起来，指着电脑说道，"计划方案我刚看完，你来得正好。先坐下再说！"

王勇坐下，看着大个子上校——三猛大队大队长李勇军，先问道："您胳膊上的伤好些没有？"

"早好了，我故意在教导大队留了几天，昨天才刚回来——你喝茶还是喝水？"李勇军指着旁边的饮水机问，又补充："我刚弄来一罐子安溪铁观音，你要不要尝尝？"

"尝尝就尝尝！"王勇也不客气，自己拿了茶倒了水，这才笑道："怎么样？这次有收获吧？"

李勇军神秘地说道："当然有啦！我在严正平那边儿发现了好几个好苗子呢，你那边儿我倒是没看，你们整天钻山越岭的！"

"这次不是有机会看看了？"王勇指了指电脑，"您感觉这方案怎么样？"

李勇军说道："方案没有问题，不过难度可是太大喽！这么大的作战区域，七组十四个人，想突破我的一个中队的搜索防守，击毙最高主官，不是我吹牛，就算是你们军区赵生叹的特种大队，都未必能完成得了！"

“哈哈哈哈……您又来了！您是死看不上赵大队长手下的特种大队呀。”王勇笑道。

“同行是冤家嘛。”李勇军笑着坐到椅子上，“他老赵不是也看不上我？”

“那是因为您老是去挖尖子。赵大队长上次还跟我抱怨呢，他是一个军区选兵，您是几个军区选兵，您怎么老是盯着我们军区转呢？”王勇笑。

李勇军得意地大笑道：“近水楼台先得月，谁让我离你们近呢？不扯了，说说正事儿吧。这次配合你的狙击手考核，我准备亲自走一趟。”

“您亲自去？”王勇有些意外地看着李勇军。

李勇军点了点头，说道：“军区首长跟我布置这个任务的时候，我就说我亲自带队，不过我有条件，十大狙击手，我最少要两个。”

王勇说道：“这个我知道，您是要哪两个？前两名吗？”

李勇军摆摆手说道：“不是，我选兵从来不局限什么名次，有的兵成绩第一我未必看得上，或者说，他未必就适合我的部队，相对于名次，我更看中的是这个兵的精神。有精神的兵才叫活的兵，才叫有军魂的兵，这样的兵，才是我想要的——”

说完又笑着指了指王勇，说道：“当初我选你到三猛的时候，你他 × 的也不是全军第一名啊！可惜啊，又被军区给要了回去，哈哈！”

两人都笑了，又谈了谈具体的演习考核细节，王勇起身告辞，李勇军站在门口，大声说道：“明天凌晨，我带部队进入演习区域，看看你王勇训出来的兵！”

“您放心，我保证不会让您失望！”王勇郑重地说。

第一百一十七章　重做新兵

钟国龙他们“爽”了两天，这两天绝对有着“划时代”的意义，首先，早晚点名的时候，钟国龙不再被叫做“猪仔 6 号”了，而是直接喊“六号”，这让钟国龙高兴了好半天，至少感觉不再受到侮辱了，其次，这两天里，教官们变得和蔼了，虽然和蔼得很有限，只和蔼这么两天，但是，受惯了教官嘲讽的队员们还是有些受宠若惊。尤其是严正平，第一天晚上睡觉前，他居然进了宿舍，还问了问大家伤势好些没有，吃得饱不饱，而且笑容很真诚，当时就有一名队员跑了出去，看了看月亮是不是变成三角形的了。

休息日的第二天，下午五点，一阵急促的集合哨响起，向大家宣布幸福的时刻已经结束了，队员们紧急来到操场集合，精神面貌比地狱三天的时候不知道要好多少，严正平手里拿着一个本子，脸色还算可以，目光扫了一遍，说道：

“两天的时间，大家过得还挺幸福，但是，我们来这里并不是追求幸福来了，至少不是这种短暂的幸福，我希望大家从现在开始，把这两天的幸福生活忘掉，完全地忘掉，因为我已经很自责了，正是由于我的心软或者说仁慈，让你们放松了两天，假如你们让这两天成为接下来半年集训前的回忆，那我敢肯定，你们一定会收获加倍的痛苦！

“242名集训队员，现在只剩下了你们60个，很不少了！创了教导大队历次集训的纪录了！我希望，在最终集训结束的时候，剩下的人数也能创造纪录。

“根据下一步训练的要求，我们要重新分班，全队分为三个区队，除第一区队多设一个班以外，其余每区队设三个班，每班七人。自由编班，我强调一下，自由编班，这是第一次也是最后一次发扬民主精神。都听清楚了吗？”

大家有点糊涂：六十个人，三个区队，一共十个班，每班七个人，还有十个人从哪里冒出来的。没等大伙提问，严正平先拍了拍脑袋，解释道：“忘了告诉大家了，明天的时候，将会有十名队员加入你们之中，所以，一会儿你们讨论的时候，每个班先按照六人计算就好了，给你们十分钟时间！”

队伍一下子热闹起来，战士们兴奋地开始自由编班，钟国龙、余忠桥、刘强三个人当然是铁打不动地在一起，另外又加上了大个子河南兵——12号，叫吴亮，还有一名四川的兵，14号，叫刘凤，一名东北的兵，38号，叫杨先平，六个人最先把班名单报了上去，被编为一区队一班，钟国龙他们听了颇为高兴，因为他们在侦察连的时候也是一排一班，这下正合适。其他的班也编好了，从二班一直到十班，严正平重新宣布了一下名单，开始宣布区队长任命：赵飞虎担任一区区队长，二区和三区的队长一个叫杨正，一个叫林雷，其他十几个教官分别担任各专项教官，名单一公布，钟国龙他们又吃惊：还是没能“摆脱”赵飞虎！钟国龙斜着眼睛看了一眼赵飞虎，赵飞虎表情严肃，看不出什么来。

“按照上级要求，从现在开始，这次集训正式改为中队编制，由我担任中队长。”严正平平淡地宣布道。

下面又是一阵骚动，学员们大骇：严正平这次等于自动降级了，从一个大队长变成中队长了，同时，学员心中也明白，这说明了上级对这次集训的重视，说明了以后的日子肯定很难过。接着严正平又宣布了各班班长轮流制度，即编班以后，每班七个人，每人担任一天的班长，每天轮换，从明天开始实行。大家又感兴趣起来。严正平宣布完毕，命令解散，让大家享受最后几个小时的“幸福”。

钟国龙他们几个一下子跑回了宿舍，抑制不住地兴奋起来。

“我跟你们说吧，刚才大队长宣布完命令，我还真有了一点儿新兵连的感觉呢！”刘强说完，又指着钟国龙笑道，“老大，按咱们编号顺序，明天该你第一天当班长了吧？”

钟国龙笑道：“当就当嘛，又不是没当过。”

“你是当过，我还是第一次有当班长的机会呢！”东北兵杨先平兴奋地说，“我得算算……我是38号，排在你们的后面，嘿嘿，我第6天当班长！”

“你们说，刚才队长说又要新来十个人，这十个人从哪里来呢？”黄正新问。

“谁知道啊！”钟国龙说道，“反正我觉得新来的这十个是真轻松，起码没赶上地狱十五天啊！”

“也不一定啊，说不定来的这十个全都是什么精英呢，一出场就比咱们强出一截！”黄正新又说，“这不是重点，重点是咱们接下来到底训练什么呢？”

“只要不像地狱十五天就好。”余忠桥倒在床上，感慨地说，“享受一下吧，兄弟们，这样的日子不多啦！”

……

操场上，严正平把赵飞虎单独留了下来，两个人围着操场，边走边谈。

“飞虎，咱们这回的任务可是重得多了！”严正平说道，“肩上的担子比我想象的还要沉，军区首长这次的目的很明确，就是要咱们尖子里面选尖子。”

赵飞虎笑道：“这不是一开始就明确了？”

“不！不！不！”严正平连着摆手说，“你知道吗？一开始，我只是想着，军区各特种大队要人，要人嘛，咱们把人训练出来，他们自己分去，昨天，又有一个人找到了我。三猛的李大队长，你应该很熟悉吧？呵呵，你们曾经是一个战壕里的，李大队长当初在野战部队的时候，和我是一个班的兄弟，他这一找我，我才感觉到了压力，敢情这次三猛也盯着这帮学员呢！”

赵飞虎又笑了笑，心想那次去医院我就知道这事情了。他没有说什么，听严正平继续说：“飞虎，我让你负责一区队，倒是这个李大队长要求的呢。”

“他要求的？”赵飞虎奇怪了，看着严正平。

严正平说道：“明确告诉你，李勇军盯住了几个兵，这几个兵现在全在你的一区队。”

“是钟国龙他们？”赵飞虎脱口而出，这次轮到严正平奇怪了，赵飞虎笑着跟他说了钟国龙在医院的事情，又给他讲了钟国龙、刘强、余忠桥他们三个人的基本经历。

严正平恍然道：“怪不得！这个李大队长原来是觊觎已久啊！对了，明天还要到一个，从狙击手集训队里编入的，叫陈立华，也是你原部队的，他刚刚得了军区十大狙击手第一名，这个人你也应该很熟悉吧？”

“呵呵，这个兵我听说过。”赵飞虎笑道，“我刚到侦察连还没几天，他已经到军区教导大队，和他还没什么接触呢。不过，我听龙连长讲过，这个陈立华和钟国龙、刘强是从小一起长大的，三个人又是一起当的兵，同一个新兵连新兵班，又都分到侦察连一排一班的，三个人的故事能讲出一大堆来！”

“奇迹！奇迹！”严正平由衷地感慨，“这是我第一次遇见这样的情况，三个一起进来的兵，一起进入军区教导大队接受最顶级的集训，这算个奇迹了，明天开始，咱们这个中队里面将会有四个人：钟国龙、刘强、余忠桥、陈立华来自同一个连队的同一个班，这又是一个奇迹呀！所以，你这个区队长可是任重道远啊！你有没有设想过，这四个人说不定又一起进了三猛大队？”

赵飞虎笑道：“队长，其实是您对我所在的侦察连还不太了解，我跟你这么说吧，我自信，在我们侦察连里，发生任何的奇迹都不奇怪。你要是认识我们的连长龙云，就会发现，这几个战士跟他几乎是一个性格，龙连长一个人的性格带动了全连。成了一个固定的模式一般。我也一直在惊叹你所说的奇迹，所以，虽然我还没有在侦察连待上很长时间，却已经被它的魅力所迷倒了呢！”

“哈哈，你这么一说，我倒是要再好好关注一下这些从威猛雄狮团侦察连来的战士呢！龙云？有机会我可一定要认识一下！”严正平笑完，严肃地说，“飞虎，你记住，这几个人，要给予他们特殊的关照，我说的关照，是要让他们承受更多的逆境，接受更为严格的训练，这不单单是我的观点，也是李勇军的观点。关键就看你的了！”

赵飞虎郑重地说：“请首长们放心吧！”

第二天的早操过后，集训中队的全体队员接到一个命令：用一个小时时间整理内务、打扫卫生，要求做到完美。一个小时以后，中队长和所有的教官要来检查评比，前三名的班有奖，后七名的班则有“奖励”。做到完美是个什么标准呢？队员们心里都没底，因为在已经过去的十五天中，紧张的训练使队员们没有任何时间好好地做内务，大队也并没有怎么要求，这次却提出要求了。

除了宿舍常规内容的内务卫生，中队还给各班划分了各自的卫生区，一班的卫生区是一楼水房厕所，钟国龙是今天的班长，这时候一派胸有成竹，侦察连对内务要求一向甚高，他是有绝对把握的，不用怎么动员，钟国龙分配了班里各自负责的区域，而他自己，当然干回“老本行”，负责打扫一楼厕所。

一班人刚刚忙碌开，门外有人敲门，一个声音洪亮地喊：“报告！请问哪位是班长？”

大伙吓了一大跳，一起向门口望去，刘强最先扑了过去，惊喜地喊：“四哥，你怎么来了？”

“谁来了？”

钟国龙从厕所里探出脑袋来，一眼看见陈立华，陈立华故意板着个脸说：“哪位是班长？我是新来的学员，来一班报到的！”

“打他！”钟国龙大吼一声，带着刘强、余忠桥把陈立华搬了起来，一屁股扔到床上，一阵“拳打脚踢”，直打得陈立华哇哇叫喊，大家才笑着停了手，那三个战士见他们早就熟悉，也都奇怪地围了上来。

陈立华顺利地完成了狙击手训练的全部内容，并夺得了综合成绩第一名，位列军区十大狙击手第一名，昨天上午，军区首长亲自来到教导大队，给陈立华等人颁发了优秀、合格证书，又亲手把“军区十大狙击手”的荣誉奖杯颁发给了前十名的队员，一下子所有的荣誉迎面而来，让陈立华激动又兴奋，这时候他才真正地感觉到，自己半年以来付出的所有努力都是值得的！中午的时候，大队长王勇自己掏钱，和其他教官一起带着全体结业队员进了市里，好好地吃喝庆祝了一番。陈立华敬酒最多的，一是半年以来对自己言传身教，时刻不放松的大队长王勇，第二个就是关键时刻“牺牲”了自己掩护他过河的老兵刘万力。而陈立华在最后关头舍身炸队长的“英雄壮举”，也当然地成为了大家玩笑的素材。玩笑之余，王勇颇为感慨地说道，自己在军区教导大队工作几年以来，已经训练了几批队员，陈立华是给他触动最大的一个，陈立华的故事，他一定要好好整理一番，要讲给以后来参训的每个队员听，让他们都能从中得到启发，受到鼓舞，王勇由衷的话倒是让陈立华有些不好意思起来。

吃喝完毕，回到宿舍的陈立华头有些晕，躺到床上准备好好睡一觉，估计这两天就要回自己的老部队了，陈立华很是兴奋，准备睡醒以后就马上收拾行装，第二天要是有时间，再去看看钟国龙他们几个兄弟。上次兄弟见面，只在旱厕里聊了半个小时就匆匆分手，第二天陈立华就开始了连续几天几夜的考核，现在一周过去了，也不知道老大他们怎么样。想着想着，陈立华就睡着了，刚睡了不到一个小时，陈立华又被队友叫醒，说是上级要和大家轮流谈话，不明就里的陈立华和大家一起到队长办公室门外，王勇已经开始让大家挨个进去谈话了。

轮到陈立华的时候，王勇跟他说，十四名完成集训任务的学员中，上级要抽出十名兵龄短的战士编入军区预提士官集训中队，继续进行为期半年的技战术专业集训，无论是从兵龄还是从预提士官的角度，陈立华都非常适合继续集训，王勇重点问了陈立华是否愿意继续留下来训练。没想到陈立华不但没有犹豫，反而乐疯了，连连问王勇什么时候过去，王勇安排他第二天去报到，陈立华跳着就出来了。原本他最担心的事情就是自己回侦察连以后而钟国龙刘强他们还在军区集训，兄弟们又要分别半年，没想到现在有机会继续在一起了，这真比拿了军区十大狙击手还让陈立华高兴。第二天，陈立华送老兵刘万力上了火车（刘万力已经是三级士官了，不再在军区继续集训的范围内)，便迫不及待地跑来了钟国龙这边。一听说自己被编入一区队一班，和钟国龙他们一个班，陈立华恨不得跑上去亲严正平一口，这才有了上一节陈立华故意逗钟国龙他们几个那一幕。

兄弟几个闹够了，听陈立华讲清楚了事情的过程，钟国龙的脸笑成了一朵花，连说苍天有眼，又忙着给其他战士介绍自己的兄弟："陈立华，我兄弟，就是昨天晚上给你们讲过的'七剑下天山'中的老四，军区十大狙击手第一位，大家请热烈鼓掌！"

众人笑着鼓起掌来，半个多月的相处，尤其是钟国龙在地狱十五天里表现出来的天生的"领袖"气质，早就折服了那三个战士，加上钟国龙天生的神侃特长，昨天熄灯后半宿的真情讲述，早把自己兄弟七个说成了天神一般的人物，现在大家见到了老四陈立华，都充满了尊敬，更何况人家是军区十大狙击手，这荣誉可不是吹出来的！热烈的鼓掌让陈立华有些不适应，连说大家平常心就好。故作深沉的样子又被兄弟们损了一顿，等到刘强猛然发现时间已经过去了快半个小时的时候，大伙才惊叫着散开，钟国龙连喊："老四，兄弟情咱们晚上再续，你先帮着老六去整理内务！"

陈立华的到来简直就是一件大喜事，众兄弟兴奋之余，干劲儿也足得可怕，半个小时的工作效率，简直可以当一个小时计算了，等严正平带着教官们开始检查的时候，一班已经完成了打扫任务。

检查卫生开始，所有人员到门口集合训练队列。中队组织干部开始检查内务卫生，每名学员心里都很紧张，因为大队长说了后七名有"奖励"，虽然不知道这个奖励具体是什么，但是不用多想也是比较残酷的奖励。

检查完毕，大队长拿着内务卫生的检查结果宣布，钟国龙的一班和五班的内务卫生并列第一，听到自己班第一的结果，钟国龙和一班众兄弟这颗悬着的心终于放了下来，说实话，在结果宣布之前，他心里也没底，毕竟大家都是各部队的精英。听到五班和自己班并列第一，钟国龙一下对这个五班就来了兴趣，心想到时候要好好去会会这个五班。

三班第三,八班第四。其他六个班这一下就紧张了，只能等着最后的"奖励"。最后一名是七班。而后严正平宣布各班去参观第一名班级的内务卫生，之后再"观摩"一下最后一名的，大家排成两行走进一班的房子，确实各方面都很不错，一进房子就让人感觉到耳目一新，眼前一亮。严正平又微笑着带领大家走到了一楼楼道的厕所门口，指着关着的厕所门问道："厕所是谁打扫的？"

"报告，是我！"钟国龙上前一步，目光炯炯，信心十足。

严正平亲自推开了厕所的门，参观的众人一下子被震撼了：这还是厕所吗？这厕所打扫得明亮照人，地板、墙上的瓷砖就像新的一样，就连小便池、大便池也是没有一点污垢，门、窗户，就连窗户的夹层都打扫得干干净净。甚至还能闻到一股香味，不知道钟国龙是怎么打扫的，“莫非有什么秘诀？”在卫生间门口张望的战士议论着。大家看到这么干净的卫生间，简直都不忍心走进去，生怕自己的鞋子破坏这么“亮丽”的厕所卫生。

“6号，你对自己的劳动成果有信心么？”严正平不动声色地问。

钟国龙毫不犹豫地点了点头，大声回答道：“我有绝对的信心！”

“那你怎么证明你的信心呢？”严正平紧追不舍地问。

钟国龙想了想，转身跑回了宿舍，再出来的时候，手里多了自己的水杯，在众目睽睽之下，一片惊呼声中，钟国龙拿着杯子走到了坐便池旁边，冲出水来，水杯贴着坐便底部舀了半杯的水，他一口喝了下去！这“规则”是当初龙云给他定的，一年多以来他一直这样要求自己，他喝起这水来，连一点犹豫都没有，半杯水喝下去，大家都忍不住鼓起掌来。

严正平指着厕所大声说道：“这是我平生以来，见过最干净的厕所！我建议，将这个厕所的清扫标准，作为我们整个中队的厕所清扫标准！”

钟国龙红着脸，仍旧不忘得意地咧嘴笑，目光又和赵飞虎对视，他忽然从赵飞虎的眼睛里面看到了久违的赞赏，钟国龙有些不自信地又看了看，赵飞虎好像故意地把头扭向了别的方向。

严正平又带着大家去参观五班的宿舍，一进到五班宿舍里，连钟国龙他们都服气：五班的被子和内务柜整得太漂亮了，质量很高，这是大家整好后，班长许泽风修出来的。最后“观摩”七班的卫生，说是最后一名，其实也差不了多少，只是内务标准稍微低了一点，如果放在普通连队，也是很不错的了。即使是这样，七班全班的人也都臊得红了脸，感觉抬不起头来，今天的七班长不好意思地当众做了检讨，并诚恳地表示要向其他班学习。

最后，到了宣布奖惩的时候了，严正平命令所有人到操场集合，排在后面的四个班一对一地背着前四名的班战士跑5公里，最后两名的二班和七班更惨，每人背包里加放10块砖，跑20公里。

第一百一十八章　正式入队

晚上开饭，大家都穿着夏季4号着装，上身84长袖衬衣，下身84夏裤。所有人员带着碗筷集合，因为要重新划分餐桌。刚整队集合，站在队列中的钟国龙就感觉自己的身后一阵风动，紧接着手里的碗筷被一股力量踢得飞了起来，“哐啷”一声掉在地上。学员们心中一惊，都不知道发生什么事情了，但又不敢动。

钟国龙还不知道怎么回事，回头一看，是赵飞虎对着自己的手踢了一脚。

“把你的右手袖扣扣上，吊儿郎当的，像什么军人，然后把你的碗筷捡起来。”赵飞虎黑着脸冲钟国龙大吼道。

钟国龙因为愤怒充血的眼睛，也瞪着赵飞虎。此时他真想冲上去和赵飞虎干上一架，可他不是以前的钟国龙了，在这里，他明白，要忍，不断地忍，为了虎子排长，为了连长，也为了荣誉。他忍住了，心中不禁想到：这还是自己心目中的排长赵飞虎吗，他怎么了？

“是！”钟国龙回答道，迅速扣上袖口扣子，弯腰捡起掉在地上的碗筷。

刘强和余忠桥心中暗舒了一口气，刚才，他们俩真担心钟国龙会忍不住。

第一个星期，由一区队长赵飞虎担任中队值班员。队伍整齐地带往饭堂，在一首《严守纪律》歌和三个呼号结束后，队伍带到了饭堂前面。学员按照一、二、三区队的顺序，列成了一个四方队列，一首开饭前必唱的军歌又唱了起来：团结就是力量，团结就是力量……

“团结就是力量……”钟国龙忘我地使劲吼着歌，“哗”的一下，钟国龙感觉左手一疼，他猛地回头一看，又是赵飞虎。

“你是新兵吗？还是得了老年痴呆症？不知道在队列中手要贴紧裤子，中指要贴住裤缝线吗？我看你纯粹一傻 ×。亏你还是班长，就你这样的班长能带好其他学员吗？”钟国龙又被赵飞虎狠狠地训了一顿。

“是！”这次钟国龙并没有多想什么，立马回答。从入教导队那天起，从第一次被赵飞虎训斥，第一次冷眼。他就暗下决心：就为了争一口气，我忍，一定要让赵飞虎和其他教官刮目相看。

听到赵飞虎训人，队列中的歌声马上停了下来，大家呆呆地看着赵飞虎。

“谁叫你们停止唱歌的，重新唱。”赵飞虎冲着学员们吼着。

“老大真的变了。”站在钟国龙身后的刘强心中感慨。

严正平站在队列一侧看着这一切，脸上依然保持着他那招牌微笑。难怪学员们都暗地里叫他“笑面无情”。

歌声刚结束，严正平就走上了饭堂台阶前。两手一背，温柔地说道：“刚才的事情大家都看到了，我认为一区队长做得很好，也很对。作为一名军人，就必须有军人的严格作风。什么是军人的作风，那就是行如风、站如松、坐如钟，任何时候都得注意自己的个人形象，都不能忘记自己是一名军人。是军人就必须服从命令，听从指挥，不做影响军人荣誉的事情，在日常生活、训练点滴间都要体现出来。刚才一区队队长下手还轻了点，下次发现作风不严谨的同志，要严格处理！完毕！开饭！”

五分钟吃饭时间，这是严正平下的死规定，谁吃饭如果落在他后面，抓住一个可是要严厉“教育”的。吃过晚饭，紧接着就是队务会，安排下周训练、教育、工作。而后各班第一任班长集合全班召开班务会，安排工作，动员。从明天开始，真正的集训生活开始。根据中队安排，在训练、教育中，根据综合评定，还要进行不断的淘汰，在这里没有“铁饭碗”可端。最后，集训队要根据综合表现评出 5 名“优秀学员”。每次训练、教育等都要进行评比比赛，挑出前三名和后三名记入综合评定中。

钟国龙现在的心态似乎出奇地好，忍耐力也得到了极大的提高，这一切的变化使刘强和余忠桥感到奇怪。

在班务会中，钟国龙传达完中队安排后就说了两句话："第一，我们都是男人，我们一班要用行动向教官们证明在一班没有第二，第二就意味着失败，就是耻辱。第二，在以后各方面的训练、工作中，教官能做到的，我们也能做到，不但要做到，我们以后还要超过他们。我们每个人来到这里都代表着一个师、一个团的荣誉，我们不能给我们的老部队丢脸。兄弟们，在以后一个月的时间里，我需要你们，我们是一个集体，从今天开始，我们就是一个战壕的兄弟，生死与共，死也要抱着一块死。来，兄弟们，为了荣誉，为了证明我们不是猪仔。"说到这里，钟国龙满脸豪情伸出握拳的右手看着大家。

一班的兄弟们都被钟国龙这段话所打动，看到班长的右拳，纷纷会心地站了起来，六个拳头对在一起。这代表了六颗心，六颗铁血男儿的心，六个人齐声大喊："就是死，我们也要死在一起！"

残酷的训练依然在继续，除了体能，还有专业的指挥，技能各项训练系统教育。训练日程安排得十分紧凑，每名学员感觉除了睡觉就没有可以安心喘气的时间。甚至，很多人感觉自己连睡觉都在跑，不停地跑，没有终点，没有完结，只有不停地跑……一班在钟国龙的带领下，显得分外团结。在第一周的各项工作考评中综合成绩取得了第一。

中队规定，不许学员抽烟，发现一个，严厉处理一个。这可把烟鬼们憋坏了，尤其是钟国龙，以前烟瘾就挺大，一天不抽烟就失魂落魄，感觉心里少了个啥，浑身没劲。记得刚到部队那会儿，新兵连龙班长抓得那么紧，钟国龙还是会找机会偷着抽。经过多方面研究探索，钟国龙终于研究总结出一套适合在教导队偷着抽烟的方法模式。

首先，吃饭以迅雷不及掩耳之势，两分钟解决。而后迅速联合刘强，两人成列跑到饭堂附近的教导大队军人服务社，一人买一盒烟，拆开，把烟盒扔掉，把烟装在迷彩服口袋。再以最快的速度跑回宿舍将烟疏散隐蔽，藏在香皂盒、床下摆放的迷彩鞋里、学习包夹层内，或者拿一根大号的圆珠笔，把笔芯拿出扔掉，把一支烟藏在里面，还有就是在迷彩服的双层领子的下层挖个洞，藏上一支，因为一盒烟目标太大，容易被发现。打火机则藏在厕所水管后面。"饭后一支烟，快乐似神仙"，每次开饭，以最快的速度吃完，而后和强子，老余三人或者班里其他兄弟，几人成行以百米速度跑回宿舍，掏出隐蔽的"弹药"，手拿一本教材，口袋装一管牙膏跑到厕所。每人"占领"一个蹲位，关上两米高的小门，裤子都不解开，直接从水管后面拿出打火机，掏出香烟，点上，将打火机放回，猛地大吸，真他 × 的比神仙还爽，边抽边右手拿着教材本扇开烟气。抽完一支烟，连烟灰都不带掉的，可以归之神速。抽完后，烟头扔于大便坑，水一冲，再用教材扇扇烟气，几人走出蹲位，相视一笑。从口袋掏出牙膏，挤出一条放于口中，猛嚼几口，低头到水房水龙头上含口水，漱漱口，用手置于嘴巴前10公分，吐出一口气，嗯，完全没有烟味，只闻到了牙膏香。大事做完，回房间，该干啥干啥。

这个方法，经过班长钟国龙同志的呕心沥血的探索研究，形成了套路，他还发扬“传、帮、带”精神，将此方法传于一班众位兄弟，大家是屡试不爽，从未失手。钟国龙还特别叮嘱班里兄弟：“此秘方传班不传外，若中队人人皆知，那可大事不妙，开饭两分钟饭后饭堂就不见一个人，干部们肯定会明白其中必有蹊跷，派出专人调查。再说，我们一楼厕所就四个大便坑位，若是人人都来，那还得了。”为此，班里兄弟一致称赞班长英明神武，天资过人。

其实，一班的这一切反常，赵飞虎早已经看在眼里，他也似乎发现了什么。

这天，吃过晚饭，钟国龙和班里的吴亮跑到军人服务社买了一盒烟。刚从服务社出来没走几步，钟国龙发现了后面吃完饭走出来的赵飞虎。

“区队长怎么今天吃饭这么快？”钟国龙边走边对身旁的吴亮说道。

“也许排长发现了什么。”吴亮有些紧张地回答。

“不可能的，我们抽烟一直很小心。”钟国龙对自己抽烟的隐蔽性很有自信。

“那就不知道了，可能是区队长今天不想吃。”

“嗯，不管了，回去先把这盒烟藏起来再说。”

两人回到宿舍，钟国龙赶紧把香皂盒里的一小块香皂拿给了吴亮：“我把香皂放你那盒子里，我看你那盒子大，能装下。”说完，钟国龙就从口袋里把烟掏出来整盒放进了自己的香皂盒。

这个时候，钟国龙并不知道，在他做这一切的时候，一班窗户外的一双眼睛正在盯着。一分钟后，赵飞虎走进了一班房间。钟国龙赶紧站了起来：“排长，到我们班有事吗？”

赵飞虎看着钟国龙若无其事的样子，心里还真有些佩服这小子的心理素质，笑着回答：“也没啥，我香皂用完了，拿你的香皂给我洗个手。”

这下，钟国龙的心顿时悬了起来，“排长，我香皂也没了，要不，我拿班里其他人的给你用吧。”

赵飞虎接着又笑了笑：“不用了，我看你那香皂盒挺漂亮，拿给我看看。”

“排长，就一香皂盒有什么好看的，又不是艺术品，我感觉我这香皂盒不好看，排长不可能就这品位吧。”

赵飞虎的脸顿时黑了下来，一双眼睛瞪着钟国龙，“钟国龙，你小子少给我油嘴滑舌，把你那香皂盒给我拿过来。”赵飞虎猛地吼出的一句怒喝，听得钟国龙包括旁边站着的吴亮心中皆是一跳。

钟国龙心想，区队长肯定知道了自己买烟藏烟的事，再藏下去也没意思了。心一横，从香皂盒里拿出那盒烟，放到赵飞虎面前：“区队长，这烟是我刚买的。”

“好，算你小子是个男人。”赵飞虎从钟国龙的手中拿过烟装进口袋。

“吴亮！”

“到！”吴亮心里直哆嗦。

“去饭堂通知，五分钟后一区队到楼道集合。”赵飞虎说完这句话，走出了一班房间的门。

五分钟后，一楼楼道，一区队 28 名学员成三行整齐地站着，学员们看着赵飞虎板着的脸，都不知道发生了什么事情。

“蹲下！”赵飞虎的这声口令短促有力，声音在楼道里回响着，听得每名学员心头一震。

“6 号！”

钟国龙答到起立，这回他是横下一条心了，既然东窗事发，就随便赵飞虎怎么折腾自己了。（很多读者看到这里，肯定会纳闷，不就是抽烟这点小事吗，犯得着小题大做吗。然而，这是部队，更是军区教导队，任何一点事到了这里都是大事，正是因为严抓这些小细节，小事情，才铸造了一个部队严格的纪律和作风，打造出真正的军人）

“出列！”

“是！”

“蹲下！”

钟国龙跑出五步，到区队所有学员面前蹲下。

“到现在，大家肯定不知道 6 号学员犯了什么错。我们中队三令五申，学员必须按级请假，通过批准，才能上服务社买东西，而不准抽烟这是死规定。可是就是你们现在面前蹲着的 6 号，违反中队规定，私自上服务社买烟。一连犯了两个错误，无视上级要求。他就是我们区队的一粒老鼠屎，对此，我不能无视，必须作出严厉的处罚。”

忍，现在钟国龙的心中就只有这一个字。

“6 号，还有谁和你一块儿偷偷跑到服务社买烟，抽烟的？”赵飞虎厉声问道。

“报告区队长，没有，就我一个人去过。”钟国龙回答得很坚定。

蹲在楼道的一班兄弟们感激地看着他们的班长钟国龙。

“屁话，我刚才明明看到12号和你一块儿进的服务社，我眼睛还没瞎。”赵飞虎对钟国龙的回答显得有些愤怒。

“区队长，刚才12号在门口等我，就我一个人进去的。”

“好吧，既然你愿意一个人扛，我看也行，在墙角倒立。”赵飞虎冷笑了一声。

“是！”钟国龙双手撑地，倒立在楼道的墙上。

“你不是很爱抽烟吗，烟瘾大吗，今天我就让你抽个饱。”说完，赵飞虎从口袋里掏出从钟国龙那儿缴获的香烟，在钟国龙的嘴巴里塞了6根，一个鼻孔里一根，两个耳朵孔各一根，每个手指头中间各夹一根。“给我夹紧了！今天我让你过烟瘾！”

“7号！”赵飞虎吼道。

“到！”刘强心中一惊。

“6号是你们连队的吗？”

“是！”刘强愤恨地看着这个他们曾经的好排长。

“好，那你就给6号把烟点上！”赵飞虎说完从口袋掏出一个打火机递给刘强。

“报告！区队长，我不点！”刘强突然猛地喊出一句。区队其他26名学员的眼睛唰地一下注视在刘强身上。

“屁话，叫你点你就给我点上！”赵飞虎对着刘强猛吼出了一句。

“我也和6号一起买过烟抽过烟！”刘强眼神坚定地看着赵飞虎。

刘强原本想着赵飞虎听到他的话后会怒发冲冠，想不到，赵飞虎不但没发怒反而声音温柔了起来：“7号不错，勇于承认错误，那不好意思，6号，你今天的烟瘾可能过不足了，你兄弟要和你抢烟抽，不要怪区队长不给你过烟瘾了。”说到这里，赵飞虎厉声喊道：“7号！”

“到！”

“倒立！”

就在赵飞虎下完口令，两个报告声又在他耳边响起。“报告区队长，我也和班长买过抽过烟。要罚就连我们一起罚！”赵飞虎扭头一看，正是61号陈立华和8号余忠桥。

“报告！报告！报告！”又是三声报告声响起，随即三个人站了起来，正是一班剩下的三名学员12号吴亮、14号刘风、38号杨先平。

看到班里的兄弟都站了出来，钟国龙心里开始是一阵感动，而后又是一阵暗骂：“× 的，六个傻 ×，我一个扛就行了，都站出来干 ×。”

赵飞虎看到这个情况，呆了一下，突然笑了起来，“不错，你们都够义气，你们一班也够团结，看班长一个人过烟瘾心里都不平衡是吧。哈哈，好！我就偏不给你们过烟瘾，班长啊，凡事要身先士卒，以身作则，就是打仗也是要冲在前面的，何况这事呢，所以，烟瘾就让他一个人过，我给你们另外找点活干。除了钟国龙，你们六个人上四楼俱乐部每个人拿一根台球杆下来。”

“是！”陈立华、刘强站起来，和班里其他四个兄弟跑了上去。

“6 号，我看你这个班长很称职啊，全班团结得很啊，那行，你们班没人给你点烟，我这个做区队长的来给你点，你也够面子了吧。”赵飞虎说完打着火给钟国龙点上。

在地上倒立了有将近十分钟了，由于气血朝脑门冲，钟国龙的脸已经憋得通红，腿有些发麻了，他恶狠狠地看着帮自己点烟的赵飞虎，杀人的心都有，如果说眼睛能杀人的话，此时，赵飞虎已经被钟国龙的眼神杀死无数次了。

嘴巴、耳朵、鼻孔、指间所有的烟被点着，十八支同时点着的烟向上冒着浓密的烟雾，就像一颗小型烟幕弹般，冲得钟国龙直掉眼泪。

“6 号，这烟好抽吧，今天就让你好好抽个饱。慢慢享受！”赵飞虎的话里充满了讽刺。

一班的其他人一人拿了一根台球杆，在钟国龙身边站成一排，傻傻地看着他们的班长钟国龙。

第一百一十九章　承担后果

“老大，你一定要挺住啊。”刘强心中担心地暗想。

“钟国龙怎么这样都能忍住，这种情况下换作是我我能像他那样被排长整也不反抗吗？虽然我知道反抗就意味着被退回，但是这个时候我还能维持理智吗？”余忠桥心中一阵感慨后更加佩服起钟国龙来。

赵飞虎扫了刘强等 6 个人一眼，大声说道：“你们 6 个将台球杆小的那头含在嘴里，而后保持军姿姿势，将台球杆用嘴巴叼起来，使台球杆与身体保持 90 度，你们班长什么时候过足了烟瘾，抽完这些烟，你们就放下来，是否明白？”

“明白！”说完六个人开始按赵飞虎讲的动作要领做了起来。一根木质的台球杆，拿在手里确实不重，然而，想用牙齿叼起来，确实难上加难。刘强叼着台球杆，想叼起来，试了五六次，都没有成功，牙齿反而被台球杆扳得生痛，班里其他几个兄弟情况也都差不多，根本就叼不起来，就算叼起来，不一会儿牙齿一疼，嘴巴一酸，台球杆大头一端又掉到地上。

“你们几个给我叼好了，平时抽烟不也是这么叼的吗，现在怎么叼不起来了？使劲，牙齿叼断了也得给我叼起来。”赵飞虎此时就像一个暴君，站在一旁大吼着。

钟国龙涨红着脸，眼泪被烟气熏得流了一脸。他使劲地吸着嘴巴里的六支烟，鼻子里也是两支点着的烟，想着兄弟们正在经受肉体摧残，他毫不犹豫地快速吸着嘴巴里的烟，想尽量快些让烟烧完。猛地一下，吸进去的烟一下呛进钟国龙的肺部，钟国龙双眼翻白，咳了好几下，嘴巴鼻子的烟都被猛地几下咳嗽冲了出来，掉了一地，鼻涕、口水也全都喷了出来。

看到这里，赵飞虎知道差不多了。缓缓地说出一句："好了，6号，我看你烟瘾也过得差不多了，起立。你们六个也不用叼了，把台球杆放回原来位置，给你们一分钟时间。"

钟国龙双脚从墙上倒下来，刚一着地，发现双腿麻得不行了，把耳孔里的半截子冒烟的烟头拿出扔在地上，他抖了抖两条发麻的腿，努力想站起来。刚一起身，钟国龙就感觉头昏眼花，一头又栽在了地上，旁边其他班的学员想去扶起钟国龙。赵飞虎吼出一句："谁也不要扶他，自己干了坏事，后果就必须自己承担。"

"报告！报告……"一班其他学员放好台球杆跑了回来向赵飞虎报告。

赵飞虎抬起手看了一眼手表，"嗯，不错，52秒。入列！"

"是！"六人向赵飞虎敬礼入列自行蹲下。

这个时候，所有人的眼神都定格在倒在地上的钟国龙身上，钟国龙在地上挣扎了一下，试着又站了起来，这回趴在地上缓了一下，气血回涌，头也不是那么晕了，但身体还是晃了两下。

"我犯了错，违反队里规定，你怎么收拾我都行，但是区队长，我有一点不服！"钟国龙嘴里突然冒出这么一句，令所有人大感意外。

赵飞虎还是比较清楚钟国龙的个性的，笑了笑回答："嗯，你有什么正当理由，都可以说出来，哪里不服，你说！"

"为什么我们学员不能抽烟，而你们教官可以，就因为你们是干部，是教官吗？"钟国龙底气十足地问道。所有学员心中暗暗为钟国龙鼓掌，这正是大家不服的地方。这个问题也只有钟国龙敢问。

"哈哈，这个问题问得好，我可以回答。第一，就是因为我是教官，你们是学员，如果你6号哪天是教官，换我当学员了，规定不让抽烟，我绝对不抽，因为我知道这是上级的命令。军人以服从命令为天职，我如果连这个都做不到就不配做军人，做人要学会控制自己的行为，我如果连这点自制力都没有，我就不算男人，也就不配当你们的教官。记住，好狗还不吃屎呢，虽然狗的天性喜欢吃屎。第二，我现在是强者，你是弱者，弱肉强食的道理你应该懂，哪天你的各项素质超过了我，你就可以抽烟了，就算是现在也行，你想怎么抽我就让你怎么抽，我给你买烟抽都行。6号，给你说的这两点你记住了吗？”

“好，我记住了。”钟国龙咬牙狠狠地回答道。为了荣誉，为了证明，他可以忍受一切屈辱。他此刻明白了一个道理，也对自己发了一个誓：永远不能做弱者，弱者会被强者欺负，被强者踩在脚下。但是就算我此时是弱者，但并不代表我永远是弱者，总有一天我要成为强者超过你，赵飞虎！

不光是钟国龙，一区队 27 名学员都记住了赵飞虎的这两点，这两点也许会影响此刻蹲在地上的所有人的一生。

“明白了就好……7 号！”

“到！”

“去你们房间里拿一张高凳出来！”

“是！”刘强虽然不明白赵飞虎叫他拿凳子干什么。钟国龙和全区队学员也都看着赵飞虎，不知道这位区队长又要搞什么。

刘强把凳子直接放到了赵飞虎的屁股下，“区队长，你坐。”

赵飞虎真是哭笑不得，大声对刘强说道：“你还挺自觉，谁说我要坐了，把凳子放到楼道口。”

刘强不解地按照赵飞虎的指示把凳子放到楼道口，回到队列里。

钟国龙心里明白，今天抽烟这事还没完，你赵飞虎还有什么整人玩意就使吧，我今天把命豁出去陪你玩。

“6 号！”赵飞虎用他那冷酷的眼神看着钟国龙。

“到！”钟国龙心里明白赵飞虎的整人行动又要继续了。

“给我站到那张凳子上去！”

钟国龙看着摆在楼道口的凳子，心中明白，赵飞虎肯定是要羞辱自己。全中队加上干部 70 多号人，都会从楼道口上上下下，他这一站，什么脸都没了，以后还怎么在大家面前抬头做人。想到这里，钟国龙一脑袋热血直往上冲：“区队长，你怎么体罚都可以，但是这个我不站，你完全是侮辱人格。”

“哈哈，人格。”赵飞虎一阵大笑后脸接着又黑了下来，“从你入队的那天起，大队长就说过，在这里参加集训你们就需要把人格、尊严全部抛弃，只有服从、行动。你钟国龙自己犯了错，有什么后果就必须一力承担，作为班长，自己违反规定抽烟不说，还带领部下违反规定。我看你这个班长是不想当了，按照中队规定，违反的队员，是随时可以退回的。如果你钟国龙今天还是个男人，就给我站上去，不然不要说我，全区队人都看不起你。”

“好，我站！”钟国龙的回答和神情出奇地冷静。他挺着胸膛走到凳子旁边，站了上去。

“全区队学员除了一班，从二班开始，排队前进，每个人围着6号转一圈，好好教育引导一下我们的6号同志，记住，每个人必须说一句有教育意义的话。”

赵飞虎下完命令，区队21名学员的这个转圈教育行动开始了，从二班长开始。第一个走到钟国龙身边的二班长围着凳子转了一圈，停下，看着钟国龙轻声说道：“战友，常在河边走，哪有不湿鞋的，以后注意自己的行为。”

赵飞虎似乎对这个二班长的声量有些不满意，随即对着二班长大声说道：“你是跟谁说话呢？！跟蚊子说悄悄话？！不是的话给我大声重说一遍！”

“是！”二班长受了赵飞虎这句带刺的话，一阵发憷，按照要求又大声重复了一遍。

仍然在地上蹲着的一班余忠桥等人，现在对赵飞虎十分憎恨，包括以前在老部队十分尊敬赵飞虎的刘强，现在也是咬着牙看着。“妈的，真想不通这赵飞虎是什么人，变脸变得快不说，这些整人的鬼方法也不知道是从哪里学来的。”

转圈教育依然在继续。

“6号，以后不要再往墙上撞了，这回撞得流血了知道痛了吧。”

“兄弟，部队纪律规定就是一柄双刃剑，谁碰谁流血啊。”

“一班长，你以后还是好自为之吧。”

……

钟国龙就像一座沉默的雕像一般，他已经麻木了，不管从身体还是精神上，都彻底麻木了，他麻木地看着赵飞虎，看着在他身旁转圈教育他的战友们。假如还有哪里没麻木的话，那就是信念，为了荣誉，为了证明自己，为了连长、虎子排长的信念。

21个人终于说完了。在赵飞虎的一声口令下，所有人员继续在楼道原来位置蹲下，钟国龙木然地走下凳子入列。

赵黑虎站在大家面前，眼睛从钟国龙身上扫了过去，最后平视着大家：“我想6号刚才过足了烟瘾，在大家的教育疏导下，也想明白了很多问题，什么是应该做的，什么是不能做的。在以后的工作中我也相信他会做到、做好，因为他一个人犯了错，有我和我们区队这么多同志关心着他，帮助他，他没有理由不做好。当然这些东西光我们相信是没用的，他还得用行动向我们证明一切，所以，我认为，6号应该写一份深刻的检查，我想了想，少了不行，太长了也没人看。我看就10000字吧。这个检查呢，一定要深刻，从内心，从思想深处去挖掘自己所犯错误的根源和严重性。这个检查不光是写自己，还要分析全班的问题，作为班长，带领全班抽烟违反规定是为什么，现在是 8 点 39 分，离点名时间还有一个多小时，今天晚上写好交给我，不管你写到什么时候，我破例允许今天晚上你在会议室复习加班。一班其他同志也不能光看着班长写不是，所以我认为今天晚上你们班长写检查的同时，你们应该在行动上支持他，怎么支持他呢，点名前你们就在房间里，撑在地上喊：班长！加油！班长！写好！点名后就到会议室撑着，也不用喊了，怕打搅大家休息。你们班长的检查什么时候写完，你们就什么时候和他一起回房睡觉。一班长和一班的同志是否明白？”

“明白！”钟国龙仍然是木然地看着赵飞虎，一班其他学员眼中充满了燃烧的怒火。

“好，明白了就好，区队其他同志以后想过烟瘾的也来找我。你们想不想过瘾啊？”

“不想！”全区队今天晚上确实被赵飞虎折腾人的手段震慑到了。

“解散，其他人员复习理论。”

在一阵杀声中，一区队人员解散回到了各自的房间里。

“哦，对了！”赵飞虎在回教员宿舍的过程中突然转过头来，“你们一班把楼道烟头清理干净，也不要浪费了，剩下半截的都抽了吧。

“× 的。”刘强在房间里听得怒气冲天，终于忍不住了，猛地一掌拍在内务柜上。

“整人有这么整的吗？不就是抽烟了吗。”吴亮等人恨恨地说道。

“好了，还是按区队长说的，我写检查，你们做好俯卧撑准备。区队长等下肯定会来检查。”钟国龙说这话的时候整个人出奇地冷静，刘强、余忠桥都不相信眼前说这话的人是钟国龙。

一直到晚上 3 点多，钟国龙的检查终于写好了，10000 字啊，换作以前钟国龙是不相信自己能写出这么多东西的。刘强和班里兄弟撑在地上，胳膊和腰都快断了，但又不敢偷懒，因为赵飞虎在“陪”着他们。谁撑不住了，趴在了地上，赵飞虎走过去对着屁股就是一脚。

赵飞虎接过检查，也没看：“好了，你们起来休息去吧，6 号，检查呢我回房间再看，不深刻就重写。晚上好好休息，我看你们也很累了，明天还有训练。”赵飞虎拿着检查回到房间，重点看了一下钟国龙检查中对所犯错误的反思和改进措施：

事后，我认真反省了自己的行为，认为自己有如下问题——

一、自我要求不够严格，自我控制能力差。因此，我背离了中国人民解放军艰苦奋斗的作风，背离了军人服从命令的天职。

二、执行命令、遵守纪律意识淡薄。把神圣的纪律和命令一时放在了脑后，只以自我为中心。

三、集体主义观念严重缺乏，作为班长，负责着全班战友的生活训练、思想教育，我却把这一点忘了。

四、侥幸心理严重，以为抽烟不会被干部发现，没有想到“天网恢恢，疏而不漏”。

……

鉴于此，我特制定以下几条整改措施：

一、军人职责、班长职责和纪律条令抄五十遍，重新学习，认真领悟我军条令的内涵，做到入心入脑。

二、在以后的工作中严格要求自己，刻苦训练，严守纪律，服从命令，听从指挥，努力工作。化羞愧为力量，为区队的全面建设添砖加瓦。

……

刘强几个浑身就好像散架了一样，一个个整了半天才站起来，一蹦一跳地回到了房间。

“唉！”14号刘风在黑黑的房间不小心绊到床架子摔在了地上，“天啊，我的人生为什么这么多灾多难呢？”这个班里的唯一一个“高才生”刘风爬起来坐在床上低声感慨道。

听到刘大才子的感慨，班里原本一个个憋了一肚子怒气的兄弟们笑开了。

“行了，你们几个，今天整得还不够吗？不要说话，抓紧时间好好休息。”钟国龙躺在床上听着大家调侃厉声说道。

班里学员听到班长发飙，都不吭声了，躺在床上老老实实地睡觉了……

“老大！”躺在钟国龙上铺的刘强把头移到床边叫着。

“老六，有什么事？”

“我想问，我们来这为了啥？”

“是啊，我们来这是为什么，我到现在也没明白。就一个预提指挥士官集训没必要这么整吧。”旁边下铺的余忠桥也不禁说道。

“我也不知道为了什么，但是我知道，我们不能被退回去……”钟国龙说完后沉默了几秒钟，“大家都睡觉吧，明天的训练应该还是不轻松的。”

钟国龙叫大家睡觉，他躺在床上却老久也睡不着，刘强的问题也是他一直以来的疑问，“我来这里到底是为了什么？”带着这样的疑问钟国龙渐渐进入睡梦……

梦中，他看到了连长龙云，龙云黑着脸说道：“钟国龙，你他奶奶的就是死也得给我死在军区教导大队，如果被退回来了，你就不要回侦察连。”不一会，连长走了，不知道上哪里去了。他低着头走着走着又看到了一个人，是虎子排长。“排长！”钟国龙大喊一声。“哈哈，是钟国龙啊，现在怎么样？部队苦吧，你小子低着个头干什么？难道又犯错了？不管犯了什么错，改了就是好同志，低着个头可不像个男人，更不像我赵黑虎的兵。好好干啊，我一直都会看着你的。”看着赵黑虎对着自己微笑，钟国龙的眼泪不自觉地流了下来，他冲了过去，想抱住虎子排长，可什么都没抱住，排长不见了……“排长，排长，你在哪里？”钟国龙从梦中醒来，看见赵飞虎正站在自己的床前。赵飞虎对着自己笑了一下，走出房间吹响了起床哨，“起床！”新的一天又要开始了。

第一百二十章　双重压力

早上例行的体能训练结束后，钟国龙回到房间看了一眼压在书桌玻璃下的本周训练进度表：早上1—4编组战术运用理论学习。钟国龙叫大家准备好笔记本和笔。

“哈哈，难怪我说今天的太阳怎么这么灿烂，天空这么蔚蓝，原来今天是个好日子啊。”才子刘风又是大发一通感慨。

“嗯，的确，这个我也发现了。”吴亮在一旁附和。

上午操课，中队所有人员在大队多功能厅集合。大家直挺挺地坐在凳子上，讲台上放着一台笔记本电脑，一名上尉坐在讲台后操作着电脑，上尉身后的投影布上面映着几个大字：“班组战术运用理论学习。”

上尉从讲台上站了起来，扫视了一遍眼前坐着的所有学员，缓缓地说道：“各位参加集训的学员们，你们好！首先做一下自我介绍，我是军区教导大队战术教员。我姓陈，名国风。大家以后叫我陈教官就好了。”陈国风的声音十分具有男性魅力，是那种带有磁性的男中音。

“我相信你们以前在老部队也学习过班组战术，那是在班长指挥下做的对不对？”

“对！”所有学员大声回答道。

“好，那你们谁来告诉我，班组战术究竟是个什么概念呢？”

陈国风突然发问。

整个大厅陷入一阵沉默。

“报告！”一个学员报告站起。

“我想班组战术就是一个班或者一个小组在作战中运用的队形、方法等，用以灵活机动地完成战斗任务。”

“嗯，这名学员不错，解释得有那么一点意思，你叫什么名字？”陈国风欣赏地看着这名学员。

“报告，我是6号学员钟国龙！”

“嗯，钟国龙，钟国龙，好名字。坐下！”

“是！”

“编组战术就是在战斗行动中，战斗班或者战斗小组采用灵活机动的战队队形、战术动作，运用好各种地形、环境，以手中武器和爆破器材，打、炸敌坦克、战斗车，消灭敌步兵。在战斗中，班组每名单兵必须发扬优良的战斗作风，巧妙地利用地形，以灵活机动的战斗动作，坚决完成战斗任务。我想大家现在也明白了班组战术的概念，在讲小组的战术之前，请先让我们对小组下个定义。一般而言，小组的常见编制应是6至14人，因为以特战的任务性质而言，太多或太少人都会关系到任务执行得顺利与否，而人数的多寡与战术运用的所在位置有着极大的关联，同样的前进搜索队形，在城镇与房舍中可能6个人就够了，但在丛林、沙漠与雪地等地形时可能需要12个人来组成队形方才完备，因此战术的种类与运用环境是密不可分的，而在今天的讲座中，所要谈的则是特种战术中，可控性较高的城镇战术，今日的战术情况为6个人为一组，武器以近接战斗用途为主，任务性质为快速检视与搜查建筑物，并随时进行接战。但为防止情报错误攻错房间与考量人质的生理负荷（例如无法承受过度惊吓的心脏病患者与老年人士），闪光震撼弹与CS催泪瓦斯弹都在禁用之列，而且在此必须向各位学员阐述一个观念，那就是所谓的标准战术是不存在的，特战人员使用的战术都是依小组默契与习惯所发展出来的，而为适应变化万千的战场情势，只有一般的约定俗成，不可能会有所谓的标准战术，即便有，那也只是针对该单位而言。”陈国风结合视频课件讲得是绘声绘色，学员们听得也是津津有味。

“报告！”钟国龙打报告站了起来。

“哦，6号学员，你有什么问题吗？”陈国风笑着看向他。

“陈教员，刚才我在你讲小组定义的时候不止一次地听到‘特战’这个词，请问这和我们有什么关系吗？我们只是普通的士兵学员而已。”

“嗯，你坐，你这个问题问得很好，也是我正想说的，你们中的一些人，很有可能在集训后被分到各特战部队，执行特战任务，这也是我们这次集训的真正目的。”

陈国风说完，大厅里一阵骚动，钟国龙在这刹那间也似乎明白了很多之前不明白的问题。

“大家安静！我们继续学习。我们第一个要学习的内容是小组的基本队形，大家认真听课，做好笔记，以后我们每个星期都会进行一次军事理论考核。等下我也会不定时进行提问，回答不正确的同志一旁站着去。”说这话的时候，陈国风的表情一下严肃了起来。大厅也一下鸦雀无声了，只剩下了陈国风的声音，“这里所说的队形指的是战斗队形，最常用的有横队队形、纵队队形、楔形队形和三角队形。在实际战斗中，为了有效地运用战斗队形……”

这些都是钟国龙等人以前从未接受过的课目系统学习。大家都认真做着笔记，理解着内容。

……

学习结束，学员带回。

严正平带着他的学员们走到中队门口，对着大家大声说道：“今天你们是第一天接受系统的军事理论学习，我想，听了教员的课后，你们能学到很多在以前部队没学过甚至没听到过的战斗知识。这里面的内容都是要用到训练、任务之中的，所以你们要深深地记住并理解，才能在训练、任务之中灵活运用，可能，在很久以后，你们会在特殊的部队，执行特殊的任务，这些知识就是你们的保命技能。说到这儿，大家应该明白这些知识的重要性了，从这个星期开始，每个星期五上午为技能考核时间，下午为军事理论知识考核时间。你们如果觉得考核不重要，不认真理解不认真记也没关系，但有一点我必须告诉你们，每次理论考核低于90分的学员，将淘汰回原部队。还有一点提醒一下，复习时间就是学习后，没有其他的复习时间。晚上熄灯后不准背记，睡觉就好好睡觉。完毕！”

钟国龙感觉到确实还有很多东西等着自己来学，和教官们比起来，现在的自己就是个啥都不会的小娃娃，要想赶上他们或者超越他们，自己确实还有很长的路要走……

习惯了集训队紧张艰苦的训练环境和节奏后，钟国龙感觉日子似乎过得特别快，现在是身体和精神的双重压力，训练在继续，学习也在继续。

明天就是星期五了，第一次的理论考核就要开始了，这周主要进行了战术理论学习和单兵、班组战术训练。上午的技能也就是战术考核是定死了的，大家并不担心。

但就是这个理论考核，每名学员心里都没底，谁也不知道明天试卷里会出现什么样的考核题。没有办法，只有死记硬背加上个人理解了。

晚上，熄灯哨响过后，一班房间里依然很是“热闹”。当然，说话是没人敢说的。班里七个人，除了钟国龙安静地躺在床上睡觉，其他六个人在熄灯前都从学习包里把军事理论学习笔记本放在了床上，还从内务柜的挎包里找出了战备手电筒。

钟国龙洗漱完端着脸盆回到房间，看着大家都在内务柜拿什么，不禁问道：“你们在内务柜找什么呢？”

“老大，我们拿挎包里的战备手电筒。”陈立华回头和钟国龙说道。

“手电筒？拿那个干啥？”钟国龙似乎有些不解。

“等下熄灯后躲在被子里复习军事理论啊，明天下午要考核，我们晚上还得背一背，不然因为这个淘汰可不值得。”吴亮从挎包里拿出手电回答道。

“哦，我看行，但是你们得小心点，队长那天还专门提醒过了，睡觉不准复习，要是被他抓住了你们肯定没什么好果子吃。”钟国龙叮嘱道。

“嗯，好的，我们一定小心隐蔽行事。”刘风应声道。

“哦，对了，老大，你怎么不复习？”刘强问道。

“我啊，你不知道你们老大天资过人，过目不忘吗？这还用复习吗。该睡觉我一定会抓紧时间睡的，在这里，最幸福的时刻莫过于躺在床上睡觉了。”

“哈哈，那好吧，老大，反正你也不复习，你睡着之前给兄弟几个当一会儿哨兵怎么样？等下看到干部查铺了就猛地咳一下。”刘强笑嘻嘻地说道。

“好，那没问题，不过这个星期六我想吃大盘鸡了。”钟国龙奸笑着。

“行，兄弟们，班长说想吃大盘鸡了，我们怎么办？”刘强朝班里兄弟几个吆喝道。

“没问题，班长想吃，我们买，只要班长今天晚上帮我们站好哨。”

熄灯哨一响，大家摆好鞋子躺在了床上，一个个开始临战复习了起来，那场面不亚于马上要上战场了，一个个用被子蒙着头，打开手电紧急复习。

“×的，如果你们上学时有现在这种精神的一半，我看那什么大学啊，研究院啊想不上都不成。”钟国龙看到大家的这种学习精神感叹了一句。开始履行起“哨兵职责”来，两眼不时朝门口张望，观察“敌情”，耳朵也竖得高高的，他睡的这张铺只要身体朝右睡，一眼就能看到门口，非常利于观察。

过了大约有半个小时，钟国龙都有点迷糊了，白天训练确实太累了。突然，他看到门口闪过一道亮光，耳朵也听到轻微的脚步声，“不好，查铺干部来了。”钟国龙心中一惊，猛地咳了一声，班里兄弟几个收到班长的“警报”，迅速停止了“战斗”，把手电筒和本子藏了起来，一个个露出头，眼睛一闭，伪装成熟睡的模样。

严正平拿着手电筒走进一班，在每个床头照了照，看到一班学员们都睡熟了，有些“失望”地走了出去。他原本想着能到一班抓住几个，想不到扑空了，走出门口，他思考了一下，“嗯，对了，刚才肯定是自己暴露了目标。”想到这里，他关上手电，放轻脚步走到了二班门口。

刘强几个人暗暗地舒了一口气，心中想到“好险！”钟国龙刚要说什么，就听到严正平的声音在隔壁二班房间里响起，“你，你，还有你下床，穿上衣服，到中队楼门口站着去！不是不想睡觉吗？今天晚上就站一晚上岗！”

过了好一会，钟国龙感觉到队长在一楼查得该差不多了，便从床上坐了起来，穿上拖鞋准备去上厕所。他装作上厕所悄悄地跑到楼门口一看，楼门前几名学员直挺挺地站成一排呢。

钟国龙轻手轻脚地走回房间，躺在床上轻声地和大家说道：“兄弟们，刚才我到楼门口观察了一下，队长已经抓捕了8名‘守夜者’。你们要怎么感谢我啊？”

“班长啊，我对你的敬佩之情如滔滔江水，连绵不绝，如黄河泛滥，一发不可收拾啊，你就是我心中偶像，我们的太阳……”才子刘风是出口成章，一大串的恭维之词从口里冒出。

“少给我来这套，要用实际行动证明谢意。”

“嗯，班长，这个星期天兄弟几个一定凑钱给你买大盘鸡让你吃个饱。虽然我们一个月津贴才八十多块钱，但是，为表谢对班长的谢意，我们豁出去了。”余忠桥信誓旦旦地保证道。

“哈哈，这就好！”

班里该继续在被窝里挑灯夜战的同志继续“战斗”着。钟国龙折腾了半天也折腾累了，躺在床上呼呼大睡了。

第二天上午9点30分，万里晴空，早上温柔的阳光懒懒地照在人身上，还是挺舒服的。预提指挥士官集训中队所有学员全副武装在战术训练场集合，每人还配发了一个耳麦式对讲机，一个个神情严肃，如临大敌一般。

集训中队中队长严正平走到队伍面前，二话没说，直接一字一顿地宣布考核科目：“科目：班组战术考核。内容：班组战术队形。时间：2小时。方法：统一考核。标准……”

作为班长，钟国龙将一班带上场，一班精神昂扬地站成一列。在即将到来的考核中，他这个班长将对全班的“生命”负责，全班考核能否过关，第一点，取决于班长在接受到导调员情况后的正确处置，第二就看单兵战术动作了。

考核是十个班统一展开，严正平是一班的监考员和战场情况导调员，他依然保持着招牌式笑容，宣布战场情况：“现在你们所处位置是一个戈壁山地地形，根据上级敌情通报，敌人在你们所处位置北部5公里处有一训练基地，沿途设有敌观察点和分散巡逻队。”

钟国龙听到队长情况宣布，面对全部学员迅速说道：“全班注意，打开通信设备，前方没有发现敌情，地势平坦，全班成一字队形展开前进。”

“是！”全部学员立即进入状况，如已经进入战场，动作迅捷紧张，其他六人以钟国龙为中心，展开一字队形，每人间隔6～8米携枪跃进，双眼严密关注前方情况。

一班前进了大概十几米，严正平紧接着一个情况导调：“前方进入山沟，敌情不明。”

听到情况，钟国龙心中迅速反应过来，对着对讲机说道：“全部卧倒，隐蔽。8号！”

“到！”钟国龙耳麦中传来8号余忠桥的回答。

“迅速观察前方敌情。”

余忠桥在战斗位置分配上是观察员兼突击手，他迅速前出仔细观察敌情：“前方敌情一切正常。”

“全部注意，成纵队队形前进。”钟国龙跑到最前面，全班学员起立，依次按照突击、火力、阻击、爆破、突击战斗位置，每人距离12米成纵队前进。

“前方发现敌巡逻队，详细人员不明。”又是一个情况导调。

“全班卧倒隐蔽。观察手观察，其他人员利用地形做好战斗准备！”钟国龙反应敏捷。

“报告班长，前方敌巡逻队距离我大概500米，共有×名敌人，人员配备轻武器，正朝我方位置走来。”余忠桥边汇报望远镜中的情况，边用右手打开手中自动步枪的保险。

钟国龙明白，虽然这是考核，但是遇到这种情况应该尽量避免先期与敌人接火，造成不必要的人员损失和暴露目标，因为这不是最后的目标。“避免与敌人正面接触，所有人员迅速匍匐向东转移位置。”

“敌人没有发现你们，前方距目标敌基地位置大概一公里，你们进入森林，地形复杂，敌情不明。”严正平及时导调“战场”情况。

“全班注意，成三角队形前进至前方100米处，而后交替掩护前进。”

“是！”

经过一上午紧张的考核，所有学员都灰头土脸、扎扎实实地在模仿戈壁沙地的战术训练场摸爬滚打了一回，每名学员忐忑不安地看着队长严正平，因为该到了宣布考核成绩的时候。钟国龙心里还有是信心的，在刚才严正平设置的模拟战斗条件下的考核中，钟国龙带领一班在各种敌情下的处理，他自己认为还是恰当合理的，大家配合动作也做得不错。

严正平手里拿着各位教官交来的考核结果，大声宣布考核成绩：“一班，全体通过。”钟国龙听到队长的宣布，自信地笑了一下，那颗悬在嗓子眼的心也放了下去。严正平继续说道：“一班班长处理情况比较及时，处理也是比较恰当的，单兵战术情况也是不错的，但是敌情观念不够强。我们这只是预想敌情，战场，如果放在真正的战场上，敌情是不得而知的，也是瞬息万变的，眼睛和耳朵就是你们保命的前提，及时发现敌情，处理情况这是十分重要的。二班，6名通过，54号学员心理素质不过关，听到班长的口令后找不到自身位置，动作慌乱……”

严正平成绩宣布完毕，真是几家欢喜几家忧，3名学员就在这一看似简单的考核中被淘汰，其中一名是71号学员，现任9班班长，因其情况处理不恰当，导致全班阵亡。

“中队长，我不服，能再给我一次机会吗？”队列里报告说话的正是9班班长。

“哈哈，再给你一次机会？你已经阵亡了，死人难道还会说话吗？在这里，每一次考核都是一次实战，失败就意味着牺牲，意味着被淘汰。”

听到大队长的话，9班长沉默了，所有人心里也受到重重的一击：失败等于死亡……

钟国龙坐在班里，也拿着资料复习着，经过上午的考核，听到最后的结果，钟国龙心中也是感触万千：如果是在真正的战场，自己能带领全班灵活处理好各种情况吗？能保证顺利完成任务，保证全班人员的安全吗？自己会像今天被淘汰的9班长一样，自己的指挥失误，导致全班阵亡吗？这一切自己都不知道，只能让时间去证明。但自己确信，无论如何，战友的生命是第一位的。”钟国龙想到这里，扫视了一眼在房子里坐着的刘强、陈立华、余忠桥等人。

……

下午三点，还是教导大队多功能厅，但是参考人数由上午的70人变成了现在的67人。整个多功能厅内十分安静，安静得只听得见笔在试卷上写字时发出的沙沙声。大厅内弥漫着一股硝烟，笔杆子的硝烟。这67名学员正在与知识战斗！不进则退，破釜沉舟，没有退路，只有前进，向前进……

十几名教员是此次理论考核的考官，他们不断地在学员身旁走动、查看。钟国龙坐在桌子后面认真地解答每道题。时间已经过去了40多分钟，钟国龙顺利完成了前面的问题，剩下了最后一道自我理解题，这道题占20分，钟国龙认真地看了一下题目：在一次任务中，你和你的战斗小组六人执行战斗任务，在最后撤回时，你的一名战友被地雷炸伤，生死不明。而后有追兵，十万火急，带上受伤的战友极有可能完成不了任务，你们小组也许会被敌人追上，在这个时候，作为组长，你会怎么做？看到这个题目，钟国龙一下不知道该如何回答了，他似乎想到了很多，包括在侦察连参加过的几次作战任务，都在他的脑中回放了一遍。而后，他似乎坚定了起来，手里握着笔飞快地在试卷上写上了自己的答案……

考试过去了52分钟，钟国龙第一个交上了试卷，走出了大厅，跑到多功能厅后面，在地上发现了一个半截子烟头，喜出望外，捡起来跑回卫生间，掏出水管后藏着的好久没用的打火机点上，狠狠过了一把烟瘾。

90分钟考试结束，所有人员门口集合带回到中队门口。成绩将在周一公布，低于90分的学员将被淘汰，周六上午考核体能，下午和周日休息。

体能考核其实也是走个过场，现在，学员们最不担心的就是考体能了，毕竟能走过魔鬼选拔十五日的学员都是猛人，体能都是没得说的。

周六下午洗澡，学员们高兴极了，又一个星期没洗澡了，从澡堂出来，一个个精神焕发。

休息的时间总是过得很快，新的一周又要开始了。周一一大早，所有学员照常穿着体能训练服在操场集合准备体能训练，严正平手拿一个资料夹走到队列前面，面无表情地说道："同志们，现在考核的成绩已经出来了。下面我不念学号，只念名字，因为我念到名字的学员将会淘汰，将不再属于我们教导大队，所以，我尊重每一名即将离队的战士，念你们的名字。淘汰的学员听到后出列，你们也不需要参加今天的早操了，回到房间迅速整理东西，吃过早饭后，10点钟会有车子接你们去火车站回原部队。"

听到队长的这番话，所有学员不由得紧张起来，一个个都在心中祈求：千万不要念到我的名字。

"刘正风！"第一个名字已经从严正平的口中喊出，声音是一如既往地温柔，却令刘正风心中如一阵刀割，如打翻了一个五味瓶一般。他知道，这是队长第一次喊自己的名字，也是最后一次。

"牛猛！"

"到！"牛猛愣怔地跑出队列，和刘正风站在了一块。

"陈发平！"严正平"温柔"的声音真能"杀人"，再次把一名战士的心给杀死。

……

短短的几分钟，5 名学员站在了队列外排成一排，神色茫然地看着大家。

"敬礼！"在刘正风的一声口令下，5 名学员向留下的学员和严正平等人敬了一个军礼。他们的眼神似乎在说："我们要走了，你们一定要坚持。再见了，一起摸爬滚打的兄弟们。"